Le sang des Koenigsmark

**

FILS DE L'AURORE

DU MÊME AUTEUR

CHEZ PLON

Dans le lit des rois, 1983.

Dans le lit des reines, 1984.

Les Loups de Lauzargues :
1. Jean de la nuit, 1985.
2. Hortense au point du jour, 1985.
3. Felicia au soleil couchant, 1987.

Le Roman des châteaux de France :
1. 1985.
2. 1986.
3. 1987.

La Florentine :
1. Fiora et le Magnifique, 1988.
2. Fiora et le Téméraire, 1989.
3. Fiora et le pape, 1989.
4. Fiora et le roi de France, 1990.

Le Boiteux de Varsovie :
1. L'Étoile bleue, 1994.
2. La Rose d'York, 1995.
3. L'Opale de Sissi, 1996.
4. Le Rubis de Jeanne la Folle, 1996.

Secret d'État :
1. La Chambre de la Reine, 1997.
2. Le Roi des Halles, 1998.
3. Le Prisonnier masqué, 1998.

Les Émeraudes du Prophète, 1999.

Le Jeu de l'amour et de la mort :
1. Un homme pour le roi, 1999.
2. La Messe rouge, 2000.
3. La Comtesse des ténèbres, 2001.

La Perle de l'Empereur, 2001.

Les Chevaliers :
1. Thibaut ou la Croix perdue, 2002.
2. Renaud ou la Malédiction, 2003.
3. Olivier ou les Trésors templiers, 2003.

Les Joyaux de la sorcière, 2004.

Marie des intrigues, 2004.

Marie des passions, 2005

Les Larmes de Marie-Antoinette, 2006

Le Sang des Koenigsmark :
1. Aurore, 2006.

AUX ÉDITIONS JULLIARD

Les Dames du Méditerranée-Express :
1. La Jeune Mariée, 1990.
2. La Fière Américaine, 1991.
3. La Princesse mandchoue, 1991.

Les Treize Vents :
1. Le Voyageur, 1992.
2. Le Réfugié, 1993.
3. L'Intrus, 1993.
4. L'Exilé, 1994.

AUX ÉDITIONS CHRISTIAN DE BARTILLAT

Cent ans de vie de château, 1992.
Un aussi long chemin, 1995.
De deux roses l'une, 1997.
Reines tragiques, 1998.
Tragédies impériales, 2000.
Elles ont aimé, 2001.
Des maris pas comme les autres, 2004.
Suite italienne, 2005.
Les Chemins de l'Aventure, 2006.
Les Reines du Faubourg, 2006.

JULIETTE BENZONI

Le sang des Koenigsmark

**

FILS DE L'AURORE

PERRIN
www.editions-perrin.fr

ISBN : 978-2-262-02589-2

à Marie-Claire PAUWELS

dont une jolie aïeule eut pour le maréchal
des « bontés » qui font d'elle une lointaine
cousine de George Sand...

PREMIÈRE PARTIE

« LE CHER PETIT MYSTÉRIEUX... »

1697

CHAPITRE I

LES DAMES DE QUEDLINBURG

« Miséricorde ! pensa Aurore lorsqu'elle fut introduite dans le cabinet où l'abbesse allait la recevoir. Que suis-je venue faire ici ? Cette femme ne m'attendait même pas ! »

C'était une évidence écrite en toutes lettres sur le visage froid de la princesse Anne-Dorothée de Saxe-Weimar alors en charge de la communauté des Dames chanoinesses luthériennes de Quedlinburg. Femme d'âge mûr mais de grand ton, sa haute naissance l'autorisait à ne rien cacher de ses impressions même mauvaises. Cependant sa parfaite éducation corrigeait ce que pouvait avoir d'offensant la surprise qui lui relevait le sourcil :

– Vous me dites, Monsieur de Beuchling, que Son Altesse Electorale le prince Frédéric-Auguste m'a fait l'honneur de m'écrire pour m'annoncer la venue de la comtesse de Koenigsmark ?

Abandonnant l'examen de la nouvelle venue, l'abbesse consacrait à présent son attention à l'ancien chancelier de Saxe dont le visage fleuri par un goût prononcé pour la dive bouteille devenait aussi rouge que les plumes de son chapeau.

– Certes, certes, Votre Grandeur ! Ceci est d'ailleurs destiné à compléter le message en question.

D'une main devenue fébrile, Beuchling venait d'extraire une lettre revêtue du cachet personnel du prince qu'il offrit avec un salut. L'abbesse l'ouvrit d'un doigt nerveux et chaussa des bésicles pour mieux en déchiffrer les caractères cependant que Beuchling, visiblement désemparé, tournait vers Aurore un regard affolé. Elle lui retourna un sourire narquois : la situation commençait à l'amuser même si son orgueil n'y trouvait pas son compte. Elle entrevoyait, en effet, une façon d'en sortir beaucoup plus conforme à ce qu'elle avait espéré en quittant Goslar, c'est-à-dire son retour pur et simple à Dresde.

Il y avait environ un an qu'elle en était partie afin de donner naissance, au fin fond du Harz, à l'enfant que lui avait fait son amant, le prince-électeur Frédéric-Auguste de Saxe. Elle était alors sa favorite hautement déclarée, si passionnément aimée qu'il lui avait promis de divorcer et d'en faire sa femme... jusqu'à ce que l'épouse légitime, la timide Christine-Eberhardine de Brandebourg, n'annonce une grossesse à peu près simultanée à la sienne. D'où l'obligation de s'éloigner. A cette époque d'ailleurs le prince, à la tête de dix mille Saxons, se disposait à gagner Vienne où l'appelait l'empereur pour participer à son interminable guerre contre les Turcs dont il s'agissait de libérer la Hongrie. Aurore avait accepté de bonne grâce un exil qu'elle espérait temporaire bien qu'il ressemblât davantage à un emprisonnement dans la confortable maison du bourgmestre de Goslar, Heinrich-Christophe Winkle, puisqu'il lui était interdit d'en sortir...

Et puis, à l'issue d'un accouchement dramatique l'enfant était né : un superbe petit garçon baptisé Maurice que sa mère avait adoré au premier regard mais dont il lui avait fallu se séparer dès la troisième semaine à peine pour le soustraire aux entreprises du comte de Flemming, chancelier qui faisait la loi depuis le départ en guerre du prince. Grâce à Dieu, Aurore avertie à temps avait pu faire partir son fils pour Hambourg, ville libre où les Koenigsmark possédaient une demeure, mais elle en avait payé le prix : non seulement il n'était plus question de revenir à Dresde, mais la surveillance s'était resserrée autour d'elle. Jusqu'à ce jour – la veille ! – où l'ancien chancelier Beuchling – un ami au demeurant ! – était venu la chercher à grand fracas dans une voiture de la Cour. La liberté enfin ?

Une illusion vite effacée : ce n'était pas à Dresde qu'on la ramenait mais pas plus loin qu'à l'extrémité est du Harz – entre vingt et vingt-cinq lieues – chez les chanoinesses de Quedlinburg où elle devait occuper le poste de prieure et cela à sa « propre demande » selon l'incroyable lettre de Frédéric-Auguste que Beuchling lui avait remise...

Le coup avait été rude. Même si l'entrée dans la célèbre communauté représentait un honneur. Seules les plus nobles dames ou demoiselles y étaient admises et l'abbesse en était toujours une princesse à qui cette nomination donnait un siège à l'assemblée des évêques allemands. En outre, les dames loin d'être cloîtrées menaient une vie aussi mondaine qu'elles pouvaient le souhaiter, voyageaient au besoin et, à l'exception de l'abbesse et de la prieure, avaient la possibilité de rompre leurs vœux et se marier.

Durant le trajet, Aurore s'était donc faite plus ou moins à cette idée. Tout cela pour en arriver à cette scène ridicule ! Que la jeune femme était décidée à ne pas éterniser.

Sa lecture terminée, la révérende mère Anne-Dorothée posa la lettre devant elle sur son bureau puis orna son visage d'un demi-sourire :

– Il semble qu'en effet le précédent message de Son Altesse Electorale se soit perdu... ainsi que ma réponse supposée. Le prince m'écrit comme si tout s'était passé normalement. Il faudra bien nous en contenter.

– Comment Votre Grandeur l'entend-elle ? demanda Beuchling un peu réconforté par le demi-sourire.

– Très simplement. La comtesse de Koenigsmark va prendre rang parmi nous. Ses incontestables titres de noblesse et l'illustration de sa famille lui en donnent le droit absolu... sans compter le souhait nettement exprimé de Son Altesse Electorale. Appartenant à notre chapitre, elle recevra une prébende et une demeure particulière d'où elle pourra sortir à son gré ou recevoir des amis, des parents, à la seule réserve que les visiteurs masculins quittent l'enceinte du couvent avant la clôture vespérale. Dès demain aura lieu la cérémonie de sa réception et c'est désormais chose acquise. Il en va tout autrement pour son accession à la dignité de prieure.

– Comment cela ? Monseigneur désire que...

– Rien du tout ! Il n'a aucun droit en cette matière. Le priorat est électif et doit recueillir les deux tiers des suffrages. Il appartiendra à notre nouvelle sœur de poser sa candidature.

Le ton s'était fait définitif et comme l'abbesse se levait, la conclusion s'imposait : l'audience était terminée. Pourtant le vieux gentilhomme avait encore quelque chose à dire :

– Puis-je au moins demander si le poste est toujours vacant ?

– Certes. L'élection de celle qui va devenir mon bras droit en remplacement de notre chère sœur Leuchtenberg ne saurait se conclure en hâte. J'ajoute que nous avons déjà trois candidates. Toutes femmes de haute vertu ! assena-t-elle en couvrant l'ex-chancelier d'un regard dédaigneux bien propre à le faire rentrer sous terre.

Ce à quoi il ne manqua pas, n'osant plus articuler un mot. Mais c'est Aurore qui réagit à la « haute vertu » en rougissant. L'intention était claire : elle n'avait aucune chance et devrait se contenter de rester dans le rang et peut-être de s'y faire toute petite. Ce qui était aussi contraire à sa nature profonde qu'à son caractère. Elle sortit ses griffes :

– A la réflexion, mon cher ami, fit-elle ignorant cavalièrement l'abbesse, je pense que je vais renoncer à l'honneur que l'on me destinait. Etant une femme essentiellement sociable, j'ai toujours redouté les vertus affichées avec ostentation. Elles rendent l'atmosphère étouffante ! Venez !

Ce disant, elle ébauchait une révérence en direction de la noble dame mais n'alla pas jusqu'au bout : Anne-Dorothée la relevait déjà d'une main solide :

– Il ne peut en être question. Si les lois du prince ne régissent pas l'ordre intérieur de notre maison, il n'en demeure pas moins notre suzerain. A qui nous devons obéissance l'une et l'autre. Il vous veut chanoinesse et vous le serez !

– N'étant pas Saxonne, je ne suis pas sa sujette !

– Votre fils l'est ! Cela tranche la question, il me semble ? Allons, ajouta-t-elle d'un ton plus doux, vous devriez savoir que la rébellion ne mène à rien...

– Je n'ai pas la vocation religieuse !

– Ici nous n'avons aucun point commun avec un carmel catholique. Il suffit d'être bonne chrétienne... Monsieur de Beuchling, conclut-elle sans lâcher le bras d'Aurore, vous pouvez considérer votre mission comme achevée. Faites débarquer les bagages de la comtesse ainsi que ses servantes...

– Une jeune femme de chambre seulement m'accompagne...

– Vous pourrez compléter votre service en faisant venir qui vous conviendra. Pour l'instant vous allez être conduite à votre chambre tandis que M. de Beuchling gagnera la maison des hôtes hors clôture, et pourra assister demain à votre prise d'habit... avant de faire ses adieux.

C'était sans réplique. Aurore et Beuchling se

séparèrent sur le seuil, l'une pour suivre une sorte de duègne en robe noire, tablier et imposant bonnet blancs, l'autre un serviteur âgé en livrée grise galonnée de noir chargé de le mener à l'auberge du couvent... Ils se saluèrent sans échanger un seul mot...

Maintenant qu'elle se savait destinée à rester là, Aurore se décida à regarder autour d'elle. Ce qu'elle n'avait pas fait jusqu'à présent, obnubilée par la colère qui l'avait habitée tout au long du voyage et sa détermination à ne voir en Quedlinburg qu'une étape à brûler. Elle réalisait que ce « couvent » n'était pas vraiment comme les autres et aussi la raison qui y faisait rechercher une admission comme un rare privilège. C'était justement parce que ce n'en était pas vraiment un... ou si peu ! Il s'agissait d'un véritable palais dont le luxe approchait ceux dont elle avait le souvenir : Dresde, Hanovre, Celle ou la somptueuse demeure familiale d'Agathenburg près de Stade. Le seul cabinet de l'abbesse lui avait donné à penser. Ses riches tentures de velours violet brodé d'argent, son plafond à caissons, doré et armorié, ses meubles d'ébène incrustés d'ivoire et l'épais tapis qui en couvrait les dalles auraient dû la frapper mais elle n'avait eu d'yeux que pour la grande femme froide et vaguement dédaigneuse qui la recevait...

Quand, au détour d'un méandre de la vallée de la Bode, elle avait découvert Quedlinburg faisant le gros dos dans l'enceinte de ses vieux remparts sous un ciel grincheux, elle avait à peine accordé un coup d'œil à ce que lui montrait Beuchling, le sommet de la colline que couronnaient une admirable église romane et, autour, un vaste château composé de divers bâtiments et gardant encore l'empreinte de son constructeur, l'empereur Henri l'Oiseleur, aux environs du XIe siècle. Sous les nuages qui roulaient dessus, l'ensemble lui était apparu triste à pleurer en dépit de ses joyeux toits rouge clair. Donc à fuir au plus vite si l'occasion s'en présentait...

Tout en trottant derrière les amples jupes noires de son guide, elle put constater que, semblable à ces étranges fruits exotiques servis sur les tables princières, armés d'épines pour mieux défendre un cœur succulent, les antiques murailles abritaient des bâtiments Renaissance, un délicieux cloître et un magnifique jardin où, pour éclore, les fleurs n'attendaient qu'un rayon de soleil.

La duègne qui était en fait la gouvernante non religieuse de la maison et se nommait dame Gertrude ouvrit enfin devant la jeune femme la porte d'une chambre spacieuse au premier étage où le lit et les tentures étaient blancs et le tapis bleu. Au milieu, assise sur un tabouret parmi un archipel de coffres et de sacs, il y avait Utta toujours recouverte de sa cape, la tête dans les épaules et l'air accablé... Gertrude l'apostropha :

– Hé bien, ma fille, qu'attendez-vous là ? Ne devriez-vous pas être en train de tirer de tout ceci ce dont votre maîtresse a besoin pour ce soir ?

La jeune fille parut sortir de sa léthargie et se releva lentement :

– Est-ce ici que nous allons habiter ? demanda-t-elle au bord des larmes.

Aurore ne put s'empêcher de sourire : Utta comme elle-même pensaient, en quittant Goslar, que l'on allait droit à la cour de Saxe. La déception devait être rude mais, avant qu'elle n'eût ouvert la bouche, dame Gertrude mettait les choses au point :

– Pour cette nuit seulement. Demain, pendant la prise d'habit de ta maîtresse, tu seras conduite au logis que l'on prépare pour elle et tu pourras y ranger ses affaires...

Tandis qu'elle parlait Aurore avait remarqué deux malles de cuir à son chiffre qu'en partant pour le Harz elle avait laissées dans sa maison de Dresde.

– Comment sont-elles arrivées ? demanda-t-elle en les désignant.

– Je ne saurais le dire à Mme la comtesse, répondit Gertrude. Elles ont cependant été descendues de la voiture qui l'a amenée.

– Ouvrez-les ! Je veux voir ce qu'il y a dedans !

Le premier coffre contenait plusieurs toilettes en provenance de sa garde-robe mais le second n'en renfermait que deux : l'une en satin blanc brodé de petites perles accompagnées d'un précieux voile en dentelle de Malines. L'autre était d'épaisse soie noire avec une courte traîne et des manches ourlées d'hermine. Une fraise de mousseline empesée complétait cette tenue à la fois sévère et magnifique, copie exacte de ce que portait l'abbesse à la seule différence de la couleur : un violet profond pour celle-ci mais déjà Gertrude expliquait : Mme de Koenigsmark mettrait la robe de mariée – ce n'était pas autre chose – pour se rendre dans le chœur de l'église à l'occasion de la cérémonie du lendemain à l'issue de laquelle on la revêtirait de la robe noire pour recevoir la coiffe traditionnelle...

Une bouffée de colère fit rougir la jeune femme. Décidément à Dresde on avait tout prévu en lui interdisant le droit au choix...

– Il y a encore ceci, dit Gertrude en lui tendant une lettre qu'elle venait de trouver en dépliant la robe blanche.

Aurore s'en empara dans l'espoir qu'elle était de sa sœur, Amélie-Wilhelmine, comtesse de Loewenhaupt, qu'elle n'avait pas revue depuis qu'à Goslar on les avait séparées en leur ôtant même la possibilité de s'écrire, mais il n'y avait pas de suscription et la gravure du cachet de cire verte – une mouette couronnée – lui était inconnue, aussi se hâta-t-elle de l'ouvrir et ne put retenir une exclamation de surprise : elle était de la princesse douairière de Saxe, mère de Frédéric-Auguste, qui, sous une écorce abrupte, cachait un cœur compréhensif et lui en avait déjà donné plus d'une preuve[1]. Apparemment elle entendait continuer !

« Ces quelques lignes n'ont d'autre but, ma chère enfant, qu'apaiser la révolte que je devine en vous. C'est moi qui ai demandé à mon fils de vous ouvrir les portes de Quedlinburg à un moment où il songeait à vous marier à un baron aussi riche d'or que d'ancêtres dont vous n'auriez sans doute pas voulu pour vous conduire seulement au bal. Or, il importe que la mère du cher petit mystérieux

1. Voir tome I : *Aurore*.

occupe en Saxe une haute position tout en gardant une certaine liberté. Dans le monde où nous vivons, être chanoinesse représente à mon sens la manière la plus agréable de pratiquer le célibat puisque vous n'êtes pas tenue à résidence continuelle et pouvez mener votre vie à votre guise à condition de respecter les commandements de la Religion. En outre cela vous assure un douaire non négligeable à un moment où vous ne pourrez plus guère compter sur les largesses du prince. Certains y veillent de près... Acceptez donc d'un cœur tranquille ce qui vous est offert. Vous n'en conservez pas moins, ici, votre maison que vous souhaiterez, je pense, revoir un jour proche ainsi que vos amis. J'aurais aimé vous envoyer votre sœur dont la présence doit vous manquer mais Mme de Loewenhaupt est retenue ces temps-ci à Hambourg par je ne sais quel avatar de santé que l'on assure sans gravité mais qui ne saurait s'accommoder des chemins détestables. Ne vous tourmentez donc pas. Vous pouvez à présent écrire autant qu'il vous plaira mais gardez-vous de laisser à votre plume une totale liberté : les postes réservent parfois des surprises... Enfin, lorsque Beuchling rentrera je veillerai à vous envoyer votre voiture et ceux de vos gens dont vous pourriez avoir besoin. Anna-Sophia. »

Cependant Gertrude, après avoir déplié la robe blanche pour la regarder et la passer ensuite à Utta, s'en prenait à la robe noire qu'elle considérait d'un œil perplexe :

– Hé bien ? fit Aurore. Qu'est-ce qui vous préoccupe ?

– Rien, si ce n'est qu'il me faut aller en hâte prévenir que vous avez apporté votre habit et que l'on n'en prépare pas un dont il faudrait rectifier la taille. Il est rare qu'une dame apporte elle-même sa vêture et je ne suis pas sûre que...

– Que ce soit conforme au règlement ! Précisez que celle-ci m'est offerte par Son Altesse Royale Madame la princesse douairière Anna-Sophia.

La gouvernante s'esquiva en annonçant qu'elle allait revenir avec le souper, laissant Aurore en tête à tête avec Utta qui continuait à contempler toutes choses d'un air accablé.

– C'est affreux ! soupira-t-elle à nouveau au bord des larmes. Allons-nous vraiment rester dans cet endroit et vais-je devoir me faire nonne ?...

– Dieu que tu es sotte ! gronda Aurore assez satisfaite de pouvoir passer ses nerfs sur cette désolée perpétuelle. C'est moi seule qui deviens chanoinesse et tu ne seras ni plus ni moins que ce que tu es : ma caméristе. Toutes les dames d'ici ont leur train de maison mais si cela ne te convient pas je te renvoie à Goslar puisque je peux faire venir de Dresde ceux de mes serviteurs dont j'aurai besoin ! Choisis mais choisis vite ! A-t-on jamais vu pareille bécasse ?

– Oh non, je ne veux pas retourner chez nous et si Madame la comtesse a dans l'idée de voyager...

Aurore envoya une pensée lourde de regrets à Fatime, l'esclave turque dont Frédéric-Auguste lui avait fait cadeau jadis et dont les talents étaient multiples. Elle comprenait tout à demi-mot mais sa maîtresse ne la récupérerait sans doute jamais, parce que trop exotique pour une communauté religieuse !

– Tu verras bien ! lâcha-t-elle excédée. Pour l'instant contente-toi de sortir ce qu'il me faut pour la nuit. Je vais me débarrasser des poussières du chemin. Pour ce soir, tu souperas avec moi et nous irons au lit. Je suis fatiguée !

Ce n'était pas une vue de l'esprit. Les quelque vingt lieues de route passées à remâcher sa déception et même, au début, à tirer des plans en vue d'une fuite la laissaient éreintée. Et puis elle avait besoin de silence afin d'établir son nouveau plan d'existence et voir quel meilleur parti elle en pourrait obtenir pour l'avenir de son fils et le sien propre. Mais ce fut l'image du bébé qui l'accompagna jusqu'aux portes du sommeil. Il devait avoir six mois à présent et elle brûlait de le revoir plus encore que d'aller compter à Dresde les débris de son amour... en admettant qu'il en restât quelque chose. Pourtant elle savait bien qu'elle n'y résisterait pas longtemps : elle avait trop envie de voir... de savoir ! Malgré tout elle s'endormit...

Les cloches de l'église l'éveillèrent au petit matin juste avant l'entrée solennelle de Gertrude précédant les deux servantes chargées de préparer la « nouvelle » pour la cérémonie d'investiture. On la lava. On brossa soigneusement ses magnifiques cheveux noirs que l'on tressa avant de les enrouler autour de la tête avec des gestes pleins de révérence mais sans dire un seul mot. Ensuite le voile de fine dentelle fut attaché dessus, ponctué d'un piquet de roses blanches fixé par de longues épingles. Puis ce fut le tour de la robe de satin qui lui allait bien sûr à la perfection et que la jeune femme passa avec un plaisir tout neuf. Du moins elle le ressentit ainsi : il y avait tant de mois qu'elle n'avait porté une toilette de fête ! Pas depuis qu'elle avait quitté Dresde, les riches étoffes ne faisant pas partie de la garde-robe d'une quasi-recluse en attente d'enfant ! Enfin elle glissa ses pieds minces dans des bas de soie blanche, retenus au-dessus du genou par des jarretières, et dans des mules de satin blanc à hauts talons. Elle était si belle parée de la sorte que les servantes se permirent un léger murmure vite étouffé sous le coup d'œil sévère de dame Gertrude. Médusée, Utta n'avait participé en rien à cette toilette de cour. C'était bien la première fois qu'elle en découvrait les rites.

Quand la jeune comtesse fut prête, dame Gertrude lui offrit un verre d'eau. La prise d'habit s'apparentant aux anciens rites de la chevalerie, il convenait d'arriver à jeun au pied de l'autel... La gorge serrée par une émotion inattendue de sa part, Aurore n'en but qu'une gorgée et reçut enfin les longs gants blancs et une bible reliée de maroquin noir. Les cloches sonnèrent à nouveau, sur un rythme particulier, au moment où l'on se mettait en route pour se rendre à l'église, qu'une courte galerie reliait au palais abbatial.

Portant l'austère et beau costume de soie et d'hermine, une femme à la mine guindée attendait là en compagnie du garçon chargé de porter sa traîne.

– Je suis la comtesse Béatrice de Mersburg, déclara-t-elle du haut de sa tête, et je vais avoir l'honneur de vous présenter aux très nobles dames qui vont devenir vos compagnes.

Aurore esquissa une révérence et sourit :

– C'est un privilège, comtesse, d'être guidée par vous et je vous suis reconnaissante de vous être offerte...

– Je ne me suis pas offerte, Madame, j'ai reçu un ordre, rectifia la dame. Veuillez prendre ma main et allons ! ajouta-t-elle d'une voix forte.

Devant elles la porte de l'église s'ouvrit d'elle-même, déclenchant un appel de trompettes. Mme de Mersburg leva la main soudain glacée d'Aurore et les deux femmes s'avancèrent lentement vers le chœur où, de chaque côté de l'autel de pierre, un grand cierge brûlait dans une gaine de bronze tandis que s'élevaient les voix des chanoinesses alternant avec un sublime sens de la mélodie les phrases harmonieuses du plain-chant. Elles semblaient posséder des voix angéliques, offrant par ailleurs un spectacle de grâce majestueuse.

Elles étaient une vingtaine à occuper les stalles latérales toutes semblables tandis que l'abbesse était assise dans une cathèdre surélevée d'une marche et abritée d'un dais. Les traînes noires et blanches des robes de chœur s'épanouissaient devant chaque siège en contraste absolu avec la raide silhouette d'un pasteur debout les mains croisées sur sa poitrine, le regard perdu dans les vénérables voûtes romanes de la nef plus anciennes que les ogives gothiques dont se coiffait le chœur. Le psaume achevé, le ministre demanda :

– Qui vient frapper aux portes du Seigneur ?

La compagne d'Aurore répondit :

– Une âme en peine, Marie-Aurore comtesse de Koenigsmark, qui souhaite partager à l'avenir la paix et le recueillement de notre saint chapitre.

– Est-elle de cœur pur et d'indéniable volonté de servir Dieu ?

Cette fois ce fut la voix d'Aurore qui s'éleva :

– Je le suis. Avec l'aide de Dieu...

Le pasteur se tourna alors vers l'abbesse :

– Le saint chapitre est-il prêt à accueillir cette nouvelle sœur ?

– Il l'est par la grâce de Dieu !

– En ce cas, vous pouvez la revêtir !

Tandis que sa compagne conduisait Aurore à la vieille sacristie où elle allait changer d'habit, les chanoinesses entonnaient un nouveau psaume avec le même art que tout à l'heure. Aurore le connaissait mais jamais encore ne l'avait entendu interpréter avec une telle maîtrise :

– C'est splendide ! murmura-t-elle. Pensez-vous, comtesse, que je puisse y joindre ma voix ?

L'œil d'aigle de la dame se fit plus doux :

– Vous aimez la musique ?

– Beaucoup. Je joue du clavecin, de la harpe, de la guitare... et j'aime chanter mais les voix que nous entendons sont magnifiques !

– Ce sera à notre sœur maître de chant d'en juger. En principe tout le monde doit chanter. Sauf si le ton est faux. En ce cas vous ferez seulement semblant : la princesse Anne-Dorothée tient essentiellement à l'homogénéité du chœur...

Béatrice de Mersburg et dame Gertrude procédèrent au changement de toilette : le satin blanc et le voile de dentelle furent remplacés par l'épaisse soie noire à laquelle le tomber lourd et les bandes d'hermine conférèrent une soudaine majesté.

– Cette robe est parfaite ! chuchota la comtesse avec un rien d'aigreur. On dirait qu'elle a été faite pour vous !

– Mais elle a été faite pour moi, sur l'ordre de Son Altesse Royale Anna-Sophia, répondit Aurore.

– Oh je vois ! Eh bien, allons à présent.

La néophyte fut ramenée dans le chœur à l'instant précis où le psaume s'achevait. L'abbesse alors quitta son siège suivie d'un page portant sur un coussin une croix d'or et d'émail au bout d'un large ruban d'azur, ainsi que la légère mais gracieuse coiffe rituelle faite d'une bande de mousseline blanche plissée comme la fraise et chenillée de noir. Aurore s'agenouilla pour recevoir l'ornement de tête d'abord – elle ne le porterait que durant les offices – puis la médaille frappée d'une croix et des armes de l'abbaye qu'elle ne quitterait plus. Le pasteur traça sur elle une bénédiction après quoi, relevée, on la conduisit à l'une des deux stalles encore vides. On chanta ensuite un hymne tandis que le pasteur montait en chaire.

La nouvelle chanoinesse n'entendit pas grand-chose d'un discours aussi interminable que sensiblement ronronnant sauf quand il s'agissait de décrire, avec un luxe de détails, les souffrances *in inferno* des âmes assez téméraires pour oser s'aventurer hors de l'étroit chemin de la plus austère vertu... Sa voix tonna au point d'arracher Aurore à un début d'assoupissement juste à temps pour qu'elle réalisât qu'en fait c'était elle qu'il admonestait en adjurant « l'orgueilleuse pécheresse adonnée aux plaisirs du monde et aux amours illicites fussent-elles royales de renoncer d'un cœur sincère aux tentations frivoles pour accueillir les dons de l'Esprit Saint et se laisser mener par Lui jusqu'au trône éclatant du Seigneur Dieu ! ». Elle vit d'ailleurs que tous les yeux étaient braqués sur elle, certains visiblement amusés. A l'évidence, on attendait sa réaction. Elle prit le parti de faire comme si cette diatribe ne la concernait en rien. Elle ouvrit sa bible, étouffa un discret bâillement, se plongea dans sa lecture... et crut percevoir l'écho léger d'un rire étouffé. Allons, elle n'avait pas que des ennemies dans cette noble assemblée !

Le prône achevé – si l'on pouvait l'appeler ainsi – on chanta un dernier hymne auquel, cette fois, Aurore participa puis le lent cortège des chanoinesses quitta l'église, en une procession qui ne manquait pas d'allure, pour se rendre dans les appartements de l'abbesse. En l'honneur de l'arrivante, Anne-Dorothée de Saxe-Weimar conviait à dîner l'ensemble de la communauté en vue de présenter à Mlle de Koenigsmark celles qui devenaient ses compagnes. Pour ce faire elle se tint avec la nouvelle chanoinesse à l'entrée d'un vaste salon où la table était dressée. Ce fut un défilé plein d'enseignements bien que l'abbesse prît la précaution de nommer Aurore avant celle qui s'avançait :

– Comtesse Marie-Aurore de Koenigsmark... comtesse Marie de Salzwedel ! Comtesse Marie-Aurore de Koenigsmark... comtesse Erica de Dannenberg.

On se saluait cérémonieusement mais sans qu'une main se tendît. Les regards restaient froids en croisant celui de la jeune femme ou alors se détournaient, à l'agacement évident de l'abbesse. Peut-être se demandait-elle où était passée la charité chrétienne dont il eût été normal de faire usage dans une communauté religieuse. Pour Aurore le constat était limpide : elle n'était la bienvenue pour aucune de ces femmes !

Ce fut pis encore avec les deux dernières. Elles comptaient assurément parmi les plus âgées ainsi que l'attestait leur chevelure grise. La première, de taille moyenne, portait aussi haut qu'elle le pouvait un nez en bec d'aigle et un menton têtu. La seconde, plus grande et gardant des traces indéniables de beauté, s'appuyait à son bras d'un côté et de l'autre sur une canne à pommeau d'or. Quand elles s'arrêtèrent à leur tour, l'abbesse n'eut pas le temps d'ouvrir la bouche. Déjà la première déclarait :

– Inutile, Votre Grandeur ! La princesse et moi n'avons aucune intention de frayer si peu que ce soit avec cette... cette dame ! Nous rappelons respectueusement à Votre Grandeur que cette maison dans la crypte de laquelle repose un empereur[1] a été fondée pour n'accueillir que des dames d'une noblesse aussi haute que leur vertu. Nous sommes seulement venues vous saluer et vous dire que nous ne saurions prendre place à la même table.

Sans attendre de réponse, les deux femmes

1. Henri Ier l'Oiseleur.

repartirent en sens inverse. Devenue livide Aurore demanda :

– Qui est-ce ?

– La comtesse de Schwartzburg et la princesse de Holstein-Beck, répondit Anne-Dorothée visiblement gênée. Je vous prie de leur pardonner des paroles que la sainteté de cette maison devrait interdire...

– Mais qui n'en sont pas moins fort explicites. Sans doute traduisent-elles la pensée profonde des autres dames. C'est pourquoi je vous demande la permission de me retirer dans le logis qui m'est attribué...

– Je ne saurais l'admettre ! Ce repas est donné en votre honneur. Si vous n'y assistez pas c'est moi que vous offensez !

– Loin de moi la pensée de déplaire à Votre Grandeur ! fit Aurore en s'inclinant. Je viens mais j'espérais un autre accueil.

Et elles gagnèrent leurs places à table.

Avec un tel préambule, le repas fut ce qu'il devait être : guindé à la limite du glacial. En dépit des efforts de l'abbesse pour engager une vague forme de conversation, toute tentative tombait à plat. Assise auprès d'elle Aurore ne voyait guère que des profils plus ou moins réussis penchés sur la nourriture qui, à sa surprise, était excellente. Elle en fit compliment.

– Nous ne sommes pas dans un couvent, encore que certains d'entre eux prennent à tâche de produire pâtes de fruits, confitures, fromages ou autres spécialités, lui fut-il répondu. En cette matière nous préservons jalousement notre réputation. Surtout celle de la pâtisserie. J'espère que vous apprécierez au moins cela...

Aurore approuva d'un sourire et demanda la permission de se retirer. Elle avait hâte à présent d'échapper à cette atmosphère d'aversion irrespirable pour elle, de voir autre chose que des visages hostiles et d'ôter cette robe à la fois médiévale, somptueuse et écrasante. Enfin de faire connaissance avec son nouveau logis. Dame Gertrude l'y conduisit sans plus tarder à travers le jardin qui remplaçait l'ancien cloître. Les demeures des chanoinesses s'égrenaient autour, toutes à peu près semblables avec leur crépi blanc, les colombages et leurs grands toits d'un même rouge ancien patiné par le temps.

Aurore aima d'emblée la sienne, ses boiseries claires de deux tons de gris rechampi d'or, sur lesquels ressortaient à merveille le jaune doux des tentures et autres rideaux. La même couleur ensoleillée habillait les sièges et les tables, la chanoinesse qui l'avait précédée semblait nourrir une passion exclusive pour cette couleur.

– Celle qui habitait ici avant vous est morte sans laisser d'héritiers, expliqua Gertrude. On a gardé les lieux dans l'état mais, si vous désirez un autre mobilier, le palais abbatial en regorge. Vous pourrez choisir, à moins que vous ne préfériez en faire venir de chez vous !

– Inutile ! Tout ceci me convient pleinement mais... cette dame...

- Madame la baronne Louise de Bitterfeld, précisa Gertrude avec une note de respect qui n'échappa pas à Aurore. On peut dire qu'elle est morte en odeur de sainteté !

– Je m'en souviendrai... Cependant je croyais savoir qu'elle était prieure de l'abbaye ?

– Elle l'était et, comme telle, avait droit à un appartement voisin de celui de notre abbesse, mais elle préférait cette maison parce qu'elle était plus modeste et puis il y avait le jardin...

Aurore n'en demanda pas davantage. Elle se sentait soudain plus proche de cette femme inconnue. Une autre raison de ne rien changer à ce qui avait été sa demeure. Elle n'eut cependant pas le temps de s'appesantir sur le sujet. Gertrude venait de s'élancer à l'appel de la cloche d'entrée. Un instant plus tard, elle introduisait Beuchling venu saluer Aurore avant de reprendre son chemin vers Dresde mais, à vrai dire, il n'avait pas l'air très à son aise, et la jeune femme savait pourquoi :

– Eh bien, mon ami ? On dirait que les choses ne se présentent pas sous les couleurs séduisantes dont vous les aviez parées ? L'abbesse m'a reçue du bout des lèvres, comme vous avez dû le remarquer. Quant à mes nouvelles « sœurs », elles semblent décidées à m'abreuver d'injures ! Sans compter l'admirable homélie du pasteur ! Que deviennent dans tout cela les ordres de Son Altesse Electorale ?

– J'avoue ne pas comprendre plus que vous. En allant la saluer j'en ai touché un mot à Sa Grandeur...

– Et alors ? Elle vous a envoyé promener ?

Sous la raillerie il se rebiffa :

– Vous oubliez que je suis l'ancien chancelier

de Saxe et que la Très Révérende Mère Anne-Dorothée sait son monde. Vous serez peut-être heureuse d'apprendre qu'elle est fort contrariée par l'attitude des dames du chapitre et qu'elle a promis de leur faire entendre son opinion. Elle attache beaucoup de prix à ce que l'harmonie continue de régner dans sa communauté...

– C'est pourquoi elle prendra garde de ne pas révéler l'étendue des volontés de Monseigneur ! Si elle avait seulement prononcé le mot de prieure, ces belles âmes auraient sans doute mis le feu au couvent !

– N'exagérons rien ! Voyez-vous, je pense qu'en cette affaire la patience se révélera profitable. Vous avez déjà gagné quelque chose...

– Quoi, mon Dieu ? Dites vite !

– L'abbesse ne vous est plus hostile.

– Elle ? Vous voulez rire !

– Ma foi non. Vous manquez de confiance en vous, ma chère comtesse, ou avez-vous oublié le pouvoir de votre charme et la facilité avec laquelle vous avez su vous attirer l'amitié de la princesse douairière ? Celle-là est encore plus difficile à séduire que notre abbesse... et pourtant ! Croyez-moi ! sans aller jusqu'au penchant, elle reconnaît en vous une femme de qualité...

– Ah !... C'est assez surprenant, mais si vous le dites...

– Et je suis prêt à le répéter ! Prenez patience, chère comtesse ! Vous êtes entièrement capable de gagner cette bataille-là ! Souffrez à présent que je prenne congé. Ma route est encore longue.

Il s'inclina sur la main qu'elle lui tendait. Elle

remarqua alors la grimace qui lui échappa quand il se courba. L'alerte complice de ses anciennes folies amoureuses lui parut soudain bien las... bien vieux ! Spontanément, elle le prit aux épaules pour l'embrasser :

– Songez un peu à vous, mon cher comte, et abstenez-vous de faire à Monseigneur un rapport trop dramatique ! Dites-lui que je suis arrivée à bon port et que j'ai été intronisée sur-le-champ ! Cela suffira et tel que je le connais il n'en demandera pas davantage !

– Et s'il pose tout de même des questions ?

– Soyez évasif... et ménagez-vous ! Ah... pendant que j'y pense, voulez-vous m'envoyer ma voiture, mes chevaux et mon cocher ?

Il sursauta et s'inquiéta :

– Vous... vous voulez aller à Dresde ?

Il avait l'air si effaré qu'elle se mit à rire :

– Je m'y rendrai sans doute un jour ou l'autre mais pas maintenant. Puisque je suis désormais libre d'aller où il me plaît, quand il me plaît, ne trouvez-vous pas naturel que j'aie envie de revoir mon fils ?

Beuchling la regarda un instant sans rien dire mais avec un air de confusion où se mêlait une tendresse :

– Pardonnez-moi ! Je suis une vieille bête... et vous aurez vos chevaux !

Dans les jours qui suivirent Aurore s'efforça de s'intégrer autant que possible à la vie de la communauté. Elle se montrait exacte aux offices où sa voix, chaude et souple à la fois, s'intégra d'une façon quasi naturelle à celles des autres, ce qui lui valut la sympathie du maître de chapelle, un petit bonhomme uniformément gris, d'un âge indéterminable parce que à part lui-même nul n'était capable de le situer sur un éventail allant de cinquante à quatre-vingt-dix neuf ans. Il était tellement sec et maigre que lorsqu'il se penchait on s'attendait toujours à entendre ses os craquer. Pourtant son œil noir, gros comme un pépin de pomme, brillait de vivacité et, alors qu'il ne se déplaçait qu'appuyé sur une canne, il lui arrivait lorsque la musique l'emportait de se laisser aller à des contorsions dignes d'un danseur de ballet. Il s'appelait Elzear Trump et entretenait avec l'abbesse, elle-même férue de chants religieux, des relations de respect et d'une certaine considération de la part de la grande dame parce qu'il arrivait à Herr Trump de s'abandonner, à l'orgue, à des compositions si belles que seuls les anges avaient pu les inspirer.

La voix de la nouvelle venue l'enchanta. Il le fit hautement savoir, ce qui contribua à rapprocher la jeune femme d'Anne-Dorothée mais renforça l'antipathie de celles qui, dès l'abord, lui avaient déclaré la guerre : la comtesse de Schwartzburg et la princesse de Holstein-Beck. Pour ces deux-là Aurore découvrit rapidement qu'elles formaient le cœur d'une coterie d'une demi-douzaine de chanoinesses particulièrement austères qui s'efforçaient de ramener la vie semi-mondaine de certaines à une sévérité et à un dépouillement que n'eût pas désavoués sainte Thérèse d'Avila, créatrice des carmels catholiques.

Heureusement elles étaient une minorité contre laquelle les autres dames, soutenues en secret par l'abbesse, menaient une discrète guerre de tranchées, l'élévation de leur rang et de leurs alliances s'opposant au combat en rase campagne. Aurore comprit vite le parti qu'elle pourrait en tirer dans l'avenir, se satisfaisant pour le présent de noter à son profit un léger réchauffement de la température ambiante. A l'exception de ceux des irréductibles, les visages ne se fermaient plus à sa vue, on répondit à ses saluts et il arriva même que l'on échangeât quelques mots...

On en était là quand la voiture de Mme de Koenigsmark arriva de Dresde. La jeune femme en éprouva une vraie joie, Beuchling avait tenu parole en lui envoyant ce qui, pour elle, représentait la clef de la liberté. Dans le confortable véhicule de voyage que Frédéric-Auguste avait commandé pour elle à Berlin – où il commençait à faire fureur et que l'on n'allait pas tarder à appeler une « berline » –, attelé à de vigoureux mecklembourgeois gris pommelé, elle pourrait sillonner les routes allemandes et revoir tous ceux qu'elle aimait. D'autant qu'il n'y en avait pas tellement ! En outre – comble de bonheur ! – elle découvrit que le cocher n'était autre que Gottlieb Haas, jusque-là au service de sa sœur Amélie, que celle-ci lui avait souvent prêté et dont elle connaissait le dévouement, la solidité et le caractère entier. Parfois un peu trop mais, menée par lui, elle se sentait capable d'aller jusqu'au bout du monde. Aussi ne lui cacha-t-elle pas son plaisir :

– Par quel miracle vous retrouvé-je juché sur le

siège de ma voiture ? demanda-t-elle. Vous n'êtes pas je l'espère brouillé avec Mme de Loewenhaupt ?

– Au contraire, Madame la comtesse ! Inquiète de ce qui risquait de se produire dans votre demeure de Dresde pendant votre si longue absence, Madame Amélie m'a chargé de veiller au grain afin que les domestiques ne se transforment pas en cambrioleurs. Il n'y en a plus guère d'ailleurs !

– Ah non ? Comment est-ce possible ?

– Le Palais a décrété qu'un aussi grand train pour une maison vide était une dépense excessive. Outre le concierge, moi et un valet d'écurie, il ne reste que la gouvernante, Anna Schmidt, deux caméristes et un homme pour le gros ouvrage... A la cuisine il n'y a plus personne.

– Et Fatime ? Est-elle encore là ?

Gottlieb secoua la tête :

– C'est la première qui est partie. Je ne suis pas certain mais je crois qu'on l'a mise chez Son Altesse Electorale, la princesse Christine-Eberhardine...

Incroyable ! C'était proprement incroyable pour ne pas dire scandaleux ! Qu'est-ce que la pauvre petite épouse de Frédéric-Auguste, un rien dévote et timide comme une souris, allait pouvoir faire d'une esclave turque experte en soins de beauté, en art d'accommoder les plantes et autres recettes d'amour telles qu'en usaient quotidiennement les femmes de harem ? Toutes pratiques fleurant le fagot qui ne devaient certainement pas trouver grâce auprès de Christine-Eberhardine alors qu'Aurore ne cessait de les regretter. Fatime et ses mains miraculeuses sachant chasser la douleur, apaiser les nerfs surexcités et apporter un merveilleux bien-être à un corps féminin ! Celui d'Aurore, meurtri par le terrible accouchement, en aurait eu tellement besoin !... Inutile de demander d'où venaient ces mesures misérables destinées à lui faire comprendre, semblait-il, que l'on souhaitait l'éliminer peu à peu jusqu'à faire disparaître même la trace de son souvenir ! Flemming ! L'odieux chancelier qui n'hésitait plus à se déclarer ouvertement son ennemi !

« En ce cas, pensa-t-elle avec rage, nous allons être deux à jouer ce jeu-là ! »

Inquiet d'un silence qui durait, Gottlieb demanda :

– Je suppose que si Madame la comtesse a demandé ses chevaux c'est dans l'intention de les utiliser ?

– Oh sans aucun doute ! Préparons-nous à faire pas mal de chemin ! Allez vous reposer, mon ami, et prendre vos quartiers aux écuries du palais abbatial. Nous partons dans deux jours ! Pour Hambourg ! Je veux embrasser mon fils et ma sœur ! Ensuite seulement nous reviendrons à Dresde... A ce propos, le prince y est-il rentré ?

– Il y était quand je suis parti mais, depuis la mort du roi de Pologne en juin dernier, il est candidat à sa succession et se rend souvent à Varsovie.

– C'est vrai, j'avais oublié ce désir qu'il a d'être roi...

En fait, dans son exil de Goslar, elle n'avait pas appris la mort, survenue le 17 juin dernier, de Jean Sobieski, roi de Pologne qui, à Vienne, avait sauvé l'Occident de la menace turque. A cette époque d'ailleurs, Frédéric-Auguste avait répondu à l'appel de l'empereur pour repousser les mêmes Turcs hors de Hongrie. Elle en était restée là et durant les mois pénibles qui avaient suivi n'avait pas cherché à en savoir davantage. Mais dans son sens c'était une bonne chose expliquant la trop grande liberté laissée au chancelier Flemming. Pris entre le commandement de son armée et la défense de ses intérêts auprès de la Diète polonaise – la royauté y était élective ! – Frédéric-Auguste avait eu d'autres chats à fouetter que s'occuper d'elle. C'était à tout prendre réconfortant et quand elle regagnerait Dresde ce serait avec l'espoir renouvelé de reconquérir sa place auprès de lui, chanoinesse ou pas ! Mais d'abord courir embrasser son petit Maurice !

A sa surprise, quand, après vêpres, elle annonça son départ à l'abbesse, celle-ci parut contrariée :

– Vous n'êtes avec nous que depuis peu et vous voulez déjà nous quitter ?

– Votre Révérence n'ignore que peu de chose de ma vie passée. Elle devrait comprendre que j'aie hâte de retrouver ceux qui me sont chers et que je n'ai pas vus depuis de longs mois. En outre je ne m'absente que pour un temps et enfin je ne pense pas laisser derrière moi de vifs regrets.

– Il est certain que votre arrivée n'a pas soulevé énormément d'enthousiasme, reconnut Anne-Dorothée avec l'ombre d'un sourire. Mais, depuis, un certain revirement se produit. A commencer par moi et je reconnais bien volontiers que votre charme et votre gentillesse changent peu à peu les esprits. Pas tous, évidemment ! Mais quelques-uns tout de même ! Alors ne restez pas trop longtemps absente !...

Cela aussi c'était réconfortant et Aurore emporta ces bonnes paroles comme une sorte de viatique. Au moins elle était sûre que la noble maison ne pousserait pas un « ouf » général de soulagement en regardant retomber la poussière soulevée par les roues de sa voiture. Le temps était à l'unisson. Ce début de mai était ravissant : sous le bleu léger du ciel, l'herbe neuve était d'un joli vert tendre, les pommiers croulaient sous les fleurs et les forêts sentaient bon. Les chemins ne s'étaient guère améliorés durant la mauvaise saison mais du moins étaient-ils secs. Et puis la jeune femme était si heureuse de revoir ceux qu'elle aimait qu'elle se fût accommodée des pires circonstances.

En remontant vers Hambourg, sa première visite fut pour la chère baronne Berckhoff. C'était sur son chemin. Quelques minutes après avoir franchi les remparts de Celle, la berline embouquait la voûte menant à la cour de sa maison dont Gottlieb avait agité la cloche d'entrée. Un instant plus tard les deux femmes tombaient dans les bras l'une de l'autre.

– Mais quelle merveilleuse surprise ! s'écria la baronne. Moi qui craignais tant de ne jamais vous revoir ! Tant de bruits courent les grands chemins !

– A certain moment il s'en est fallu de peu ! Quant aux bruits ils sont parfois en dessous de la vérité !

– Entrez, entrez vite ! Vous avez tellement à me raconter ! Et le souper sera servi dans dix minutes !

Tandis que son amie donnait des ordres pour que l'on prît soin des chevaux, de la voiture et naturellement du cocher, Aurore pénétra dans la maison et revit avec plaisir la grande pièce chaleureuse avec ses tapisseries à personnages, ses dressoirs chargés de cristaux et d'argenterie, ses confortables fauteuils garnis de coussins rouges et sa vaste cheminée armoriée dont la chaleur était si réconfortante en hiver et l'était presque autant en cette soirée de mai dont la fraîcheur jointe à l'épaisseur des murs réclamait au moins une flambée. Celle-ci, de pin et de genévrier, répandait une agréable senteur de forêt. La table était déjà mise pour une personne en face d'un bouquet de lilas qu'un valet se hâta d'enlever pour le poser sur une desserte et dresser un couvert à la place...

Aurore aimait cet endroit où elle s'était toujours sentie à l'aise. Elle abandonna sa cape de voyage pour se jeter dans l'un des fauteuils dont ses mains dégantées caressèrent les têtes de lion des accoudoirs comme elle eût caressé la joue d'un enfant. Elle avait tellement souhaité revenir ici lors de sa semi-captivité à Goslar ! A présent elle y était et c'était divin !

– Comme on est bien chez vous, Charlotte ! s'exclama-t-elle quand la baronne la rejoignit armée de deux verres de vin d'Espagne dont elle lui tendit l'un. Mais d'abord donnez-moi des nouvelles de votre santé, bien qu'elle me semble florissante !

C'était l'évidence ! La quarantaine largement dépassée, la baronne Berckhoff, dame d'honneur préférée de la duchesse Eléonore de Celle, conservait un aimable et frais visage exempt de rides, à l'exception des coins de la bouche qu'un sourire relevait souvent. Au temps de l'enfance, lorsqu'elle habitait Hambourg, elle avait été l'amie de Christine de Wrangel, la mère des jeunes Koenigsmark. Et, quand le hasard l'avait remise en face d'Aurore, une amitié spontanée s'était nouée entre elles :

– Je n'ai aucune raison de me plaindre ! fit-elle avec bonne humeur. Buvons à votre joyeux retour !

Aurore se releva pour choquer les verres. Mme Berckhoff remarqua alors le ruban d'azur et la médaille qui barraient le corsage de soie outremer garni de dentelles mousseuses, eut un haut-le-corps, regarda mieux et les sourcils relevés par la surprise articula :

– Chanoinesse ? Vous ?

– Hé oui ! A Quedlinburg !

– Mais par quel concours de circonstances ? Le mot hasard serait sans doute malvenu pour une aussi noble maison...

– Dites la volonté du prince, vous serez plus près de la vérité. Encore qu'il ait prétendu acquiescer à une demande venue de moi. En fait je crois qu'il ne savait plus trop que faire de ma personne après les naissances quasi simultanées de son fils et du mien. Il avait bien promis de m'épouser mais cela devenait difficile pour quelqu'un dont la femme accouchait et surtout pour un prétendant au trône de Pologne.

– Cela je le sais et je me demande comment il

va s'en tirer s'il acquiert les voix de la Diète. Elles n'iront jamais à un luthérien, un roi de Pologne se devant d'être catholique.

Aurore vida son verre et le reposa :

– Je suppose qu'il doit en débattre avec sa conscience mais il a une telle envie d'être roi ! Quant à moi, après un moment de révolte, j'ai compris qu'entrer au chapitre de Quedlinburg était la meilleure solution. Elle préserve ma liberté beaucoup plus qu'un mariage avec un quelconque seigneur trop obéissant. Que je n'aurais pas accepté, soit dit en passant !

– Ce qui signifie, je pense, qu'il vous aime toujours.

– Je n'en sais rien. Peut-être en effet...

– Et vous ? L'aimez-vous encore ?

– Oh, c'est sans importance ! Ce qui compte aujourd'hui c'est mon fils et l'avenir que j'entends lui préparer...

On annonçait le souper. Elles se lavèrent les mains et passèrent à table. Charlotte dit les grâces et l'on attaqua en silence le potage aux quenelles qui s'accommodait mal de la conversation. Ce fut seulement quand on eût servi les filets de hareng à la crème qu'Aurore entreprit de satisfaire la curiosité de son amie mais commença par une question :

– Avez-vous eu la lettre que j'ai remise l'an passé à Nicolas d'Asfeld ?

– Une bonne et longue lettre dans laquelle vous me confiiez les débuts de votre amour et votre vie à Dresde. Vous étiez heureuse...

– Certes je l'étais mais... c'est peu après ce moment que mon bonheur a faibli. Je me suis retrouvée enceinte et mon prince a rejoint l'empereur dans sa guerre contre les Turcs. Le nouveau chancelier Flemming en a profité pour s'arroger le droit de régenter ma vie. J'ai dû quitter Dresde pour Goslar...

Calmement, en s'efforçant de minimiser les moments dramatiques, s'arrêtant pour boire du vin quand les domestiques servaient ou desservaient, Aurore dépeignit pour son amie sa vie à Goslar, son cruel accouchement adouci par la beauté et la vigueur de son petit Maurice et la joie de le tenir enfin dans ses bras, son angoisse quand Beuchling était arrivé tel un ouragan avec une lettre de la princesse douairière Anna-Sophia afin d'emmener et de mettre en lieu sûr le bébé et la nourrice dont Flemming voulait s'emparer sous le prétexte d'un ordre de Frédéric-Auguste. Puis les représailles qu'il avait osé exercer contre elle jusqu'à ce que Beuchling revienne la chercher avec une lettre du prince, pour cette fois la conduire à Quedlinburg, et la façon dont elle avait été reçue...

– Voilà où nous en sommes, ma chère Charlotte, conclut-elle, et vous me voyez en route pour rejoindre mon petit prince...

– Et vous ne retournerez pas à Dresde ?

– Si. Après !... Maintenant à vous de me donner des nouvelles. Comment va la duchesse ?

– Mieux qu'on ne l'aurait cru l'an passé où – vous vous en souvenez – elle était sujette à de fréquents malaises. Elle a repris toute sa combativité et ne cesse de harceler son époux pour obtenir que soit rayée de l'acte de divorce la clause qui interdit à sa fille de se remarier. L'électeur Ernest-Auguste de Hanovre est très souvent malade, sa santé décline rapidement. Or il était le seul à Hanovre capable de se laisser attendrir sur le sort de Sophie-Dorothée[1]. S'il meurt c'est Georges-Louis, l'époux « trahi », qui va régner et de ce rustre cruel et stupide le pire est à prévoir. Aussi notre duchesse Eléonore met-elle les bouchées doubles. Surtout depuis qu'elle a appris – voici peu – la fuite de la confidente de Sophie-Dorothée !

– Mlle de Knesebeck a réussi à s'évader de la forteresse de Scharzfeld ?

– Il y a un peu plus d'un mois. Oh, c'est une histoire incroyable ! Dont on peut déduire qu'elle a gardé des amis ! L'un d'eux s'était établi dans le village près du château. Ayant appris que l'on cherchait un couvreur pour réparer le toit de la tour où était enfermée la jeune femme, il a offert ses services. Au lieu de réparer il a fait un trou dans les tuiles, puis dans le plafond, et au moyen d'une corde il est descendu dans la prison et a hissé Knesebeck sur le toit. Ensuite, il l'a aidée à glisser le long de la muraille jusqu'au pied de la tour. Une descente de cent quatre-vingts pieds[2] !

– Seigneur ! Je la savais courageuse mais pas à ce point !

– L'envie de liberté peut susciter tous les courages... Toujours est-il qu'elle a réussi son évasion et que personne ne sait où elle est ! Malheureusement il y a eu un contrecoup : la surveillance de la prisonnière d'Ahlden a été renforcée !

1. Voir tome I : *Aurore*.
2. Environ soixante mètres.

– C'est bien inutile. Comme sont inutiles les efforts de la duchesse pour faire annuler la clause du divorce : jamais Sophie-Dorothée n'acceptera de se remarier ! De même qu'elle ne tentera rien pour quitter son sinistre duché-prison. A moins qu'elle n'ait changé...

– Non. Selon sa mère qui est allée la voir à la Noël, elle reste enfermée dans sa douleur. Elle vit – si l'on peut appeler cela vivre ! – dans le souvenir du comte Philippe, votre frère... Pourtant la duchesse Eléonore ne désespère pas. Si elle réussissait cela équivaudrait à ouvrir les portes d'Ahlden pour une autre résidence... moins inhumaine. Songez que lorsque son père mourra, Sophie-Dorothée n'héritera pas du duché de Celle qui reviendra au Hanovre, mais elle sera sans doute l'une des femmes les plus riches d'Europe, fortune dont seuls hériteront ses enfants...

– On ne lui a toujours pas permis de les revoir ?

– Non et je sais qu'ils en sont malheureux !

– C'est déplorable ! A présent... sauriez-vous des nouvelles de ce cher Nicolas ? Il y a si longtemps que je ne l'ai vu !

– Il n'est plus ici. Voici environ six mois... un peu plus même. C'était juste avant la Toussaint, un messager est venu lui annoncer que son père était à l'agonie. Il a aussitôt demandé son congé et il est parti pour Asfeld. Il n'en est pas revenu...

– Comment est-ce possible ? Il... il ne lui est rien arrivé, j'espère ? demanda Aurore saisie d'une inquiétude qui accéléra les battements de son cœur.

– Pas que je sache mais, le baron ayant succombé à sa maladie, il se retrouve chef de famille et à la tête d'un domaine relativement important que sa mère est incapable d'assumer. Je ne l'ai rencontrée qu'une fois : c'est une femme charmante mais fragile... d'esprit instable. La mort d'un époux qu'elle adorait visiblement lui a donné, à ce qu'il paraît, un choc terrible ! Elle est incapable de gérer l'héritage de son fils. Nicolas alors a envoyé sa démission...

– Il n'a pas de frère ?

– Non. Il est seul à porter le nom d'Asfeld... et il y a une mine d'argent sur ses terres. Il devra se marier pour continuer son nom...

En écoutant son amie, Aurore éprouvait le curieux sentiment que l'on venait de lui prendre quelque chose. Nicolas ! Son compagnon d'aventures lorsqu'elle cherchait désespérément les traces de son frère disparu à Hanovre dans la nuit du 1er juillet 1694 ! Nicolas éperdument amoureux d'elle et qui ne le cachait pas assez ! Cela l'agaçait à cette époque mais maintenant – et en dépit de leur séparation à Dresde sans grand espoir de retour ! – elle découvrait qu'elle aurait aimé retrouver parfois à ses côtés sa présence rassurante...

Elle s'apercevait aussi, pour le regretter, qu'elle ne savait pratiquement rien de lui pour la simple raison qu'elle ne lui avait guère posé de questions.

– Dans quelle région se situe Asfeld ? demanda-t-elle négligemment.

Charlotte, occupée à achever sa tourte aux pommes, reposa son couvert, but quelques gouttes et, après s'être essuyé les lèvres :

– Dans le Harz... et, maintenant que vous m'y faites penser, ce n'est pas tellement éloigné de Quedlinburg. Il sera heureux d'apprendre que vous êtes pour ainsi dire voisins.

Elle termina le dessert où elle avait l'air de découvrir une source de réflexions puis déclara :

– Vous avez une très belle voiture. Si quelqu'un s'était donné à tâche de vous suivre cela ne devrait pas lui être bien difficile. Ne croyez-vous pas qu'il y ait là une imprudence ?

– Comment l'entendez-vous ?

– Si vous allez à Hambourg en cet équipage, vous désignerez vous-même le lieu où est caché votre fils.

La jeune femme prit le temps de réfléchir. Posant ses coudes sur la table et son visage dans ses mains, elle parut entrer dans une profonde méditation. La remarque de son amie était des plus judicieuses. Même perdus au cœur du grand port hanséatique autonome, Maurice et ses gardiens n'étaient pas entièrement à l'abri des recherches d'un espion. Ce serait un comble si, elle, sa mère, désignait la cachette avec cette voiture trop facilement reconnaissable !

– Je crois que vous venez de m'éviter une faute grave, ma chère amie, convint-elle. Le mieux ce serait sans doute que je laisse la berline chez vous et que je me procure un équipage plus modeste ?

– Ce serait sage ! Prenez une de mes voitures et agissez comme si vous prolongiez votre séjour ici... Vous pourriez être souffrante, ce qui justifierait un arrêt prolongé tout en écartant les curieux ?

– Vous êtes décidément une amie comme on n'en fait plus !

Le lendemain, dès l'aube, Mme de Koenigsmark prenait le chemin du Nord dans l'un des équipages de Charlotte mené tout de même par Gottlieb. Sans lui Aurore se serait sentie trop seule.

CHAPITRE II

RECONSTRUIRE SA VIE...

Lorsque à Hambourg Gottlieb arrêta ses chevaux sur le Binnenalster devant l'hôtel familial où elle avait passé une partie de son enfance et de son adolescence, Aurore eut l'impression de recommencer une vie nouvelle. Tout était comme par le passé : l'eau calme du bassin intérieur animée par les nombreux petits bateaux assurant la liaison avec les canaux de la vieille ville et le grand port, la beauté des demeures qui le bordaient sur trois côtés séparées du lac salé par deux rangées d'ormes centenaires plantés sur les quais, composant ainsi une promenade agréable. Les cygnes du bassin étaient au rendez-vous comme le vol rapide des hirondelles rayant le ciel turquoise. Tout autour c'était l'activité incessante de la grande cité maritime générant une rumeur vaguement mélodieuse rythmée par le son des cloches et les appels de trompes. Elle comprit cependant qu'elle-même avait changé en constatant plus de respect dans le salut des gens de sa maison, à commencer par celui de Potter, le majordome, qui s'inclina bien bas devant elle. Puis ce fut Ulrica, son ancienne nourrice accourue à sa rencontre depuis le haut de l'escalier avec l'intention de l'embrasser et qui se figea au bas des marches avec une révérence à laquelle Aurore n'était pas habituée.

La réponse à sa surprise lui vint de sa sœur aînée Amélie, comtesse de Loewenhaupt, sortie du premier salon et qui elle aussi s'arrêta stupéfaite :

– Toi ? Chanoinesse de Quedlinburg ? C'est à n'y pas croire !

– J'aimerais savoir pourquoi ? C'est un état convenable, il me semble.

– Plus que convenable ! Serais-tu en marche vers la sainteté ?

– Tu ferais mieux de m'embrasser au lieu de dire des sottises ! Et si tu veux savoir le fin fond de l'histoire : « on » a choisi pour moi ! « On » désirait même que je sois prieure en attendant la crosse d'abbesse !

Amélie, les yeux au plafond, joignit les mains :

– Ce qui te donnerait rang de princesse ! C'est magnifique, magnifique !... Et tellement inattendu !

– N'est-ce pas ? Moi-même je ne suis pas encore habituée !

On s'embrassa avec toute la chaleur d'une affection sincère. Puis ce fut le tour d'Ulrica, parvenue entre-temps à l'état béat de ceux qui ont vu la lumière. Elle n'avait rien entendu des paroles échangées entre les deux sœurs et, quand Aurore lui eut donné une sorte d'accolade, elle voulut saisir sa main pour la baiser :

– Il suffit, Ulrica ! protesta la jeune femme. Je ne

suis pas encore canonisée ! Reviens à toi et conduis-moi plutôt auprès de mon fils !

Avec un soupir de bonheur, la vieille nourrice obliqua vers l'escalier en clamant :

– Le Seigneur a entendu mes prières ! Que Son saint nom soit béni à travers les générations ! Grâce à Sa bonté, nous en avons terminé avec le stupre et les tentations démoniaques !...

– Elle est folle, non ? exhala Aurore qui s'écria ensuite : Que j'entende encore ce genre d'invocation et je t'envoie à Agathenburg[1]. A moins que tu ne préfères un couvent !

Mais Ulrica était au-delà de tout raisonnement et poursuivit ses louanges au Très-Haut en s'abstenant toutefois d'y mêler une allusion à la vie passée de la nouvelle chanoinesse... Celle-ci d'ailleurs ne l'écoutait plus, elle se précipitait vers la porte ouverte d'une chambre d'où sortaient les protestations indignées d'un bébé mécontent. Le tableau qu'elle découvrit l'emplit de joie : assise sur une chaise, Johanna, la nourrice, était en train de donner la tétée au jeune Maurice. Les hurlements de celui-ci étaient motivés par le fait qu'elle lui avait retiré son sein droit pour le passer à gauche. Ils s'apaisèrent aussitôt que le petit goinfre eut ce qu'il voulait mais pour repartir de plus belle : surprise par l'entrée d'Aurore, Johanna voulut se lever afin de saluer l'arrivante. Celle-ci se mit à rire :

– Reste tranquille ! Il ne faut pas déranger Monsieur mon fils !

Tandis que la petite bouche avide s'emparait à

1. Château familial des Koenigsmark près de Stade.

nouveau du mamelon rose, Aurore tirait un siège près de la nourrice pour mieux la contempler :

– Il est magnifique ! souffla-t-elle émerveillée. Et il n'a que six mois !

– Nous avons dû faire appel à une autre donneuse, expliqua Ulrica redescendue des hauteurs célestes. Celle-ci ne suffisait plus...

L'enfant en effet était superbe : potelé, doré – il avait hérité du teint brun de son père ! –, son corps vigoureux et sa frimousse ronde se couronnaient de courtes mèches brunes. Quant à ses yeux du bleu maternel, ils posaient sur choses et gens un regard assuré déjà dominateur.

Lorsque enfin il se déclara repu, Aurore l'enleva dans ses bras en lui tapotant le dos pour obtenir la première manifestation d'une heureuse digestion mais cela fait le bébé s'écarta un peu pour la voir plus à son aise. Pendant un instant il se contenta de la considérer d'un œil critique.

– Grrre !... déclara-t-il gravement avant d'essayer d'introduire un doigt dans le nez de sa mère mais elle saisit la menotte au vol pour l'embrasser avant de couvrir l'enfant de baisers en pluie qui semblèrent lui plaire car il éclata de rire.

Aurore en fit autant et pendant un instant mère et fils s'adonnèrent à la plus franche gaieté. A laquelle Ulrica mit fin avec autorité :

– Il faut qu'il dorme ! décréta-t-elle en prenant le jeune Maurice pour le coucher dans son berceau... dans lequel il se redressa aussitôt en poussant des cris de protestation.

Auxquels sa mère mit fin en le reprenant et l'asseyant sur ses genoux :

– Tu vois bien qu'il n'a pas envie de dormir ! Laisse-le-moi un peu ! Il y a si longtemps que je rêve de le tenir dans mes bras !

Ce fut alors un festival de baisers, de cris de joie, de caresses et de rires qu'Amélie contemplait avec une indulgence teintée de tristesse.

– As-tu réfléchi que ce ruban et cette médaille t'interdisent de vivre avec lui ? Aucun mâle, quels que soient sa taille ou son âge, ne peut dormir sous le toit d'une chanoinesse.

– Dans sa demeure du couvent, je sais, mais ailleurs c'est tout à fait normal. Et tu ne t'imagines pas que je vais aller coucher à l'auberge ? Allons, rassure-toi ! Je ne suis pas venue pour l'emmener mais seulement pour quelques jours de bonheur. J'en ai besoin, tu sais ? D'abord j'ai été la première surprise de me retrouver à Quedlinburg et ensuite on ne peut pas dire que ces dames aient tué le veau gras en mon honneur ! Seule l'abbesse s'est efforcée à la courtoisie mais il y en a au moins deux pour qui je suis aussi fréquentable qu'une pestiférée. C'est bon, vois-tu, de retrouver l'air libre !

Pour unique réponse Amélie étreignit sa sœur :

– Pardonne-moi ! Cela tient à ce que je suis toujours inquiète pour Maurice. J'ai craint...

– Que mon arrivée ne révèle sa cachette et n'amène ceux qui lui veulent du mal ? Je me suis arrêtée à Celle où j'ai laissé ma voiture et j'ai emprunté la sienne à Charlotte Berckhoff. Mais...

Aurore se figea : elle venait de remarquer que sa sœur était nettement plus volumineuse qu'à leur dernier revoir :

– Tu as grossi... ou bien tu es...

– Enceinte, oui ! Et j'espère que cette fois ce sera une fille !

Aurore retint une exclamation de contrariété. Les dernières couches de sa sœur, déjà pourvue de plusieurs fils, s'étaicnt mal passées. Au point que le médecin n'avait pas caché qu'une nouvelle grossesse pourrait être hasardeuse et qu'il serait préférable de l'éviter, mais allez donc faire entendre raison à un homme pour qui la guerre avait toujours été la grande affaire et qui considérait que c'était offenser Dieu que prendre, dans l'amour, certaines précautions. Malheureusement le mal était fait et faire connaître à Amélie le fond de sa pensée ne servirait qu'à l'alarmer inutilement.

– C'est pour quand ? se contenta-t-elle de demander.

– Dans cinq mois je pense. Encore trois ou quatre semaines et je rentrerai à Dresde. Frédéric ne veut pas que je retourne à Agathenburg où selon lui je serais trop seule !

– Et moi ! protesta sa sœur. J'existe, il me semble ? Je peux y aller avec toi...

– Evidemment... mais il préfère que je revienne auprès de lui...

« Il préfère surtout, pensa Aurore, s'éviter les sévères remontrances du Dr Cornelius qui ne lui mâcherait pas sa façon de penser, à cet égoïste ! » et tout haut elle émit :

– Pourquoi ne pas faire la route ensemble dans ce cas ? Plus tu attendras et plus elle sera pénible. En outre, la voiture qui m'attend à Celle est l'une de ces nouvelles « berlines » tellement plus confortables que nos carrosses !

Le visage de Mme de Loewenhaupt s'éclaira. La proposition la tentait :

– J'aimerais beaucoup mais... tu veux aller à Dresde ? Pour quoi faire ?

– Un certain nombre d'affaires à régler ! Et puis, il est temps de songer à l'avenir de mon fils ! Il n'est pas question de le cacher pendant des années. Il est né d'un grand prince et celui-ci doit lui assurer un sort conforme à sa naissance ! Ce sera désormais le but de mon existence.

– Je ne peux pas te donner tort : les situations les plus claires sont toujours les meilleures mais, je t'en conjure, ne te laisse pas emporter par tes impulsions ! Il se peut que tu trouves plus de changements que tu ne crois...

– Je m'y attends mais j'ai besoin de savoir sur quoi... ou sur qui je puis encore compter, ainsi que l'étendue actuelle du pouvoir de Flemming...

– Là je peux te répondre : il est chancelier et, si Frédéric-Auguste devient roi de Pologne, il sera Premier ministre. Autant dire vice-roi de Dresde tandis que son maître régnera à Varsovie !

– Cela ne me fait pas peur, affirma Aurore avec un sourire. Le jeu pourrait même être amusant lorsque je saurai ce qui reste de mon pouvoir sur un homme qui ne m'a pas vue depuis toute une année ! Va-t-il me trouver laide ?

La question s'adressait moins à Amélie qu'au miroir placé au-dessus d'une console et qui reflétait la lumière de deux chandeliers à neuf branches d'argent mais ce fut Mme de Loewenhaupt qui traduisit la réponse :

– Rassure-toi ! Tu es toujours aussi belle et il ne subsiste aucune trace visible de ce que tu as souffert à Goslar. Ton prince te retrouvera telle qu'il t'a quittée. Ton teint, tes cheveux, tes yeux, tout est parfait...

– Mais pas mon corps, murmura la jeune femme en se détournant pour s'adosser à la console. Il n'est plus hélas qu'une apparence !

– Tu continues à souffrir de ta blessure ?

– Moins, j'en conviens, mais elle reste présente et je redoute l'acte d'amour plus encore que je ne le désire ! Tu ne sais pas l'ardeur de ses assauts... Tu vois, ajouta-t-elle en prenant, sur une table, une délicate porcelaine chinoise, je suis comme ce vase où l'on ne met jamais d'eau. Sa forme garde sa pureté, ses couleurs leur éclat, mais la fêlure quasi invisible qu'il porte n'en existe pas moins !...

La lendemain, Aurore repartait après avoir longuement serré son enfant dans ses bras sans pouvoir retenir ses larmes. Dieu seul savait quand elle le reverrait ! Mais elle repartait seule, Amélie ayant jugé plus prudent de rentrer en Saxe par ses propres moyens. On se retrouverait à Dresde dans deux ou trois semaines...

Quinze jours plus tard, Aurore était de retour dans sa chère capitale de la Saxe mais choisit sagement de descendre chez les Loewenhaupt plutôt que dans la belle demeure qu'elle devait à la générosité de son amant princier et qui d'ailleurs, selon Amélie, n'était guère prête à la recevoir, la plupart des domestiques en ayant été enlevés. Elle voulait d'abord se montrer à la Cour afin de voir comment elle serait reçue. Et, son beau-frère s'étant rendu aux environs de Leipzig où il avait des terres, elle se trouva maîtresse de maison.

Après s'être donné quarante-huit heures pour se remettre des fatigues de la route, elle choisit intentionnellement la robe qu'elle avait portée lors de sa première visite à la Cour – satin blanc, velours noir avec des agrafes de rubis et de perles accompagnés de mignons souliers de satin rouge. Ce qui lui permit de constater qu'elle était aussi mince qu'avant sa maternité et que cette toilette lui allait toujours à la perfection. Puis elle commanda ses chevaux et se fit conduire au Residenzschloss à l'heure où la princesse douairière Anna-Sophia de Danemark, dont elle avait été fille d'honneur, tenait sa cour.

Il y avait affluence dans le salon d'apparat où la mère de Frédéric-Auguste avait coutume de recevoir en compagnie, la plupart du temps, de sa belle-fille Christine-Eberhardine de Brandebourg qu'une incurable timidité rendait incapable d'assumer ce genre de réunion.

Quand, porté par la voix puissante du chambellan, le nom de la comtesse Aurore de Koenigsmark retentit à l'entrée des appartements, il se fit un silence total tandis que l'assemblée s'écartait pour dégager le passage vers les fauteuils à haut dossier où siégeaient les princesses. Le sourire aux lèvres, un éventail à la main, Aurore s'avança entre les deux groupes vite animés de chuchotements dont l'arrivante n'avait aucune peine à démêler le sens : la favorite que l'on avait crue écartée revenait, plus belle peut-être que par le passé parce que parée d'une beauté adoucie et donc moins provocante. En outre, il y avait ce ruban d'azur qui exigeait le respect...

Parvenue à trois pas des princesses, Aurore laissa retomber l'éventail au bout de sa bélière et plongea dans une profonde révérence où elle s'efforça d'exprimer la déférence et l'affection que lui inspirait la vieille dame à cheveux blancs qui la regardait venir un sourire au fond de ses yeux bleus :

– Quelle joie de vous revoir ici, Madame la chanoinesse de Koenigsmark ! s'écria-t-elle en lui tendant une main qu'elle baisa. Une joie dont la Princesse Electorale et nous-même souhaitons savourer les premiers instants en privé, ajouta-t-elle en élevant la voix d'un ton.

En même temps elle se levait pour gagner un salon plus intime où sa belle-fille et Aurore la suivirent... A peine les portes se furent-elles refermées que la Princesse Electorale, Christine-Eberhardine, lui tombait dans les bras en pleurant :

– Que je suis aise de votre retour, ma chère ! hoqueta-t-elle à travers ses larmes. Grâce à Dieu vous êtes toujours aussi belle et vous me rendez l'espoir !

– Votre Altesse me touche profondément, émit la jeune femme à cent lieues de s'attendre à un tel accueil. Je ne pensais pas qu'elle eût pour moi tant d'amitié ?

– Oh si j'en ai ! fit l'épouse de Frédéric-Auguste après un reniflement tragique. Vous ne pouvez vous en rendre compte mais je n'ai cessé de vous regretter. De votre temps j'étais tellement plus heureuse !

– De mon temps ?...

Les mots avaient sonné désagréablement à l'oreille d'Aurore mais déjà Anna-Sophia faisait asseoir la désolée et lui mettait dans les mains un mouchoir où elle enfouit son joli visage douloureux :

– Allons, ma chère fille, calmez-vous ! Il ne sert à rien de vous tourmenter de la sorte. Cette femme passera comme...

Elle s'interrompit avec un coup d'œil à la visiteuse en lui désignant un siège mais celle-ci avait compris qu'elle avait failli dire « comme les autres ». Ce qui ne pouvait se traduire que d'une seule manière : Frédéric-Auguste avait une autre maîtresse !

Elle était trop intuitive pour ne pas l'avoir deviné plus ou moins à travers les étranges décisions qu'il avait prises pour elle et dont la plus significative était son entrée chez les hautaines dames de Quedlinburg. Cependant, elle ne prolongea pas davantage ses réflexions : après avoir fait appeler une dame d'honneur pour lui confier sa bru en proie à une nouvelle crise de larmes, Anna-Sophia revint s'asseoir près d'elle et prit sa main tandis que l'épouse bafouée quittait le salon :

– Parlez-moi du cher petit mystérieux, ma chère ! Vous n'imaginez pas à quel point il m'occupe !

– Cela tient en peu de mots, Madame : il est très beau, très fort, très joyeux... et très volontaire ! Je viens de le voir et ne l'ai quitté qu'avec des regrets d'autant plus vifs que je ne pourrai jamais le faire venir à Quedlinburg.

– Je ne vous demanderai pas où il est. Ces palais sont pleins de courants d'air et chacun aboutit inexorablement à une oreille plus ou moins bien intentionnée. J'espère seulement qu'il est en sûreté. Encore que le danger que nous redoutions toutes deux semble s'éloigner...

– Si Votre Altesse voulait m'expliquer ?

– Oh, c'est fort simple, son demi-frère, l'héritier du trône, est lui aussi plein de santé, au contraire de ce que nous avons craint d'une mère aussi larmoyante que ma pauvre bru. Et à supposer qu'elle ne lui donne pas de frères il devrait pouvoir succéder à mon fils sans difficultés ! Néanmoins je n'ai pas cessé de faire surveiller Flemming...

– Il doit tout de même avoir d'autres chats à fouetter ? Puis-je demander où en est l'affaire de la succession de Pologne ?

– En bonne voie, je crois ! Les premiers candidats comme le grand-duc de Bade se sont retirés faute de moyens pour acheter les voix des électeurs de la Diète polonaise[1]. Evidemment, il reste le plus dangereux : le roi de France, qui soutient la candidature de son neveu le prince de Conti, fort bien vu des Polonais depuis sa brillante conduite

1. Il n'était pas exceptionnel que la Diète polonaise élise un étranger. Cela avait été le cas du duc d'Anjou, futur Henri III, qui s'était hâté de rentrer en France à la mort de son frère, abandonnant la couronne polonaise. Il y avait eu aussi Etienne Bathory, un Hongrois, sans compter des Suédois.

dans la guerre contre les Turcs. Mais mon fils est soutenu par la Russie et l'empereur d'Autriche. Les jours prochains vont certainement se révéler décisifs.

– L'avantage du prince de Conti est qu'il est catholique. Un roi de Pologne ne saurait être luthérien.

– Assurément. Mais que ne ferait-on pas pour une couronne ? marmotta la douairière.

– Et... Votre Altesse Royale approuve ?

– Quelle question ! Naturellement non ! s'indigna-t-elle en haussant les épaules. Et je redoute que les gens de Saxe ne se sentent lésés, repoussés au second plan... sans compter les haines qui peuvent en découler, mais Flemming balaye tout cela d'un revers de main : être roi, voilà ce qui compte !

– Pour une fois je ne lui donne pas tort ! L'important n'est-il pas de se sentir vraiment chrétien, que l'on prie Dieu en saxon ou en latin ? Et une couronne, c'est splendide ! Votre Altesse qui est fille de roi devrait le savoir mieux que moi...

La vieille dame se mit à rire :

– Quel langage pour une chanoinesse de notre Sainte Eglise ! Il est vrai que votre chapitre occupe un ancien couvent bénédictin ! Les miasmes doivent être encore sensibles...

– Cela vient sans doute de ce que nous gardons, dans la crypte de l'église, le tombeau de l'empereur Henri Ier dont on vénère le souvenir à Quedlinburg. Celui-ci aurait peut-être fait pendre Luther sur les remparts de Wittenberg !... Ne me tenez pas rigueur de ma franchise, Madame ! Je pense d'abord à la gloire du prince. C'est à elle que je veux travailler désormais parce que ce faisant je travaillerai à celle de mon fils.

Elle s'était un peu exaltée en parlant. Anna-Sophia leva délicatement un sourcil :

– Belles paroles ! apprécia-t-elle. Cela veut-il dire que vous ne l'aimez plus ?

Il y eut un silence durant lequel le regard de la douairière chercha celui, vite détourné, de la jeune femme :

– Répondez-moi, Aurore ! Vous ne l'aimez plus ?

– Si, hélas ! Pour ma punition je l'aime plus que jamais. Et il a fait de moi une chanoinesse ! ajouta-t-elle en réprimant un sanglot.

– Eussiez-vous préféré qu'il vous marie ?

– Non ! Jamais je n'aurais accepté ! Par grâce, Madame, apprenez-moi l'étendue du malheur que je devine sous des phrases inachevées, des paroles retenues : il en aime une autre ?

– Je ne sais pas s'il l'aime parce que je me demande depuis longtemps déjà si ce mot a pour lui une signification quelconque, mais si vous entendez par là qu'une autre a pris votre place, la réponse est oui !

Aurore reçut le coup sans broncher : elle le redoutait depuis son départ de Goslar :

– Merci, Madame. La vérité est préférable à l'illusion. Puis-je savoir qui elle est ?

– Votre contraire : une jolie poupée de dix-neuf ans, blonde, rose, dodue, des fossettes partout, des yeux bleus pleins d'innocence mais des lèvres pulpeuses qui plaident coupable. Il l'a rencontrée à Vienne et elle ressemble à l'une de leurs pâtisseries poudrées de sucre glace. Elle me fait penser toujours à une friandise et n'a guère plus de cervelle mais elle rit de tout, de tous et ne respecte rien. Surtout pas ma belle-fille qui l'exècre. Et c'est pourquoi Christine est si heureuse de votre retour ! Vous avez su être parfaite avec elle.

– Ai-je une chance ?

– En vérité, je n'en sais rien ! Vous êtes toujours aussi belle, ma chère.

Elle n'ajouta pas qu'il y manquait le rayonnement irrésistible de l'amour comblé mais cela Aurore en avait conscience. Afin de n'être pas importune elle demanda la permission de se retirer :

– J'espère que vous nous restez quelques temps ? s'enquit la princesse mère en lui tendant la main. Avez-vous rouvert votre maison ?

– Non. Je suis chez ma sœur qui va arriver ces jours-ci et je m'y trouve bien. Quant à la maison il y manque la majorité des serviteurs et il se peut que je la vende...

– N'était-ce pas un présent d'amour ?

– Si l'amour n'existe plus elle ne signifie plus rien... Oh, puis-je me permettre de demander à Votre Altesse Royale des nouvelles de Mme de Mencken ? Nous étions très proches et, depuis mon départ pour Goslar, je n'ai plus rien su d'elle... J'avoue en avoir ressenti de la peine.

Sous la dentelle noire couvrant à demi les cheveux blancs, attachée par deux étoiles en diamant, l'aimable visage se chargea de tristesse :

– Hélas, ma pauvre enfant, il me faut vous en faire davantage : Elisabeth n'est plus. Cet hiver, sa voiture a glissé sur une plaque de verglas et ricoché contre un rocher qui l'a envoyée dans l'Elbe. Elle était morte quand on l'en a sortie.

– Oh, mon Dieu !...

Aurore esquissa une révérence puis, joignant les mains devant son visage pour ne pas éclater en sanglots devant des gardes... et des courtisans agréablement surpris d'une telle issue, elle se précipita dans l'escalier, pressée de retrouver sa voiture, sa chambre afin d'y subir seule et dans le silence ce nouveau coup du sort, cette douleur inhérente à la perte d'une amie chère, Elisabeth si gaie, si pleine de vie ! Le témoin amusé mais aussi la conseillère judicieuse de ses folles amours ! Celle à qui l'on pouvait tout dire et qui comprenait tout ! Fallait-il que celle-là aussi lui soit enlevée ?...

Emportée par son chagrin, la jeune femme dévalait sans précautions les degrés de marbre. Ce qui devait arriver arriva : elle glissa, se fût peut-être blessée plus gravement si une poigne solide ne l'avait retenue :

– Tudieu, Madame, vous cherchez à vous tuer ?

Les larmes lui brouillaient les yeux mais elle sut immédiatement qui la maintenait : l'odeur familière, la voix profonde, la force des mains... Lui avait déjà identifié cette femme en larmes :

– Vous ?... Mais comment êtes-vous ici ?

La froideur vaguement mécontente de la question la rendit brutalement à elle-même. Elle se redressa, s'écarta et tira de sa manche pour s'en essuyer les yeux un petit mouchoir en dentelles qui n'essuyait rien du tout et que d'ailleurs il lui enleva pour lui donner le sien :

– Je n'ai jamais compris à quoi pouvaient bien

servir ces petites choses ridicules ? A moins que ce ne soit pour les laisser tomber ou les jeter à la figure de quelqu'un...

Moqueur il lui barrait le passage et une bouffée de colère acheva de calmer Aurore :

– J'aimerais pouvoir saluer comme il convient Votre Altesse Electorale, dit-elle, mais révérence et marches d'escalier ne font pas bon ménage...

– Disons que je vous en tiens quitte ! Pourquoi ces larmes ?

– La princesse douairière vient de m'apprendre la disparition de ma plus chère amie...

– Mme de Mencken ? Comment ne l'avez-vous pas su ?

– Il eût fallu qu'un courant d'air me l'apprît. Là où j'étais on veillait soigneusement à ce que j'ignore tout du monde extérieur ! Et comme ce sont vos ordres, Monseigneur, qui me valaient ce traitement, c'est de l'hypocrisie... ou à tout le moins de l'audace que me le reprocher !

– Venez avec moi !

La saisissant par un bras il lui fit remonter les marches précédemment descendues et l'entraîna au pas de charge jusqu'à son cabinet de travail où il la déposa dans un fauteuil.

Furieuse d'un traitement aussi désinvolte, elle se désintéressa de lui pour s'occuper de sa cheville qui la faisait souffrir. Soulevant sa robe, elle ôta son soulier de satin rouge et massa sa cheville douloureuse qui d'ailleurs enflait, mais surtout elle se sentit humiliée par une situation d'un tel ridicule !

– On dirait que cela fait vraiment mal ?...

Frédéric-Auguste venait de s'agenouiller devant elle et enfermait le pied douloureux entre ses grandes mains qui soudain se firent très douces. Avec l'adresse née d'une habitude déjà longue il dénoua la jarretière et fit glisser le bas de soie afin de pouvoir masser la cheville froissée. Ce faisant il ne la regardait pas mais demanda :

– Pourquoi êtes-vous revenue ?

– Pour savoir quelle mouche vous a piqué de m'envoyer au chapitre de Quedlinburg. La vie monastique ne m'a jamais attirée et vous ne l'ignoriez pas. Alors pour quelle raison ?

– Dans le but de vous mettre hors d'atteinte parce que au-dessus des autres. Il me déplaisait de vous marier !

– Qui vous le demandait ? Certainement pas moi !

– Sans doute mais je l'ai redouté ! Les prétendants ne manquaient pas !... Dieu que votre peau est douce !...

Il changeait de ton et ses mains remontaient le long de la jambe vers le genou rond et peut-être plus loin... Le regard se faisait trouble. Aurore rabattit sa robe. Elle le connaissait trop ! Si elle laissait les choses aller, dans un instant il s'emparerait d'elle...

– Merci de vos soins, Monseigneur, mais je ne souffre que de ma cheville !

Il se releva vexé :

– Voilà bien des façons ! Je vous croyais toujours à moi.

– Dans ce cas il ne fallait pas me donner à Dieu ! lança-t-elle ravie au fond de constater qu'elle pouvait encore émouvoir son insatiable sensualité et ainsi conserver quelque pouvoir sur lui.

Même si elle en avait eu envie, céder eût été la dernière chose à faire. L'œil rancunier il la regardait remettre son bas, nouer le ruban au-dessus du genou...

– Dieu ne réclame que nos plus hautes pensées et nous sommes toujours liés l'un à l'autre. Ne fût-ce que par cet enfant que vous m'avez donné...

– Parlons-en, de cet enfant ! Vous vous en souciez comme d'une guigne ! Sans votre noble mère qui l'a sauvé des entreprises de votre chancelier, je porterais son deuil !

– Comment ?... Qu'est-ce que c'est que cette histoire ? Vous avez eu à vous plaindre... d'une quelconque tentative ?...

– Pourquoi croyez-vous que je cache celui que la princesse douairière appelle le « cher petit mystérieux » ?

– Vous le... cachez ? Racontez-moi !

Ce fut vite fait. Aurore avait à présent hâte de rentrer chez elle. Quand ce fut fini Frédéric-Auguste leva sur elle un regard plein de tristesse, comme elle ne lui en avait jamais vu.

– J'espère que vous n'avez pas cru que j'étais à l'origine d'une pensée aussi vile ?

– Vous combattiez les Turcs et je n'ai rien pensé de tel. D'autant moins que j'ai été prévenue par votre mère...

– Merci. Je ferai en sorte que cela ne se reproduise plus. Où est-il ?

Elle hésita à répondre. Voyant ses yeux faire le

tour de la pièce avec une inquiétude qu'elle ne cherchait pas à cacher, il rugit :

– Aurore ! C'est mon fils ! Quiconque y toucherait aurait à m'en répondre sur sa tête !...

– Il est à Hambourg, dans notre demeure familiale.

– C'est trop loin de Dresde ! Je vais peut-être me rendre à Berlin négocier l'appui de Frédéric-Guillaume pour mon élection au trône de Pologne. Dans ce but je compte accéder à son souhait déjà ancien de récupérer Quedlinburg et surtout son abbaye qui faisaient partie de ses droits ancestraux...

– Vous voulez lui vendre Quedlinburg en échange de son aide ? Mais cela va faire une révolution là-bas...

– Eh bien, vous y serez pour faire passer la pilule. N'en êtes-vous pas prieure ?

– Je ne suis rien du tout sinon simple chanoinesse. La prieure doit être élue par le chapitre et je peux vous assurer que personne ne votera pour moi !

– Raison de plus pour que je me débarrasse de domaines importants sans doute mais où l'on tient ma volonté pour lettre morte ! Rentrez à Quedlinburg pour leur annoncer la nouvelle !

– Vous avez vraiment envie qu'elles m'arrachent les cheveux ?

– Elles s'en garderont bien parce que aussitôt après vous proposerez de vous rendre à Berlin afin de négocier pour moi l'aide de l'Electeur et ensuite que l'abbaye ne soit pas sécularisée. Ce qu'elles vont redouter par-dessus tout ! Naturellement vous réussirez et ce serait le diable si ensuite vous n'étiez pas nommée prieure !

– Vous croyez ? fit Aurore à qui cette combinaison semblait abracadabrante.

– J'en suis d'autant plus certain que je vais devoir me convertir au catholicisme : elles finiront par être ravies de ne plus appartenir à un hérétique, fût-il roi de Pologne ! Quand vous serez à Berlin faites venir votre fils et attendez l'élection. Vous me l'amènerez lors des fêtes du couronnement.

– Vous parlez comme si vous étiez sûr d'être élu. On chuchote pourtant que le prince de Conti a de plus grandes chances parce qu'il a combattu contre les Turcs, lui aussi... et que Louis XIV est beaucoup plus riche que vous. En outre les Polonais adorent la France.

– Ils m'adoreront moi ! Et d'autant plus lorsqu'ils sauront que j'aurai quelques milliers d'hommes à la frontière...

Il n'y avait rien à répondre à cela. Un peu désorientée tout de même, Aurore se donnait le temps de la réflexion.

– C'est un argument, en effet, mais peut-être pas pour gagner des amis et par conséquent des voix ?

– Je me ferai aimer après ! Ferez-vous ce que je vous demande ?

– Vous ai-je déjà refusé quelque chose ? J'irai donc à Berlin, encore que je n'y connaisse pas grand monde !

– Mon épouse y veillera. Vous aurez une lettre

d'elle ! Il paraît qu'elle vous aime énormément. C'est étrange, non ?

– Pas tellement ! Je dirai qu'elle m'aime par comparaison.

Cette fois le prince fronça le sourcil :

– Comment l'entendez-vous ?

– Il n'y a pas si longtemps, Monseigneur, nous nous entendions à demi-mot. Est-ce à Vienne que l'on vous a fait perdre le sens de l'humour ? demanda-t-elle en riant.

Ce rire le dérida et il fit chorus, sa bonne humeur retrouvée. Prenant la main d'Aurore il en baisa la paume, comme autrefois, refermant ensuite les doigts de la jeune femme sur son baiser.

– En vérité, comtesse, je crois qu'aucune femme au monde ne vous est comparable !

Il ne restait plus à Aurore qu'à se retirer. Sa profonde révérence fut un chef-d'œuvre de grâce mais elle eut à peine le temps de l'achever : la porte venait de s'ouvrir brusquement sous la main impatiente d'une très jolie – et très jeune ! – femme blonde dont la peau laiteuse ne retenait pas les ombres. Les yeux énormes avaient la couleur exacte de ces belles prunes violettes que l'on appelait quetsches cependant que la bouche, minuscule et rouge, avait l'air d'une cerise. Blonde comme les blés, la belle enfant portait une robe de satin rose et de dentelles blanches qui n'aurait pas laissé ignorer grand-chose des épaules et d'une gorge rondes et soyeuses n'eût été la parure de perles et de diamants ornant le cou délicat et les petites oreilles. La princesse douairière avait raison :

crème fouettée et pétales de rose givrés, l'apparition ressemblait assez à un gâteau savoureux tout à fait propre à exciter l'appétit vorace de Frédéric-Auguste. Mais c'était une pâtisserie qui ne manquait pas de caractère :

– Hé bien, Monseigneur ? s'écria-t-elle le seuil à peine franchi. A quoi donc pensez-vous ? Voilà une demi-heure que je vous attends !

Les sourcils d'Aurore remontèrent au milieu de son front devant une entrée aussi fracassante et qu'en son temps elle ne se serait jamais permise. Or, au lieu de mécontenter le prince, elle amena sur son visage un sourire réjoui à la limite de la béatitude :

– Je viens, je viens, ma chère ! Vous n'ignorez pas que...

Mais la jeune personne avait détourné son attention en direction d'Aurore dont la découverte ne semblait pas lui agréer :

– Qui est-ce ? demanda-t-elle avec un mouvement du menton qui donna aussitôt à celle-ci l'envie de la gifler.

Cependant Frédéric-Auguste toujours aussi attendri répondait :

– Une amie précieuse ! Il est vrai que vous ne vous êtes pas encore rencontrées. Ma chère Aurore, je vous présente la comtesse Maria d'Esterlé que j'ai eu le plaisir de connaître à Vienne. Maria, voici la comtesse Aurore de Koenigsmark, chanoinesse de Quedlinburg !

– Oh, une nonne ! On ne le dirait pas...

– Monseigneur, coupa Aurore froidement, vous

me permettrez de me retirer ! Je comprends de mieux en mieux la princesse votre épouse !

Sans attendre de réponse et estimant qu'ayant salué une fois c'était suffisant pour la journée, elle se dirigea rapidement vers la porte, l'ouvrit et disparut en la claquant derrière elle d'une façon aussi peu protocolaire que possible, et peu importait ce que pourrait en penser l'amant princier de cette dinde ! Pour la première fois elle lui avait trouvé quelque chose de bovin dans l'expression.

Elle redescendait l'escalier en s'efforçant de masquer sa colère – ce qui n'était pas facile parce que son pied était encore douloureux – sous une grande dignité apparente quand elle entendit derrière elle un petit rire qui la suivit jusqu'au bas des marches. Là, elle se retourna et reconnut Flemming.

– Ne vous fâchez pas ! se hâta-t-il de dire en recevant son regard furieux en plein visage. Ce n'est pas de vous que je ris, comtesse !

– De qui alors ?

– De la situation que vous venez d'affronter. Vous venez de faire la connaissance de la mignonne Esterlé, le joli joujou de Son Altesse...

– Joujou ? Si quelqu'un est le joujou de l'autre, ce n'est certes pas elle ! Où cette pimbêche a-t-elle été élevée ? Et il accepte cela ?

– Disons... que cela le change, donc l'amuse. Quant à savoir si l'amusement durera longtemps...

– Je vais vous le dire, moi ! Jusqu'aux premières nausées d'une grossesse. Ce genre de poupée ne les supportera pas sans aigreurs et tel que je connais le prince...

– Oh, je compte veiller à ce qu'elle ne devienne pas trop envahissante ! Le pouvoir d'une maîtresse ne devrait pas s'exercer au-delà de la chambre à coucher. A ce propos, comtesse...

– C'est justement un propos que je refuse de débattre avec vous, Monsieur le chancelier !

– Pourquoi donc ? Je songeais à vous offrir une sorte... d'armistice !

– Tout armistice suppose un combat préalable, fit la jeune femme avec une désinvolture où entrait quelque mépris. Quand nous sommes-nous affrontés ? Ah si, je crois me souvenir de vous avoir giflé. C'est d'une belle âme si vous l'avez oublié. Il faut dire que vous m'aviez gravement offensée... Ne m'aviez-vous pas menacée de me le faire payer ? Ce à quoi vous n'avez pas manqué... Alors de quoi parlons-nous ?

Flemming eut un mince sourire qui n'atteignit pas ses yeux froids :

– Peut-être de placer nos relations sur un plan moins abrupt ? Surtout si vous souhaitez tenter de reprendre ce qui vous appartenait. En ce cas je vous aiderai. Cette femme est si avide qu'elle est capable de dévorer la trésorerie de la Saxe. Et cela à un moment où nous briguons la couronne de Pologne...

Elle posa sur lui son beau regard grave :

– Je n'ai pas l'intention de faire la moindre tentative dans le but d'évincer la dame en question. Son Altesse et moi sommes d'accord pour garder à nos relations les couleurs de l'affection. Le statut de favorite ne saurait convenir à la prieure de Quedlinburg. En revanche son dévouement est entièrement acquis au prince qu'elle entend servir de son mieux chaque fois qu'il le lui demandera. Si vous êtes attaché à sa gloire comme on le dit, nous devrions nous retrouver dans le même camp. A présent souffrez que je vous quitte ! Dès demain je repars pour mon couvent.

– Vous ne restez pas à Dresde ? émit-il sincèrement surpris.

– Pour y faire quoi ? Servir de cible à la nouvelle élue, ce que je ne saurais supporter, et obligerait Son Altesse à des arbitrages aussi déplaisants pour elle que pour moi ? Laissons Monseigneur à sa lune de miel et faisons notre possible pour l'aider à devenir roi de Pologne ! C'est bien ce que vous voulez ?

Flemming recula de deux pas comme s'il souhaitait prendre la mesure de ce nouveau personnage qu'on lui montrait :

– Absolument !...

Puis il se cassa en deux pour un profond salut :

– Veuillez me pardonner, comtesse ! Je vous avais mal jugée.

– Si vous le pensez réellement, c'est parfait, Monsieur le chancelier, conclut-elle avec un sourire.

Là était la question : avait-elle réellement réussi à le convaincre ? Il était méfiant comme un chat et sans doute capable des pires fourberies mais, pour l'instant, elle préférait le croire, ce qui lui assurait – au moins pour un temps – une certaine tranquillité d'esprit de ce côté-là !

En regagnant sa communauté quelques jours plus tard, elle sut que les nouvelles avaient couru plus vite que ses chevaux. Le bruit de la cession au Prince-Electeur de Brandebourg avait mis la volière en ébullition. Le retour d'Aurore déclencha une sorte de révolution. Lorsqu'elle reparut au chapitre, elle eut à peine le temps de prendre place dans sa stalle : la vieille Schwartzburg lui sauta littéralement à la figure :

– Vous ne manquez pas d'audace d'oser reparaître dans cette sainte maison après ce que vous avez fait !

Aurore leva un sourcil délicat :

– Ce que j'ai fait ? Je serais fort aise de l'apprendre.

– Ne faites pas votre mijaurée ! On sait des choses et surtout à qui nous sommes redevables de cette cession immonde que l'on fait de nous à l'Electeur de Brandebourg. C'est une honte, une infamie et nous ne supporterons pas plus longtemps la présence parmi nous d'une traîtresse qui, pour se venger de s'être vu refuser le priorat, est allée s'en plaindre à son amant ! Aussi veuillez sortir d'ici sans attendre que l'on vous chasse...

Sans lui répondre Aurore se tourna vers l'abbesse qui semblait plutôt mal à l'aise :

– Mme de Schwartzburg a-t-elle été mandatée par Votre Grandeur ou bien n'assistons-nous qu'à une crise de cette humeur noire qui est son état naturel ?

– Je n'ai mandaté personne et notre vénérable sœur n'exprime que sa propre opinion. Je reconnais cependant que le doute nous a effleurées toutes en apprenant votre présence à Dresde au moment même où le prince prenait cette fâcheuse décision...

– J'y étais en effet mais la décision était prise avant mon arrivée. Son Altesse Electorale souhaite s'attirer l'amitié de l'Electeur de Brandebourg en accédant à son désir maintes fois exprimé de récupérer la terre et le tombeau de ses ancêtres !

– Touchante sollicitude ! ricana Schwartzburg. Et pour obtenir quoi en échange ?

– Je n'ai pas à vous l'apprendre. Sachez seulement que Son Altesse n'a pas encore fait savoir sa décision à Berlin et qu'elle m'a chargée de m'y rendre afin d'y porter notre voix : la cession ne se fera que si l'Electeur s'engage formellement à ne pas nous séculariser.

Si elle pensait calmer la mégère, elle se trompait. Celle-ci n'en cria que plus fort :

– Et c'est vous qu'il envoie ? Vous la moins qualifiée d'entre nous ? Pense-t-il que sa maîtresse aura plus de poids que notre mère abbesse qui est princesse de Saxe-Weimar ?

– Elle est justement de trop haute naissance pour se commettre dans des discussions d'ordre politique et je ne suis venue que pour lui demander de m'investir...

– ... de la charge de prieure, évidemment ! Votre histoire, la belle, est cousue de fil blanc !

– Et vous, tâchez donc de rester polie comme je le suis ! Dans l'esprit du prince, mon accession au priorat pourrait être ma récompense si je réussis. A présent, si vous voulez faire vous-même le voyage de Berlin, je n'y fais pas obstacle, mais peut-être conviendrait-il de réformer votre langage juste bon à débattre du prix d'une volaille ou d'un veau sur un marché !

– Vous osez ? espèce de...

Aurore ne sut jamais de quelle épithète on allait la gratifier. Les voisines de la Schwartzburg s'employaient à la retenir pour l'empêcher de se jeter sur son ennemie. L'abbesse se leva et frappa le sol de sa crosse afin de rétablir le silence :

– En voilà assez ! J'autorise sur l'heure notre sœur Aurore de Koenigsmark à faire entendre notre voix à Berlin. Si elle réussit, elle aura droit à notre gratitude et nous voterons alors sa nomination... au rang de prieure ! Maintenant, mettons fin à cet épisode scandaleux en nous tournant vers Dieu et en L'implorant de nous le pardonner et de nous éclairer !

Il n'y avait rien à ajouter.

Tandis que les voix des chanoinesses s'élevaient harmonieusement dans la grande église pour solliciter la protection du Saint-Esprit dans les jours incertains qu'allait vivre la communauté, Aurore se demandait si un jour elle trouverait vraiment sa place au milieu de ces femmes dont la plupart lui étaient hostiles. Il fallait bien admettre que la décision de Frédéric-Auguste tombait aussi mal que possible et la mettait dans une situation difficile. Que se passerait-il si le Brandebourgeois s'obstinait à séculariser le vieux couvent, si elle revenait bredouille de sa mission ? Il lui resterait à regagner Hambourg pour y vivre auprès de son fils sans beaucoup d'espérance de lui préparer l'avenir glorieux dont elle rêvait. Dans la clameur que ses compagnes adressaient au Ciel en le priant d'écarter le malheur de leur sainte maison et d'en chasser les mauvais esprits, elle croyait déceler une vague menace... Aussi pensa-t-elle que plus tôt elle partirait et plus vite elle serait fixée. D'ailleurs ne devait-elle pas attendre à Berlin que son prince volage ait réussi à mettre la main sur la Pologne ?

Rentrée dans sa maison, elle y donna les ordres nécessaires. Elle envisageait son départ pour le surlendemain afin de s'accorder au moins vingt-quatre heures de répit et écrire quelques lettres à sa sœur afin de la mettre au courant de ce dernier avatar. Elle remit à plus tard celle destinée à Ulrica lui ordonnant de lui amener Maurice. Ne connaissant personne à Berlin il faudrait d'abord savoir où elle-même allait loger.

Elle en était là de ses préparatifs quand Utta lui annonça une visite :

– Monsieur le baron d'Asfeld demande si Madame la comtesse peut le recevoir. Il attend dans le petit salon.

Aurore faillit crier de joie et dut faire appel à tout son sang-froid pour ne pas se précipiter en courant vers ledit salon. La réapparition de celui qu'elle considérait comme son plus fidèle ami, lui semblait une merveilleuse réponse aux questions qui encombraient son esprit.

Prenant le temps d'un coup d'œil au miroir, elle descendit rapidement, trop heureuse pour emprunter l'allure compassée propre à une chanoinesse. Se rappelant d'ailleurs leur dernier revoir à Dresde où elle l'avait fait passer pour son cousin afin d'éviter la colère de Frédéric-Auguste, elle entra vivement dans la pièce en s'écriant :

– Cousin Nicolas ! Mais quelle joie de vous revoir !

Le curieux visage du jeune homme creusé par deux cicatrices, souvenirs de duels déjà anciens, s'illumina :

– Vrai ? Cela vous fait plaisir ?

– Bien plus encore ! J'ai eu de vos nouvelles par la baronne Berckhoff. Elle m'a dit que vous aviez quitté l'armée, que vous vous étiez retiré sur vos terres. N'est-ce pas un peu tôt pour prendre une retraite ?

– Non. Je ne pouvais plus rester chez le duc de Celle. Pendant des mois on n'a rien su de vous et j'en devenais fou. J'imaginais Dieu sait quoi. Le bruit courait même que vous étiez morte en donnant le jour à un enfant.

– Il est exact que j'ai un fils mais je n'y ai pas laissé la vie. En revanche j'ai dû le cacher : il me fallait le soustraire aux entreprises du chancelier Flemming. Quant à ma liberté je ne l'ai retrouvée qu'en acceptant de revêtir ce costume et me voici chanoinesse !

– Vous avouerai-je que j'en suis ravi ? Quedlinburg est une bonne protection... et en plus nous sommes voisins. Bien sûr j'ai été déçu en apprenant que vous étiez déjà repartie. Pour Dresde évidemment, ajouta-t-il avec un rien d'amertume qui fit sourire Aurore ; apparemment il n'était pas guéri de cette maladie d'amour qu'elle lui avait inspirée.

– J'ai fait quelques visites d'abord puis, en effet, je suis retournée là-bas mais n'y suis guère restée. Et je vais repartir dès demain.

– Si promptement ? mais pourquoi ?

– Je suis investie d'une mission auprès de l'Electeur de Brandebourg et je me rends à Berlin.

– Seule ?

– Si l'on excepte ma femme de chambre et mon fidèle cocher, oui, je pars seule mais...

– Laissez-moi vous accompagner ! Les routes ne sont pas sûres... et je ne sais que faire de mes journées...

– Mais vos terres... et surtout votre mère ? On m'a dit qu'elle était de santé fragile, qu'elle avait besoin de vous ?

– Depuis un mois elle n'a plus besoin de rien, hélas...

– Oh, je suis désolée, Nicolas !

– Ne le soyez pas. Elle est allée rejoindre mon père dont elle ne cessait de déplorer la perte. Pour elle c'est une délivrance... Quant à mes domaines ils sont aux mains d'un excellent régisseur. Je suis donc entièrement libre... et tout à votre service si vous m'acceptez comme chevalier servant !

Aurore réfléchit un instant. L'idée d'avoir auprès d'elle sur les longs chemins un défenseur de cette trempe était plus que réconfortante ! Surtout si Asfeld consentait à reporter sur le petit Maurice un peu de ce grand dévouement qu'il lui offrait ?... A l'heure actuelle, l'enfant était en sécurité au cœur de la vieille maison familiale pleine de serviteurs dévoués et sous l'égide d'Ulrica, mais qu'en serait-il quand il prendrait la route de Berlin ? Certes Flemming avait rendu les armes. Pour un moment du moins mais, avec un tel homme, qui pouvait dire si, dans la suite des temps, il s'en tiendrait à cette sagesse toute neuve ? En outre, la mère de Maurice ignorait si d'autres ennemis inconnus ne se manifesteraient pas. A commencer par le « corbeau » qui, au temps de sa splendeur, lui adressait de si venimeuses lettres anonymes et dont l'identité demeurait mystérieuse. Il devait se cacher quelque part, celui-là, et nul ne pouvait prévoir s'il ne reparaîtrait pas un jour ou l'autre. Surtout si Frédéric-Auguste coiffait la couronne polonaise.

– Vous ne répondez pas, murmura Nicolas. Ma proposition vous déplaît ?

– En aucune façon, au contraire, mais à une condition...

– Quelle qu'elle soit je l'accepte.

– Seriez-vous devenu imprudent ?

– De vous je suis prêt à accepter n'importe quoi !

Dieu que c'était agréable à entendre ! Restait à le mettre à l'épreuve...

– Il y a quelqu'un qui a besoin de protection beaucoup plus que moi : c'est un petit enfant de quelques mois qui a déjà couru de grands périls...

– Votre fils ?... Depuis que je sais qu'il existe, l'idée ne m'est jamais venue de le dissocier de votre personne ! Il me sera aussi cher que s'il était mien.

Aurore prit le jeune homme aux épaules, se hissa sur la pointe des pieds et l'embrassa comme elle eût embrassé son frère :

– Merci !... Alors demain vous partirez pour Hambourg et vous me rejoindrez ensuite avec lui à Berlin... Je vous le confie !

CHAPITRE III

PAR MONTS ET PAR VAUX...

En arrivant à Potsdam, qui était à Berlin ce que Versailles était à Paris, c'est-à-dire – en moins somptueux – le palais d'été des Electeurs de Brandebourg, ducs de Prusse, Aurore n'eut aucune peine à obtenir une audience grâce à la lettre que lui avait remise, pour son frère, la pauvre Christine-Eberhardine. En pleurant d'ailleurs : l'épouse de Frédéric-Auguste était toujours aussi désolée de voir repartir l'ancienne maîtresse de son époux :

– Je comptais tellement sur vous pour me débarrasser de cette pécore ! Vous n'imaginez pas à quel point elle m'insupporte ! Au moins revenez bientôt !

– Soyez sans crainte ! Je ne manquerai pas de venir saluer Votre Altesse Electorale lorsqu'elle sera devenue Sa Majesté la reine de Pologne !

– C'est que, voyez-vous, je ne suis pas certaine d'en avoir envie...

– Oh, Madame ! On dit pourtant que les Polonais sont des gens charmants...

– Et que dit-on des Polonaises ? Devenu roi

mon noble époux n'aura plus que l'embarras du choix ! Je vais vivre des jours affreux !

– Pourquoi donc ? Ce sera peut-être la fin de la comtesse Esterlé ? Je ne crois pas Monseigneur capable d'une longue fidélité[1]. Disons que... c'est une habitude à prendre. Une fois reine, Votre Altesse verra cela du haut d'un trône. C'est plus difficile à atteindre et cela l'aidera !

– Dieu vous entende ! En tout cas, à Berlin, méfiez-vous de ma belle-sœur ! Si vous pouvez éviter de la voir ce n'en serait que mieux !

Aurore le croyait volontiers : la princesse de Prusse n'était autre que Sophie-Charlotte de Hanovre, la belle-sœur – aussi ! – de la prisonnière d'Ahlden, et la comtesse de Koenigsmark n'était pas une inconnue pour elle. En digne fille de la redoutable Electrice Sophie, elle était de ceux qui avaient pourri la vie de la malheureuse Sophie-Dorothée de Celle, contribuant ainsi à la jeter dans les bras de Philippe de Koenigsmark pour, après l'assassinat du jeune homme, l'écraser de son mépris. A y réfléchir l'ambassadrice de Quedlinburg trouvait que son ex-amant avait eu une drôle d'idée de l'envoyer, elle, défendre les intérêts du chapitre alors qu'elle n'était qu'une simple chanoinesse. Cela revenait à l'abbesse en personne. Et pourquoi donc pas à la redoutable princesse de Holstein-Beck, l'amie de cœur de la Schwartzburg ?

Cette question, elle l'avait posée à Christine-

1. On prête au prince quelque trois cent soixante bâtards, presque autant que de jours dans l'année. Il n'en reconnut que six ou sept.

Eberhardine avant de la quitter. Celle-ci, cessant un moment de larmoyer, lui avait décoché :

– Vous les avez déjà regardées à deux fois ? Elles ne sont pas loin de tomber en ruine, ce qui, Dieu merci, n'est pas votre cas. Et il se trouve que mon frère, même s'il est marié à une mégère, sait apprécier une jolie femme...

Aurore n'avait pas osé demander jusqu'à quel point. Aussi quand elle eut reçu une réponse favorable à sa demande d'audience choisit-elle de porter la somptueuse mais sévère robe de chœur en épaisse faille noire dont les larges manches et la traîne s'ourlaient d'hermine. Ne venait-elle pas demander – officiellement – que l'on n'impose pas une sécularisation qui détruirait la communauté ? Aussi s'était-elle interdit toute fantaisie.

Son cœur n'en battait pas moins la chamade quand, par une belle matinée ensoleillée, sa voiture la déposa au palais de Potsdam gardé par d'imposants grenadiers. La demeure en elle-même n'avait rien d'exceptionnel. C'était plus un gros château campagnard qu'une demeure princière mais les jardins très fleuris étaient beaux et l'intérieur nettement plus orné : tapis, miroirs, meubles précieux et tableaux de valeur plaidaient en faveur du goût de l'Electrice...

Un officier aussi raide que les sentinelles la conduisit à travers une enfilade de salons jusqu'à une pièce abondamment garnie de livres qui était le cabinet de travail du prince. Celui-ci s'y tenait debout derrière une longue table chargée de papiers et de boîtes à courrier, tenant dans ses mains un manuscrit ancien dont il examinait les illustrations... Au physique c'était un homme de belle taille mais qui ne semblait pas jouir d'une santé excellente. Dans son visage pâle on remarquait surtout le nez en bec d'aigle et, sous des sourcils arqués, les yeux noirs et vifs. Doté par la nature de cheveux hirsutes il les dissimulait sous une perruque à la Louis XIV qui lui permettait en outre de cacher une déformation à la base du cou, due à une chute des bras de sa nourrice lorsqu'il était enfant. Durant des années il avait été obligé de porter un corset rigide et en gardait un aspect contrefait qui le faisait paraître plus chétif qu'il ne l'était en réalité...

Il répondit par un sourire incertain à la profonde révérence de sa visiteuse et d'une voix légèrement tremblante la pria de s'asseoir. En effet cet échantillon des arrogants Hohenzollern souffrait d'une timidité résultant d'une enfance malheureuse aux mains d'une belle-mère odieuse grâce à laquelle il avait vécu plus souvent dans d'autres cours allemandes que dans la sienne. Après avoir considéré Aurore avec une certaine surprise, il toussota, s'assit derrière son bureau et finalement déclara :

– C'est un plaisir rare, comtesse, que de recevoir l'une des nobles dames de Quedlinburg. Inattendu aussi... et d'autant plus apprécié. Aurai-je le bonheur que votre sainte communauté ait besoin de moi ?

Le ton était confit et la « sainte communauté » faillit déclencher un éclat de rire. La sainteté convenait aussi mal que possible à l'agglomérat de femmes hautaines et le plus souvent acariâtres qu'Aurore représentait mais ce n'était pas le moment de se laisser aller à une gaieté intempestive. Au contraire elle baissa les yeux et plia sa voix à une vague hypocrisie :

– Je suis infiniment heureuse, Monseigneur, que Votre Altesse Electorale ait si bonne opinion de notre modeste maison. Cela rend ma mission plus facile.

– Votre mission ?

– Dont je suis fière ! Notre mère abbesse me l'a confiée avec un vif regret alors qu'elle eût souhaité venir elle-même. Malheureusement sa santé n'est pas des meilleures sinon elle ne laisserait à personne la joie de venir faire allégeance à Votre Altesse.

Frédéric III ouvrit de grands yeux :

– Vous avez dit « allégeance » ? Cela signifie-t-il que mon cousin de Saxe est prêt à me rendre Quedlinburg ?

– C'est ce qu'il m'a laissé entendre car, à dire la vérité, Monseigneur, je suis son envoyée au moins autant que celle de mère Anne-Dorothée. En fait, le prince de Saxe, luthérien de confession, tient chèrement à une abbaye qui est sans doute la plus noble de l'empire, mais un roi de la Pologne catholique ne saurait que faire de ce joyau... haut lieu de la pensée réformée... Ce qui le met dans un énorme embarras.

– Ah !

Il y eut un silence au cours duquel chacun des deux personnages observa l'autre. Enfin, au bout d'un moment qui parut à Aurore durer un siècle, le prince laissa tomber :

– Je serais, vous n'en doutez pas, fort heureux de retrouver Quedlinburg mais, si je vous ai bien comprise, je ne l'aurai que si l'Electeur de Saxe reçoit l'antique trône des Jagellons ? Ce qui est en dehors de mon pouvoir !

– Vous êtes prince riverain comme le tsar Pierre et l'empereur Léopold. Votre soutien est donc primordial.

– Si j'en assure Frédéric-Auguste, j'aurai Quedlinburg ?

– J'en réponds... non sans faire entendre une... condition à laquelle mon prince attache du prix.

– Laquelle ?

– Que nous ne serons pas sécularisées.

– C'est important ?

– Très !

– Alors vous avez ma parole. Et c'est avec joie que je m'y rendrai pour m'incliner au tombeau de l'empereur Henri et rassurer vos nobles sœurs en Jésus-Christ, comtesse. Quant à mon appui, il est tout acquis à l'Electeur de Saxe... mais je me demande s'il lui sera très utile ?

– Son Altesse le considère comme essentiel.

– Sans doute, sans doute, mais le bruit court que la Diète polonaise aurait déjà arrêté son choix sur un Français, le prince de Conti, et que celui-ci aurait pris la mer pour venir se faire couronner...

En laissant tomber ces paroles avec une sorte de négligence le Prussien releva soudain les paupières qu'il tenait baissées et Aurore reçut en plein visage un regard si pétillant d'ironie qu'elle en fut sidérée. L'autre en profita pour enfoncer le clou :

– Peut-être... conviendrait-il de se hâter ? Le

voyage est long par mer et la frontière polonaise n'est pas très éloignée de Dresde...

Aussitôt Aurore fut sur pieds :

– Il convient en effet de se hâter ! Daigne Votre Altesse Electorale recevoir mes vifs remerciements pour son judicieux conseil !

Elle était au plus profond de sa révérence quand elle l'entendit toussoter puis ajouter :

– Hum !... L'Electeur de Saxe est vu favorablement par l'empereur Léopold. S'il réussit dans son entreprise, il pourrait peut-être soutenir notre cause ? Voilà un moment déjà que j'ai... suggéré l'idée de changer mon duché de Prusse en royaume...

Tiens donc ! Voilà qui était nouveau, pensa Aurore qui se hâta de dire :

– Une excellente idée, Monseigneur ! Et je ne doute pas qu'elle rencontre en Saxe un écho favorable...

L'instant suivant elle avait disparu et le futur monarque écoutait décroître le claquement rapide de ses talons avec un sourire béat. En fait, Aurore, sa traîne ramassée sur son bras, courait littéralement vers sa voiture, dévalant le grand escalier à une allure qui capta l'attention des gigantesques soldats de garde : c'était bien la première fois qu'il leur était donné d'apercevoir les chevilles d'une chanoinesse !

Au logis qu'elle avait loué aux approches du palais, elle lança sans tarder le branle-bas de combat. Après avoir ordonné à Gottlieb de préparer ses chevaux et lui-même à un voyage, elle changea de vêtements tandis qu'Utta lui préparait un bagage léger :

– Même si je dois aller jusqu'à Dresde je ne serai pas longtemps absente, dit-elle à la jeune fille déjà affolée. Toi tu restes ici pour y attendre Ulrica et mon fils et vous n'en bougerez qu'à mon retour !... Et ne commence pas à pleurer, je ne t'abandonne pas en plein désert !

Ayant dit, elle eut un bref entretien avec Mme Brauner, la propriétaire de la maison qui officiait aussi comme gouvernante, monta en voiture et reprit la route de Dresde.

Elle y fut au soir du surlendemain, constata qu'il n'y avait toujours personne chez les Loewenhaupt, se rendit au Residenzschloss... pour y apprendre que Frédéric-Auguste était parti pour Varsovie le jour où elle-même quittait Berlin... et demanda si la princesse douairière pouvait lui accorder une audience en dépit de l'heure qui se faisait tardive. Cinq minutes plus tard elle s'inclinait devant la vieille dame. Celle-ci, son souper achevé, était aux mains de ses femmes pour sa toilette du soir mais elle les renvoya aussitôt. Aurore la trouva en robe de chambre et bonnet de nuit – un étonnant échafaudage de dentelles et de rubans sous lequel disparaissait sa chevelure –, assise dans un fauteuil près d'une fenêtre ouverte sur le jardin nocturne, une bible dans les mains. Elle reçut sa visiteuse avec un chaleureux sourire :

– Ma chère enfant, je n'espérais pas vous revoir si tôt !

– Moi non plus, Votre Altesse Royale, et je demande excuse pour avoir osé vous déranger dans vos oraisons d'avant le coucher... mais il m'est apparu que l'affaire était d'importance. J'avoue que...

Elle ne savait plus, tout à coup, comment tourner sa phrase. Anna-Sophia s'en chargea pour elle :

– ... que vous êtes un peu déçue de ne pas rencontrer mon fils ? On vous a dit qu'il se rend en Pologne ?

– En effet, mais j'ai cru comprendre qu'il avait emmené une partie de sa cour ? Ce qui signifierait qu'il ne se presse pas ?

– C'est exactement cela. Le beau temps l'y a décidé. Il pense faire une entrée... aimable chez ses futurs sujets ainsi qu'aux fêtes qui ne manqueront pas de se dérouler pour le couronnement.

– C'est que, justement, le couronnement pourrait ne pas avoir lieu s'il ne se dépêche pas. Ce n'est vraiment pas le moment de batifoler en route !

La colère qui vibrait dans la voix d'Aurore, bien qu'elle tentât de la juguler, inquiéta la princesse.

– Mon Dieu ! Vous m'effrayez ! Que se passe-t-il ?

La jeune femme raconta alors sa visite à l'Electeur. Elle avait à peine achevé qu'Anna-Sophia se levait pour aller vers un petit secrétaire où il y avait le nécessaire pour écrire :

– Asseyez-vous là, Aurore, et écrivez-lui ce que vous venez de me raconter ! Pendant ce temps, je vais faire chercher le plus rapide des courriers de la Cour. Il aura vite fait de le rejoindre !

– C'est que... j'aurais préféré le lui dire de vive voix, hasarda Aurore en prenant place devant une feuille de papier qu'elle lissa machinalement.

– Vous avez vu votre tête ? fit rudement la vieille dame. Vous êtes recrue de fatigue et cela se voit. Avez-vous vraiment envie de donner matière à comparaisons ?

– Ah !... Il l'a emmenée ?

– La d'Esterlé ? Evidemment. Son épouse, elle, se morfond entre ces murs. On ne l'a pas invitée sous le ridicule prétexte qu'il pourrait y avoir du danger... Sottises ! Inepties ! Comme si ce n'était pas sa place de marcher aux côtés de son mari sur le chemin d'un trône ! Cette chipie viennoise n'est qu'une dinde prétentieuse...

– Mais il l'aime ! soupira douloureusement Aurore.

– Je ne suis pas certaine que ce soit de l'amour. Elle ne cesse de l'exciter et c'est à peine s'ils ne batifolent pas en plein Conseil ! Une chose est certaine, en tout cas : elle exaspère Flemming qu'elle traite comme un valet ! A mon avis cela ne durera pas, ajouta-t-elle en glissant un coup d'œil vers sa visiteuse occupée à écrire. Sans s'interrompre, celle-ci sourit :

– Vous êtes infiniment bonne pour moi, Madame, mais je suis résignée à présent.

– C'est un tort ! La résignation ne convient pas à une femme telle que vous !

La demi-heure suivante, un courrier à cheval franchissait au galop les portes de Dresde et Aurore, après une brève visite à Christine-Eberhardine qui la reçut, comme d'habitude, en pleurant, rentrait à la maison Loewenhaupt afin d'y prendre un repos largement mérité. Mais, le lendemain, elle repartait pour Potsdam...

Une vraie joie l'y attendait : tout le monde était là, y compris Amélie qui s'apprêtait à quitter Hambourg quand Nicolas d'Asfeld était arrivé. Pour sa plus grande satisfaction. Jusqu'à présent, elle n'avait encore jamais rencontré le compagnon d'aventures de sa sœur mais elle en avait trop entendu parler pour ne pas lui accorder une sympathie immédiate. Ils s'entendirent d'autant mieux que le jeune Maurice accorda d'emblée à Nicolas la plus flatteuse attention. Surtout après qu'il eut chanté pour lui un soir de mauvaise humeur où, aux prises avec ses premières dents, il refusait de s'endormir et emplissait la maison de ses clameurs. Le jeune homme prit sa guitare, s'installa auprès du petit lit et à mi-voix entama une berceuse tandis qu'Ulrica frottait doucement les gencives douloureuses avec de la guimauve. L'effet fut miraculeux : en peu de temps le bébé se calma et s'endormit en suçant son pouce.

Après toutes ces allées et venues, Aurore apprécia de rester quelque temps sous les beaux ombrages de Potsdam, une halte de simple vie familiale à l'écart de la politique et de ses bouleversements. Par Nicolas qui avait des cousins à Berlin et des relations au palais, on était tenu au courant, presque jour par jour, de ce qui se passait à la frontière de l'Est et au-delà. Ce qui n'était pas simple et même plutôt inquiétant. L'Electeur de Saxe était en effet entré en Pologne, non plus escorté par des courtisans et de jolies femmes mais bien à la tête d'une armée, et marchait sur Cracovie, la vieille cité universitaire où les rois de Pologne étaient traditionnellement couronnés dans l'église Saint-Jean où reposaient leurs prédécesseurs. Si Frédéric-Auguste s'attendait à être accueilli avec des fleurs, il dut déchanter. Fidèle à ses habitudes, la Diète n'avait pas encore fini de débattre sur le choix du futur souverain. En apparence Conti était déjà élu, mais en réalité ce n'était pas tout à fait cela. Scindée en deux partis la Diète n'était pas loin d'en venir aux armes dans l'enclos de Vola, près de Varsovie, où elle se réunissait.

« Les deux camps, rapporte un chroniqueur local, devenus d'une force à peu près égale se contemplèrent longtemps avec une haine sinistre. Ils se menacèrent, s'injurièrent, brandirent leurs armes pour un combat fratricide et l'arène des lois fût devenue une arène de carnage si les chefs les plus influents dans les deux partis n'eussent été effrayés de leur rôle et n'eussent senti l'énorme responsabilité qu'en cette conjoncture fatale leur léguait la Providence. Les "Contistes" espérant en imposer par leur audace s'attroupèrent autour du Primat de Pologne Radzielowski en le suppliant d'en finir. Celui-ci protégé par tous ses amis se trouva enfin obligé d'hasarder ce jour qu'il aurait pu légaliser la veille. Le 27 août, vers six heures du soir, il proclama roi de Pologne François-Louis de Bourbon prince de Conti, puis se rendit à la cathédrale Saint-Jean, s'en fit ouvrir les portes et y entonna le *Te Deum* dans l'obscurité et sans aucune des cérémonies usitées dans les élections royales. Quelques heures plus tard, le parti de Saxe ayant en tête l'évêque de Culavie se rendit à son tour à Saint-Jean où le prélat opposant proclama Auguste II roi de Pologne à la lumière des torches et chanta l'hymne de louange auquel répondirent les acclamations de la foule et soixante-dix coups de canon. La Pologne avait deux rois... »

Il y avait tout de même cette différence due aux faits que Conti était encore en mer avec les navires de Jean Bart et beaucoup d'argent dans les cales tandis que Saxe arrivait à pied d'œuvre et que des chariots chargés de numéraire étaient bien arrivés dans l'enceinte de Vola. Résultat : à la fureur de l'ambassadeur de France, Polignac, et après que Flemming eut réglé avec eux... certains détails, un cortège mené par l'évêque de Culavie et le prince Lubomirski partit pour Tarnowitz où Frédéric-Auguste patientait et le conduisirent à Cracovie où le 15 septembre il fut couronné roi, sous le vocable d'Auguste II – et c'est ainsi que nous l'appellerons désormais ! –, par le primat qui l'avait déjà proclamé à Varsovie...

Cette nouvelle fut pour Aurore et les siens le signal du départ. Le nouveau roi devant séjourner quelques semaines à Cracovie, cela leur laissait le temps de gagner la capitale. On y arriva au tout début d'octobre et Nicolas, qui s'était institué le fourrier des Koenigsmark mère et fils, les logea dans une maison petite mais agréable, dépendance du palais Krasinski et située dans la rue principale de la ville, la Krakowieskie Przedmiescie, qui, comme son nom l'indiquait – en y mettant un peu de bonne volonté ! –, se situait en direction de Cracovie. Lui-même et son valet Josef s'installèrent naturellement dans la meilleure auberge...

Une fois à destination l'attente parut longue : le nouveau roi n'en finissait pas d'arriver. Enfin, vers Noël les trompettes d'argent annoncèrent le cortège qui amenait le souverain. On se hâta alors de gagner le Rynek, la place principale de Varsovie où battait le cœur de la ville. C'était une très belle place où se tenaient régulièrement les marchés. Tout autour, de hautes maisons à pignons de style Renaissance arboraient des couleurs diverses et des peintures à fresque qui en faisaient une sorte de grand livre d'images. Elle était déjà pleine d'une foule nerveuse et impatiente à laquelle il eût été peut-être dangereux de se mêler. Aussi Nicolas d'Asfeld choisit-il de conduire Aurore dans son auberge dont les fenêtres donnaient sur la place. Il y en avait d'ailleurs à toutes les autres et jusque sur les toits. En face d'eux s'ouvrait une rue étroite flanquée de deux tourelles et habituellement fermée par une barrière où veillaient deux hommes d'armes : le ghetto. Mais pour ce jour de fête la barrière était ouverte et une importante délégation de Juifs de la ville s'y massait, escortant la Thora d'or où était écrite la loi hébraïque. La richesse diversement colorée des costumes traditionnels faisait ressembler la place à un champ de fleurs ondulant devant une estrade au sol couvert de tapis où était un trône doré qu'abritait un dais de pourpre à crépines d'or.

Et soudain la foule fut parcourue par une sorte de frisson annoncé par les tambours et la clameur des trompettes : le roi arrivait. Quand il parut sur son cheval blanc richement caparaçonné, Aurore sentit une émotion lui serrer la gorge. Auguste II était en grand costume de sacre, le manteau de pourpre et d'or sur les épaules et, sur sa tête, la couronne dont les pierres étincelaient sous le pâle soleil hivernal. Incontestablement il faisait un beau roi. Il avait si fière allure que des acclamations spontanées montèrent vers lui tandis qu'il allait prendre place sur le siège royal. Se conformant aux usages locaux, il se releva pour recevoir le bourgmestre et ses échevins portant les clefs de la ville. Ils vinrent s'agenouiller devant lui en offrant le coussin de velours rouge où elles étaient déposées. Le nouveau souverain les reçut avec sa bonne grâce habituelle puis entama courageusement une allocution en polonais. Il n'en connaissait pas le premier mot mais avait appris le texte par cœur et remporta un vif succès. Ensuite, retourné s'asseoir sur le trône, il prit le parchemin orné d'un ruban et d'un large cachet de cire rouge qu'on lui tendait et commença à lire les noms de ceux qui composeraient sa Milice Dorée. Ceux qu'il appelait gravissaient tour à tour les quelques marches et venaient s'agenouiller devant lui pour recevoir une sorte d'adoubement. Quand ce fut fini, Auguste remonta sur son cheval afin d'aller faire allégeance à Dieu dans la cathédrale Saint-Jean où le primat l'accueillit, pria avec lui et finalement le bénit – quinze jours avant son entrée à Cracovie, il s'était converti au catholicisme –, puis le raccompagna jusqu'au Zamek, le vicux château royal dont les tours dominaient la ville et où le banquet était servi. Le nouveau roi allait y demeurer quelques jours, le temps pour ses gens d'installer à sa convenance le palais de Wilanow dont la veuve de Jean Sobieski, née Marie-Casimire de la Grange d'Arquien, avait emporté les choses les plus précieuses avant de s'enfuir pour Dantzig. Elle y attendait le prince de Conti dont elle espérait qu'il la rétablirait dans un statut de reine douairière. Bien qu'elle n'y eût aucun droit car, si elle avait trois fils de feu Sobieski, la Diète n'avait voulu à aucun prix de l'aîné, Jacques – les deux autres n'étant encore que des enfants –, pour la simple raison qu'il était né d'une intrigante généralement détestée[1].

Ce qui avait frappé Aurore tandis qu'elle assistait à l'intronisation d'Auguste, c'était que Christine-Eberhardine n'y était pas. Elle était à présent reine de Pologne et cependant elle n'accompagnait pas son époux. Il y avait même gros à parier qu'elle n'avait pas non plus pris sa part du sacre de Cracovie.

– Sans doute n'a-t-elle pas voulu abjurer sa religion. Il doit en être pareillement pour la princesse douairière ?

– C'est possible car, si Anna-Sophia estime comme jadis le roi Henri IV de France que Paris vaut bien une messe, cette opinion n'est valable que pour son fils. Et je vois mal l'épouse royale si

1. Elle allait tenter de se rallier au parti de Saxe mais sans le moindre résultat et dut même s'enfuir en France où le Régent lui accorda une hospitalité négligente au château de Blois et où elle mourut en 1716.

totalement soumise à son mari refuser de le suivre sur le chemin qu'il a choisi. Elle n'en aurait jamais le courage...

– De toute façon elle finira pas être obligée d'y venir, ne serait-ce que pour son enfant s'il doit succéder à son père sur le trône.

– Nous n'en sommes pas encore là, estima Aurore. En attendant, dès ce tantôt nous allons monter au château lui présenter Maurice.

La journée était froide, aussi le petit garçon de quinze mois fut-il chaudement enveloppé d'une pelisse d'hermine à capuchon quand dans les bras d'Ulrica il prit place dans la voiture auprès de sa mère – on avait laissé Amélie au logis –, dont la somptueuse toilette disparaissait sous une ample cape de velours noir doublée de zibeline. Gottlieb sur le siège et Nicolas à cheval à la portière, on prit le chemin du château à travers Varsovie illuminée mais où l'atmosphère de fête était moins sensible que le matin. S'il y avait les chants avinés des éternels ivrognes pour qui l'heure n'existait pas – il était à peine cinq heures –, les maisons éclairées étaient silencieuses pour la plupart. Etait-ce le fait de la neige qui commençait à tomber ou la présence des soldats saxons qui déambulaient un peu partout, mais Varsovie n'offrait pas le visage épanoui habituel aux couronnements et autres joyeuses entrées.

En revanche, le vieux château semblait ressusciter. En pénétrant dans la cour intérieure, où étaient de nombreuses voitures, on pouvait entendre les violons et, par les fenêtres vivement éclairées, apercevoir ceux qui se pressaient à l'intérieur.

– Peut-être auriez-vous dû attendre demain ? hasarda Nicolas inquiet de voir cette foule qu'il allait falloir traverser.

– Pourquoi donc ? riposta Aurore avec un rien d'énervement. Les présentations ont lieu maintenant – je me suis renseignée. Ensuite ce sera le banquet et après... qui peut dire si le roi (Dieu que c'était agréable à prononcer) aura encore les idées assez claires !

L'attelage arrêté, deux valets vinrent ouvrir la portière et abaisser le marchepied tandis qu'un autre s'enquérait de l'identité des visiteuses. Mais, en haut de l'escalier, la jeune femme avait déjà repéré Haxthausen qui était l'introducteur habituel d'Auguste. Reconnaissant l'arrivante, il dégringola plus qu'il ne descendit vers elle :

– Vous, Madame la comtesse ?... Est-ce que Sa Majesté vous attend ?

– Sa Majesté m'a dit elle-même qu'elle souhaitait me voir à Varsovie au moment des fêtes. Voulez-vous m'annoncer ?

Peut-être l'envie ne manquait-elle pas à l'intendant de discuter mais il connaissait trop l'ex-favorite pour hasarder une remarque. Il la précéda donc jusqu'à la grande salle dont les murs de pierre se réchauffaient de tapisseries et bannières aux couleurs passées, et les anciennes dalles de tapis orientaux. Un tronc d'arbre flambait dans la vaste cheminée. A l'opposé Auguste II, assis sur ce qui était plus un fauteuil surélevé qu'un trône, faisait présenter l'élite de ses nouveaux sujets.

Femmes en robe de cour et officiers chamarrés se succédaient annoncés par le maître des cérémonies, long personnage au visage morne qui débitait des noms souvent imprononçables avec l'automatisme d'un robot. Haxthausen se chargea lui-même d'annoncer les nouveaux arrivants sans se soucier de la mine offensée du personnage :

– Sire, dit-il, Mme la comtesse de Koenigsmark... et le petit comte sont venus offrir leurs vœux à Votre Majesté.

Il s'écarta alors pour faire place à la jeune femme dont l'entrée fit sensation. Somptueusement vêtue de drap d'or, de velours noir et de satin blanc, le rubis « Naxos » étincelant sur la blancheur de sa gorge – elle ne portait que ce seul bijou ! –, elle fit avec grâce les trois révérences rituelles pour un monarque. Avec un sourire, le roi quitta son siège pour la relever de la troisième.

– Je suis infiniment heureux de votre visite, ma chère Aurore ! Vous êtes belle à miracle ce soir mais j'espérais, je l'avoue, vous voir au couronnement !

Heureuse de retrouver la flamme d'autrefois, elle lui sourit de tout son cœur puis, se retournant, prit l'une des menottes de son fils qu'Ulrica posait à terre en gardant l'autre.

– Puis-je présenter à Votre Majesté mon fils Maurice ?

Solidement étayé de chaque côté, le bambin exécuta alors une sorte d'entrechat qui pouvait passer pour une vague ébauche de révérence tout en riant et en faisant entendre quelques sons destinés de toute évidence à exprimer sa satisfaction.

D'abord surpris et même légèrement mécontent, Auguste II ne résista pas au charme du petit bonhomme. Se penchant, il l'enleva dans ses bras puis, plantant là ses invités, fila vers une porte que deux gardes ouvrirent devant lui :

– Venez avec moi, comtesse !

Suivi d'Aurore et d'Ulrica, courant presque, il gagna la pièce qui allait lui servir de cabinet de travail quand il serait au Zamek et sans le lâcher posa l'enfant sur le bureau où celui-ci recommença ses gambades en poussant des gloussements ravis.

– Savez-vous qu'il est magnifique, comtesse ? Quel âge a-t-il ?

– Quinze mois, sire !

– Par tous les saints du Paradis, il est plus grand et plus fort que le prince royal, son demi-frère !

– Il a de qui tenir, sire ! Je crois qu'il ressemblera beaucoup à Votre Majesté !

– Il sera plus beau que moi. Il est vrai qu'avec une mère telle que vous...

Brusquement, il le reprit contre sa poitrine pour l'embrasser. Ceci fait, il tendit l'enfant à Ulrica qui considérait le roi d'un œil méfiant :

– Tenez ! Allez attendre tous les deux dans la pièce voisine. Il faut que je parle à la comtesse !

A peine, un laquais, apparu à son coup de sonnette, les eût-il emmenés, qu'il saisit Aurore dans ses bras :

– Merci ! murmura-t-il en la regardant au fond des yeux. Je n'aurais jamais cru être aussi heureux de le voir. Il est comme toi... irrésistible !

L'instant suivant, elle crut défaillir sous un baiser qui n'avait pas grand-chose à voir avec la reconnaissance. Une onde de bonheur l'envahit. La belle histoire allait-elle recommencer ? De ses lèvres, en effet, Auguste glissait à son cou, à sa gorge, dégageant même un sein de son nid de satin. Incapable de résister à ces caresses qui lui rendaient le temps merveilleux de leurs amours, elle le laissa l'emporter dans la chambre contiguë, l'allonger sur le lit, relever ses robes et s'étendre sur elle. Elle retrouvait les sensations exquises d'autrefois, heureuse d'avoir envie de lui autant qu'il la désirait.

Hélas, quand il la prit, la douleur qui la transperça lui arracha un cri qu'elle réussit à traduire en un gémissement sur lequel il se trompa, croyant qu'il exprimait le plaisir, et n'en poursuivit qu'avec plus d'ardeur sa danse amoureuse. Aurore serra les dents, ferma les yeux sans pouvoir retenir les larmes que lui arrachait la souffrance. Quand enfin il se retira elle était au bord de l'évanouissement mais il ne s'en rendit pas compte... Rejeté sur le lit, il goûtait le repos délicieux – mais souvent bref chez lui ! – qui suivait l'amour. Aurore en profita pour se relever. Il s'en aperçut, se redressa sur un coude :

– Quoi ? Déjà ?

– Sire, vous avez oublié que vous venez à peine de faire votre entrée dans votre nouvelle capitale et qu'ils sont nombreux ceux qui vous attendent...

– Tu as raison... Tu as toujours raison... mais c'est tellement bon de te retrouver !

Il se rajustait tandis qu'elle en faisant autant en priant qu'il ne vît pas les traces de sang qui marquaient ses jupons. Il y mettait d'ailleurs une certaine hâte, indiquant qu'il était plutôt satisfait qu'elle l'eût rappelé à ses devoirs... Une fois prêt il observa :

– L'enfant est vraiment superbe. Le temps venu je veillerai à sa carrière. En attendant je lui ferai une pension de trois mille thalers pour les frais de son éducation...

Obligée de remercier, Aurore n'en ressentit pas moins douloureusement ce don d'argent au sortir du lit. Elle aurait préféré qu'Auguste accepte de reconnaître son fils. Cela lui tenait même trop à cœur pour qu'elle se résigne au silence :

– Doit-il toujours porter le nom des Koenigsmark ?

Il releva un sourcil ironique :

– N'est-ce pas pour vous le plus beau nom de la terre... ou serait-ce que vous avez changé d'avis ?

– Non pas mais...

– Vous souhaitez que je le reconnaisse ? Cela pourrait se faire... mais plus tard, lorsqu'il aura donné quelques preuves de l'homme qu'il deviendra... Pensez-vous rester longtemps parmi nous ?

– Le temps qu'il plaira à Votre Majesté, murmura-t-elle plus désagréablement impressionnée encore.

Souhaitait-il son départ ? Mais il eut soudain le grand sourire de gamin heureux qui lui donnait tant de charme :

– « Votre Majesté » ! Avouez que c'est agréable à entendre ! Mais revenons à vous ! La mission que je vous ai confiée a été parfaitement remplie et ces dames de Quedlinburg ne devraient plus barguigner à vous nommer prieure.

– Sans aucun doute mais... je ne me sens guère une vocation de vie religieuse.

– Ce n'en est pas vraiment une. D'autre part, il se peut que je fasse encore appel à vos talents... diplomatiques par la suite. Vous êtes une auxiliaire précieuse, ma chère Aurore. Votre nom et votre beauté vous ouvrent toutes les portes... et votre charme fait le reste.

Cette fois Aurore ouvrit de grands yeux. Voilà qui était nouveau ! Aurait-il par hasard dans l'idée de faire d'elle un agent secret ? Cela conviendrait assez à son goût de l'aventure quoi que cela parût difficile à concilier avec ses fonctions de prieure et de mère.

– Je serai toujours la fidèle servante de Votre Majesté, dit-elle avec une petite révérence, mais que devient mon fils dans cette histoire ? Dois-je le renvoyer à Hambourg ?

– Non. C'est beaucoup trop loin et à Dresde c'est impossible. Peut-être pourrait-il rejoindre les enfants de votre sœur ?

– Ils sont en Suède, sire. C'est encore plus loin !

– C'est vrai et je ne veux pas de cela... Il faut que j'y réfléchisse, ajouta-t-il avec une soudaine irritation... Je m'en occuperai à Wilanow où je vais m'installer dès demain. Cette énorme bâtisse a quelque chose de cauchemardesque... Tout compte fait, ne précipitez pas votre départ ! Quand j'aurai arrêté une décision je vous le ferai savoir !

– A vos ordres, sire ! Puis-je encore demander si la reine va bientôt rejoindre Votre Majesté ?

– La... Oh oui, mon épouse ! Eh bien figurez-vous qu'elle me cause des soucis ! Elle si douce, si effacée, voilà qu'elle refuse la religion catholique. Or les Polonais n'accepteront jamais de couronner une luthérienne ! Vous avez une solution à ce problème, vous ?

– Dans l'immédiat, non, sire, fit Aurore en dissimulant le sourire de satisfaction qui lui venait – la timide Christine-Eberhardine aurait-elle plus de caractère qu'on ne l'imaginait ? Mais peut-être n'y a-t-il pas urgence ? Attendre et réfléchir dans le calme apportent souvent une solution... Est-elle arrivée en Pologne ?

– Non. Elle est restée à Dresde... Au fait vous pourriez aller la voir ? Elle vous aime bien je crois et ma mère fait grand cas de vous...

Aurore, chanoinesse protestante, se voyait mal aller prêcher le catholicisme à une épouse rebelle ! Elle choisit de rompre les chiens :

– Puis-je rappeler à Votre Majesté qu'elle est attendue et qu'il se fait tard ?

– On oublie trop facilement le monde auprès de vous ! A vous revoir, ma chère ! Haxthausen va vous raccompagner !

Et il disparut aussi soudainement que si une trappe l'avait avalé... sans même prendre le temps de l'embrasser ou seulement de lui baiser la main ! Ce qu'elle ressentit avec un peu de tristesse. Allons, les temps avaient changé et sans doute faudrait-il, à l'avenir, se contenter du rôle d'amie, de conseillère, voire d'espionne ? Mais elle était décidée à tout accepter. Tout jusqu'à ce qu'il reconnaisse son fils et lui mette le pied à l'étrier...

Tandis qu'avec l'intendant elle rejoignait sa voiture, elle lança comme par inadvertance :

– Comment se fait-il que je n'aie vu aucune femme de la Cour ? A commencer par la reine... et la comtesse d'Esterlé ?

– Oh, pour celle-là elle n'est pas loin ! Il y a deux jours qu'elle attend le roi à Wilanow. Quant à la reine, il paraît qu'elle ne veut pas venir.

– Elle n'a peut-être pas entièrement tort ! fit entre ses dents Aurore chez qui la déception se mêlait à la colère.

Il était difficile de constater qu'en devenant roi, le prince de ses rêves et de son cœur eût fait place à un homme ordinaire... un homme comme les autres ! Elle avait honte à présent de s'être soumise à son regain d'appétit pour elle et jura que cela ne se reproduirait plus...

Dans les jours qui suivirent et où elles n'eurent rien d'autre à faire qu'écouter et regarder, Aurore, Amélie et aussi Nicolas s'aperçurent vite que le nouveau règne menaçait d'être houleux. Après les fastes du couronnement puis de l'entrée et de l'installation à Varsovie, il fut vite évident qu'une sorte de gêne et même de défiance s'introduisait entre Auguste II et ses nouveaux sujets. Les membres de la Diète qui lui avaient donné la couronne dans un moment d'« enthousiasme irréfléchi » suscité surtout par la présence de ses troupes aux frontières ne l'eurent pas plus tôt vu assis sur leur trône au milieu d'une soldatesque étrangère qu'ils se repentirent de leur choix. Un choix quelque peu contraint puisqu'il les avait obligés à annuler l'élection du prince de Conti. Le caractère altier du nouveau roi, la dissolution de ses mœurs, son ignorance des lois, des coutumes, de la langue et de la susceptibilité native du pays et surtout son entourage militaire blessèrent la noblesse aussi bien que le peuple. L'élévation de Flemming à la charge de Premier ministre n'arrangea rien. Sa nomination était pour celui-ci le gage de son influence sur le roi, une influence qu'il comptait étendre jusqu'à s'adjuger la totalité du gouvernement, ce qui lui permettrait de réaliser ses ambitions déjà anciennes de conquête des pays du Nord. Pour ce faire le meilleur outil était l'armée. Pas très nombreuse mais solide, bien entraînée, dressée à une obéissance absolue en face d'une armée polonaise moins disciplinée, elle devait permettre tous les espoirs. Dans ce but Auguste et son ministre prirent soin de la flatter en la laissant se conduire en Pologne comme en pays conquis, semant un levain de révolte qui grandirait plus rapidement qu'on ne l'imaginait.

Conscient de mal respirer dans une atmosphère déjà lourde, Nicolas d'Asfeld souhaitait que les sœurs Koenigsmark s'éloignent de Varsovie mais, naturellement, Aurore s'y opposait.

– Je ne peux m'éloigner avant d'avoir reçu les instructions du roi. Il m'a personnellement priée de les attendre...

– Que n'allez-vous les chercher vous-même ? Wilanow n'est pas si loin...

– Aller là-bas ? Non, je n'en ai pas la moindre envie !

Difficile d'expliquer qu'elle ne voulait à aucun

prix se retrouver en face de Maria d'Esterlé mais Nicolas savait à quoi s'en tenir :

– Pourquoi ne pas m'envoyer moi ? Je n'ai pas d'états d'âme et comme je ne connais personne je n'ai à redouter aucune rencontre...

– Ai-je dit que j'en redoutais une ? s'emporta Aurore enfourchant ses grands chevaux.

Amélie qui partageait l'avis du jeune homme jugea bon de s'en mêler :

– Il a raison, Aurore ! Nous ne pouvons pas rester ici éternellement à attendre une lettre qui risque de ne pas venir. On dit que le roi se dispose à rejoindre Dresde afin d'y rencontrer le tsar Pierre et peut-être de tenter d'amener Christine-Eberhardine à composition. Les Polonais s'obstinent à refuser l'appartenance de leur reine à une religion différente. En outre... je vais devoir te quitter : mon époux m'appelle à Leipzig où il commande la garnison...

Aurore reconnaissait volontiers qu'ils avaient raison tous deux et pourtant elle n'arrivait pas à se décider quand arriva enfin un messager apportant la lettre d'Auguste II. Enfin elle allait savoir ce qu'il attendait d'elle !

La déception fut à la mesure de l'espérance : en quelques lignes au ton aussi officiel que possible, Auguste lui faisait savoir qu'il n'avait pas besoin dans l'immédiat de ses services et qu'il désirait qu'elle retourne à Quedlinburg, car il voulait savoir où la chercher éventuellement. Quant à l'enfant, et puisque Quedlinburg appartenait désormais à la Prusse, on pouvait l'installer à Berlin, dans la maison d'un certain Rousseau, protestant français émigré qui avait été valet à Versailles et à qui on pouvait se fier. Il ne serait peut-être pas mauvais qu'au moyen de son fils Mme de Koenigsmark conforte ses relations avec l'Electeur de Brandebourg. Suivaient de très protocolaires salutations...

Aurore entra en fureur :

– Confier Maurice à un inconnu ? L'abandonner à Berlin tandis que je retourne m'enfermer dans mon couvent ? Voilà donc le destin que ce noble souverain nous réserve à l'un comme à l'autre ? Il ne saurait en être question et je vais, de ce pas, lui faire entendre ce que je pense de lui !

On eut toutes les peines du monde à la retenir au bord de son expédition vengeresse. Elle criait qu'il n'était pas difficile de deviner d'où lui venait ce mauvais coup. Flemming naturellement ! Encore et toujours Flemming qui, s'il était prêt à la soutenir pour se débarrasser de la Viennoise, ne voulait à aucun prix qu'elle soit mêlée de près ou de loin à une politique qui devait être la sienne et de personne d'autre !

Mme de Loewenhaupt connaissait assez sa sœur pour laisser passer l'orage. Quand, la colère épuisée, Aurore s'abattit sur son lit en pleurant toutes les larmes de son corps, elle accorda quelques minutes au chagrin puis, au moment où elle jugea qu'il en était temps, elle redressa la désespérée pour la serrer dans ses bras :

– Si nous essayions de raisonner ? Si Flemming est l'instigateur de cette lettre...

– Je le soupçonne de l'avoir dictée !

– ... tu ne gagneras rien à t'en prendre directement à Auguste ! Tu sais qu'au fond c'est un faible qui a besoin d'une ferme volonté auprès de lui. Il ne te recevra peut-être même pas puisqu'il est occupé d'une nouvelle maîtresse...

– Mais de celle-là aussi Flemming veut se débarrasser !

– Pour le moment il ne semble pas y réussir. Alors écoute au moins ce que je te propose...

– Dis toujours !

– Tu vas rentrer bien sagement dans ton couvent pour y cueillir les lauriers que tu as mérités. De là, tu pourras entretenir une correspondance avec le Prussien.

– En lui envoyant mon fils en otage ? Sûrement pas. D'ailleurs, si Flemming veut l'expédier là-bas, c'est que j'aurai le pire à redouter pour lui !

– Tu as peut-être raison mais, en ce cas, la solution est toute trouvée : j'emmène Maurice à Leipzig. Frédéric y fait venir nos fils et sera enchanté de l'avoir. Et toi tu seras pleinement rassurée : au milieu de nous il n'aura rien à craindre.

C'était la solution. Aurore essuya ses larmes et embrassa sa sœur :

– En vérité, je ne sais ce que je deviendrais sans toi, soupira-t-elle.

C'était un vrai soulagement d'autant que Leipzig se trouvait à égale distance environ de Dresde et de Quedlinburg. Aurore pourrait revoir son fils aussi souvent qu'elle le voudrait. On ferait ensemble la majeure partie d'un chemin encore encombré des boues et neiges fondues de l'hiver à son déclin. Le printemps approchait mais du diable si l'on s'en serait rendu compte tellement le temps était mauvais. Enfin on parvint à destination. Amélie retrouva avec une joie mesurée – les grandes démonstrations n'étant guère le fait du couple ! – son mari et ses enfants qui firent, en effet, bon accueil au jeune Maurice. Aurore n'en éprouva pas moins un pincement au cœur au moment où avec Utta elle remontait en voiture pour la dernière étape dans la seule compagnie de Nicolas. Ulrica bien sûr continuerait à s'occuper du petit garçon qui, maintenant sevré, n'avait plus besoin de nourrice. Celle-ci avait été renvoyée à Goslar avec un joli pécule.

En outre la nouvelle chanoinesse n'était guère séduite par l'idée de revoir le couvent et sa population féminine. Passe encore pour l'abbesse, mais les autres...

– Vous avez tort de vous tourmenter, lui assura Nicolas. Je parierais qu'elles vont vous recevoir comme il convient : ne revenez-vous pas avec les honneurs de la guerre ?... Et puis je suis là !

– Je sais, mais il y a tout de même quelques lieues entre Asfeld et Quedlinburg...

– Beaucoup moins que vous ne le pensez ! Par mon intendant, j'ai fait acheter une maison sur la place du Marché. Vous pourrez m'appeler quand vous le désirerez.

– Vous avez fait cela ? murmura-t-elle, touchée. Mais, Nicolas, vous avez votre propre existence à vivre. Vous êtes jeune et vous devez à vos ancêtres de continuer leur lignée. Il faut vous marier, avoir des enfants. Je ne peux pas remplir votre vie...

– Et pourtant c'est ainsi. Du jour où je vous ai vue vraiment, en vous quittant à la frontière de

Celle, j'ai su qu'il n'y aurait jamais d'autre femme dans ma vie. Vous la consacrer fera mon bonheur et je ne vous demanderai jamais rien en contrepartie.

– Mais enfin pourquoi ?

– Tenez-vous vraiment à ce que je le répète ? Je vous exaspérais naguère quand je disais que je vous aimais. Je ne le dirai plus et me contenterai d'être votre chevalier, comme au Moyen Age. En résumé je me suis voué à vous et je sais que j'ai raison parce que vous êtes trop seule !

Que répondre à cela sinon...

– Merci ! dit-elle les larmes aux yeux en lui tendant une main qu'il appuya contre ses lèvres.

Pour cette femme de trente ans, à la beauté intacte mais pour qui l'amour charnel était devenu un supplice, c'était infiniment doux à entendre même si c'était profondément injuste au cas où Nicolas cultiverait quelque espoir. Elle aurait dû lui dire que non seulement elle ne pourrait plus avoir d'enfants mais encore qu'elle n'avait plus de femme que l'apparence. Seulement cet amour était exactement ce dont elle avait besoin à cet instant et, en silence, elle accepta humblement le beau cadeau qu'il lui faisait.

A sa surprise, son retour au chapitre fut quasi triomphal. Elle fut entourée, applaudie, félicitée et même l'irascible Schwartzburg, flanquée de son inséparable princesse de Holstein-Beck, vint lui serrer la main. Naturellement elle fut élue prieure et on poussa la reconnaissance jusqu'à lui proposer de devenir coadjutrice de l'abbessc, autrement dit son bras droit, ce qui lui assurait d'avance la crosse abbatiale à la mort de mère Anne-Dorothée et ferait d'elle l'égale des princesses de l'empire, mais elle eut la sagesse de refuser : il n'était pas bon d'enlever aux autres toute perspective d'avancement. Cela lui vaudrait – l'euphorie présente envolée – presque autant d'ennemies qu'elle se découvrait d'amies. Naturellement on festoya et au cours d'une cérémonie solennelle, Aurore de Koenigsmark fut intronisée et commença d'assumer ses fonctions. Rassurées sur leur avenir les dames de Quedlinburg semblaient converties à l'angélisme et la prieure vécut quelques mois de sérénité. D'autant plus que la maison n'appartenait plus au territoire saxon, ce qui, bientôt, allait présenter un certain avantage.

A Varsovie, en effet, Auguste II et Flemming – ou plus exactement Flemming et Auguste II – décidaient d'étendre leur pré carré en récupérant les territoires nordiques annexés depuis nombre d'années par la Suède. Singulièrement ceux de la riche et vaste Livonie. Après avoir conclu un traité d'entente avec la Russie de Pierre le Grand et le Danemark, on pénétra en Livonie avec d'ailleurs l'assentiment de la noblesse locale dépossédée d'une partie de ses biens par la couronne suédoise.

C'était compter sans le jeune roi Charles XII à qui l'initiative polonaise allait permettre de montrer ce dont il était capable... Au tout début du siècle, en 1700, il allait écraser coup sur coup les Danois à Copenhague même et les Russes à Narva. Résultat : Auguste II et son ministre se trouvèrent seuls affrontés à l'un des plus grands capitaines de l'Histoire ! Non seulement Charles XII les battait à plates coutures mais il leur donna la chasse et envahit leur territoire. C'est alors que les deux compères eurent une idée quelque peu étrange qui leur parut lumineuse. Un beau soir, Aurore eut la surprise de voir son ennemi débarquer au couvent.

Ce qu'il venait lui demander la stupéfia : le roi de Suède aimait les femmes. Elle comptait parmi les plus célèbres beautés de l'époque. En outre, elle était toujours suédoise ; les Koenigsmark, s'ils avaient souvent mis leur épée au service de souverains étrangers, n'en relevaient pas moins de la couronne suédoise. Et pas seulement eux, mais aussi les Loewenhaupt dont le domaine héréditaire de la Gardie se trouvait à Loevebröd. La conclusion venait d'elle-même... Après avoir négocié la neutralité bienveillante de l'Electeur de Brandebourg, Aurore devait à présent se rendre auprès de son « souverain naturel » pour négocier avec lui une paix qui ne fût pas honteuse.

Un peu désorientée par la lourde responsabilité que l'on faisait peser sur ses épaules, Aurore n'en accepta pas moins la difficile mission et partit pour la Livonie. « Elle devait avoir l'honneur, écrivit plus tard Barbey d'Aurevilly, de jeter la peur d'aimer dans le cœur de glace polaire de Charles XII. »

En effet, parvenue au camp de Riga avec un apparat digne d'un véritable ambassadeur, elle y fut reçue avec tous les honneurs par le comte Piper, Premier ministre suédois, qui, tombé aussitôt sous son charme, lui promit une rapide audience avec le jeune roi. Malheureusement celui-ci n'ignorait pas à qui il allait avoir affaire et jugea déplaisant et même incongru l'emballement visible de son ministre pour cette femme qui l'avait ébloui. Et, sans plus de façons, il lui fit entendre qu'il n'avait aucune envie de recevoir Mme de Koenigsmark. En outre le procédé d'Auguste lui déplaisait :

– Que ne vient-il lui-même au lieu d'envoyer sa maîtresse ? Il est mon cousin et devrait me connaître mieux : Vénus en personne ne saurait me faire dévier du chemin que j'ai choisi. Dites-le-lui et saluez-la en mon nom comme il convient !

Aurore ne se formalisa pas de cette fin de non-recevoir et en tira la conclusion logique : le jeune vainqueur avait peur d'elle. Mais ne se tint pas pour battue. Obtenir de Piper des renseignements sur le mode de vie du roi fut pour elle un jeu d'enfant. Ainsi elle apprit que chaque matin il avait coutume de faire, seul, une promenade à cheval et suivait presque toujours le même itinéraire.

Le jour suivant, en selle sur une superbe jument blanche dont la robe contrastait si bien avec le velours noir de son « amazone » à col et manchettes de guipure d'un blanc éclatant comme les gants couvrant ses mains fines, un tricorne ourlé de plumes neigeuses posé cavalièrement sur sa chevelure noire et lustrée, elle fit en sorte de se trouver nez à nez avec lui dans un sentier resserré entre des haies vives.

Quand ils furent face à face, elle mit pied à terre pour offrir, sans rien dire, la plus gracieuse des révérences. Droit sur son cheval, son regard bleu pâle fixé sur cette femme si belle, Charles XII semblait pétrifié. Durant un court moment ils restèrent ainsi l'un devant l'autre. Puis, à l'instant même où Aurore allait briser le silence, elle lut dans les yeux du roi une sorte d'angoisse. Vivement, alors, il ôta son chapeau, s'inclina profondément sur l'encolure de sa monture puis, faisant volter l'animal, repartit au galop. Comme on fuit...

Il ne restait plus à Auguste II et à son ministre qu'à accepter d'en passer par les conditions du vainqueur. Les Polonais, eux, ne l'entendaient pas de cette oreille. Cette armée saxonne qui les avait envahis, plus ou moins pillés et qui n'était pas capable de les défendre contre l'envahisseur, ils n'en voulaient plus. Et, tandis que les Suédois s'avançaient sur leur territoire, ils déposèrent Auguste II qui, redevenu momentanément Frédéric-Auguste, eut juste le temps de fuir afin de protéger au moins la chère Saxe des appétits suédois... A sa place, la Diète mit sur le trône le jeune palatin de Poznanie, Stanislas Leczinski, dont le courage l'avait séduite : n'avait-il pas conseillé la résistance ? Et aussi qu'une bataille perdue ne signifiait pas la fin de la Pologne.

Cependant le souverain détrôné n'avait pas admis d'être si cavalièrement renvoyé dans ses foyers. Il laissait des partisans à Cracovie qui s'employèrent à mettre des bâtons dans les roues au nouveau roi en attendant qu'Auguste revienne.

Celui-ci avait fort à faire. Les Suédois lui barraient la route du retour vers sa capitale. Il dut livrer bataille. Le comte de Schulembourg, son généralissime, réussit à battre Charles XII, ce qui permit à l'ex-roi de rentrer à Dresde. Ce ne fut qu'un répit. Peu après le Suédois battait

Schulembourg et Auguste se repliait sur Leipzig... où son ennemi le suivit et vint établir son camp à Lützen, un lieu sacré pour lui : son aïeul Gustave-Adolphe y avait trouvé une mort glorieuse... De là le même Suédois saigna à blanc la Saxe pour reconstituer ses forces afin de faire face au danger que représentait pour lui le tsar Pierre le Grand. Quand enfin il quitta le pays, il s'offrit le luxe téméraire de se rendre seul à Dresde pour y rencontrer son cousin vaincu. Les deux hommes eurent alors une longue conversation, après quoi Auguste fit seller son cheval et raccompagna personnellement son hôte inattendu à ses avant-postes. Incroyable geste de chevalerie accompli contre l'avis de Flemming qui brûlait d'envie de sauter sur l'ennemi imprudemment aventuré pour le jeter en prison, mais bien dans la nature d'un prince capable des plus beaux gestes comme d'autres moins élégants.

Pendant ce temps que devenait Aurore ?

En récompense de sa visite à Charles XII, Auguste lui avait donné les moyens d'acheter le joli domaine de Wilren, près de Breslau, en Silésie encore indépendante, à mi-chemin entre Dresde et Varsovie où elle aurait le loisir d'installer son fils. A sa surprise, elle y reçut une demande en mariage, celle du duc Christian-Ulrich, un prince aimable, riche et fort amoureux d'elle. Un moment elle fut tentée d'accepter, une chanoinesse ayant toujours la possibilité de renoncer à son état pour se marier. Mais, outre qu'elle redoutait à présent d'entrer au lit d'un homme, quelqu'un s'y opposa : l'ex-roi, bien entendu, qui s'obstinait à la considérer comme liée à lui et la préférait à Quedlinburg où elle fut priée de retourner au plus tôt.

Chose étrange, elle ne se révolta pas, croyant discerner dans cette incroyable preuve d'égoïsme le signe d'un attachement que rien ne pourrait rompre. Elle repartit donc pour son chapitre, toujours sous la protection attentive de Nicolas d'Asfeld.

Pendant ce temps, Maurice grandissait...

DEUXIÈME PARTIE

LE TEMPS DES PASSIONS

1709

CHAPITRE IV

LE PREMIER MOMENT D'UN PREMIER AMOUR...

Le festin avait été fidèle à la tradition : joyeux, encore que légèrement guindé dans les débuts, mais copieusement arrosé. Le prince Eugène de Savoie-Carignan, grand maréchal d'empire et commandant en chef des armées impériales, savait recevoir fastueusement. Et ce soir, dans la salle d'honneur de la citadelle de Lille, chef-d'œuvre de Vauban, il avait tenu à traiter tous ceux de ses officiers qui tenaient encore debout après la terrible bataille de Malplaquet qui, le 11 septembre 1709, avait vu s'opposer les forces françaises – inégales : 60 000 contre 110 000 hommes ! – du maréchal de Villars aux impériaux d'Eugène associés aux Anglais du duc de Marlborough. Une bataille sans vainqueur véritable car si la coalition restait maîtresse de la place, c'était bien la balle venue briser le genou de Villars qui avait ouvert le dispositif français. Cependant les soldats de Louis XIV avaient pu se replier en bon ordre sur Valenciennes et Le Quesnoy, laissant dix mille d'entre eux sur le terrain mêlés dans la mort à plus du double des ennemis.

Ce n'en était pas moins une victoire que l'on célébrait à Lille dont le prince Eugène s'était emparé en décembre dernier après un siège de six mois. Les moins enthousiastes n'étaient certes pas les officiers saxons mis par l'ex-roi de Pologne à la disposition du prince, et parmi eux leur chef, le général de Schulembourg, et son élève, le jeune Maurice, tout juste âgé de treize ans mais si grand et si vigoureux qu'on lui en eût donné facilement dix-sept...

Il y avait seulement huit mois que l'adolescent avait été confié au vainqueur de Frauenstadt où la Saxe avait été sauvée d'une subversion totale lors de l'offensive de Charles XII par ce soldat qui commandait la délégation escortant sa mère au moment de sa téméraire entrevue de Livonie.

Vers la fin de l'année précédente, Aurore s'était inquiétée du destin envisagé par Auguste pour le fils qu'il n'avait d'ailleurs pas encore reconnu. En réponse, celui-ci avait demandé qu'on le lui envoie et Maurice, qui séjournait alors à Wierin avec son jeune précepteur Jean d'Alençon, un huguenot français émigré, l'avait rejoint à Dresde.

Là, descendu au Residenzschloss en pleins travaux – les Suédois l'avaient incendié au cours de leur rapide invasion –, il avait été présenté à sa grand-mère. Immédiatement séduite par ce grand garçon dont les yeux d'azur regardaient droit, elle avait noué avec lui des liens privilégiés – Maurice était tellement plus ouvert et plus séduisant que son autre petit-fils, l'héritier de Saxe ! – et passé de longues heures en sa compagnie. Lui avait tout de suite aimé la vieille dame si fière mais chaleureuse et sachant manier l'humour. C'était en effet d'une tendresse féminine qu'il manquait le plus. Sa merveilleuse mère vivait le plus souvent à Quedlinburg et si sa tante Amélie n'était venue le visiter régulièrement, son enfance se fût déroulée en la seule compagnie des hommes, valets, précepteurs, professeurs, avec le seul bémol de la présence bougonne d'Ulrica dont le caractère ne s'arrangeait pas en vieillissant et qui cachait soigneusement sous des épines la tendresse profonde qu'elle avait pour lui... Quant à son père, il ne l'avait pas revu depuis son entrée à Varsovie... douze ans auparavant !

Un matin, le jeune garçon vit entrer dans sa chambre un officier supérieur en grande tenue suivi d'un valet chargé de vêtements :

« Monsieur de Schulembourg entra dans ma chambre, écrivit-il plus tard, et me dit de la part du roi qu'il me destinait au militaire, que je devais aller le remercier et que nous partirions le lendemain, que mon équipage était tout prêt et qu'il ne m'était permis de prendre que mon valet de chambre. J'étais enchanté de toutes ces choses, surtout de n'avoir plus de gouverneur. M. de Schulembourg m'avait fait faire un uniforme de soldat que l'on me mit sur le corps avec un grand ccinturon, une grande épée et des guêtres à la saxonne, et dans cet équipage il me mena baiser la main du roi... »

Un quart d'heure après c'était chose faite et Maurice mit un petit moment à se remettre du choc causé par la vue de son gigantesque géniteur dont la voix profonde semblait venir des entrailles de la terre et dont le redoutable regard l'examinait d'un œil féroce. A la suite de quoi il l'emmena dîner. Un vrai festin copieux en toutes choses et même en vin et bière dont Auguste tint à lui faire boire une quantité inhabituelle. Ce qui lui donna envie de dormir, mais la déclaration que le roi fit au dessert le réveilla :

– Je veux que vous me secouiez ce drôle comme il le faut et sans aucune considération. Cela le rendra dur au mal. Commencez par le faire marcher à pied du rendez-vous jusqu'en Flandre !

Toutes fumées balayées, Maurice trouva l'audace de remarquer :

– Suis-je donc destiné à être fantassin ? La cavalerie est tellement plus belle !

Le terrible regard s'abattit sur lui comme la foudre :

– Qui vous permet de prendre ici la parole ? Sachez que nous n'avons pas besoin de votre avis ! (Puis, revenant à Schulembourg :) Je ne veux absolument pas que vous souffriez que dans la marche on porte ses armes : il a les épaules assez larges pour les porter lui-même. Et surtout qu'il ne paye point de garde pour le remplacer, à moins qu'il ne soit malade et bien malade...

Pétrifié, Maurice eut l'impression que le ciel lui tombait sur la tête : « J'ouvrais les oreilles et trouvai que le roi que je trouvais si bon parlait comme un Arabe. Je quittai Dresde avec beaucoup de plaisir ! »

Après un dernier au revoir à la princesse douairière, on partit donc à l'aube du lendemain... mais en voiture. Schulembourg, pensant peut-être aux cris indignés d'Aurore lorsqu'elle apprendrait le traitement réservé à son fils, trouvait pour sa part qu'il était un peu barbare pour un gamin de treize ans. Aussi décida-t-il de passer outre et Maurice, agréablement surpris, prit place dans sa voiture. On alla ainsi jusqu'à Lützen – le rendez-vous – où se réunissait l'armée. Pour la première fois de sa vie, l'adolescent vit passer une revue et admira l'ordre impeccable dans lequel défilaient les soldats sur le champ de bataille illustre où était tombé Gustave-Adolphe de Suède. Ce fut là que Maurice prêta serment au drapeau. Schulembourg l'embrassa et lui dit :

– Je désire que ce lieu vous soit d'un bon augure. Puisse l'esprit du grand homme qui est mort en ce lieu reposer sur vous ! Puissent sa douceur, sa sévérité, sa justice guider toutes vos actions ! Soyez aussi obéissant envers vos chefs que ferme dans le commandement : jamais de faiblesse, soit par amitié soit par ménagements, alors même qu'il ne s'agirait que de légères infractions. Soyez irréprochable dans vos mœurs et vous dominerez les hommes !

Ce discours l'impressionna si fort qu'il décida de suivre les ordres de son père.

– Je dois faire ce que l'on attend de moi, dit-il au général, mais merci, Monsieur, de votre bonté !

Et, prenant son sac à dos et son fusil, il rejoignit les autres fantassins en route vers la Flandre.

On était en plein hiver et un hiver singulièrement rigoureux. Il gelait à pierre fendre, transformant les habituelles fondrières des chemins en aspérités douloureuses. En dépit du courage de Maurice, lorsqu'on fit étape à Hanovre où d'autres troupes se joignaient à l'armée en marche, la triste réalité apparut : les pieds du gamin étaient en sang et son dos comme ses épaules couverts de bleus par le poids des armes et du sac :

– Vous avez suffisamment montré votre courage, mon garçon, lui dit Schulembourg. Remontez en voiture !

Maurice allait accepter avec soulagement quand il crut discerner des sourires moqueurs sur les figures des autres soldats :

– Vous êtes très bon, Monsieur, mais les ordres sont les ordres ! Avec votre permission j'irai jusqu'au bout !

Et, serrant les dents, il réendossa le pesant sac et le lourd fusil, stimulé par le murmure approbateur qui courut les rangs de ses compagnons de misère. Et l'on continua vaillamment jusqu'à Bruxelles où, en attendant les batailles à venir, Maurice fut extrait de la piétaille et replacé à son rang qui était celui d'enseigne. Sous l'égide de Schulembourg, il fréquenta des salons, fut présenté à la comtesse d'Egmont, au prince héritier de Hesse, à quelques généraux, et surtout au plus important de tous : le prince Eugène.

En cet homme extraordinaire consistait l'une des plus graves erreurs de Louis XIV. Eugène, en effet, était né à Paris, dans le cadre somptueux de l'hôtel de Soissons, cinquième fils d'Eugène-Maurice de Savoie-Carignan, comte de Soissons – ce qui en faisait un cousin du roi –, et d'Olympe Mancini, nièce du cardinal Mazarin, dont on disait qu'elle avait été la maîtresse de Louis XIV. Laid, petit et frêle, l'enfant destiné à la prêtrise fut aussitôt habillé en abbé, ce qui amusait le Roi-Soleil lorsqu'il venait à l'hôtel de Soissons. Compromise dans l'affaire des Poisons, Olympe dut s'enfuir à Bruxelles et Eugène, expulsé de sa maison natale par sa grand-mère, prit lui aussi la fuite et tomba dans la misère. Habité par la passion des armes, il rejeta la soutane et voulut entrer dans l'armée. Cependant il lui restait une amitié : celle du prince de Conti. Celui-ci le présenta au roi en demandant pour lui un commandement en souvenir des exploits de son père qui, toujours, avait fidèlement servi la France. Le grand roi ne répondit et ne regarda même pas le jeune homme. Alors, le 26 juillet 1683, Eugène quittait ce pays qui ne voulait pas de lui et se faisait présenter à l'empereur Léopold qui l'autorisa à servir dans son armée comme gentilhomme volontaire. C'était le début d'une fulgurante carrière. Louis XIV avait méprisé celui qui fut peut-être avec Turenne le plus grand soldat de son temps. Il le paya cher. Dévoué au service des Habsbourg comme son père à celui des Bourbons, Eugène sauva l'empire décadent et le rétablit à son rang de grande puissance. Il y trouva la gloire et la fortune qui lui permit de construire, entre autres, le palais du Belvédère à Vienne...

Une fois à Bruxelles, Schulembourg ayant apprécié le courage de son protégé craignit qu'il ne soit malgré tout trop jeune pour la vie des camps et estima qu'en outre un supplément de culture ne lui nuirait pas. Aussi forma-t-il le projet de le faire inscrire à l'école des jésuites de la ville, mais auparavant il en écrivit à sa mère afin de lui demander son aval. Aurore jeta les hauts cris. Bonne luthérienne elle redoutait que son enfant ne devînt catholique comme son père :

« Obligée de conscience d'éloigner le changement de religion autant qu'il sera en mon pouvoir, écrivit-elle au général, j'ose vous supplier, Monsieur, de songer à un autre expédient. Le roi ne s'est encore jamais expliqué sur la religion de son fils. Je crois qu'il a voulu voir premièrement comment iraient les conjonctures et en quel pays il pourrait l'établir. Il a souffert en attendant que je l'élève dans la religion luthérienne où il a été baptisé. »

N'osant passer outre, Schulembourg eut un soupir de regret et pourvut Maurice d'un nouveau précepteur, M. de Stöterrogen, un Allemand sévère auprès duquel la vie ne fut guère moins rude que dans un couvent. Cependant le général n'abandonnait pas son protégé qui put, grâce à lui, assister à la bataille de Malplaquet où, simple spectateur, il ne résista pas à l'envie de s'en mêler et de telle façon que le prince Eugène le remarqua. D'où l'invitation au souper de Lille et ces quelques mots lorsque Maurice vint le saluer :

– Jeune homme, apprenez à ne pas confondre la témérité avec la valeur !

Ce compliment à rebours n'en signifiait pas moins que le grand homme l'avait remarqué et Maurice pensa que ce repas était le meilleur qu'il eût mangé de sa vie. Mais une autre surprise l'attendait.

Hôte fastueux, le prince Eugène aimait distraire ses invités en faisant appel à des artistes, chanteurs, danseurs, comédiens, mais il avait été impossible d'en trouver dans une ville qui venait de soutenir un siège long et pénible. Alors il eut l'idée de faire présenter les plus beaux ouvrages sortis des mains habiles des dentellières lilloises. Une théorie de jeunes filles fit donc son entrée après les desserts, portant des corbeilles plates où, sur fond de satin aux couleurs différentes, de véritables merveilles étaient disposées artistement. Elles vinrent les présenter d'abord au prince et à ses généraux puis firent le tour de la société... Elles étaient plus ou moins jolies mais la plus jeune d'entre elles frappa au cœur le fils d'Aurore.

Elle était brune, ravissante et fragile, avec d'immenses yeux clairs et des joues roses où s'attardaient les rondeurs d'une enfance encore proche puisqu'elle n'avait que douze ans mais, formée précocement, elle avait la grâce émouvante d'une fleur à peine entrouverte. Elle s'appelait Rosette Dubosan, originaire de Tournai où son père vivait avec ses trois filles et son fils. La mère était morte un an plus tôt mais elle avait eu le temps de terminer la parure de dentelles – évaluée à deux mille écus ! – que présentait l'adolescente.

Quand celle-ci eut achevé son tour de salle, Maurice n'y tint plus et courut après elle. Il la rejoignit dans une galerie qui lui parut un peu obscure après les lumières du festin.

– Mademoiselle, Mademoiselle ! Un mot s'il vous plaît ?

Elle se retourna, surprise, mais, spontanément, sourit à ce grand et beau garçon qui semblait tellement ému :

– Vous désirez acheter des dentelles, Monsieur ? Son Altesse le prince de Savoie a bien voulu retenir celles-ci mais il y en a d'autres chez ma tante.

– Vous habitez chez votre tante ?

– Oui, afin d'apprendre le métier. Ma mère est morte l'an passé et ne peut plus s'en charger. Mais ma tante est la meilleure dentellière de Lille et je vais vous donner son adresse si vous voulez l'honorer d'une visite...

Dieu qu'elle était jolie ! Oubliant ce que Jean d'Alençon et Schulembourg lui avaient appris concernant sa conduite envers les femmes, Maurice déclara tout de go :

– C'est vous que je veux parce que vous êtes la plus belle fille que j'aie jamais rencontrée. Donnez-moi un baiser !

Avant qu'elle ait pu répliquer, il l'avait prise dans ses bras mais la corbeille, passée au cou de la jeune fille par un ruban de satin, le gênait, il la fit sauter en l'air d'un coup de poing et resserra son étreinte dans un style que n'eût pas désavoué son père.

N'ayant jamais approché une femme il n'avait aucune expérience en la matière et donc improvisa mais il avait apparemment de qui tenir car ce coup d'essai fut un coup de maître : Rosette fondit sous son baiser. Il est vrai qu'elle aussi en était à sa première fois. Et si quelqu'un ne s'était avisé d'emprunter la galerie à ce moment on ne sait trop comment se fût achevé ce premier contact. Rosette s'enfuit mais sans oublier de crier l'adresse de sa tante. Et le séducteur en herbe rentra au logis qu'il partageait avec Stöterrogen la tête pleine d'étoiles et le corps embrasé d'une sensation toute nouvelle pour lui.

Le lendemain, il courait chez la tante qui habitait non loin de la citadelle. Une servante le reçut et lui dit que la dame n'y était pas mais Rosette, elle, y était. Jouant le jeu, il admira les jolies choses qu'on lui montrait et, comme la servante était retournée dans sa cuisine, il voulut reprendre le dialogue là où il l'avait laissé mais la jeune fille était sur ses gardes. Elle se laissa bien prendre un baiser mais s'opposa à la suite espérée avec plus de vigueur que l'on n'en pouvait attendre d'elle. Maurice, désolé, repartit comme il était venu. D'autant plus déçu qu'on lui avait annoncé le retour de la jeune fille à la maison paternelle... à Tournai !

Mais qu'étaient cinq petites lieues pour un fantassin amoureux qui montait à cheval comme un centaure ? Il fit une première visite, plutôt protocolaire mais qui lui permit d'examiner le terrain et les aîtres avec ce sens de la stratégie qui ferait un jour sa gloire. La maison était assez vaste, pourvue d'un grand jardin et de bâtiments annexes. Avec la complicité achetée d'un garçon de ferme, il fut possible à Maurice de se ménager un coin tranquille où il réussit, un beau jour, à entraîner la jeune personne.

« Ce fut ainsi, écrivit plus tard Jean d'Alençon, l'ancien précepteur devenu l'ami et historiographe de son élève, qu'ils se firent mutuel sacrifice de leur innocence... »

Trois mois ! Ce furent trois mois d'un bonheur éperdu, sans le moindre nuage tant les complicités achetées tenaient bon. Les deux jeunes amants s'aimaient comme aiment les enfants, avec une fougue, une tendresse, une fraîcheur et une naïveté bien naturelles à leur âge. Mais justement la nature était tout de même là. Rosette eut des malaises, des tristesses puis finalement des angoisses qu'il fallut bien avouer. Maurice la consola de son mieux en lui jurant qu'il allait prendre soin d'elle. Et d'abord il commencerait par lui faire quitter Tournai.

Grâce à Schulembourg auquel il s'était confessé en ajoutant qu'il tenait à Rosette plus qu'à sa vie, il put l'enlever de chez elle et gagner Bruxelles où il la confia à la veuve d'un drapier laquelle promit d'en prendre soin. Puis il retourna à son service qui n'était plus celui d'un simple spectateur. La guerre était toujours présente et le jeune enseigne s'y conduisit non seulement avec vaillance mais avec éclat...

S'il n'était plus question d'aller voir Rosette à Bruxelles, il n'en écrivit pas moins quelques lettres débordantes d'amour :

« J'ai reçu, ma chère Rosette, la tendre et charmante lettre que vous m'avez fait l'amitié de m'écrire ; on ne peut être plus sensible que je ne le suis à toutes les marques de votre amour dont elle est remplie. Ne doutez point du mien, je vous prie. Je vous aime et vous aimerai toute ma vie ! Fiez-vous à mes serments et à vos charmes ! Que ne suis-je auprès de vous pour essuyer des larmes que je ne verrais couler qu'à regret. Le papier m'en a rendu fidèlement l'empreinte précieuse et je n'ai pu m'empêcher d'y mêler les miennes. Mais vos beaux yeux ne sont pas faits pour devoir pleurer... »

L'orthographe réelle n'était malheureusement pas à la hauteur des sentiments du jeune guerrier. Elle était aussi abominable que l'avait été celle de son oncle Philippe de Koenigsmark et Rosette, qui écrivait mieux que lui, devait parfois sourire mais ce courrier était aussi un vrai réconfort. D'autant plus que, par deux fois, durant les longs mois d'attente, Maurice réussit à venir à Bruxelles retrouver la future mère et lui jurer fidélité...

Malheureusement, s'il espérait pouvoir être auprès d'elle au moment crucial, il dut y renoncer : son père l'appelait à Dresde et cela ne souffrait pas le moindre retard. Toujours flanqué de Stöterrogen, il partit sans imaginer un instant ce qui l'attendait.

Inquiet, en effet, des proportions prises par ce qu'il avait d'abord considéré comme une amourette de gamin et qui risquait de se terminer par un mariage, même secret, Schulembourg avait prévenu la mère.

Au reçu de la lettre, Aurore ne put s'empêcher d'être émue. Ce jeune amour si plein de fraîcheur ne pouvait que la toucher. D'autre part elle connaissait trop la fermeté des décisions de Maurice, voire son entêtement, pour redouter qu'un mariage aussi désastreux ne barre un avenir que de toutes ses forces elle voulait glorieux. Ce serait vraiment stupide !

Sans plus hésiter elle se rendit à Dresde afin de

mettre le père au courant. Ce qu'elle avait à dire était simple et elle le fit entendre sans ambages :

– Il n'y a que vous, dit-elle à son ancien amant, qui puissiez l'empêcher de faire cette sottise.

– Pourquoi pas vous ? riposta Auguste II (depuis quelques semaines il avait récupéré son trône polonais, obligeant Stanislas Leczinski à s'enfuir). Il vous admire et il vous aime. Il vous obéira.

– Non, parce que s'il a beaucoup de vous, ce dont je me réjouis, il tient aussi de moi le sens de la fidélité. Pour nous, les Koenigsmark, l'amour est d'une importance extrême. Je crois qu'il aime réellement cette petite !

– A quatorze ans ? Vous voulez rire ?

– Oh non, je n'en ai pas la moindre envie et, je le répète, vous seul pouvez empêcher cette union ridicule.

– Je ne vois pas comment ? biaisa Auguste avec une si évidente mauvaise foi qu'Aurore prit feu :

– Ne me prenez pas pour une sotte, sire ! Je vous ai connu plus subtil. Alors je vais être claire : il est de peu d'importance qu'un bâtard sans autre nom que celui de sa mère épouse une petite bourgeoise, ce qui, en dépit d'une folle bravoure reconnue par tous, le condamnera à végéter dans des grades ou des charges obscurs ! Il n'en va plus de même si le bâtard en question...

– Nous y voilà ! Toujours cette vieille histoire ! Vous voulez que je le reconnaisse ?

– Oui, parce que vous me le devez bien ! Ou la mémoire de Votre Majesté serait-elle sujette à éclipses ?

Elle faisait allusion à plusieurs « services » discrets qu'elle lui avait rendus auprès de princes étrangers où, sans que sa main fine eût laissé la moindre trace, certaines dispositions avaient changé d'orientation. En même temps, son regard bleu, toujours aussi lumineux, observait l'effet de ses paroles sur le visage du roi.

– ... j'ajoute, continua-t-elle, que « mon » fils au récent siège de Béthune a fait preuve d'une telle bravoure – on pourrait sans exagérer parler de témérité – que le prince Eugène l'a embrassé et lui a dit qu'il aurait aimé avoir un fils tel que lui ! Apparemment vous n'êtes pas du même avis ! Mais cela ne m'étonne pas de vous !

Elle s'était levée brusquement et, sans saluer, se dirigeait vers la porte, laissant derrière elle le sillage bleu de sa traîne. Dans laquelle le roi manqua de se prendre les pieds en s'élançant derrière elle :

– Non, ne pars pas, pria-t-il en retrouvant les intonations intimes d'autrefois. Tu sais que, même si nos relations ne sont plus ce qu'elles étaient, tu garderas toujours une place dans mon cœur et que je ne supporterais pas de ne plus te voir... malgré ton fichu caractère ! Quant à « notre » fils, il va recevoir l'ordre de revenir ici et je pense que tu seras contente de moi !

Les larmes de colère qu'Aurore s'efforçait de retenir se changèrent en autant d'étincelles joyeuses tandis qu'Auguste laissait ses lèvres s'attarder un instant sur sa main.

– Merci ! dit-elle seulement.

Au mois de mai 1711 c'était chose faite et Mme de Koenigsmark pouvait écrire à Schulembourg :

« Le roi a enfin reconnu le comte de Saxe par une récognition signée de sa main à tous les collèges de Dresde, et communiquée au Conseil privé, au Conseil de cabinet et à la Régence. Il lui donne avec cela un comté de dix mille écus de revenus. Jugez, Monsieur, combien j'ai eu de bonheur dans mon voyage à Dresde !... »

Quant au jeune homme, partagé entre la joie de se nommer à présent Maurice de Saxe et la peine réelle qu'il ressentait de ne pouvoir épouser Rosette, il repartit à francs étriers pour la Flandre, courut à Bruxelles embrasser la toute jeune femme parvenue presque à son terme et rejoignit Schulembourg dont les troupes renforçaient celles du duc de Marlborough au siège de Tournai. C'était la ville de ses amours et il aurait cent fois préféré en investir une autre. Elle tomba après vingt-trois jours et les vainqueurs purent pénétrer dans une cité d'où fuyaient les habitants. Maurice eut une pensée pour M. Dubosan, le père de Rosette, mais n'eut pas le loisir de le rechercher : un courrier de Bruxelles le rejoignait pour lui apprendre qu'il était père d'une petite fille.

La victoire étant acquise, Schulembourg lui accorda une brève permission et il put galoper jusqu'à Bruxelles embrasser la mère et l'enfant que l'on nomma Julie et qu'il reconnut sur l'heure. Après quoi il prit des dispositions pour assurer l'existence de sa petite famille et repartit à Tournai en promettant de revenir dès que possible :

– Si l'on m'a ôté le droit de t'épouser, personne ne peut m'ôter celui de t'aimer aussi longtemps que je vivrai.

Il était sincère mais, quand il put revenir à nouveau, la jeune mère et l'enfant avaient disparu. Dubosan avait fini par retrouver la trace de sa fille et tout ce que Maurice put apprendre c'est qu'il les avait fait entrer dans un couvent dont elles ne sortiraient jamais plus. Mais quel couvent ? Il y en avait une quantité en Flandre. Et le pauvre amoureux eut beau effectuer des recherches, il ne trouva rien. Dubosan qu'il ne retrouva pas non plus y avait veillé... Et puis il y avait la guerre toujours présente et Maurice se jeta dans ses bras comme dans ceux d'une maîtresse... Elle seule pouvait apaiser son chagrin !

Seulement, elle s'éteignait en Flandre et le jeune comte de Saxe alla passer quelques jours auprès de sa mère à Quedlinburg. Il ignorait le rôle occulte qu'elle avait joué dans l'éloignement de Rosette. En outre, elle possédait depuis sa plus tendre enfance l'art de l'éblouir par sa beauté et son élégance. Sans doute partagée entre son couvent et les « relations d'affaires » qu'elle entretenait avec Auguste le Fort avait-elle été une mère à éclipses mais, lorsqu'ils étaient ensemble, tous deux partageaient des moments de tendresse qui effaçaient un peu les trop longues absences auxquelles tante Amélie s'efforçait de pallier...

De son côté, Aurore goûtait intensément ce bonheur dont elle savait qu'il ne durerait pas. Elle mesurait avec un étonnement un peu effrayé la fuite si incroyablement rapide des jours et ce qu'ils emportaient avec eux. Sa correspondance avec

Charlotte Berckhoff, chez qui elle s'était rendue deux fois, jalonnait le temps écoulé.

La dernière fois qu'elle était allée à Celle, c'était en 1705, après la mort de Georges-Guillaume qui avait laissé la duchesse Eléonore dans un grand embarras. Son affreux gendre s'était hâté de mettre la main sur le duché qui devait revenir au fils de Sophie-Dorothée en dépit du fait que le duc avait institué sa fille légataire universelle. La mère avait même été chassée de son palais qu'elle avait quitté avec une dignité exemplaire et sans une larme pour se retirer dans son domaine de Wienhauser qui était bien à elle et où elle avait eu la prudence de faire transporter, dès l'agonie de son époux, ses meubles et ses objets les plus chers. Quant à ses bijoux elle les avait envoyés à sa fille. Une joie cependant lui était venue de France : de la façon du monde la plus inattendue, Louis XIV lui restituait le domaine d'Olbreuse resté longtemps en déshérence. Elle avait aussi pris la précaution d'envoyer en Hollande une somme de cent mille thalers, ainsi qu'elle l'avait confié à Aurore quand celle-ci était allée la voir avec Charlotte.

Les trois femmes avaient même effectué ensemble le voyage d'Ahlden. O combien douloureux pour cette mère à qui l'on avait retiré le droit d'approcher sa fille. Elles avaient dû se contenter d'attendre au bord du chemin que vienne l'heure de la promenade quotidienne. Spectacle torturant pour Eléonore et cruel pour ses amies ! Elles avaient vu passer, dans un carrosse vitré enveloppé de cavaliers armés, une raide statue noire coiffée d'une haute fontange et littéralement couverte de diamants sous une écharpe de dentelle noire. Très pâle, Sophie-Dorothée ne regardait rien, ne voyait rien !

Par un valet sensible à l'or, la duchesse avait réussi à savoir que sa fille s'habillait de la sorte pour la promenade et ensuite soupait seule, dans la petite salle à manger d'Ahlden blanchie à la chaux, en robe de cour à grands volants de moire noire, hiératique et muette. Sa « cour » avait augmenté avec son statut d'héritière : une première dame d'honneur lui présentait la serviette, la seconde essayait les plats, cependant que plusieurs valets assuraient le service sous les yeux de verre d'un ours empaillé. Elle ne parlait à personne mais, parfois, elle ébauchait un sourire et ses lèvres remuaient sans émettre un son, comme si elle s'adressait à une invisible présence assise de l'autre côté de la table. Elle était alors plus parée que jamais... Pourtant elle n'était pas folle. Simplement brisée, comme on avait pu s'en rendre compte quand, un incendie s'étant déclaré au château, elle était restée assise, sa cassette à bijoux sur les genoux, refusant de s'éloigner du brasier sans un ordre du gouverneur, indifférente aux flammes si proches...

Les enfants de la prisonnière n'avaient pas non plus réussi à l'approcher. Et son fils avait tâté de la prison pour avoir voulu forcer les barrages. Quant à sa fille Sophie-Dorothée, aussi ravissante qu'elle, en dépit de son mariage avec Frédéric-Guillaume de Prusse qui l'avait faite reine[1], elle n'avait pas

1. La Prusse était devenue royaume en 1701.

mieux réussi malgré son statut de souveraine étrangère. Elle et son frère devaient se contenter de haïr leur père... En effet, la mort de l'Electeur Ernest-Auguste en 1706 avait donné tous pouvoirs à « Groin de cochon » pour savourer à son aise la plus cruelle des vengeances...

Tout cela, Aurore le conservait dans son cœur. Elle en parlait de temps en temps avec son fils et avec Nicolas toujours fidèle au poste. Le jeune homme appréciait le chevalier servant de sa mère, heureux qu'il y ait auprès d'elle cet amour silencieux et constant. Ce qui ne l'empêcha pas de s'ennuyer ferme au bout de quelques semaines. Les offices, les psaumes et les harangues des pasteurs l'assommaient. En outre, voir souvent sa mère dans la grande robe noire qu'il jugeait sinistre le révulsait.

Il en était à ne plus savoir que faire en dépit des parties de chasse avec Nicolas quand son père le rappela à Dresde afin de prendre sa part dans l'interminable guerre du Nord contre la Suède qui avait eu de si fâcheux résultats et risquait d'en avoir plus encore : le tsar Pierre préparait sournoisement un envahissement de la Pologne. Et Maurice retrouva la vie des camps avec délices. Au siège de Stralsund – et alors qu'il n'avait pas quinze ans ! – il souleva l'admiration d'Auguste en passant une rivière à la nage, son pistolet entre les dents et sous le feu des canons, et plus tard encore à Pennemünde. Le résultat fut que le roi de Pologne qui commençait à aimer ce gamin héroïque l'autorisa à lever, en son nom, un régiment de cavalerie. Des chevaux, enfin ! Et le grade de colonel par-dessus le marché. Le rêve !

Fou de joie, Maurice passa les premiers mois de 1712 à recruter ses hommes, nommer ses officiers et choisir ses chevaux, tellement content qu'il en négligea les fêtes du Carnaval, qui à Dresde revêtaient toujours une splendeur et une gaieté égalant presque celles de Venise. Au grand dépit de quelques jolies femmes sensibles à la carrure et au charme du jeune colonel.

La seconde capitale d'Auguste vivait d'ailleurs les débuts de sa renaissance. On avait reconstruit plusieurs palais, achevé la terrasse de Moritzburg, tracé les plans du Zwinger, l'extraordinaire palais royal que voulait le roi. En outre, la découverte de la porcelaine dure par un alchimiste nommé Boettger, qu'Auguste tenait quasiment prisonnier dans une forteresse, et l'annonce d'une manufacture dans l'Alberchtburg de Meisen, dernier séjour forcé du malheureux inventeur, faisaient de la ville un point de mire. Enfin on avait célébré les noces du tsarévitch Alexis, fils de Pierre le Grand, avec Charlotte-Christine de Brunswick-Wolfenbuttel, qui avait été élevée par sa tante Christine-Eberhardine... Mais ces faits passaient totalement au-dessus de la tête de Maurice.

Enfin vint pour lui le moment tant attendu du départ pour le Nord. « Les alliés avaient décidé d'enlever au roi de Suède sa dernière possession en territoire germanique : le duché de Brême »... dont la capitale n'était autre que la petite ville de Stade, construite jadis par le maréchal de Koenigsmark et continuée par le palais d'Agathenburg, berceau d'Aurore et d'Amélie. Mais qui ne leur appartenait plus depuis que les Suédois s'en étaient emparés.

Et ce ne fut pas sans émotion qu'au pas lent de son cheval Maurice de Saxe pénétra dans l'enceinte de cette grande demeure totalement pillée et ravagée par les occupants. Seule restait la chapelle trop sévère pour avoir tenté les voleurs. Cependant, elle avait souffert d'un bombardement qui avait endommagé le toit. Les tombeaux, eux, étaient intacts et, durant de longues heures, Maurice s'isola avec ces hommes indomptables qui avaient écrit en lettres de feu le nom des Koenigsmark dans le ciel de l'Europe, s'attardant plus volontiers devant le Grand Maréchal, devant l'oncle « Conismarco » surtout, dont la vie échevelée lui plaisait particulièrement, devant ses parents enfin. Là étaient ses ancêtres, là étaient ses racines. Il pensa qu'Agathenburg lui revenait de droit et le soir même écrivait à sa mère pour qu'elle obtînt d'Auguste II qu'il leur fît rendre les biens ancestraux et surtout cette chapelle dont il venait de découvrir qu'elle lui était chère. Aurore en pleura de joie et se jeta sur sa plume pour demander la restitution des domaines si vaillamment reconquis par son fils...

Hélas, le redoutable Charles XII de Suède n'avait pas encore dit son dernier mot. Il avait reconstitué son armée mise à mal et lui avait donné un chef remarquable, le comte Steinbock. A la fin de l'année, à la bataille de Gadelbuth, il balayait les Saxons. La plupart s'enfuirent. Seul le comte de Saxe tint tête pendant trois heures, eut deux chevaux tués sous lui et vit tomber la moitié de ses officiers, après quoi il conduisit la retraite avec une habileté et une autorité qui firent l'admiration des vieux soldats. Son père le rappela à Dresde en même temps qu'il invitait Aurore à venir y passer l'hiver.

Ravie, elle fit ses bagages et accourut, heureuse de retrouver ce fils dont la gloire naissante lui faisait tellement honneur ! Elle vint à lui les bras tendus et le sourire aux lèvres mais celui-ci s'effaça vite : Maurice avait ressenti d'autant plus douloureusement la défaite de Gadelbuth qu'elle avait décimé son beau « régiment de Saxe » rouge et noir. Avec des difficultés d'autant plus grandes pour le reconstituer qu'il manquait cruellement d'argent. Pour l'excellente raison que les revenus et pensions promis par Auguste II ne lui parvenaient que très irrégulièrement, ou alors amputés.

La prieure de Quedlinburg se livra discrètement à quelques recherches. Elle connaissait suffisamment son ancien amant pour savoir que, fastueux et follement généreux tant qu'il s'agissait de ses plaisirs, de ses fêtes et de ses constructions, il devenait d'une incroyable radinerie pour le reste. Cependant, certains recoupements firent entrevoir à Aurore que les paiements en question subissaient, en haut lieu, des prélèvements dont, avec l'aide de son vieil ami Beuchling, chargé d'ans mais d'esprit toujours aussi vif, elle découvrit la source : Flemming ! Flemming qui avait reporté sur le fils son animosité contre la mère, en y ajoutant un supplément de haine né de la peur que lui inspirait Maurice. Simplement parce que Frédéric-

Auguste, le fils de Christine-Eberhardine, faisait pâle figure à côté de lui. Ce dernier était du même âge mais si leurs visages avaient des traits communs, leur ressemblance s'arrêtait là. Son corps déjà empâté n'avait pas grand-chose à voir avec la carrure athlétique du jeune comte. Intellectuellement c'était un bon garçon, sans talent et sans éclat politiques ni militaires. En résumé Maurice le bâtard avait toutes les qualités qui manquaient à Frédéric-Auguste le légitime. Et cela Flemming ne le supportait pas. Alors il rognait sur ce que le Trésor allouait, s'attribuait la moitié des revenus du comté et ne vivait que dans l'attente du jour où la folle bravoure du jeune colonel le laisserait sans vie sur quelque champ de bataille. Jusqu'à présent, hélas, Satan n'avait pas exaucé les espoirs du Premier ministre...

Oubliant la plus élémentaire prudence, Aurore se rendit chez le roi et mit carrément son ennemi en accusation : non content d'avoir voulu enlever Maurice dès après sa naissance et essayé de le réduire à la misère, il était capable de le faire assassiner par une nuit sans lune parce quc les premiers rayons de sa gloire naissante lui blessaient la vue !

Malheureusement elle tombait mal. Occupé d'une nouvelle histoire d'amour, Sa polonaise Majesté trouvait reposant, en ce moment, de laisser son Premier ministre se débattre à sa guise avec les soucis du gouvernement.

– En vérité, Madame, vous employez fâcheusement votre temps ! Je ne vous ai pas invitée à séjourner ici pour vous en prendre à mon cher Flemming.

– Votre cher Flemming est un voleur et pourrait bien devenir un assassin ! Ce n'est pas d'hier que je sais que mon fils lui déplaît et le gène. Non content...

Le poing d'Auguste s'abattit sur son bureau avec tant de force que le meuble cria sous le coup et qu'une bougie heureusement éteinte sauta du chandelier placé dessus :

– Il suffit, Madame, je n'en entendrai pas davantage ! Et vous engage à ne pas continuer vos calomnies si vous voulez que nous restions amis. Je vous prie de vous retirer et d'attendre chez vous la suite que j'entends donner à votre conduite...

– Elle est facile à deviner, fit la jeune femme avec un petit rire. Je n'ai plus qu'à retourner à Quedlinburg !

– Certainement pas ! Rentrez chez vous et attendez mes ordres !

Insister eût été maladroit. Bouillante de rage, Aurore rentra chez sa sœur où celle-ci, qu'elle avait négligé de mettre au courant de sa démarche, en accueillit le récit courroucé avec une stupeur totale. Aurore aurait-elle perdu l'esprit ? Depuis le temps qu'elle avait affaire avec lui, ne savait-elle pas que Flemming était indispensable à son maître parce qu'il pouvait se décharger sur lui des soucis de l'Etat ?

– Je le sais ! plaida la jeune femme, mais je ne peux supporter de voir mon fils, incapable qu'il est de reconstituer son régiment, ne s'occuper qu'à courir les filles...

Amélie ne put s'empêcher de rire :

– Ce n'est pas lui qui court ! Ce serait plutôt le contraire. La moitié des femmes d'ici sont folles de lui. Il n'a qu'à choisir !

Soudain radoucie Aurore s'accorda un instant de fierté maternelle :

– C'est vrai qu'il est beau ! Davantage que son père ! Grand sans être immense, solidement bâti, il a une allure folle et possède une force redoutable. Et quels beaux yeux clairs si souvent rieurs !...

– ... et quel fier visage, quelle bouche agréablement dessinée... un peu sensuelle peut-être ? continua Mme de Loewenhaupt parodiant sa sœur. Quel beau cavalier et quel esprit vif ! Quelle élégance aussi et... avons-nous oublié quelque chose ?

– Je ne pense pas, fit Aurore en riant à son tour. Il reste cependant que, outre les femmes, il boit...

– Tous les soldats boivent ! coupa la tante résolue à défendre son neveu.

– ... et son père plus que les autres ! Qui a dit « Quand Auguste boit toute la Pologne est ivre » ? Ce ne serait pas grave si Maurice n'y dépensait le peu d'argent qu'on consent à lui accorder ! Sans Flemming, je suis persuadée que son père lui aurait donné ce qu'il fallait pour ressusciter son régiment mais il y a ce misérable ! Son plan est facile à deviner : le tenir dans l'inaction pour que, de débauche en débauche, il devienne une épave avant sa majorité !

– Nous pourrions peut-être...

Amélie n'acheva pas sa phrase : un valet entrait porteur d'une lettre pour Mme de Koenigsmark. Une lettre du roi !

Et quelle lettre ! En termes brefs qui n'avaient plus rien à voir avec les tendres épîtres d'autrefois, Auguste II faisait savoir à « Madame la prieure du chapitre de Quedlinburg » qu'elle aurait à présenter des excuses au Premier ministre si elle voulait garder la moindre chance de conserver les bonnes grâces de son souverain !

Retrouvant d'un seul coup une colère seulement assoupie, Aurore froissa le royal papier entre ses mains et l'envoya flamber dans la cheminée en tempêtant :

– Moi ? Des excuses à ce misérable, à ce suppôt de Satan, à ce... Jamais ! Je préfère retourner sur-le-champ au couvent !...

– ... et abandonner Maurice à lui-même ? remarqua Amélie qui n'avait pas eu besoin de récupérer l'épître déjà flambante pour comprendre ce qu'il y avait dedans. C'est assez misérable au roi de t'infliger cette humiliation mais tu possèdes suffisamment de finesse et d'habileté pour tourner la difficulté...

– Humiliation ? Difficulté ? Quel langage lorsqu'il s'agit de ma mère !

Maurice venait d'entrer, apportant avec lui le froid et l'odeur du brouillard qui, ce jour-là, montait de l'Elbe et enveloppait la ville. Soudain, le salon parut trop petit tandis qu'il venait embrasser sa mère et sa tante. Amélie connaissant la violence de ses réactions s'efforça de jouer sur le registre de l'apaisement :

– Les mots ont dépassé ma pensée, mon garçon ! Tu sais à quel point les relations entre tes parents sont souvent houleuses. Et tu connais le caractère de ta mère : elle a dit son fait à Flemming devant le roi et... elle s'est montrée un peu trop expansive. Aussi...

– Elle doit demander pardon à ce ladre ? A cause de moi, n'est-ce pas ? ajouta-t-il avec une amertume qui bouleversa Aurore.

Elle courut le prendre dans ses bras :

– Non. Que vas-tu imaginer ? Il est vrai que je ne supporte pas que l'on t'empêche de refaire le régiment qui s'est conduit si vaillamment à Gadelbuth et ailleurs ! Et, pour comble, on ne te paie même pas ce qui t'est dû. C'est insupportable !

– Ce qui l'est pour moi c'est de vous voir vous plier, vous si fière, à d'incessantes réclamations tandis que ce Flemming ne cesse de vous mettre des bâtons dans les roues ! Mais vous n'aurez plus besoin de subir ce tracas : je m'en vais !

– Où donc ? s'exclamèrent les deux sœurs à l'unisson.

– Rejoindre le prince Eugène. Il me connaît et, je crois, m'apprécie. Avec lui la gloire est une affaire sûre. En outre il est généreux.

– Tu vas te battre contre les Turcs, gémit Aurore inquiète.

– Qu'ont-ils de plus que les autres ennemis ? Sabre contre yatagan, je ne vois pas la différence, fit Maurice en riant. Allons, ma mère, cessez de vous tourmenter ! J'ai foi en mon étoile et, auprès d'un chef comme le prince Eugène, elle brillera plus que jamais !

– Et tu pars seul ? demanda sa tante.

– Mon cheval et mon valet, c'est largement suffisant ! Quant à ce coquin de Flemming, faites-le jeter par la fenêtre par vos gens s'il osait pointer ici son vilain museau !

Et il éclata d'un rire joyeux avant de repartir comme il était venu : en coup de vent, laissant aux deux femmes l'impression qu'une tempête venait de passer. Il n'y avait pas à s'en étonner . c'était son allure habituelle.

– Mon Dieu, gémit Amélie, ramenez-le vivant ! Il est si jeune encore !

– Et si fou ! Mais je ne lui donne pas tort ! Il sera mieux auprès du prince Eugène qu'à périr d'ennui sous une marée de femmes dans une cour dont il n'a rien à espérer sinon des rebuffades !

Amélie, qui s'était agenouillée pour une courte oraison, se releva brusquement :

– Quand il reviendra, sais-tu ce qu'il lui faudrait ? Une épouse... très riche de préférence ! Ainsi il n'aurait plus rien à attendre de qui que ce soit !

– J'y ai déjà songé mais, outre qu'il n'acceptera sans doute pas d'aliéner sa liberté, Flemming se mettra en travers...

Elle se tut un long moment et alla s'asseoir dans la bergère afin de mieux réfléchir. Cela lui prit du temps mais elle en arriva à cette conclusion que l'on ne pourrait réussir un beau mariage pour Maurice en restant brouillé avec son père, par conséquent avec l'affreux ministre. C'était une amère potion à avaler mais il pouvait y avoir la manière.

Le lendemain, au lieu d'une de ses élégantes toilettes habituelles, Mme de Koenigsmark choisit la noire vêture de Quedlinburg qui obligerait son adversaire à s'incliner devant elle avant même qu'elle ait proféré une parole, puis alla s'annoncer chez le ministre qui eut la bonne grâce – ou l'habileté ! – de ne pas faire attendre la prieure du plus noble couvent d'Allemagne. On introduisit immédiatement la jeune femme dans le cabinet de travail où Flemming écrivait quelque chose assis derrière un vaste bureau. Il s'accorda cependant la mesquine satisfaction de ne jeter sa plume qu'au moment où elle fut presque devant lui :

– Veuillez excuser une affaire urgente, lâcha-t-il en sautant sur ses pieds pour, enfin, la saluer comme il convenait.

Elle répondit par une brève inclinaison de la tête avant de prendre place, sans y avoir été invitée, dans l'un des deux fauteuils placés devant le bureau. Là, elle lui offrit un sourire moqueur :

– N'intervertissez pas les rôles, Monsieur le ministre. Vous devez avoir une idée de ce qui m'amène ?

– N...on, je ne vois pas. Sauf peut-être l'inquiétude où ne cesse de vous plonger la vie dissolue de votre fils. Qu'a-t-il encore fait ?

Le ton dédaigneux à la limite du mépris agaça Aurore mais elle se contint.

– Absolument pas. On exige que je vous présente des excuses. C'est la raison pour laquelle je viens vous prier d'oublier mes intempérances de langage, déclara-t-elle avec une désinvolture qui fit rougir Flemming sous sa perruque.

– Dans l'esprit du roi il s'agissait d'une repentance... publique.

– Si vous y tenez, faites venir ceux qui travaillent pour vous ici et je recommencerai !

– Vous le faites exprès ? Publique veut dire devant toute la Cour et le roi doit en être témoin !

Sa bouche se pinçait et ses narines frémissaient. Sa visiteuse s'aperçut alors de la curieuse teinte jaune que prenait son visage. Comme si le fiel dont il était plein remontait jusqu'à sa peau. Son sourire à elle s'élargit :

– Par « toute la Cour » entendriez-vous la reine Christine-Eberhardine, Son Altesse Royale la princesse douairière qui me montrent de l'amitié, et sans oublier cette Esterlé que vous aimez tant ?

– Pourquoi pas ? Toute la Cour c'est toute la Cour !

– Alors n'y comptez pas ! Outre que les princesses apprécieraient peu la mise au pilori d'une prieure de Quedlinburg à qui vous devez le respect, je n'ai aucun goût pour ce genre de farce théâtrale. J'ai articulé des excuses, vous n'en voulez pas, tant pis ! C'est avec un vif plaisir que je vais regagner mon couvent... en Prusse ! A ce propos, vous ai-je confié que le roi Frédéric-Guillaume me veut du bien ? Il nous arrive de correspondre.

– Vous m'en voyez fort aise ! Il n'en reste pas moins que votre fils va continuer à glisser sur le chemin de la débauche et qu'au besoin on pourrait l'y aider.

Elle se dirigeait lentement vers la porte. Les dernières paroles la firent se retourner, écartant d'un geste gracieux la traîne ourlée d'hermine que son mouvement contrariait :

- Le comte de Saxe n'a plus rien à craindre des

entreprises d'un ministre atrabilaire, laissa-t-elle tomber avec mépris. A cette heure il doit avoir rejoint le prince Eugène à Vienne.

– Seul ?

– Avec son valet. Si d'autres veulent l'accompagner ils sauront bien comment s'y prendre.

– Et... sans la permission du roi ? grinça Flemming.

– Eugène de Savoie-Carignan, prince français, n'a pas demandé lui non plus l'autorisation de Louis XIV qui le dédaignait. Il est à présent l'homme le plus puissant de l'empire. Il admire la bravoure de mon fils et soyez certain qu'il l'aidera à construire une carrière digne de lui !

– Louis n'était pas le père d'Eugène que d'ailleurs la Savoie faisait indépendant, tonna une voix qui avait l'air de sortir du plafond. Ce n'est pas le cas de ce gamin rebelle !

La pièce où travaillait le ministre était en fait une bibliothèque à l'étage de laquelle courait une galerie. Auguste II se tenait appuyé des deux poings à la balustrade, l'œil flambant de colère sous son abondante crinière grisonnante. Il ne lui manquait qu'un éclair à la main pour compléter sa ressemblance avec Jupiter fulminant. Aurore ne put retenir un sourire amusé tandis qu'elle exécutait une parfaite révérence :

– J'ignorais qu'il arrivât à Votre Majesté d'écouter aux portes mais en la circonstance je m'en réjouis !

– Je ne vois pas pourquoi ?

– Parce que si Votre Majesté est là depuis un moment, elle a pu constater que j'ai obéi aux exigences formulées dans la lettre qu'elle m'a fait l'honneur de m'écrire.

– Ce n'est pas ainsi que je voyais les choses mais... laissez-moi votre cabinet de travail pendant un moment, Flemming ! Je désire m'entretenir avec Madame la prieure...

Sans attendre une réponse évidente, il se dirigea vers le léger escalier en colimaçon qui, dans un coin, réunissait la galerie au plancher. Tandis que son ennemi se retirait, Aurore nota qu'Auguste II épaississait et que les marches gémissaient sous son poids. On pouvait entrevoir le vieillard qu'il deviendrait plus tard alors qu'il n'avait pas quarante ans. Cela tenait à ce qu'il mangeait trop, buvait trop et s'adonnait à la luxure, sa maîtresse officielle ne l'ayant jamais empêché de courir indifféremment la gueuse et la noble dame. Et Aurore bénit à cet instant le coup de rébellion de Maurice parti chercher auprès d'un chef prestigieux les lauriers et la fortune qu'on lui refusait.

Enfin ils furent face à face, le père et la mère. Auguste se laissa tomber dans un fauteuil en désignant de la main le plus proche, où Aurore se posa consciente que se dressait entre eux la juvénile mais déjà puissante silhouette de leur fils. Il y eut un silence puis le roi toussa pour s'éclaircir la voix et sans y être parvenu tout à fait demanda :

– Pourquoi est-il parti ainsi, sans un mot ?

– Parce qu'il lui était impossible de continuer à vivre ici selon son rang et surtout dans une inaction génératrice des pires débordements ne pouvant mener qu'à la misère. Il aime la vie militaire, la fraternité des armes, les combats où l'on joue sa vie à pile ou face mais aussi l'espérance de gloire ou de fortune.

– La guerre, nous en sortons ! bougonna Auguste. La paix lui serait-elle insupportable ?

– Je le crois. A moins qu'il puisse s'occuper de préparer la prochaine, qui ne saurait tarder... Que voulez-vous, il porte en lui le sang des Koenigsmark qui durant des années ont rempli l'Europe du bruit de leurs exploits et, tout naturellement, il rejoint le chef prestigieux auprès duquel il fait bon vivre parce qu'il l'admire passionnément !

– Ce que je ne saurais exiger de lui !... Que faudrait-il pour qu'il revienne ?

Aurore fit semblant de réfléchir, prit un petit temps et soudain laissa tomber :

– Pourquoi pas le marier à une jolie fille doublée d'une belle dot ? Il pourrait ainsi ressusciter son cher régiment...

Elle parla longtemps, heureuse d'avoir réussi à retenir son attention et aussi – non sans malignité ! – d'imaginer Flemming faisant les cent pas derrière la porte en se rongeant les ongles. A moins qu'il ne se fût trouvé dans ce logis qui était le sien, un coin tranquille pour écouter. Ce qui ne gênait pas Mme de Koenigsmark : l'important étant qu'elle ait pu faire entendre ce qu'elle avait à dire, et quand, enfin, on se sépara, ce fut d'un cœur plus serein qu'elle rentra chez elle...

Cependant, elle remit à plus tard son retour au chapitre. Il y avait un moyen d'enrichir son fils sans l'obliger à un mariage qui n'aurait peut-être pas l'heur de lui plaire et, surtout, sans peser sur les finances de l'Etat toujours plus ou moins agonisantes selon Flemming : quelques mois plus tôt Auguste II avait fait jeter en prison le comte Ramsdorf pour avoir osé publier un pamphlet : « Portrait de la cour de Pologne » dans lequel il malmenait les débordements sexuels du roi. Et, bien entendu, on avait confisqué sa fortune qui était importante. Or, comme par hasard, Ramsdorf venait de mourir dans son cachot un peu trop subitement pour ne pas donner naissance à d'interminables bruits de couloir.

Regrettant de ne pas y avoir songé lorsqu'elle était en présence d'Auguste, Aurore se hâta de réparer cet oubli en troussant l'une de ces lettres alertes et séduisantes dont elle avait le secret. Ce fut Flemming qui lui répondit dans un style beaucoup moins élégant : la fortune du comte Ramsdorf serait employée au service du royaume plutôt que de remplir les poches trouées d'un bâtard débauché !

– Cette fois, je le tue ! s'écria la mère outrée. Tant que cet homme vivra, Maurice n'aura rien à attendre de son père sinon l'abandon et l'indifférence !

Et naturellement Amélie et Nicolas eurent un mal fou à l'empêcher de courir au palais un pistolet chargé dans la poche de sa pelisse. Il ne s'agissait pas, en effet, d'un propos en l'air : Aurore était fermement décidée à en finir une bonne fois avec l'homme qui lui empoisonnait la vie...

– Tu as envie d'y laisser ta tête ? gronda Amélie. Ne t'y trompe pas, elle tombera si tu fais cela... et c'en sera fait des ambitions de Maurice en Saxe !

– Au diable la Saxe ! C'est l'Autriche qu'il sert en ce moment et elle saura le récompenser selon ses mérites !

– Pas s'il devient le fils d'une régicide ! D'ailleurs j'ai eu tort de te laisser écrire cette lettre, ajouta Amélie, prenant avec diplomatie la faute à sa charge alors qu'Aurore ne lui avait pas demandé son avis. Nous aurions dû d'abord voir la princesse mère ! Et c'est ce que nous allons faire pour tenter de conclure ce mariage auquel je pense depuis un moment !

– N'y pense plus ! J'ai déployé toute l'éloquence dont j'étais capable pour expliquer à Auguste qu'il devrait marier Maurice à quelque princesse !

– Pas de princesse ! coupa Nicolas. Le roi a un héritier à caser et aucune maison royale n'accepterait le comte de Saxe qui... qui est...

– Bâtard ! gronda Aurore. Inutile de tourner autour du pot ! Allez au bout de votre propos, Nicolas !

Aucunement désireuse de voir sa sœur se disputer cette fois avec son fidèle chevalier servant, Amélie se lança dans l'escarmouche à son début :

– Très juste ! Donc pas de princesse... souvent guère fortunées d'ailleurs, mais pourquoi pas la plus riche héritière du pays ?

– A qui penses-tu ?

– Johanna-Victoria de Loeben ! Elle est, en outre, de très bonne naissance puisqu'elle est la fille du maréchal de Loeben et de la marquise de Montbrun.

– Ne rêve pas ! Elle est déjà fiancée !

– Si l'on veut, mais c'est plus compliqué que cela...

Fille unique, en effet, la jeune fille ne manquait pas de prétendants attirés par son énorme héritage. Elle n'avait pas neuf ans qu'un des plus hauts seigneurs du Palatinat, le comte de Friesen, l'avait demandée pour son fils pas beaucoup plus âgé qu'elle. Mais il avait trouvé devant lui un père comme il n'en existait sûrement pas deux dans l'empire : celui-là se souciait en priorité du bonheur de son enfant ! Aussi imposa-t-il une clause draconienne : il s'engageait à donner sa fille en mariage au jeune comte de Friesen pourvu toutefois que ledit comte sût gagner l'affection de l'enfant et la conserver jusqu'à l'époque où elle deviendrait nubile...

Malheureusement, à peine eut-il conclu cet accord que le maréchal mourait subitement... à la satisfaction de sa veuve qui attendit tout juste le délai de viduité pour convoler avec un fringant officier supérieur au service d'Auguste : le colonel de Gersdorff.

Celui-ci qui, en se mariant, n'avait pas perdu de vue l'immense fortune Loeben, obtint aussitôt de sa femme la promesse écrite que la fortune en question ne sortirait pas de sa famille à lui et l'on fiança incontinent Johanna-Victoria à un neveu du personnage qui s'appelait également Gersdorff. Aussitôt le contrat passé avec Friesen fut déclaré caduc mais, pour plus de sûreté, Gersdorff concocta l'enlèvement de la fillette – elle n'avait pas dix ans ! – par son neveu qui la conduisit à Neuendorff, en Silésie, où un pasteur complaisant célébra un mariage à la sauvette, après quoi on ramena Johanna chez sa mère. En raison de son âge il ne pouvait y avoir aucune consommation.

C'était compter sans les Friesen ! Indignés, ils allèrent se plaindre à Auguste II en même temps qu'ils introduisaient une action en nullité de mariage devant les tribunaux ecclésiastiques. On devine l'intérêt avec lequel le souverain considéra cette plainte. Il commença par nommer l'un de ses chambellans, M. de Ziegler, tuteur de la fillette, chargé de veiller « à ce qu'elle ne contracte point avant l'âge une alliance précipitée indigne de sa fortune et de son rang ». Après quoi, un nouvel ordre royal appela à Dresde Mme de Gersdorff et sa fille où elles furent aussitôt séparées. Johanna-Victoria fut confiée à une dame de la Cour, la comtesse de Trutzschler, tandis que sa mère fut renvoyée chez elle avec défense de revoir son enfant, pendant que le Consistoire déclarait nul le mariage clandestin conclu en Silésie. Mais ce n'était pas encore tout !

Le roi alors convoqua le jeune Gersdorff, le régala d'une de ses célèbres colères au cours de laquelle il le traita de tous les noms puis lui extorqua l'engagement écrit de renoncer définitivement à Mlle de Loeben et ensuite le renvoya dans ses foyers.

On en était là quand, laissant à la maison une Aurore dont elle redoutait les incartades, Mme de Loewenhaupt demanda solennellement audience à Auguste II après que sa sœur se fut assurée de l'appui total de la princesse douairière Anna-Sophia. Enchantée par un projet qui lui convenait pleinement pour assurer l'avenir financier d'un petit-fils qu'elle aimait beaucoup, celle-ci accompagna Amélie à l'audience. Qui prenait de ce fait les couleurs d'une affaire de famille dans laquelle le Premier ministre n'avait pas à mettre son nez. Et toutes deux n'eurent aucune peine à obtenir pour le comte de Saxe la main si convoitée de Johanna-Victoria de Loeben.

Restaient deux questions à régler : d'abord la plainte du jeune Friesen qui réclamait hautement l'exécution de l'étrange contrat souscrit par son père. Auguste II la régla en lui offrant la main d'une de ses filles, bâtarde mais reconnue, que le garçon accepta fort galamment. Le second problème, c'était Maurice lui-même...

Une lettre royale au prince Eugène suivie d'un ordre exprès de rentrer au bercail le ramenèrent à Dresde.

De fort mauvaise humeur !

Après l'atmosphère exaltante des entours du prince Eugène, le faste de sa demeure viennoise où il avait pu séjourner quelques jours, la solennité imposante voire un peu sévère des palais impériaux, le retour à Dresde paraissait à Maurice moins séduisant qu'autrefois. Surtout quand il apprit la raison d'un retour si impératif : on le mariait ! Et à qui ? Une gamine de quinze ans – il n'en avait lui-même que dix-sept ! – riche comme un puits sans doute mais dont on n'était pas capable de lui dire si elle était jolie !

– Une femme n'est pas un meuble propre à un soldat ! déclara-t-il à sa mère. A moins qu'il n'éprouve de l'amour, ajouta-t-il, repris soudain par le souvenir de Rosette dont il n'avait jamais réussi à savoir ce qu'elle et sa petite fille étaient devenues.

La blessure laissée par cet amour juvénile était encore sensible et Maurice haïssait l'idée de devoir coucher avec une femme qu'il n'avait pas choisie.

– Tu n'as qu'à fermer les yeux et imaginer que c'est l'une de tes belles conquêtes, lui dit le jeune prince de Reuss qui était alors son confident. D'un certain point de vue toutes les femmes se ressemblent...

– Moi je ne trouve pas et j'ai encore l'espoir qu'elle n'acceptera pas.

Mais Johanna-Victoria accepta. Et même avec enthousiasme si l'on en croit ce qu'elle lui écrivit :

« Je vous assure, en ce qui me concerne, que je vous serai éternellement attachée. Dussé-je être privée longtemps de votre conversation, jamais je ne renoncerai à vous. Je vous prie de m'accorder aussi un peu d'affection et j'ose même dire que je n'en doute pas. Enfin je me recommande à votre constante affection (?) et je reste, Monsieur le comte, votre très fidèle Johanna-Victoria de Loeben... »

Le jeune homme parcourut rapidement le billet, le relut plus attentivement et, pour finir, le fourra dans sa poche :

– Elle s'appelle Victoria ? Eh bien, épousons la victoire !

Aucun prénom n'était en effet capable de le séduire autant et, quand il fut en face d'elle lors de la soirée du contrat, il pensa que la pilule dorée était moins pénible à avaler qu'il ne le craignait... Pas très grande mais bien faite et promettant de l'être plus encore, elle avait des yeux verts, des cheveux châtains traversés d'un reflet roux, des dents légèrement jaunes mais le sourire épanoui de qui attend beaucoup de la vie. C'était le 10 mars 1714. Les deux jeunes gens s'engagèrent irrémédiablement de s'aimer l'un l'autre comme mari et femme en tout honneur et en toute affection jusqu'à la fin de leur vie... et le surlendemain ils répétèrent à peu près le même discours devant le ministre luthérien.

C'était à Moritzburg où l'ex-Frédéric-Auguste avait tenu à célébrer avec faste le mariage de son fils. Et ce ne fut pas sans émotion qu'Aurore remit ses pas dans les traces d'autrefois. Tout le merveilleux passé lui sauta au visage à la seule exception qu'il ne s'était rien passé à la chapelle. Mais que ces noces païennes avaient eu d'éclat au milieu d'une cour triée sur le volet où seule la jeunesse était admise ! Elle revoyait les barques sur l'étang, le pavillon de soie élevé sur l'île où le prince déguisé en sultan lui avait lancé le mouchoir et puis leur retour à deux vers le château où elle avait à son tour changé sa toilette somptueuse pour un caftan scintillant et des voiles orientaux ! Et le souper splendide, le bal qu'ils avaient fui ensemble pour le refuge parfumé de la chambre où enfin elle s'était abandonnée avec une joie qu'elle n'aurait jamais imaginée...

Aussi avait-elle les larmes aux yeux en conduisant la nouvelle épousée vers le lit où elle allait sacrifier sa virginité, comme cela avait été son cas devant les tapisseries relatant les amours de l'Aurore et de Thiton, le beau prince qui allait se « dessécher » pour sa déesse.

Avec Mme de Gersdorff et d'autres dames, elle étendit Johanna-Victoria dans les draps de satin semés de fleurs et quand Maurice apparut à son tour dans une robe de chambre de velours pourpre, elle lui murmura à l'oreille en l'embrassant :

– Soyez doux, mon fils ! N'oubliez pas que c'est une jeune fille !

Il lui rendit son baiser avec un sourire narquois :

– En êtes-vous sûre ? chuchota-t-il un œil sur celle qui l'attendait avec la mine gourmande d'une chatte devant un plat appétissant. A ne rien vous cacher, je me le demande...

Cette nuit de noces ne fut pas d'ailleurs aussi ennuyeuse qu'il l'avait craint. Certes, Johanna était encore vierge mais elle fut pour lui une partenaire non seulement consentante mais active, et il découvrit en elle une sensualité, une ardeur qui réchauffa la sienne et, comme elle avait un joli corps, il prit un réel plaisir à l'initier et à en triompher à plusieurs reprises.

Après tout, il pouvait y avoir du bon dans le mariage !...

CHAPITRE V

LE CHEMIN DE PARIS

Les premiers temps ne manquèrent pas d'agrément. Le jeune couple, dont on avait officiellement avancé la majorité, alla passer sa lune de miel sur le domaine de Schönbrunn, en Lusace, qui appartenait à la nouvelle comtesse de Saxe. Les Loeben étaient, sans doute possible, les plus gros propriétaires du duché et les domaines impartis à la jeune femme – elle était fille unique – assuraient aux nouveaux époux une vie large et même fastueuse qui allait permettre à Maurice de reprendre un régiment, ce qui le rendait infiniment heureux. En outre, Johanna était tombée amoureuse de son mari au point que durant quelques semaines celui-ci cultiva l'illusion d'avoir beaucoup de chance.

Quelques semaines seulement au bout desquelles Johanna se trouva aux prises avec les malaises d'une future maternité, et d'enjoué son caractère tourna au vinaigre : elle ne cessait de réclamer la présence de son époux et fondait en larmes dès qu'il s'éloignait pour faire un tour dans la campagne où il ne tarda pas à s'ennuyer ferme... On rentra donc à Dresde et, certain d'avoir rempli ses devoirs, Maurice retrouva avec soulagement son ami Henri de Reuss et les autres compagnons de ses plaisirs habituels : le jeu et les filles, ne rentrant au logis que le moins souvent possible.

Ainsi, le 21 janvier 1715, alors que sa femme était aux prises avec les douleurs de l'accouchement, lui et Reuss se livraient, en dépit des mises en garde, aux joies d'une partie de traîneau sur l'Elbe gelé : le temps subissait un redoux et l'épaisseur de la glace pouvait être insuffisante. Foin de tout cela ! Voilà les jeunes fous partis au grand galop sur le fleuve sous les regards intéressés des badauds massés le long des rives. Et ce qui devait se produire ne manqua pas : trop fine à certain endroit, la glace se brisa, engloutissant le traîneau et ses occupants.

Au bout d'un instant Maurice fit surface et nagea vigoureusement vers la berge avec deux de ses compagnons mais, arrivé là, il s'aperçut qu'Henri manquait à l'appel. Sans hésiter alors, il plongea de nouveau dans l'eau glacée pour récupérer son ami qu'il ramena à terre sans connaissance. Les chevaux, eux, avaient réussi à se tirer d'affaire tout seuls... Naturellement on entoura les naufragés, on les réchauffa avec des couvertures et des grogs bouillants, après quoi Maurice rentra chez lui afin de changer de vêtements. Entretemps un fils lui étant né, il embrassa sa femme, la remercia, la félicita puis, à l'indignation d'Ulrica venue veiller, en dépit de ses rhumatismes, à la naissance de l'héritier, il partit fêter l'événement au cabaret avec les autres rescapés ! Malheureusement l'enfant ne vécut que quelques jours, victime des incessantes crises de nerfs et de larmes de sa mère.

Maurice vit là un signe du destin. Il n'était pas fait pour le mariage, moins encore pour une vie de famille. Eloigné la plupart du temps d'Aurore et transporté d'une ville à l'autre, d'un gouverneur à l'autre, lui-même n'en avait jamais connu. Ce qu'il aimait c'était le combat, les charges sabre au clair, la vie des camps. D'ailleurs l'interminable guerre contre la Suède reprenait avec le printemps et entrait même dans une phase si aiguë qu'une partie de la Pologne se retrouva menacée. Le comte de Saxe n'eut aucune peine à obtenir de son père l'ordre de rejoindre son régiment déjà en route pour la Poméranie.

Jamais départ ne fut plus enthousiaste. Le jeune colonel était aux anges : il allait se battre et fuyait la vic conjugale ! Et le voilà parti pour Sandomir, point de ralliement des troupes saxonnes et prussiennes, avec cinq officiers et douze soldats.

Or un soir, alors qu'ils approchent d'un petit bourg nommé Crachnitz, la nouvelle parvient qu'un armistice vient d'être signé. La première déception passée, Maurice décide de s'installer dans l'unique auberge pour y attendre d'autres instructions. Et on commence par se mettre à table pour se refaire des forces. La nuit est tombée et le bourg tranquille. Soudain, le silence extérieur vole en éclats au bruit d'une nombreuse troupe à cheval. Un officier se précipite à la fenêtre : un fort contingent de cavaliers suédois cerne l'auberge. Le jeune colonel ne compte autour de lui que dix-huit hommes tandis que là, au-dehors, ils sont des centaines dont les intentions sont claires. Et l'armistice ? Eh bien c'est tout simplement une fausse nouvelle. Maurice alors se met à rire. Dix-huit contre huit cents lui paraît une bonne proportion et il va donner la pleine mesure de son sang-froid et de sa vaillance.

Quelques soldats sont placés au rez-de-chaussée, les autres postés aux fenêtres du premier étage peuvent tirer tout à leur aise. En outre les planchers sont percés de trous afin d'arroser de balles ceux qui entreront. Ce combat insensé va se poursuivre pendant cinq heures. Le rez-de-chaussée ayant été envahi, Maurice fait remonter ses soldats et c'est à la baïonnette à présent qu'ils harcèlent l'ennemi à travers les trous du plancher. Excédé celui-ci se retire mais en laissant un cordon de sentinelles autour de l'auberge : au jour il faudra bien que les assiégés sortent de leur retraite et capitulent.

C'est justement ce à quoi Maurice se refuse... Il a reçu une balle dans la cuisse mais on ne déplore aucune perte : ses hommes sont vivants même si certains portent des blessures heureusement sans gravité. Il n'y a qu'un seul moyen de s'en sortir : se frayer un chemin tous ensemble à la pointe de l'épée et gagner l'abri d'un petit bois peu éloigné en profitant de la surprise, mais naturellement il faut attendre la nuit.

Quand elle est tombée, la petite troupe s'échappe en silence. Les cavaliers ennemis ont mis pied à terre, rassemblé leurs montures. Maurice et les siens se faufilent dans les rangs des soldats assoupis, s'emparent de quelques armes, des chevaux dont ils ont besoin, libèrent les autres qu'ils font fuir puis au triple galop foncent vers Sandomir... où ils sont reçus par des acclamations...

Le 1er août, le comte de Saxe à la tête de son régiment attaque l'île d'Usedom puis participe activement au siège de Stralsund que défend Charles XII. C'est la seconde fois qu'il se trouve devant cette place et ce dont il rêve est voir ce roi-guerrier devenu légendaire. Il épie toutes les sorties de l'adversaire et se joint à tous les assauts. Enfin, au cours d'une nouvelle attaque il peut voir Charles XII au milieu de ses grenadiers grâce auxquels il va lui échapper non sans avoir répondu courtoisement au profond salut que lui adresse ce jeune homme qui ne l'oubliera plus...

Stralsund capitule le lendemain. Maurice dont la renommée s'est affirmée durant cette campagne et que tous admirent retourne à Dresde pour s'y retrouver désœuvré : c'est maintenant le tour des diplomates et lui, une fois de plus, n'a rien à faire. Que s'amuser ! Si l'on peut dire...

C'est alors que le Destin lui enlève celle qui depuis sa naissance l'a protégé puis soutenu. Anna-Sophia, princesse douairière de Saxe, s'éteint dans les premiers jours de janvier et pour le jeune homme cette perte est cruelle : il aimait la vieille dame qui, au temps de l'enfance, l'appelait son « cher petit mystérieux... » et son départ le laisse désarmé en face de son éternel et tenace ennemi : Flemming !

Pour celui-ci, la mort de la princesse douairière est une aubaine : elle lui livre le « bâtard » en guerre ouverte avec sa femme et dépouillé de sa cuirasse. Il va en profiter et la politique va l'y aider.

En effet, le Danemark et la Prusse s'opposant à présent sur le partage de la Poméranie, le tout-puissant ministre a poussé son maître à se retirer du conflit. Sa couronne polonaise toujours un peu branlante suffisait à ses ambitions. Dès lors il n'était plus utile de conserver entière une armée valeureuse mais qui coûtait fort cher. La dissolution de certains régiments s'imposait d'elle-même. Et, naturellement, le premier qui sauta fut celui du comte de Saxe. Du jour au lendemain il se retrouva oisif... et fou de rage !

Faire intervenir sa mère, il ne pouvait en être question. Son vieil ami le général de Schulembourg pas davantage : celui-ci s'était fixé définitivement à Venise et sa santé n'était pas des meilleures. S'il n'avait écouté que sa colère, Maurice se serait rué chez le ministre pour avoir avec lui une explication musclée mais il gardait assez de bon sens pour sentir que cela n'arrangerait rien. Restait donc une seule solution : le roi !

Après les politesses d'usage, l'entretien prit vite un ton plutôt vif. Maurice déclara sans ambages que si l'on ne lui rendait pas son régiment, il s'arrangerait pour le reprendre seul : ce damné mariage lui en donnait les moyens !

– Ce serait aller contre ma volonté, répliqua Auguste II. Sachez que j'ai personnellement signé sa dissolution et qu'il n'est pas question de revenir en arrière.

– C'est un déni de justice ! C'est la volonté de ce

misérable Flemming que vous exécutez, rien d'autre. Il est roi plus que vous !

– Comte de Saxe, vous oubliez à qui vous parlez ! Je suis votre roi !

– Je croyais que vous étiez aussi mon père ! Il n'y paraît guère puisque vous me laissez dépouiller par le premier venu !

– M. de Flemming n'est pas le premier venu ! Votre mère sait que ses démêlés avec lui l'on conduite à Quedlinburg.

– Sire, la comtesse ma mère est une femme, trop faible pour espérer vaincre son pire ennemi, et il n'y a pas, que je sache, d'abbayes pour envoyer en exil les colonels de cavalerie !

– Non, mais il y a le château de Koenigstein où sont détenus les prisonniers d'Etat !

– Pour m'y mener il faudrait me prendre ! Et je cours vite !

Joignant le geste à la parole il s'enfuit à toutes jambes du cabinet royal, enfourcha son cheval en voltige. Le temps de passer chez lui prendre quelque bagage et son domestique, et il quittait Dresde au grand galop. Direction Belgrade, clé de la barrière menaçante que les Turcs ont poussée en Europe – et le prince Eugène. Les divisions ottomanes, fortes de deux cent mille hommes, occupent la ville sous les ordres du Grand Vizir. Il y a là bien des occasions pour le comte de Saxe de déployer sa vaillance. Il est de tous les engagements, de tous les assauts les plus meurtriers. A plusieurs reprises il manque d'être pris, ce qui le sauve d'une mort certaine : les Turcs ne gardent pas de prisonniers.

Ceux qui leur tombent sous la main sont envoyés au bourreau, chaque tête étant payée une pièce d'or.

Quand enfin la ville tombe, c'est le signal du reflux des Ottomans. Le prince Eugène va regagner Vienne mais, cette fois, son jeune aide de camp ne le suivra pas.

– Je n'ai pas le droit de priver la Saxe d'un soldat de votre valeur, lui dit-il. Il faut que le roi en prenne pleine conscience. Aussi vais-je lui écrire personnellement en quelle estime je vous tiens !

– Je vous rends grâces, Monseigneur, mais le roi a pris l'habitude de s'en remettre en toutes choses à M. de Flemming et celui-ci a reporté sur moi la haine que lui a toujours inspirée ma mère. Je préférerais continuer à servir sous votre bannière !

– Elle ne vous mènerait pas bien loin, croyez-moi, sourit le prince. La guerre ottomane va prendre fin et moi, je vais enfin profiter de ma belle demeure du Belvédère, m'occuper de mes collections, de mes jardins... de ma santé aussi... qui n'est pas des plus florissantes !

Maurice considéra un instant le maigre petit homme, l'étroit visage où le regard brillait d'une incroyable jeunesse. Il n'y avait pas un pouce de cette frêle silhouette qui ne fût pétri d'énergie. Parti de rien, ou à peu près, Eugène de Savoie-Carignan avait tout gagné, tout arraché à un sort contraire, par sa seule volonté, son courage et son génie militaire. Sur Maurice il avait l'avantage de n'être pas bâtard mais fils légitime. Seulement, sa mère Olympe, lourdement compromise dans la sinistre affaire des Poisons, avait dû fuir la France. Ce qui ne valait pas beaucoup mieux.

– A qui le ferez-vous croire, Monseigneur ? Le génie qui vous habite vous tient lieu de santé ! N'êtes-vous pas en quelque sorte l'arbitre de l'Europe ?

Cette fois Eugène se mit à rire et vint poser sa main maigre sur l'épaule du jeune homme :

– Peut-être justement vais-je l'utiliser pour me mêler de politique. C'est un jeu presque aussi grisant que la guerre ! Quant à vous, si ma lettre ne suffit pas à ouvrir les yeux du roi votre père et si c'est une obscure inaction qui vous attend, alors imitez-moi ! Partez ! Allez chercher ailleurs la gloire qu'on vous refuse.

– ... et que j'espérais trouver dans votre sillage... Autrement je ne sais pas où aller.

– En France ! Ce conseil vous surprend venant de moi qui lui ai tourné le dos et l'ai combattue mais là-bas il y a toujours du grain à moudre pour le chef remarquable que vous serez ! Louis XIV est mort et c'est mon cousin Philippe d'Orléans qui est régent. C'est un prince éclairé, intelligent, un fin politique à qui ne manque, pour être grand, qu'un goût moins prononcé pour la débauche. Vous devriez vous entendre ? ajouta-t-il avec dans l'œil une étincelle de malice.

Venant d'un tel homme le conseil ne pouvait qu'être bon et Maurice en regagnant Dresde se promit d'y réfléchir. Au bercail, il retrouva sa femme sans plaisir aucun. Presque aussitôt après la lune de miel, de graves dissentiments s'étaient élevés entre eux. Moins par la faute de Johanna que par la sienne : il était retourné à sa vie dissipée, à ses maîtresses et à son jeu. En fait, il n'avait jamais aimé son épouse. Ce qui lui plaisait en elle c'étaient surtout ses revenus qui lui permettaient de mener l'existence qu'il préférait. Il en avait même quelque peu abusé au point qu'à la fin de 1718 Johanna dut chercher refuge auprès de sa belle-mère. Aurore l'accueillit volontiers ainsi qu'elle en écrivit à Auguste II :

« Pour Madame la comtesse, il y a déjà près de quatre mois qu'elle s'est réfugiée chez moi dans l'abbaye, tous ses revenus étant pour les créanciers. Je lui dois trop d'amitié pour ne pas partager avec elle le peu que j'ai... »

Elle était sincère et plaignait vraiment cette si jeune femme en qui elle ne voyait qu'une enfant amoureuse dédaignée par un époux volage et indifférent. Maurice reçut d'elle diverses mercuriales auxquelles il ne répondit qu'une seule fois :

« Vivez assez longtemps avec elle et vous me direz ensuite ce que vous en pensez ! Je serais fort surpris si vous ne changiez pas d'avis... »

Aurore aurait aimé que son fils s'expliquât plus clairement mais elle comprit vite ce qu'il voulait dire. D'abord, l'humeur de Johanna était soumise à des variations peu agréables. En outre, la prieure découvrit avec horreur que sa bru possédait un tempérament dont, privée de mari, elle assouvissait les exigences avec des amants de bas étage... le plus souvent les palefreniers de l'écurie.

Une telle conduite ne pouvait lui être que néfaste aux yeux d'une communauté où depuis la disparition de l'abbesse, devenue finalement son amie et remplacée par Marie-Sybille de Saxe-Weissenfels, Aurore ne comptait guère de proches. Or, mère Marie-Sybille venait de disparaître et, au lieu de Mme de Koenigsmark, c'est la duchesse Elisabeth de Holstein-Gottorp qui fut élue, les fredaines de sa belle-fille n'ayant pas porté chance à Aurore. Elle pria donc la comtesse de Saxe d'aller chercher des distractions ailleurs... C'était la rupture.

Soudain effrayée parce qu'elle comprenait enfin qu'elle avait joué un jeu dangereux, Johanna-Victoria porta sa plainte à son beau-père :

« Etant unis par un lien si fort, je souhaiterais ardemment de vivre en bonne intelligence avec lui (Maurice) s'il avait seulement un peu de complaisance pour moi. Je serai toujours contente s'il me témoigne un peu d'estime et ne me brusque pas à chaque instant dès que je parle à quelqu'un. Au reste je fais serment à Votre Majesté que je me conduirai de telle manière que personne n'aura rien à me reprocher. »

Auguste II ne pouvait faire moins qu'ordonner au « bourreau » de rencontrer cette pauvre victime. Ce que celui-ci fit deux jours après l'arrivée de la lettre. Ce fut pour tenir à sa femme un langage sans aménité :

– Je sais, Madame, que vous vous plaignez de moi au monde entier. S'il vous plaît que nous nous séparions, j'y consens, mais si vous voulez rester avec moi, je vous préviens que vous serez obligée de vous régler selon ma volonté. Votre conduite ne m'agrée en aucune façon et je saurai bien vous la faire changer. Vous avez jusqu'à demain pour prendre une résolution.

– Il n'est pas difficile de deviner d'où viennent vos injustes préventions. Votre mère ne m'a jamais aimée et si elle m'a accueillie c'est uniquement dans l'intention de me plier à ses volontés afin de me réduire à l'esclavage. C'est le lot des femmes à qui l'on n'accorde d'autres droits que de se soumettre aveuglément à leur époux, mais plutôt que de me rendre à cet état j'aimerais mieux me résigner au pain et à l'eau... Voilà votre réponse. Quant à la séparation : je la refuse !

– J'aimerais savoir pourquoi ! Nous ne sommes pas faits pour vivre ensemble. Jamais nous ne nous entendrons et je ne vous aime pas...

– Mais moi je vous aime ! C'est ce qui fait toute la différence !

L'éclat de rire du jeune homme donna la mesure de l'effet produit par cette déclaration :

– A qui le ferez-vous croire ? Certainement pas à moi... ou alors dites un peu ce que vous êtes allée faire à Leipzig, pendant votre séjour chez ma mère ? Est-ce pour parler avec lui de ce grand amour que vous avez rejoint ce misérable Iago[1], mon ancien page déserteur avec qui l'on vous a vue un peu partout et que vous avez emmené ensuite chez vous à Schönbrunn où vous n'avez pas craint de le traiter en hôte d'honneur indépendamment du fait qu'il couchait dans mon lit !

1. L'Histoire offre parfois de ces rencontres ! Ce Iago-là était bien réel mais ce n'était qu'un comparse sans importance.

– Vous prêtez vraiment l'oreille à tous les ragots ! Si j'aimais ailleurs je serais la première à demander la séparation. Or, je n'en veux pas !

– Soyez raisonnable, Johanna ! J'admets volontiers que je ne suis pas fait pour le mariage et que cette expérience m'en éloigne plus encore. Divorçons ! Vous pourrez refaire votre vie avec quelqu'un...

– Ma foi non ! Il me plaît d'être comtesse de Saxe... même si nous ne menons pas la vie quasi royale que j'étais en droit d'espérer.

A nouveau Maurice éclata de rire :

– Quasi royale ? Qu'est-ce qui a pu vous laisser supposer une chose pareille ? En ce cas ce n'est pas moi qu'il fallait épouser mais mon demi-frère. Il sera roi, lui !

– Les rois n'épousent que les princesses. Ce que je ne suis pas hélas ! Mais à défaut le nom de Saxe est une assez belle compensation et j'entends le garder. D'autant que vous lui avez déjà donné une auréole de gloire fort séduisante ! Un jour peut-être vous égalerez le prince Eugène et je serai là pour en profiter.

– Si c'est ce que vous appelez l'amour, ce n'est guère encourageant ! Je vous rappelle que je peux mourir sur le premier champ de bataille qui s'offrira à moi !

– Alors je serai votre veuve ! Quelle perspective exaltante ! Et comme je vous pleurerai bien !

– Pas de fol espoir ! Je ferai de mon mieux pour ne pas vous donner ce plaisir et je vais, au contraire, faire en sorte de vous enlever ce nom auquel vous tenez tant !

– Vous n'y arriverez jamais ! Je vous garderai, vivant ou mort !

Las de cette discussion stérile, Maurice haussa les épaules et quitta la place pour aller se « désennuyer » chez sa récente maîtresse, une danseuse du Théâtre de la Cour qui s'appelait Mathilda et qui, folle de lui, ne lui coûtait pas cher. Brune avec un corps souple et charmant, elle avait de jolis yeux clairs qui lui rappelaient Rosette. En outre, elle était la gaieté même et il était facile, auprès d'elle, d'oublier une lamentable vie conjugale dont il n'ignorait pas qu'il aurait peine à se défaire. Il savait que sa femme avait eu l'habileté de mettre Flemming de son côté et qui disait Flemming disait le roi !

Ce qu'il était loin d'imaginer c'est que l'idée de veuvage dont il avait débattu si légèrement avec Johanna faisait son chemin dans l'esprit vindicatif du ministre. C'est alors que lui revint à l'esprit le conseil du prince Eugène à qui Johanna venait de faire allusion : partir pour la France, s'y faire une autre vie, devenir quelqu'un par lui-même et pas seulement le bâtard d'un roi doté de quelque génie militaire. La paix semblait, cette fois, bien installée sur la Saxe. On n'y aurait pas besoin de lui avant longtemps sans doute... Et, dans cet esprit, il écrivit à sa mère pour l'informer de son prochain départ.

Tout de suite inquiète celle-ci accourut. C'était loin la France et il n'était guère prudent que Maurice laisse à sa femme le champ libre, non seulement pour le couvrir de ridicule, mais aussi pour achever de le perdre, via Flemming, dans l'esprit de son père. Aurore savait qu'elle aurait à combattre une détermination dont elle connaissait la fermeté. Avec Maurice, ce qu'il fallait surtout c'était gagner du temps et c'est ce qu'elle allait tenter de faire.

Quelques mois plus tôt, Utta avait quitté son service, non sans regrets, pour se marier. Elle avait repris le chemin de Goslar et une jeune fille de Quedlinburg la remplaçait.

Elle s'appelait Cécile Rosenacker, elle était charmante et Aurore espérait vaguement qu'elle séduirait suffisamment son fils pour le retenir au logis. Le moyen manquait sans doute d'élégance mais à l'âge mûr la prieure de Quedlinburg avait au moins appris qu'il ne fallait rien négliger pour atteindre le but poursuivi et faire attention aux choses les plus anodines. Cettc fois elle obtint un résultat diamétralement opposé : Maurice n'accorda à la jeune beauté qu'un coup d'œil distrait et ce fut Johanna qui lui sauta autant dire au cou... Il est vrai qu'elle l'avait déjà rencontrée durant son séjour au couvent et semblait alors prendre plaisir en sa compagnie. Leur âge s'accordant, Cécile avait montré un certain attachement à une épouse aussi cruellement délaissée par le plus séduisant des hommes.

A Dresde leurs relations se firent plus étroites et la comtesse de Saxe obtint que la jeune fille séjourne chez elle durant quelque temps en remplacement de sa dame de compagnie retournée momentanément chez les siens. Aurore accepta en pensant que sa protégée se trouverait plus souvent dans les entours du comte, les deux époux se partageant alors la même maison.

Pour mieux s'attacher Cécile, Johanna commença par faire miroiter à ses yeux un avenir inattendu.

– Savez-vous, lui dit-elle, qu'un grand prince vous a remarquée ?

– Un grand prince, moi ? Madame se moque !

– En aucune façon et vous pourriez trouver auprès de lui un bel avenir. Il s'agit du roi !

– Oh, mon Dieu ! Le roi ? il m'aurait remarquée ?

– Puisque je vous le dis ! Il faut vous préparer à le rencontrer !

A la fois ravie mais vaguement inquiète, la jeune fille courut chez Mme de Koenigsmark qu'elle tenait pour sa directrice de conscience afin d'avoir son avis. Celle-ci ne montra qu'une surprise modérée : Cécile était vraiment mignonne et Aurore connaissait assez son ancien amant pour ne rien voir de surprenant dans le fait qu'il l'eût remarquée :

– En ce cas, dit-elle, il faut faire plaisir au roi. Il est certain qu'il a plus à vous offrir que la prieure d'un couvent. Il est très généreux... mais, quand vous l'aurez rencontré, revenez me le dire ! C'est à moi de vous guider et je saurai le faire mieux que Mme de Saxe...

Mlle Rosenacker promit. Et elle se prépara, non sans anxiété, pour le jour fatidique. Johanna qui espérait entrer davantage dans les bonnes grâces d'Auguste l'avait fait prévenir qu'elle souhaitait lui présenter une amie et rendez-vous avait été pris. Or, le jour venu, le roi ne parut pas à la promenade... et pas davantage les jours suivants. Il était tout simplement reparti pour Varsovie où Flemming appelait son arbitrage mais Johanna qui l'ignorait passa sa colère sur Cécile en lui reprochant d'avoir mis Mme de Koenigsmark au courant :

– C'est elle, j'en suis sûre, qui s'est mise à la traverse ! C'est une femme méchante qui ne peut supporter de n'être plus la favorite du prince ! En outre, je suis sûre qu'elle est furieuse que nous soyons amies. Car vous m'êtes devenue aussi chère qu'une sœur...

Et, là-dessus, elle éclata en sanglots, prenant le Ciel à témoin de toutes les souffrances et avanies qu'elle avait dû supporter depuis que sa mauvaise étoile l'avait mariée au comte de Saxe. Naturellement, la jeune fille essaya de la consoler. Puisqu'elle était si malheureuse, pourquoi ne pas accepter la séparation ?

– Je le voudrais bien, gémit la jeune femme après s'être mouchée, mais c'est lui, ce monstre, qui s'y refuse ! Sans moi il serait aussi pauvre qu'un gueux et il se sert de mon argent pour ses maîtresses, pour le dilapider au jeu et pour faire cent folies qui sont la honte de son malheureux père... et ma ruine ! Il vend mes terres, il vole mes bijoux pour en parer son amie la danseuse. Il n'acceptera de se séparer de moi que lorsqu'il m'aura réduite à la misère !... Oh je le hais autant que je hais sa mère ! C'est une femme abominable et je sais qu'elle veut ma perte ! La vôtre aussi sans doute !

Ce fut le début d'une période de grandes douleurs chez l'épouse de Maurice. Pendant des jours, aux prises en apparence avec une profonde dépression, elle fit de la jeune fille la confidente de tout ce que son époux et sa belle-mère lui avaient fait endurer et continuaient de lui infliger. Celle-ci compatissait de son mieux, s'efforçait de consoler, encore qu'elle ne trouvât pas grand-chose à redire dans la conduite du comte quand il était au logis. Depuis qu'elle y était entrée d'ailleurs, il y revenait plus volontiers et si son appartement et celui de sa femme étaient nettement séparés, il prenait plus souvent avec elle le repas de midi. Parfois aussi, hélas, les échanges entre les deux époux manquaient d'amabilité, après quoi Johanna pleurait pendant des heures en compagnie d'une Cécile de moins en moins apitoyée. Le comte Maurice avait de si beaux yeux bleus et un sourire si séduisant !

Un matin où celui-ci n'était pas apparu parce qu'il avait passé la nuit chez sa maîtresse, Johanna, pensant que le dévouement de Mlle Rosenacker lui était désormais acquis, la fit venir dans le petit salon où elle faisait sa correspondance et la reçut à demi étendue sur un canapé, arborant une mine affreuse.

– Je n'en peux plus, lui confia-t-elle. Ces deux monstres vont me conduire au tombeau si je ne prends mes précautions ! Heureusement j'ai gardé des amis fidèles. L'un d'eux vient de me rapporter ceci de Venise.

« Ceci », c'était un joli coffret de laque chinoise renfermant deux boîtes de porcelaine. Elles contenaient une poudre blanche et fine.

– Qu'est-ce que c'est ? demanda Cécile.

– Le seul moyen de recouvrer ma liberté et même de sauver ma vie ! Pour cela j'ai besoin de votre amitié...

Et, comme la jeune fille n'avait pas l'air de comprendre, elle ajouta en pleurant :

– J'ai remarqué que, lorsqu'il vient, le comte prend plaisir à recevoir un café de vos mains. Il suffira de vider le contenu de l'une de ces boîtes au fond de sa tasse avant d'y ajouter le breuvage. Cela ne changera pas le goût et n'aura, m'a-t-on dit, assurément aucun effet immédiat. Mais seulement dans trois ou quatre mois une maladie mortelle se déclarera. S'il maintient son projet il sera loin de nous et personne ne songera à nous accuser...

– Et... l'autre ?

– Nous la garderons pour le moment où mon affreuse belle-mère apprendra sa mort, et quand elle s'éteindra on pensera que le chagrin l'a tuée... Je pourrai peut-être refaire ma vie. Quant à vous, soyez sûre que le roi vous aura prise depuis longtemps sous sa protection... Faites-le pour moi, mon amie... et le bien que je vous rendrai sera à la hauteur de ma reconnaissance...

Effarée, la jeune Cécile eut un gémissement :

– Vous voulez que moi... j'empoisonne M. le comte puis plus tard sa mère ?

– Si vous m'aimez autant que vous le dites cela vous sera d'autant plus facile que vous ne risquerez absolument rien...

– Je vous aime... beaucoup, mais cela !... Non ! Non !... Je ne pourrai jamais !... Ce serait offenser Dieu !

– Mais non ! Au contraire ce serait vous substituer à Sa justice ! Rentrez dans votre chambre et songez-y calmement ! Songez surtout que, ces deux-là disparus, nul ne s'opposera plus à votre destin glorieux auprès du roi !

Les jambes flageolantes, la malheureuse regagna ladite chambre... où elle s'aperçut peu après qu'elle était enfermée. La peur la prit. D'autant que, dans la nuit, elle entendit soudain la voix de la comtesse :

– Je vous conseille d'accepter et le plus tôt sera le mieux pour vous ! Sinon, c'est dans votre nourriture que je pourrais verser de cette belle poudre blanche !... Vous avez trois jours pour réfléchir !

Puis la maison retomba au silence de la nuit.

Affolée la jeune fille comprit qu'elle était prise dans un piège qui la dépassait. Elle ne voyait, en effet, aucun moyen d'en sortir : la porte bien épaisse et bien close ne s'ouvrait que pour le plateau qu'un valet goguenard lui apportait deux fois par jour. Quant à la fenêtre, elle était au troisième étage de la maison. Et des étages très hauts : impossible de sortir par là ! Et elle n'avait plus que trois jours !

Elle passa le premier et le deuxième à pleurer, tellement envahie par la peur qu'elle n'essayait pas de mettre deux idées bout à bout. Il est vrai qu'elle n'était pas non plus d'une extrême intelligence et que cela n'avait pas échappé à Johanna. Cependant, pensant qu'il valait mieux garder quelques forces et qu'elle ne risquait rien avant d'avoir rendu sa réponse, elle fit honneur aux plateaux que le valet, toujours le même, lui montait avec un sourire qui lui donnait envie de le griffer bien qu'il ne lui adressât jamais la parole.

Quand vint le troisième, veille du jour fatidique, elle eut la surprise de le voir tirer de sa poche un petit papier et le lui mettre sous le nez. Il y avait écrit : « Ouvrez votre fenêtre à onze heures ! » Rien d'autre ! Quand elle eut lu, il le lui retira aussitôt pour le remettre dans sa poche, attendit qu'elle eut pris le contenu du plateau comme il faisait d'habitude et disparut.

Tremblante, cette fois, d'un espoir qu'elle n'osait pas encore formuler, elle attendit onze heures. Le dernier coup à peine sonné à l'église voisine, elle alla ouvrir sa fenêtre et se pencha sur la rue obscure. Vite accoutumés, ses yeux distinguèrent une silhouette noire qui montait vers elle en escaladant le mur. Au bout de quelques minutes l'homme dont on avait fait son geôlier enjambait l'appui de la croisée puis sans s'intéresser autrement à elle tira sur une ficelle attachée à sa ceinture pour faire monter une échelle de corde qu'il amarra solidement. Cécile l'avait regardé faire avec un mélange très inconfortable de crainte et de curiosité. Pourtant quand il rabattit les panneaux vitrés elle cessa de comprendre. Elle ouvrit la bouche pour demander des explications mais il lui fit signe de se taire... et elle la referma. Juste à temps pour constater qu'il l'avait prise dans ses bras :

– Je cours de grands risques pour vous, chuchota-t-il. Cela mérite bien un merci ?

– Mais je...

– Chut, vous dis-je ! Quand on est aussi belle on doit être généreuse et je veux ma part !

Il était trop fort pour qu'elle puisse espérer lui échapper à moins de hurler et d'ameuter toute la maison. Une maison dont elle n'avait rien à espérer d'autre qu'un sort définitif. Alors elle se soumit à celui qui s'emparait d'elle avec plus de douceur qu'elle n'en attendait et s'aperçut avec étonnement que ce n'était pas si désagréable, trouvant même un instant de fugitif plaisir.

Quelques minutes plus tard, il l'aidait à se rajuster puis, après un dernier baiser rapide, murmurait :

– Je vais descendre devant vous afin de tendre l'échelle. Il y a un peu de vent, ce soir. Vous pensez y arriver ?

Reprise par la peur, elle hocha la tête et l'observa tandis qu'il dégringolait vers le sol avec agilité. Puis elle sentit que les cordes se tendaient et comprit que le moment était venu de faire preuve de courage. Comme elle l'avait vu faire, elle enjamba l'appui de la fenêtre, toucha du pied les premiers échelons, recommanda son âme à Dieu, ferma les yeux et commença la descente. C'était plus facile qu'elle ne l'avait craint mais elle faillit s'évanouir tant elle avait eu peur et, en touchant terre, dut se raccrocher à son étrange sauveur.

– Vous savez le chemin pour aller chez Mme de Koenigsmark ? demanda-t-il.

– Oui, mais vous, comment allez-vous faire ?

– Moi ? Je vais remonter, ôter l'échelle, laisser votre fenêtre ouverte... et aller me coucher tranquillement !

Il l'accompagna jusqu'au coin de la rue et s'esquiva en courant après lui avoir conseillé d'en faire autant, mais c'était inutile : Cécile était si terrorisée qu'elle galopa jusque chez Mme de Koenigsmark. Elle ne fit aucune mauvaise rencontre, Dresde étant une ville bien tenue. Le plus difficile fut de se faire ouvrir la porte à cette heure tardive. Elle y réussit cependant et l'aventure s'acheva pour elle dans les bras d'une Aurore en robe de chambre où elle s'effondra secouée de sanglots.

Devinant qu'il s'était passé quelque chose de grave, celle-ci la fit asseoir, attendit avec patience la fin de la crise en lui caressant les cheveux, ordonna qu'on apporte une tasse de chocolat chaud parce qu'elle semblait transie, l'aida à boire doucement, après quoi elle l'interrogea : que lui était-il arrivé chez sa belle-fille pour la mettre dans cet état ?

Réchauffée, réconfortée, la pauvre Cécile confessa tout, y compris les conditions qui lui avaient permis de recouvrer sa liberté, et pour finir implora Aurore de ne plus l'envoyer chez une femme aussi dangereuse.

Aurore lui promit de la faire repartir pour Quedlinburg dès le lendemain. Elle était plus qu'inquiète. Si Johanna-Victoria en était à vouloir les éliminer, Maurice et elle, il était urgent d'agir ! Pas pour sa propre sécurité – encore qu'elle ne vît aucune raison de se laisser trucider bêtement ! – mais pour celle de son fils. Et, puisqu'il souhaitait tant gagner la France, elle allait l'y pousser au lieu d'essayer égoïstement de le retenir. Mais elle n'était pas au bout de ses surprises avec sa bru...

Au milieu de la matinée, la comtesse de Saxe arrivait en trombe chez elle, apparemment fort en colère, pour conseiller à Mme de Koenigsmark de se défaire sur l'heure d'une intrigante uniquement occupée de construire sa fortune en détruisant celle des autres. Elle l'avait chassée de chez elle la nuit précédente et suppliait sa belle-mère d'en faire autant.

– C'est une peste que cette créature et elle ne saurait trouver sa place dans aucune maison honnête... Renvoyez-la au ruisseau dont elle n'aurait jamais dû sortir !

– C'est déjà fait ! répondit froidement Aurore. A cette différence près qu'il ne saurait être question de ruisseau. Mlle Rosenacker est issue d'une famille d'honorables bourgeois et je vous serais obligée de tenir cette histoire secrète. Sa propagation ne bénéficierait à personne... A vous moins que toute autre.

– Je ne vois pas pourquoi ?

– Allons, ma fille, réfléchissez ! Je cherche en vain la raison pour laquelle Cécile, pas très futée au demeurant, voudrait supprimer votre époux qui ne l'a peut-être jamais remarquée et moi qui n'ai eu pour elle que de bons procédés. En revanche, vous-même...

– Oh, c'est trop fort ! Oser m'accuser alors que...

– Je ne vous accuse pas. Je vous dépeins seulement ce que l'on pourrait conclure au cas où vous crieriez trop fort ! Les gens sont si méchants...

La visite ne se prolongea pas au-delà. Dès que Johanna eut disparu, Aurore envoya Gottlieb – définitivement passé à son service – à la recherche de Maurice, prit ses dispositions pour renvoyer Cécile dans sa maison du couvent puis s'installa devant son petit bureau pour écrire au roi.

« Des faits nouveaux que je confierai plus tard à Votre Majesté, mais où ma vie est intéressée, m'inclinent à changer mes vues concernant le voyage en France souhaité par le comte de Saxe et j'ose prier instamment le roi de bien vouloir lui accorder son congé... »

La lettre était à peine arrivée au Residenzschloss que Gottlieb ramenait le jeune homme. En quelques phrases, sa mère lui retraça les événements de la nuit et de la matinée puis conclut qu'elle désirait instamment le voir partir pour Paris le plus tôt possible. Naturellement il commença par protester :

– Vous voulez que je fuie devant cette folle qui veut m'empoisonner ? Pour que l'on rie de moi ? Vous n'y pensez pas, ma mère ! Je vais de ce pas corriger cette mégère comme elle le mérite et l'obliger à des aveux écrits grâce auxquels je pourrai obtenir du Consistoire une ordonnance de divorce !

– Elle n'avouera rien et si vous la malmenez trop, c'est vous qui aurez tort et passerez pour une brute !

– Certainement pas quand on aura entendu Mlle Rosenacker !

– Elle est terrifiée et, si elle devait s'exprimer devant une assemblée, il serait impossible de lui arracher une parole. D'ailleurs je l'ai déjà renvoyée à Quedlinburg. J'ai aussi demandé votre congé à Sa Majesté.

Me l'accordera-t-elle ?

– Je n'en doute pas un instant. Flemming va être trop content de vous voir partir à l'autre bout de l'Europe, caressant l'espoir de ne jamais vous revoir. Au reste, ajouta-t-elle avec une pointe de tristesse, votre père me savait réticente à ce projet parce que je redoute que vous ne vous y plaisiez trop !

– Pas au point de ne jamais revenir vers vous, ma mère ! fit-il ému en l'étreignant. Vous savez combien je vous aime ! Et vous laisser seule aux prises avec la vipère que l'on m'a fait épouser m'effraie...

– Il n'y a aucune raison du moment où vous ne serez plus là ! En outre, elle travaillera sans s'en apercevoir à cette séparation que nous souhaitons. Croyez-moi ! Il faut lâcher la bride à la comtesse. Elle se perdra infailliblement !... Et soyez sûr que j'y veillerai ! Allez commencer vos préparatifs !

– C'est peut-être prématuré ? Si le roi refusait ?

– Il acceptera ! assura-t-elle avec un sourire.

Elle avait une fois de plus raison. Mis au courant par un avis d'Auguste II, Flemming répondit par une simple note :

« En France, le comte de Saxe pourra continuer d'apprendre le métier de la guerre au lieu que chez nous, qui n'avons plus de guerre et qui ne souhaitons pas d'en avoir, il n'apprendra plus rien. »

C'était la porte ouverte à la liberté ! En plus, l'analyse du Premier ministre était juste. L'été précédent, la Quadruple Alliance avait été signée par la France, l'Empire, l'Angleterre où régnait à présent George Ier de Hanovre, le désastreux époux de la malheureuse Sophie-Dorothée toujours enfermée à

Ahlden, et les Provinces-Unies, autrement dit les Pays-Bas. Depuis le début de cette année 1720, l'Espagne y adhérait. Enfin, la mort de Charles XII devant Fredericschall avait mis fin à l'interminable guerre du Nord dont la Pologne avait tant eu à souffrir, et le traité de Passarowitz avait renvoyé les Turcs chez eux.

Au fond, la France du Régent étant elle aussi en paix, on ne voyait pas vraiment ce qu'elle pourrait apprendre du côté militaire au comte de Saxe mais elle conservait le rayonnement de Louis XIV, mort cinq ans plus tôt, et il était d'usage en Europe pour un prince éclairé d'y venir séjourner afin de s'imprégner d'une civilisation hors pair qu'allait prolonger ce nouveau siècle, celui des Lumières.

Après des adieux protocolaires à son royal père, très émus à sa mère et à sa tante Amélie arrivée quelques jours avant, un brin grinçants à une épouse qu'il espérait bien ne jamais revoir, tout au moins sous l'avatar de comtesse de Saxe, Maurice prit enfin, vers le milieu du mois d'avril, le chemin de Paris.

Il n'imaginait pas encore que, ce faisant, il calquait son destin sur celui de l'homme qu'il admirait le plus, le prince Eugène, en effectuant le parcours contraire. Eugène avait quitté la France sans esprit de retour, le fils d'Aurore de Koenigsmark quittait la Saxe définitivement, même s'il devait y revenir à plusieurs reprises au simple titre familial. Il ne savait pas qu'au service du roi il écrirait le nom de Maurice de Saxe en caractères de feu sur le front de l'Europe.

CHAPITRE VI

UNE SI BELLE DAME...

Quand, au mois de mai 1720, Maurice de Saxe arrive à Paris, la capitale française « peut se vanter d'avoir neuf cent cinquante rues garnies de vingt deux mille maisons éclairées par cinq mille cinq cent trente-deux lanternes... quarante-quatre collèges, vingt-six hôpitaux, onze séminaires, huit châteaux, plus de cent hôtels considérables, cinquante fontaines publiques, huit portes ou arcs de triomphe, douze ponts, douze marchés, vingt-cinq ports, cinquante-deux boucheries, cinquante boutiques à poissons, quatre foires franches, vingt-cinq abreuvoirs pour les chevaux, quarante-cinq égouts, quatre-vingt-deux tombereaux pour enlever les immondices, huit jardins publics, six académies royales, quatre bibliothèques publiques et trente tribunaux pour l'administration de la justice[1] ».

Telle qu'elle était, en dépit d'une voirie quelque

1. Alfred Fierro et Jean-Yves Sarrazin, *Le Paris des Lumières*, Editions de la Réunion des Musées nationaux relayées par Le Grand Livre du Mois.

peu dépassée par les suites pluvieuses d'un hiver particulièrement rigoureux, la ville lui plut en raison de la vie intense qui exsudait de ses rues, de son peuple, de son fleuve perpétuellement encombré de chalands. En outre, il n'y débarquait pas comme un étranger ne sachant par où s'intégrer à une cité totalement inconnue. Il y était non seulement annoncé mais attendu. D'abord par le comte de Hoym, ambassadeur de Saxe-Pologne, à qui Auguste II avait demandé de s'occuper de son rejeton et surtout de le surveiller. Ensuite par deux amis de son âge avec lesquels il avait lié connaissance au siège de Belgrade et sous les auspices du prince Eugène : Charles de Bourbon-Condé, comte de Charolais, et son cousin Louis-Auguste, prince de Dombes, tous deux petits-fils de Louis XIV et de Madame de Montespan[1]. Ils avaient le même âge : vingt ans, et avaient formé avec le jeune Saxe, seulement un peu plus vieux, un trio de joyeux drilles qui allait se reconstituer tout naturellement, les deux premiers ouvrant largement devant leur ami les portes de la Cour... ou plutôt de deux cours : celle, un rien tapageuse, du Régent et celle, beaucoup plus silencieuse, du petit roi Louis XV qui avait dix ans.

Le Régent c'était le duc Philippe d'Orléans, fils du défunt Monsieur, frère de Louis XIV, prince hors normes s'il en fut, et de sa seconde épouse, la pittoresque Princesse Palatine. A la mort du Grand Roi, cinq ans avant l'arrivée du comte de Saxe, le

1. Rappelons que, dans la guerre contre les Turcs, un contingent français soutenait l'action du prince Eugène.

duc Philippe avait assumé la lourde charge de la régence durant la minorité d'un petit garçon orphelin qui en avait alors cinq et auquel il entendait se dévouer. Pour commencer il lui avait fait quitter le fabuleux Versailles qu'il trouvait beaucoup trop éloigné de sa résidence, le Palais-Royal, devenu de ce fait siège du gouvernement. Le vieux Louvre étant inhabitable, c'est au palais des Tuileries qu'il l'avait installé, autant dire en face de chez lui, avec son entourage. Singulièrement venimeux d'ailleurs, l'entourage, et qui passait son temps à épier la moindre occasion de crier au loup contre un prince que les anciens et fourbes entours de la marquise de Maintenon, épouse morganatique de Louis XIV, haïssaient d'un cœur unanime et qui, animés par un christianisme perverti jusqu'à la pire bigoterie, voyaient en lui l'Antéchrist en personne, autrement dit le Diable !

En réalité, Philippe d'Orléans était, selon Saint-Simon (la plus mauvaise langue de l'ancienne Cour), un prince « doux, accueillant, ouvert, d'un accès facile et charmant, le son de sa voix agréable et un don de parole qui lui était tout particulier... Sa mémoire était si singulière qu'il n'oubliait ni choses, ni gens, ni dates. Il excellait à parler sur-le-champ et en justesse et vivacité soit aux bons mots, soit de reparties. Avec cela nulle présomption, nulle trace de supériorité d'esprit ni de connaissance, raisonnant comme d'égal à égal et donnant toujours de la surprise aux plus habiles »... Très intelligent, cultivé, s'intéressant aux sciences et aux arts, il détestait la Cour telle qu'on l'entendait à Versailles. Vaillant au combat – quand on lui permettait de s'y montrer, ce qui avait toujours été rare –, il possédait toutes les qualités qui font les grands princes mais il aimait trop les femmes – à l'exception de la sienne qui l'ennuyait à périr ! – et les petites orgies entre amis. Il collectionnait les maîtresses presque autant que les joyaux et les œuvres d'art et, après six heures passées à sa table de travail, il aimait se livrer à tous les plaisirs de la chair en compagnie d'une poignée de joyeux lurons et de jolies filles peu avares de leurs charmes. Ses « petits soupers » le clouaient au pilori des gens honnêtes grâce à la haine agissante de quelques hauts personnages, comme le duc de Bourbon, qui ne lui pardonnaient pas cette régence voulue par Louis XIV à son lit de mort et qu'ils considéraient comme leur dû. Tel était le personnage auquel ses amis avaient décidé de présenter le comte de Saxe en assurant que s'il lui plaisait il serait immédiatement admis dans une intimité aussi perverse que convoitée.

Installé avec ses gens dans l'hôtel de Châteauneuf, quai des Quatre Nations, Maurice eut à peine le temps de se remettre de son long voyage. Le matin suivant, il vit débouler Charolais tout frétillant de la joie d'apporter une bonne nouvelle :

– Monseigneur le Régent vous recevra dès ce tantôt ! Il m'a dit lui-même qu'il serait charmé de rencontrer un homme de votre valeur. Veillez à votre apparence ! Vous serez sûrement présenté à toute la famille !

L'après-midi donc, tiré à quatre épingles, Maurice montait en voiture avec son ami pour se rendre au Palais-Royal. Le chemin était court : il suffisait de traverser la Seine. Pourtant, quand on eut traversé le fleuve, l'atmosphère de la ville changea. Relativement paisible sur la rive droite, elle était presque tumultueuse aux abords de l'élégante résidence construite jadis par le cardinal de Richelieu puis habitée par la famille royale durant la minorité de Louis XIV et devenue enfin l'apanage de la famille d'Orléans : un vaste quadrilatère enfermant de magnifiques jardins et des appartements dont le luxe n'avait pas grand-chose à envier à Versailles.

Contrairement à l'habitude les grilles étaient fermées et bien gardées. Peut-être à cause de ces groupes de gens d'allure bizarre qui se formaient, tenant des conciliabules et hurlant parfois des propos incompréhensibles d'où surgissait un nom étranger : Law ! Apparemment ces gens-là ne lui voulaient pas du bien :

– Qui est-ce ? questionna Maurice.

– Law ? Un homme de finances, un magicien qui nous est venu il y a cinq ans, qui a pris en mains tout ce que produisent les pays et les terres d'Outre-Mer, qui remplace l'or par des billets et qui a fait gagner des fortunes à beaucoup de monde. Comment ? ne me demandez pas car je n'y ai jamais rien compris ! Tout ce que je sais est que les choses vont moins bien depuis le début de l'année, d'où une agitation qui semble se développer. Mais nous n'avons pas à nous en soucier : à Paris le peuple s'agite pour un oui ou pour un non. Ah ! Nous entrons !

La voiture franchissait en effet l'entrée du

palais, saluée par les gardes à qui le cocher venait d'annoncer les arrivants. Un moment plus tard ils parcouraient une longue galerie où s'échelonnaient des merveilles : marbres antiques, tapisseries précieuses, toiles de maîtres. Le cabinet du prince s'ouvrait au bout donnant sur les jardins abondamment fleuris où chantaient des oiseaux. Les nouveaux venus y trouvèrent le Régent près d'une fenêtre avec entre les mains ce qui semblait être un morceau de soleil. En fait c'était un magnifique diamant non monté, d'une taille exceptionnelle et dont il tirait des éclairs irisés en le faisant jouer dans la lumière avec un évident enchantement :

– Ah, Charolais ! Venez, mon cousin, venez admirer cette splendeur que l'on vient de m'apporter ! Cent quarante carats ! D'une pureté absolue ! Et voyez cette délicate teinte à peine rosée !... Ah, Monsieur le comte de Saxe ! ajouta-t-il en se tournant légèrement vers Maurice. Je suis heureux de vous voir ! On sait vos exploits et que vous arriviez en même temps que mon beau diamant est un signe des dieux !

– L'accueil de Votre Altesse me comble de joie ! s'écria le jeune homme spontanément. Je n'osais espérer...

– Vous aviez tort ! Votre visite me cause un réel plaisir ! Aimez-vous les belles pierres ? Votre auguste père passe pour les apprécier.

– En effet, Monseigneur, et j'avoue partager ce goût. Encore que je n'aie guère l'occasion de commencer une collection !

– Vous êtes trop jeune, bien sûr, mais cela viendra. Prenez un siège et causons !

– Monseigneur ! Le respect !...

– ... ne souffre en aucune façon lorsque l'on s'accorde le plaisir de la conversation...

Les trois hommes prirent place autour d'une petite table de laque rouge qui servait de cadre à un coussin de velours noir sur lequel le prince déposa le joyau et, pendant quelques instants, ils gardèrent le silence, plongés dans la contemplation de la fabuleuse pierre.

– Où l'avez-vous trouvée, mon cousin ? demanda Charolais.

– A Londres, figurez-vous ! Il provient des mines de Partial, aux Indes, et a été remis, brut, au gouverneur anglais Pitt qui l'a envoyé en Angleterre pour le faire tailler. Je l'ai su par... certaines personnes que j'entretiens là-bas et, plutôt que de le laisser saisir par cet affreux George qui se le serait adjugé sans bourse délier, j'ai fait une offre que Pitt a acceptée et le diamant vient d'arriver ! Il porte jusqu'à présent le nom de Pitt mais je pense qu'il mérite mieux...

– Pourquoi pas « le Régent », Monseigneur ? murmura Maurice qui subissait toujours la fascination de la merveille – ce qui lui valut un large sourire du prince. Cela lui irait bien, il me semble.

– J'aimerais beaucoup... mais je le destine à notre jeune roi. Je voudrais qu'il soit enchâssé à la couronne de France le jour de son sacre...

A nouveau, il semblait repris par le rêve et ses deux compagnons respectèrent son silence. Cela permit à Saxe de mieux le regarder.

A quarante-six ans, Philippe d'Orléans conservait une bonne partie d'une beauté qui avait fait de lui, au temps du Grand Roi, le prince le plus charmant et le plus séduisant qui soit. A présent, les charges du gouvernement, la haine de ses innombrables ennemis – on ne lui avait rien épargné, pas même l'accusation infâme d'avoir fait empoisonner le duc et la duchesse de Bourgogne, parents du petit Louis XV ! – et aussi les nuits de débauche avec un groupe restreint d'amis et de belles peu farouches, encore qu'il ne supportât pas le vin, avaient posé leurs griffes sur ce noble visage. Il s'était alourdi mais conservait le charme d'un regard et d'un sourire où demeurait un léger reflet de l'enfance. Il y avait autre chose aussi que le jeune observateur n'arrivait pas à définir, une ombre, un voile, un pli douloureux au coin de la bouche bien dessinée...

Philippe d'Orléans s'arracha bientôt à la fascination du diamant pour sourire au nouveau venu :

– Parlons de vous à présent ! Charolais m'a dit que vous souhaitiez servir la France. Cela m'enchante car je sais votre talent mais j'avoue que cela m'étonne : ne fûtes-vous pas enrôlé sous la bannière du prince Eugène ? Que pouvez-vous souhaiter de mieux ?

– Le prince n'a plus rien à combattre pour le moment sinon peut-être l'âge qui approche. J'ajouterai qu'il m'a fait l'honneur de me conseiller vivement de venir offrir mon épée à vous d'abord, Monseigneur, et aussi au roi !

– Etrange que feu mon oncle, si grand souverain cependant, ait permis qu'échappe à la France un tel soldat ! On peut se demander si n'entrait pas dans ce conseil un regret en forme de testament ? Il vous lègue à nous en quelque sorte... Il est vrai que par votre mère vous êtes un Koenigsmark et ceux-ci ont laissé au royaume un magnifique souvenir...

On les évoqua pendant un moment, ce qui permit au Régent de questionner habilement le jeune homme. Ayant servi lui-même – et brillamment – durant la guerre de succession d'Espagne sous le maréchal de Luxembourg, que la *vox populi* avait surnommé « le Tapissier de Notre-Dame[1] », il savait apprécier la qualité d'un homme. La vaillance de celui-là n'était plus à démontrer. En outre il ne manquait pas d'idées sur la façon de mener une bataille, de faire en sorte qu'elle économise le plus possible de vies humaines ainsi que sur les améliorations que l'on pouvait apporter aux armées.

– Demain, je vous mènerai au roi mais, pour l'heure, on va vous conduire chez ma mère. Elle brûle de vous connaître... et de pouvoir parler allemand avec un spécialiste ! Nous nous reverrons ce soir ! Charolais vous conduira souper chez moi en petit comité...

Laissant son ami aller l'attendre dans sa voiture parce qu'il goûtait peu la compagnie de celle qu'une mauvaise langue avait surnommée « le gros Madame » et d'ailleurs la redoutait comme tous ceux issus des bâtards de Louis XIV, Maurice suivit le chambellan jusqu'à un appartement, relative-

1. Les nombreux drapeaux pris à l'ennemi décoraient la voûte de la cathédrale.

ment petit, situé dans l'aile orientale du palais et adossé à l'Opéra. Cette circonstance inhabituelle ne gênait guère Madame, qui adorait la musique et qui d'ailleurs jouait de la guitare. Sauf la nuit où elle faillit griller dans l'incendie dudit Opéra, son logement ayant été miraculeusement sauvé par le vent qui soufflait d'un autre côté.

On ne le fit pas attendre. Tout juste quelques secondes passées à admirer les somptueuses tapisseries de ce logis exceptionnel avant que l'un des dix valets de la princesse n'ouvre devant lui la porte d'une vaste pièce ressemblant davantage à l'antre d'un savant qu'au cabinet d'une dame, fût-elle princesse. Avant que son profond salut ne le courbe vers le tapis, il put entrevoir des bibliothèques, des vitrines, des coffres ouverts et une immense table-bureau en noyer à pieds de biche supportant une écritoire en chagrin vert orné d'argent devant laquelle une grosse femme était assise la plume à la main. En même temps une voix forte assaisonnée d'un furieux accent tudesque barrissait :

– Voilà donc le fils de ce luron d'Auguste le Fort ! Par ma foi, jeune homme, vous lui ressemblez ! Au moins par la carrure, car vous êtes beaucoup plus beau !...

– Madame est trop bonne !

– Non. Madame a des yeux ! Et ne fait jamais de compliments en l'air. Votre mère, je suppose ? On la disait belle à miracle...

– Elle l'est encore... même sous la sévère vêture de prieure des Dames de Quedlinburg !

– Choisir la plus belle façon de servir Dieu, c'est

bien ! A présent prenez place ! J'achève cette lettre et je suis à vous !

Maurice s'assit avec satisfaction, celle d'avoir quelques instants devant lui pour examiner discrètement cette princesse hors du commun et ses entours. Incontestablement Elisabeth Charlotte de Bavière, dite Liselotte, dite la Palatine, était laide, trop grosse, avec le nez de travers, des yeux relativement petits – encore que singulièrement vifs –, un teint rougeaud de paysanne, mais l'intelligence et la malice fusaient de sa lourde personne de soixante-huit ans emballée plutôt qu'habillée d'une belle robe de taffetas violet et de dentelles, blanches comme celles du bonnet posé sur son épaisse chevelure grise. Impeccablement coiffée d'ailleurs car Madame détestait le laisser-aller et tenait à se montrer toujours accommodée comme il convenait à une princesse même lorsqu'elle était en son particulier. En revanche elle ne portait aucun bijou, elle qui cependant en possédait de magnifiques[1]. Mais la main qui tenait la plume, bien que dodue, gardait une jolie forme.

De la femme le regard du jeune homme passa au bureau sur lequel s'empilaient des rames de beau papier de Hollande à tranche dorée, des plumes d'oie neuves, de la poudre d'or, de la cire rouge, un cachet à double écusson ; un chandelier d'argent supportant des bougies allumées, une sonnette pour appeler un valet et acheminer les lettres du jour car elle en écrivait toujours plu-

1. Elle n'en portait plus depuis la mort de son époux. Sauf des perles fausses !

sieurs, de sa grande écriture carrée qui dévorait les pages. Il y avait aussi, mouchetant le drap vert qui couvrait la table, de nombreuses taches de bougie...

A l'exception du léger grincement de la plume, le silence était total, ce qui représentait un miracle étant donné la situation du palais en plein milieu du centre nerveux de Paris. Madame, sa page achevée, ayant pris une nouvelle feuille, le visiteur s'intéressa au décor. En dehors de la bibliothèque et des vitrines pleines d'une collection de pierres gravées et d'une autre de médailles, il y avait des portraits. Ceux, visiblement allemands, des parents, celui du défunt époux, le ravissant Monsieur, frère de Louis XIV, tout scintillant de pierreries et dont tout le monde savait qu'il préférait les garçons, et qui devait former avec sa Liselotte un bien étrange couple !...

Un soupir à faire tomber les tableaux le tira de sa rêverie. Madame avait fini sa lettre et, tout en la parcourant du regard, revenait à son visiteur, cette fois-ci dans sa langue natale :

– Je viens d'écrire à la reine de Prusse, Sophie-Dorothée, ma cousine que votre mère a dû connaître étant enfant quand, avec son frère, elle était à la cour de Hanovre. Je l'aime bien, d'abord parce qu'elle est la petite-fille de ma chère tante, l'Electrice Sophie de Hanovre, ensuite parce qu'elle a toujours été malheureuse. Toute petite elle a souffert de n'avoir jamais revu sa mère, cette pauvre idiote de Sophie-Dorothée de Celle qui a oublié ses devoirs avec votre sacripant d'oncle Philippe de Koenigsmark et qui continue de végéter dans son château des brouillards. Un sort amplement mérité !

– Votre Altesse Royale est sévère, répliqua Saxe qui évidemment n'ignorait rien de son histoire familiale. Un grand amour...

La Palatine éclata d'un rire féroce :

– Balivernes ! Quand on est mère, on se doit à ses enfants, un point c'est tout, et Sophie-Dorothée n'a pas volé ce qui lui est arrivé, son amant non plus... encore qu'il ne méritait pas un sort aussi ignoble, indigne de ses vaillants ancêtres !

– Madame saurait-elle ce qui lui est arrivé ? Je croyais que seuls ma mère et le défunt Electeur Ernest-Auguste...

– Et son épouse Sophie à qui il s'est confié, naturellement ? Quant à moi j'ai su grâce à elle ce qu'il s'était passé. Même ce qu'il est advenu des Platen. Ce que votre mère ignore peut-être ?

– En effet. Après leur départ de Hanovre, elle n'a rien pu apprendre de leur sort. Et ce n'est pas faute d'avoir cherché.

– Ils ont trouvé refuge près de Vienne, dans un petit bien que l'empereur leur a alloué par charité... Le mari était aveugle et a traîné ainsi durant plus de cinq ans. Quant à la femme, elle est morte en 1706. Elle était atteinte d'une horrible maladie qui lui avait fait perdre ses cheveux et la rongeait peu à peu en lui imposant des douleurs insupportables. Elle avait, en outre, des hallucinations où, à longueur de nuits, ses victimes lui apparaissaient et la plongeaient dans l'épouvante. Mais jamais dans la repentance parce qu'elle n'avait jamais cessé d'aimer l'homme qu'elle avait assassiné. Sa fin a été atroce paraît-il. Vous le direz à votre mère ? Elle trouvera peut-être le courage de prier pour elle. Encore que je ne pense pas que ça serve à grand-chose !

– Mme de Koenigsmark la haïssait trop ! Elle avait juré de la tuer de ses propres mains si elle la retrouvait...

– Mieux valait laisser faire le Seigneur ! Il sait, Lui, ce qui convient !

– Votre Altesse Royale m'autorise-t-elle une question ?

– Pourquoi pas ? demandez !

– Comment a-t-elle pu connaître le sort des Platen ?

– Le fil conducteur a été Mlle de Knesebeck, la suivante de Sophie-Dorothée. Réfugiée à Vienne elle s'y est mariée et le hasard a voulu que son mari possède une propriété proche de la maison des Platen. Dès qu'elle a appris le mariage prussien de la jeune Sophie-Dorothée, elle est entrée en correspondance avec elle et lui a tout raconté. La jeune reine s'est confiée à moi : l'affaire Koenigsmark avait suscité en son temps énormément de curiosité à Versailles, mais une fois renseignée j'ai préféré le garder pour moi. Jusqu'à ce jour.

– Je remercie Madame de sa confiance mais... Votre Altesse Royale n'a-t-elle pas dit que la reine de Prusse est malheureuse elle aussi ?

– Quel sorte de bonheur peut-on trouver auprès d'un homme qui transforme son palais en caserne, fait vivre les membres de sa famille comme s'ils étaient des recrues ignares et lésine sur toutes choses ? Il a une mentalité de sergent-major !... Il n'aime que ses gigantesques grenadiers !

Pour laisser s'apaiser l'émotion causée par ses révélations, Madame et son visiteur bavardèrent encore un moment. Parler sa langue était pour la vieille princesse un pur plaisir. Quand enfin elle rendit sa liberté à Maurice, elle lui offrit à baiser une main quelque peu tachée d'encre et lui fit promettre de revenir.

– J'aurai toujours plaisir à vous voir, mon garçon ! conclut-elle familièrement. Nous boirons ensemble quelques chopes de notre bonne bière et je vous donnerai des conseils ! A propos de bière, vous soupez ce soir chez le Régent ?

– Je vais avoir en effet cet honneur... et ce plaisir !

– Pour le plaisir n'y comptez pas trop ! Oh, je sais les bruits que l'on colporte sur les fêtes intimes de mon fils et de ceux de ses amis que l'on surnomme les « roués ». Bruits malheureusement exacts que je n'ai cessé de déplorer. Mais l'été dernier ma petite-fille, Mme la duchesse de Berry, est morte à vingt-quatre ans, usée par ces débauches paternelles dont elle prenait sa large part. Il y avait entre mon fils et elle une complicité, une même envie de goûter à tout, même au moins avouable ! Sa mort – horrible elle aussi ! – a brisé le prince. S'il croyait en Dieu, il y verrait un châtiment, mais ce n'est pas le cas. Cependant le plaisir n'a plus pour lui la même saveur ! Alors, n'espérez pas trop !

– Ce que j'espère surtout c'est plaire à

Monseigneur afin d'obtenir de lui un commandement !

– Cela tout au moins me paraît une bonne voie !...

A ce moment, trois petits chiens, menés en laisse par un valet et revenant visiblement de promenade, firent une entrée bruyante et se précipitèrent dans les jupes de la princesse.

– Ah, voilà mes amours ! s'écria celle-ci revenant au français. Aimez-vous les animaux, Monsieur de Saxe ?

– Beaucoup, Madame ! Avec une légère préférence pour les chevaux !

– Alors, vous êtes un brave homme ! J'avais raison...

Elle eut encore raison le soir même. Maurice, outre Charolais, rencontra autour de la table princière quelques-uns de ces « roués » dont Paris faisait des gorges chaudes : les ducs de Canillac, de Brancas, de Noailles, de Broglie, de Richelieu, tous gens fort gais, fort galants et fort spirituels. Sans compter le récent évêque de Cambrai, l'ex-abbé Dubois, petit bonhomme vif, à la langue bien pendue, qui avait été le mentor du prince puis son agent secret avant d'être son ministre. Comme son maître, c'était un bourreau de travail mais il n'en appréciait pas moins les jolies filles et la bonne chère. Le nouveau venu découvrit avec stupeur que la cuisine était faite par certains invités : ce soir-là par ledit Dubois dont la spécialité était l'omelette aux truffes et par Brancas auteur d'un plat espagnol où le piment ne manquait pas. Mais aucune femme ne vint partager la fête. Il y avait ce soir bal à l'Opéra et le Régent expédia son monde en s'excusant d'un travail urgent. Charles de Charolais et Maurice de Saxe rentrèrent sagement au logis : le lendemain le Régent présenterait lui-même le fils d'Aurore au jeune roi.

En pénétrant aux Tuileries, Maurice n'attachait pas tellement d'importance à cette visite. Il savait qu'il allait saluer un marmot de dix ans, sans doute grincheux, à moins que ce ne soit rien d'autre qu'une marionnette empesée débitant mécaniquement la leçon serinée par un gouverneur autoritaire. En somme une franche corvée dont il espérait qu'elle ne durerait pas trop longtemps. En fait il ne devait jamais l'oublier...

Franchie l'entrée d'honneur et la salle des Cent-Suisses prises dans le vieux palais jadis construit par Catherine de Médicis – et qu'elle n'avait jamais habité –, remis en état par Louis XIV, le Régent flanqué de Charolais et de Saxe traversa la première galerie, le pavillon de Bullant puis la petite galerie débouchant sur le pavillon de Flore où étaient les appartements royaux. Sans doute les plus agréables car ils avaient vue sur la grande terrasse, les jardins et la Seine. Là se déployait l'apparat de la royauté gardée par les uniformes rouges des Cent-Suisses et bleus des Gardes du Corps. L'atmosphère y était plus solennelle qu'au Palais-Royal, reflet du côté plus accessible voire plus familier du Régent.

L'heure choisie par celui-ci était celle du retour de la messe. Il y avait dans la petite galerie nombre de personnes porteuses de placets et d'autres qui voulaient seulement voir le roi et le saluer. Les trois hommes traversèrent cette petite foule et gagnèrent le cabinet-bibliothèque servant de salle d'études ainsi que l'indiquaient les cartes de France, d'Europe et l'imposante mappemonde sur pied de bronze placée devant une fenêtre. Le Régent s'assit, les deux autres restèrent debout. Après un moment d'attente, un brouhaha se fit entendre puis se rapprocha. La double porte s'ouvrit sous la main des laquais en grande livrée et le roi parut encadré de deux gardes de la manche[1] et suivi du maréchal de Villeroy qui était son gouverneur. Un homme d'un certain âge, de haute taille, de belle allure, qui ne devait pas être facile à vivre tous les jours, mais Maurice ne le remarqua pas, séduit d'emblée par ce garçon de dix ans sur la tête duquel reposait une si lourde couronne et dont cependant le maintien se révélait déjà plein de naturelle majesté. Et qu'il était donc ravissant avec son teint délicat, ses grands yeux noirs ourlés de cils très longs, son nez fin qui s'affirmait déjà résolument bourbonien. Et quel charmant sourire tandis qu'il avançait les mains tendues vers Philippe d'Orléans sans rien perdre d'une précoce majesté :

– Monseigneur le Régent de France ! s'écria-t-il, une lueur malicieuse dans le regard. C'est toujours un plaisir de vous recevoir mais c'est avec une vraie joie que je vois venir mon cousin ! Et qui

1. Ainsi nommés parce qu'ils se tenaient à gauche et à droite du monarque, à sa « manche ».

donc m'amenez-vous ?... Oh, bonjour, comte de Charolais. Quant à vous, Monsieur...

– Avec sa permission, je suis heureux de présenter au roi le comte Maurice de Saxe, fils de Sa Majesté le roi de Pologne. Le comte admire la France et souhaite mettre à son service une épée valeureuse dont les preuves ne sont plus à faire.

– Quelle bonne idée ! Vous êtes donc soldat, Monsieur ?

– Oui, sire. Depuis l'âge de treize ans.

– Sous qui avez-vous servi ?

– Le général de Schulembourg qui fut mon initiateur... et le prince Eugène de Savoie-Carignan.

– Le plus valeureux de nos ennemis...

– Un traître, sire ! intervint Villeroy avec sévérité.

– Si j'ai bien retenu vos leçons, Monsieur le maréchal, on ne lui a pas laissé le choix et c'est grand dommage ! Mais, si l'élève vaut le maître, le royaume aura moins de regrets !

– Avec la permission de Votre Majesté, émit Maurice d'une voix enrouée par l'émotion, c'est le prince Eugène qui m'a conseillé le service de la France !

– En ce cas, faites en sorte de lui mériter une absolution dont il n'a sans doute que faire.

– N'y aurait-il pas l'ombre d'un regret dans ce conseil, sire ? murmura le duc d'Orléans.

– C'est possible ! Monsieur le Régent, voulez-vous faire en sorte d'exaucer la prière du comte de Saxe... que je reverrai très volontiers.

– A condition que le roi Auguste II donne son

accord ! coupa sèchement le gouverneur qui décidément n'aimait pas les seconds rôles.

– Cela va sans dire ! riposta le Régent qui, lui, n'aimait pas du tout Villeroy, auquel il reprochait de trop tourner l'éducation de son élève vers la représentation en prônant sans cesse l'exemple de Louis XIV dont il avait été l'ami et qui laissait le souvenir d'une idole scintillante de diamants se tenant à mi-chemin entre les élus célestes et les malheureux terriens.

C'était la fin de l'audience. Le Régent abandonna ses deux compagnons dès la sortie du cabinet royal pour aller s'occuper de ses propres audiences. Charles de Charolais en profita pour présenter le comte de Saxe à plusieurs personnes que d'ailleurs celui-ci salua machinalement et sans même entendre leurs noms. Son attention venait de se fixer sur un couple disparate et somptueux qui remontait la galerie au milieu des saluts. L'homme devait avoir vingt-quatre ou vingt-cinq ans, laid, bossu et contrefait, mais il le vit à peine, ébloui qu'il était par la jeune femme qui se tenait à son côté. Elle était jolie à damner un saint, fine et infiniment gracieuse, avec un teint éblouissant, des yeux clairs pailletés d'or comme sa chevelure châtain où passaient des reflets lumineux. Elle avait aussi un sourire facilement moqueur et ne prêtait aucune attention à son époux.

Maurice tira Charolais par la manche :

– Qui est-ce ? demanda-t-il, les yeux sur l'adorable créature.

– Le prince et la princesse de Conti ! Lui est méchant comme la gale, teigneux et aime l'or par-dessus tout, ce qui ne l'empêche pas d'être jaloux... Il fait partie du Conseil de régence et il spécule tant qu'il peut chez Law.

– Et elle ? Je n'ai jamais vu de femme aussi éblouissante...

– Cela joue en faveur de votre goût, mon cher ! dit Charolais en riant. Ce n'est pas moi qui vous dirai le contraire : c'est ma sœur ! Venez ! Je vais vous présenter !

Les deux beaux-frères ne s'aimaient guère, pour ne pas dire qu'ils se détestaient franchement, bien que la franchise ne fût certainement pas la vertu principale du prince de Conti. Il suffisait de voir ses yeux qui glissaient sous la paupière à demi close. L'abord s'en ressentit : un salut sec de part et d'autre, après quoi l'aimable altesse tourna le dos à ces importuns sans même prêter attention au nouveau venu qu'on lui présentait. Humilié, celui-ci rougit tandis que sa main cherchait machinalement le pommeau d'une épée, absente puisque l'on n'en portait pas chez le roi. Un éclat de rire le ramena à la réalité. La princesse en était l'auteur :

– Vous êtes étranger ici, Monsieur, et cela se voit ! Sinon vous sauriez, comme tout un chacun, que mon époux est un rustre ! énonça-t-elle d'une voix haute et claire tandis que Maurice s'inclinait sur une petite main chargée de diamants. C'est aussi un lâche, ajouta-t-elle un peu plus bas. Il se réfugie derrière sa parenté avec le roi pour insulter les gens sans qu'il soit possible de l'amener sur le pré ! Cela dit, je vous connais déjà, Monsieur de Saxe. Mon frère est intarissable à votre sujet... et j'espère que nous vous garderons longtemps ?

Dieu qu'elle était belle ! Et tentante ! Sous l'apparat de la robe de cour Maurice devinait un corps fait pour l'amour qu'il se sentit brûler de découvrir. Comment ignorer aussi le scintillant regard qui se voilait et le lent sourire qui épanouissait les lèvres fraîches si délicatement ourlées ?

– S'il ne tient qu'à moi, Madame, je tombe à vos pieds et je n'en bouge plus...

Il sentait qu'il lui plaisait. C'était comme un courant impalpable soudain établi entre eux et peut-être, ayant tout oublié des alentours, Maurice se fût-il laissé emporter par son bouillonnement intérieur si Charolais n'avait glissé son bras sous le sien.

– Je vous l'amènerai chez vous, ma sœur, dès que vous serez de retour, puisque vous partez ce soir pour Chantilly.

– Vous le jurez ?

– Non, fit-il en l'embrassant le plus bourgeoisement du monde, c'est une promesse ! Pour l'instant, ma chère Elisabeth, vous devriez rejoindre votre délicieux mari, sinon il va entrer sans vous chez le roi...

Avec un gracieux geste d'adieu, elle glissa sur le parquet dans un froissement de soie, laissant derrière elle un sillage parfumé et à Maurice l'impression qu'on lui enlevait quelque chose d'essentiel. Surtout qu'il manquerait une lumière à sa vie s'il ne possédait pas cette étoile.

– Vous la reverrez, chuchota Charolais. Vous lui avez plu au premier regard. C'est donc une affaire sûre mais je vous préviens qu'elle a déjà un amant...

– Je le tuerai !

Le rire du jeune comte résonna dans toute la galerie...

– Pas moins ? Ce n'est pas le moment de vous mettre dans un mauvais cas. C'est notre cousin Clermont, lui aussi de sang royal ! Alors un peu de patience !...

Dans les jours qui suivirent, le comte de Saxe devint un habitué du Palais-Royal, un proche du Régent et sans doute l'homme le plus recherché des salons, des tables de jeux où des fortunes changeaient de main au lansquenet, au pharaon et au reversi, des bals de l'Opéra... et aussi des danseuses. La princesse de Conti n'étant toujours pas rentrée, il se consola avec quelques-unes d'entre elles. En résumé, mena la vie seigneuriale qu'il aimait, devint la coqueluche de Paris. Même de la duchesse d'Orléans, la languissante épouse du Régent qui ne quittait guère la position allongée. Trois ans plus tôt, la petite vérole et un certain empâtement avaient modifié l'aspect physique de la princesse, entamant sans la faire disparaître entièrement la beauté de la fille légitimée du Roi-Soleil et de l'exquise La Vallière. Perpétuellement « fatiguée », elle passait ses jours sur un divan où elle s'enivrait environ trois fois par semaine au milieu du luxe le plus raffiné. Mais ces fantaisies coûtaient fort cher. D'autant que les premiers craquements sérieux du système Law généraient un agiotage effréné qui faisait bouillir le quartier du Palais-Royal comme un chaudron de l'Enfer. Maurice ne cessait de réclamer de l'argent à ses parents. Au point d'inquiéter le comte Watzdorf, ministre de Saxe à Paris, qui écrivit pour demander son rappel. Le roi, secrètement enchanté de savoir son fils dans l'intimité du Régent, se contenta d'une douce mercuriale épistolaire.

C'est alors qu'arriva un grand parchemin portant le sceau royal et ainsi libellé :

« Aujourd'hui, septième jour d'août 1720, le roi étant à Paris et voulant donner les moyens au sieur comte de Saxe d'entrer au service de Sa Majesté dans un rang proportionné à sa naissance et lui marquer du même temps la parfaite considération qu'elle a pour son père, Sa Majesté, de l'avis de Monsieur le duc d'Orléans, Régent, l'a retenu, ordonné et établi à la charge de maréchal de camp[1] en ses armées pour dorénavant en faire les fonctions, en jouir et user, aux honneurs, autorité et prérogatives et prééminences qui y appartiennent, tels et semblables dont jouissent ceux qui sont pourvus de pareilles charges et aux appointements qui lui seront ordonnés par les Etats de Sa Majesté, laquelle, pour témoignage de sa volonté, m'a recommandé de lui en expédier le présent brevet qu'elle a signé de sa main et fait contresigner par moi son conseiller secrétaire d'Etat et de ses commandements et finances. » Signé « LOUIS » et, plus bas, « Le Blanc »... Les dits appointements se montaient à dix mille livres.

Ce qui n'était pas le Pérou mais Maurice ne s'en précipita pas moins chez le Régent afin de le remercier. Il était fou de joie mais, tandis qu'ils

1. L'équivalent de colonel.

partageaient une bouteille de champagne à l'avenir du nouvel officier général, le prince lui rappela qu'avant d'être tout à fait investi il lui fallait l'autorisation paternelle.

– Je pars pour Dresde dès demain. Il faut que j'y règle certaines affaires laissées trop longtemps en attente...

En parlant ainsi, il pensait à l'annulation d'un mariage devenu un intolérable fardeau auquel d'ailleurs il n'avait jamais fait la moindre allusion devant qui que ce soit. Ce qui lui valait d'être recherché par nombre de mères ayant filles à marier et de jeunes veuves sensibles au charme de ce superbe garçon qui, à l'instar de son père, pliait un fer à cheval entre ses deux mains...

– Ne revenez pas trop tôt ! ajouta soudain le Régent dont la mine venait de s'assombrir.

– A cause de l'agitation qui règne à Paris ? J'avoue n'avoir jamais rien compris à l'ouvrage de M. Law mais ce que j'en sais est que les choses ont l'air de mal tourner. En ce cas si l'émeute se levait je préférerais différer mon départ afin de me mettre entièrement à votre service, Monseigneur !

– Je ne doute pas de votre amitié et encore moins de votre courage mais une menace plus grave pèse sur le royaume depuis qu'en juillet dernier un vaisseau venant des Echelles du Levant, le *Grand-Saint-Antoine*, est arrivé à Marseille apportant dans ses flancs la peste. Le mal ne cesse de grandir. Les ravages sont déjà effrayants. La ville n'est plus qu'un immense lazaret où plus personne n'est sûr d'être encore vivant le lendemain matin...

– C'est loin, Marseille, remarqua Maurice qui n'ignorait pas la géographie.

– Mais c'est la plus grave épidémie jamais constatée. Les rapports disent qu'elle est arrivée au nord de la ville. Si elle remonte la vallée du Rhône, la moitié du royaume pourrait être contaminée. De toute façon vous aurez besoin de quelques mois en Saxe...

C'était sans doute la sagesse. Maurice promit d'attendre des nouvelles. L'après-midi il galopa jusqu'au ravissant château de Saint-Cloud saluer Madame qui s'y retirait chaque été pour y respirer l'air de la campagne. Elle le félicita de sa nomination mais ajouta :

– Puisque vous allez servir la France, n'oubliez pas complètement notre vieille Allemagne !

– Oublie-t-on jamais son pays natal ? Il me manquera certainement mais, si elle veut bien me continuer son amitié, Madame sera là et nous pourrons continuer à en parler.

– Alors ne tardez pas trop, mon garçon ! Je me sens vieillir chaque jour et j'ignore s'il en reste beaucoup à ma disposition. Je suis lasse aussi...

– J'ai trop envie de revoir Madame pour que le Seigneur ne m'exauce pas.

Une étincelle de malice s'alluma dans l'œil de la princesse :

– Et... bien sûr vous passez votre temps à prier ?

– Non, je le confesse, mais il n'est aucune montagne que je ne sois prêt à gravir pour l'amour de Madame !

– Venez m'embrasser ! conclut-elle en riant. Et,

quand vous reviendrez, n'oubliez pas de me rapporter des saucisses !

En quittant Paris le lendemain, Maurice de Saxe emportait un regret : il n'avait pas revu la belle dame dont l'image le hantait en dépit de ses nombreuses bonnes fortunes. Elle s'attardait à Chantilly, le domaine de ses pères, et ne reviendrait qu'à l'automne.

En dépit de la mise en garde de Philippe d'Orléans, Maurice avait hâte d'être sur la route du retour. Mais, avant tout, en finir avec ce stupide mariage ! Il se voulait libre, libre !...

A son arrivée à Quedlinburg, il eut l'agréable surprise de trouver sa tante Amélie auprès de sa mère. Veuve depuis plusieurs années déjà, Mme de Loewenhaupt, laissant à ses fils les domaines paternels, s'était retirée d'abord dans la maison familiale de Hambourg mais, s'y trouvant trop seule, faisait de fréquents séjours chez sa sœur.

La nouvelle qu'apportait Maurice les remplit de fierté mais aussi de tristesse :

– Ainsi tu as définitivement choisi la France, mon fils ? lui dit Aurore. Cela veut dire que nous ne te verrons plus ?

– Ne plus vous voir ? Jamais je n'y consentirai, mes chéries ! Vous êtes toute ma famille !

– Tu oublies ton père ? fit Amélie.

– Oh non, puisqu'il demeure le maître de ma vie et que je ne pourrai servir le roi Louis que s'il y consent... mais il ne s'est guère montré très paternel depuis que j'existe. Et moi, si je l'admire je ne suis pas sûr de l'aimer...

– Et si nous parlions de ton épouse ? dit Aurore avec un demi-sourire. Tu ne l'as pas oubliée, tout de même ?

– Je l'ai si peu oubliée que je veux à présent retrouver ma liberté. Vous m'aviez laissé entendre, ma mère, que vous vous en occuperiez. Où est-elle ?

– Chez elle, à Schönbrunn, d'où le beau Iago n'est jamais fort éloigné. Elle est persuadée que tu ne reviendras plus et elle s'autorise de ce départ pour vivre comme elle l'entend...

– Elle pourra agir comme il lui plaira lorsqu'elle ne sera plus comtesse de Saxe. Le roi est-il à Varsovie ?

– Il aime tellement mieux Dresde ! Il faut avouer que la ville gagne chaque mois en beauté ! Il veille à l'achèvement du Zwinger, son nouveau palais, et s'intéresse de près à sa manufacture de porcelaine de Meissen. L'inventeur, le pauvre Boettger, est mort l'an passé à trente-sept ans seulement. Sa santé était ruinée à la suite de ses treize années d'emprisonnement – il n'y a pas d'autre mot ! – dans son officine souterraine...

Mais Maurice ne se sentait guère concerné par cet homme qui avait eu le génie de retrouver le secret des Chinois pour la plus grande gloire d'un maître ingrat. Qu'Auguste II soit à Dresde lui convenait parfaitement : c'était moins loin !

Il y fut quelques jours après. Or, à son étonnement, si le roi montra quelque fierté de la nomination de son fils, il s'inquiéta subitement de le voir s'éloigner de lui, de sa mère et de son épouse. En outre, son nouveau grade supposait un train de vie pour lequel les dix mille livres allouées ne suffiraient sans doute pas.

Secrètement amusé par cette crise de sollicitude, Maurice le rassura ; il réduirait sa maisonnée au minimum... et ne ferait appel aux deniers de son père que dans les circonstances les plus exceptionnelles. Quant à sa mère, elle avait suffisamment de force de caractère pour ne pas s'opposer à ce qui devait être sa destinée. Enfin, pour ce qui était de sa femme, il entendait s'en débarrasser au plus vite, ne voulant pas continuer à couvrir de son nom des débordements dont tout un chacun pouvait se rendre compte.

Dans cette intention, il adressa aussitôt à Johanna-Victoria une longue lettre où il détaillait ses reproches mais promettait de cacher ses désordres et même de prendre la faute sur lui si elle acceptait de bonne grâce le divorce. Il pensait en faire ainsi une simple formalité... Or, nouvelle surprise, celle-ci envoya en retour une missive pleine de repentance. Elle reconnaissait ses erreurs mais ajoutait en conclusion qu'« une jeune femme peut bien faire une faute pourvu qu'on s'en repente et se corrige ». Et, sur ce, elle annonçait son retour à Dresde.

Lorsqu'il se retrouva en face d'elle, Maurice eut peine à garder son calme. Toute souriante, pimpante, coquette, elle courut à lui déjà prête à l'embrasser...

– Pourquoi m'avoir abandonnée si longtemps, mon cher époux ? Ne saviez-vous pas à quel point je tenais à vous ?

– Ah oui ? gronda Maurice en croisant les bras

sur sa poitrine pour éviter un contact plus étroit qu'il ne l'aurait voulu. En vérité, Madame, on croit rêver ! Oserai-je vous rappeler que depuis des mois vous me ridiculisez autant dire publiquement avec votre Iago !

– Ne soyez pas trop sévère et essayez de me comprendre. Seule, délaissée, sans famille, j'avais besoin d'un bras pour me soutenir, d'un cœur où épancher mes douleurs... (Et soudain elle se mit à pleurer :) « En dépit des mauvaises langues, Iago a été surtout pour moi un ami, un frère qui m'aidait à supporter ma solitude...

– Solitude ? Alors que vous avez une demi-douzaine de femmes pour vous tenir compagnie et vous servir ?

– Ne dites pas de sottises ! cela ne remplacera jamais l'amour d'un homme !

– Vous avez eu celui de Iago.

Elle leva sur lui un regard implorant :

– Je ne le nie pas. Iago m'aime peut-être plus qu'il ne conviendrait et... je l'avoue, il m'est arrivé une fois... une seule fois, de céder à cet amour. Mais je me suis vite reprise !

– A qui ferez-vous croire ces sottises ? Certainement pas à moi ni à ceux qui vous ont vus ensemble à Leipzig, puis chez vous et en d'autres lieux.

Elle baissa les yeux, se moucha, prit un air malheureux et se remit à larmoyer :

– Et pourtant cela est ! Je vous aime, Maurice, comme au premier jour de notre mariage. Mon cœur n'a pas changé en dépit des apparences et je donnerais ce qu'il me reste à vivre pour vous reconquérir...

– Ce serait difficile. Vous ne m'avez jamais conquis !

– Que vous êtes cruel ! Eh bien soit, je serai votre fidèle et silencieuse compagne, je ne vous ferai plus jamais de reproches et je suis certaine que vous finirez par me rendre votre amour... Je suis revenue pour rester, car nous allons reprendre notre vie commune, n'est-ce pas ? Le temps de Noël qui n'est plus loin nous y aidera ! Nous allons vivre une renaissance sous le regard de l'Enfant Dieu. Tout s'apaisera, vous verrez, et quand vous repartirez pour la France je vous suivrai sans protester, sans aucun regret d'abandonner ma terre natale... Il n'est rien que je ne sois prête à faire pour vous.

La stupéfaction laissa, un instant, le mari sans voix. Cette diablesse ne manquait pas d'audace ! Mais son jeu, à présent, était devenu clair : elle voulait le suivre en France où l'Europe entière savait que la vie était plus joyeuse et plus agréable que partout ailleurs. Il donna libre cours à sa colère :

– Jamais, vous entendez ? Jamais ! J'aimerais mieux rendre ma nomination au Régent de France que partir avec vous !

Il sortit en claquant la porte et courut au palais, donnant au passage une pensée tendre à sa grand-mère défunte Anna-Sophia qui l'avait si souvent aidé. Malheureusement elle n'était plus là pour le conseiller. En revanche son père le reçut aussitôt et, pour une fois, lui donna raison. Auguste le

Fort, s'il était faible avec les femmes, savait d'expérience comme il est parfois difficile de s'en débarrasser quand on n'en a plus rien à faire. Aussi prêta-t-il à son fils une oreille compréhensive.

– Je suis prêt, clama Maurice, à prendre tous les torts à ma charge alors qu'elle n'a jamais cessé ses relations avec son Iago ! Et voilà qu'elle découvre qu'elle m'adore et jure de devenir une épouse modèle ! Ce qu'elle veut, c'est aller à Paris ! Je n'y vois pas d'inconvénients à condition qu'elle ne porte plus mon nom. Si je ne peux m'en défaire, je ne repartirai pas !

Le roi n'eut pas le temps de répondre, Flemming qui avait ses entrées chez lui de jour comme de nuit faisait son apparition et, naturellement, n'avait rien perdu de la conversation :

– Il y a un moyen, Monsieur le comte, c'est de vous faire surprendre en flagrant délit d'adultère par votre épouse et cela en présence de plusieurs témoins. Si elle veut éviter le ridicule elle ne pourra faire autre chose que porter sa plainte devant le roi et devant le Consistoire...

– Un moment, Flemming ! coupa Auguste. Vous oubliez qu'en cassant le mariage, la loi polonaise que nous avons adoptée punit de mort le coupable ? Je n'ai nulle envie de perdre mon fils pour un jupon qui n'est pas assez blanc pour avoir le droit de se plaindre.

– Voilà qui explique une attention aussi soudaine ! ricana Maurice. M. le comte de Flemming vient de trouver le meilleur moyen d'être délivré de moi ! Et, comme ma mère ne le supporterait pas, il en aurait fini définitivement avec les Koenigsmark !

Une lueur mauvaise s'alluma dans l'œil du ministre et n'échappa pas au souverain :

– Je suis le roi ! barrit-il. Et le droit de grâce est mien ! Il ferait beau voir que l'on empêche le nom de Saxe de se couvrir de gloire en France !

Et l'on passa à l'exécution du plan paternel. Il ne fut pas difficile à Maurice de « séduire », avec son accord, la plus jolie des chambrières de sa femme – elle était d'ailleurs toute séduite mais il ne voulait pas la laisser dans l'embarras ! – et, une belle nuit, la suivante préférée de Johanna, qui était aussi sa confidente, la conduisit dans la chambre de la belle où la comtesse put surprendre son mari en pleine action. La complice de celui-ci se livra alors à un désespoir particulièrement bruyant qui attira l'ensemble de la maisonnée. Le scandale était public, l'épouse bafouée ne pouvait plus que porter plainte. Avec rage elle jeta à Maurice :

– Cela vous vaudra la mort, Monsieur, et nulle n'en sera plus aise que moi !

– Celina est assez belle pour que l'on accepte de mourir pour elle, ironisa galamment le coupable. Aussi soyez donc assez aimable pour vous retirer ! J'ai encore bien des choses à lui dire et cela adoucira mon trépas.

Et, mettant tout le monde à la porte, il reprit en riant son amoureux dialogue. Le soir même, en soupant chez son père, il trouva sa grâce sous sa serviette. Sa jeune complice passa aussitôt au service d'une amie de Maurice et reçut en outre une somme rondelette en manière de dot.

Battue sur toutes les coutures, Johanna-Victoria adressait, le 21 mars 1721, au Consistoire supérieur de l'Eglise réformée, une requête en annulation de mariage. Le 26 eut lieu la tentative légale de conciliation. La plaignante déposa la première, affirmant qu'un rapprochement n'était plus possible et énumérant ses griefs, puis Maurice vint à son tour, lut la déclaration de sa femme, et comme le président lui demandait s'il avait quelque chose à dire pour sa défense :

– Absolument rien ! J'avoue que notre affection mutuelle n'a jamais été bien vive et que les faits dont se plaint la comtesse sont parfaitement exacts.

Il ne restait plus au Consistoire qu'à déclarer dissous légalement et religieusement le mariage de Maurice de Saxe et de Johanna-Victoria de Loeben au bénéfice de la plaignante, ce qui lui laissait la possibilité de se remarier. On se sépara en s'adressant une profonde révérence comme il sied entre gens du monde. Puis l'ex-comtesse de Saxe partit aussitôt pour son château en Lusace.

Rentré chez lui, Maurice, fou de joie, écrivit à son père une longue lettre qu'il terminait ainsi : « Après que le président eut prononcé, avec toute la politesse du monde, une sentence qui d'ordinaire n'est guère polie, le surintendant voulut me régaler d'un plat de son métier car les prêtres veulent toujours se mêler de tout. Mais j'abrégeai la harangue en disant : Monsieur, je sais ce que vous voulez dire. Nous sommes tous de grands pécheurs, cela est vrai, la preuve en est faite. Je fis la révérence et je laissai ce qu'on appelle le Consistoire supérieur dans la méditation de la grande vérité que je venais de dire. »

Joyeux comme un collégien en vacances, Maurice demanda ses bagages, fit de tendres au revoir à sa mère, à sa tante et à la vieille Ulrica qui achevait douillettement ses jours à Quedlinburg, et prit à bonne allure le chemin de Paris. Il avait à conquérir la plus belle des princesses et chaque minute comptait...

CHAPITRE VII

IL ME SEMBLE QUE JE VOUS ATTENDS DEPUIS TOUJOURS...

Ce fut le 30 juillet que Maurice de Saxe retrouva la princesse de Conti. Ce soir-là, le Régent donnait une fête somptueuse en l'honneur de sa nouvelle maîtresse, la jeune et ravissante Sophie d'Averne, dans l'ancienne propriété de l'électeur de Bavière près du pont de Saint-Cloud. C'était la fille d'un conseiller au Parlement et l'épouse d'un lieutenant aux Gardes-Françaises, épileptique, qu'elle avait trompé jusque-là avec le petit-fils du maréchal de Villeroy. Ce n'était donc pas une vertu mais elle était si fraîche que Philippe d'Orléans, las et déjà malade, s'enflamma pour elle. Après la rude secousse qu'avait été la fin du système de Law, véritable tempête déchaînée sur la France, l'éclatante jeunesse de Sophie lui faisait l'effet d'un bain de jouvence. Et c'était ce renouveau qu'il fêtait avec toute la Cour.

La nuit chaude était magique. Le coup d'œil aussi. Au souper que présidaient les amants – elle dans une robe de cent mille livres –, les convives arboraient tous des habits d'or et d'argent que faisaient briller les quatorze mille lanternes disséminées dans le parc jusqu'à la Seine. Et soudain le ciel s'illumina des premières fusées d'un fabuleux feu d'artifice qui allait éclairer les alentours jusqu'à Boulogne.

Lorsque l'on sortit de table, Maurice vit la princesse descendre vers le fleuve au bras d'une amie. Il hésitait à la suivre, non à cause de son époux bienheureusement absent mais parce qu'il ne savait pas trop comment il serait reçu. En effet, elle l'avait à peine regardé pendant le festin.

– Est-ce que tu restes là ? pressa Charolais déjà à moitié ivre. Va ! Suis-la ! Ne vois-tu pas qu'elle t'attend ?

– Tu rêves ! Ou plutôt tu as trop bu. Elle n'a pas paru s'apercevoir de ma présence et elle est avec une amie...

Le jeune pochard eut un rire bêlant, étouffa un hoquet mais poursuivit :

– La Saint-Aubin sait à merveille son rôle de confidente. Elle va... disparaître ! Sois tranquille !

– Tu crois ?

– Morbleu ! Aurais-tu peur, par hasard ?... Oh, et puis... fais donc ce que tu veux ! Moi... j'ai encore soif !

Et virant sur ses talons rouges Charolais revint d'un pas incertain vers les tables où quelques confrères s'attardaient à parachever leur cuite. Maurice alors n'hésita plus et se lança sur la trace de la robe argentée comme un clair de lune qui allait s'évanouir dans l'ombre. Quand il la rejoignit, la compagne avait disparu. La princesse était seule, appuyée à la balustrade de pierre, regardant le ruban scintillant de la Seine.

Il me semble que je vous attends depuis toujours..

– Madame !... commença-t-il tandis que le bruit de son cœur battant la chamade emplissait ses oreilles.

Elle se retourna et il put voir qu'elle tremblait.

– Vous vous êtes fait attendre, murmura-t-elle d'une voix basse et émue. Pourquoi ? Vous êtes là depuis deux mois et vous n'êtes pas venu ? Ne saviez-vous pas...

– Que pouvais-je espérer... On m'a dit que vous aimiez ailleurs.

– J'ai aimé ailleurs mais notre rencontre chez le roi a effacé cet ailleurs.

Les étoiles dans sa chevelure la nimbaient d'une lueur un peu mystérieuse. Elle était belle comme un rêve... Maurice n'eut qu'un pas à faire pour être contre elle et, tout naturellement, elle vint dans ses bras qu'il resserra en cherchant ses lèvres, puis son cou, sa gorge. Sous le tissu froid de la robe, sous les pierres scintillantes glissant jusqu'à la naissance des seins, sa peau était infiniment douce et brûlante. Sentant la jeune femme vaciller, il comprit qu'elle le désirait autant que lui et peut-être depuis aussi longtemps... et, reprenant sa bouche, il chercha des yeux le nid qui pourrait les accueillir. Alors, il l'entendit rire doucement.

– Viens ! souffla-t-elle à son oreille.

Elle voulut lui prendre la main pour le guider mais, refusant de l'écarter de lui si peu que ce soit, il la glissa autour de sa taille. Ainsi enlacés, ils descendirent sur la berge du fleuve par une petite grille. Il y avait là une barge supportant une sorte de pavillon de bois qui s'ouvrit, découvrant, sous la lumière douce d'une veilleuse, un large divan et des coussins de soie... le nid que Maurice désespérait de trouver ! Un seul inconvénient : il y faisait une chaleur de four... A peine entré, Maurice sentit qu'il transpirerait mais à nouveau elle rit tout en se détachant de lui :

– Allons nous baigner d'abord !

Avec une incroyable rapidité, elle laissa tomber ses robes, lui offrant l'éclair laiteux de son corps encore paré de ses bijoux avant de se glisser dans l'eau noire. Un instant plus tard il la rejoignait pour renouer leur étreinte. L'eau était délicieusement fraîche mais pas assez pour éteindre le feu qui les brûlait. Ils y firent l'amour pour la première fois avant de revenir sur l'herbe de la berge afin d'y retrouver leur souffle. Ils s'enlacèrent de nouveau, vite repris par ce désir qu'ils portaient en eux depuis tant de mois mais, avec l'approche du jour, la nuit fraîchissait et Maurice enleva Louise-Elisabeth dans ses bras pour la rapporter dans la cabine où le lit les accueillit. Le lit... et la lumière, et pendant de longues minutes le comte découvrit toute la beauté de ce corps qui se soumettait si tendrement à lui. Avec tous ces diamants, Louise-Elisabeth ressemblait à une idole à laquelle il ne pouvait rendre que le plus païen des cultes...

– Quand vous reverrai-je ? murmura-t-il le cœur soudain serré tandis qu'elle lui échappait pour revêtir ses atours de fête.

– Mais ce soir, chez moi !... Oh, par pitié, venez m'aider ! Ces robes sont pleines de pièges et je ne sais comment m'y prendre. Alors qu'il est si facile de les ôter !

Ce fut un autre jeu, ponctué de baisers, de

caresses et de rires. La chambrière occasionnelle semblait prendre un malin plaisir à compliquer la tâche. Louise-Elisabeth fut prête, la coiffure un peu en désordre mais, à la fin d'une fête chez le Régent, il ne se trouverait personne pour s'en étonner... Maurice la vit remonter vers le château, disparaître sous les arbres. Il s'étira longuement, envahi d'un délicieux bien-être... et aussi d'une grande envie de dormir. Alors, comme il était toujours nu, il replongea dans la Seine en se demandant s'il n'allait pas y rester toute la journée. Le soleil qui se levait enveloppé d'une brume de chaleur annonçait une température torride et les rues de Paris allaient devenir brûlantes.

Néanmoins, pensant qu'un billet arriverait sans doute chez lui pour compléter les indications du rendez-vous, il sortit de l'eau, se sécha, s'habilla et s'en alla à la recherche de sa voiture...

Il rentra donc à l'hôtel de Châteauneuf pour y dormir dans l'attente de la prochaine nuit mais, vers cinq heures, son valet l'éveilla en lui apportant un billet : il fallait ajourner. Le mari qui devait s'absenter demeurant à Paris pour une grave raison. Le petit roi était très mal...

Plus qu'inquiet parce qu'il savait ce que signifierait la mort du jeune Louis XV – l'écroulement de la Régence et un hallali féroce de ses innombrables ennemis sur le duc d'Orléans... et ses proches –, Maurice se précipita au Palais-Royal. L'imminence de la catastrophe y était peinte sur tous les visages et il n'eut aucune peine à apprendre ce qui s'était passé. Le matin même tandis qu'il assistait à la messe à Saint-Germainl'Auxerrois comme d'habitude, l'enfant s'était évanoui. La chaleur sans doute mais, ramené aux Tuileries, ses médecins constatèrent qu'il avait une forte fièvre laissant tout à craindre, même le pire.

– Allez faire un tour aux Tuileries ! lui conseilla son ami Canillac, le capitaine des mousquetaires. Vous en entendrez de belles !

– Quoi par exemple ?

– Mais... que Monseigneur Philippe a empoisonné le roi, tout simplement ! Cette folle de duchesse de La Ferté le clame à tous les échos sans rencontrer le moindre contradicteur. Quant au vieux Villeroy, non seulement il opine mais il laisse entendre que, sans ses soins, le drame se serait produit beaucoup plus tôt !

– C'est insensé !

– Sans doute, mais si vraiment nous perdons le roi, notre ami n'aura pas trop de nous tous, qui lui sommes fidèles, pour empêcher qu'on le massacre. Quitte à faire pendre ou rouer quelques clampins qui ne seront pour rien dans ce meurtre.

Pendant deux jours Paris retint son souffle. Aucun mieux ne se manifestait. On avait commencé, dans les églises, les prières de quarante heures et le cardinal de Noailles faisait exposer la châsse de sainte Geneviève protectrice de Paris afin de condenser sur elle la ferveur d'un peuple désorienté qui n'était pas loin de perdre la tête. Le duc de Richelieu, Canillac, Saxe, Charolais et quelques intimes campaient au Palais-Royal, prêts à faire de leurs corps un ultime rempart au Régent.

Et puis, un beau matin, tandis qu'un bienfaisant

orage abattait la canicule et transformait la ville en bourbier, tout s'arrangea. Alors que la Faculté errait toujours lamentablement, un jeune médecin suisse nommé Helvétius[1] prit sur lui d'administrer au petit malade une forte dose d'émétique, déchaînant une « évacuation charmante » qui le ressuscita comme par magie. Le lendemain, Louis pouvait, depuis son balcon, saluer une foule en délire qui se livra par la suite à toutes les manifestations d'une joie folle. Seul le pauvre Philippe d'Orléans resta en dehors de ces festivités. Dans l'opinion commune, l'accusation d'empoisonnement – qui avait déjà fait surface au moment de la double mort du duc et de la duchesse de Bourgogne, parents de l'enfant roi – ne perdit pas une voix.

Pendant ce temps, dédaignant les nombreuses manifestations de la liesse populaire ainsi que le *Te Deum* à Notre-Dame, Maurice et Louise-Elisabeth se laissèrent emporter durant deux jours entiers par leur passion mutuelle, bien cachés dans une dépendance du château de Choisy qui avait appartenu à la défunte princesse de Conti. Mais la bienheureuse période de quasi-folie générale ne dura pas longtemps. Le mari, qui s'était rendu en Angleterre pour se hâter de mettre à l'abri les millions qui, joints à ceux de son beau-père le duc de Bourbon, avaient déstabilisé le système de Law, rentrait et sa jalousie allait obliger les amants à plus de prudence. Choisy les vit moins, ce qui donnait un prix infini à leurs étreintes secrètes.

1. Le père du célèbre philosophe.

Le comte de Saxe devait d'ailleurs s'occuper d'acheter un régiment, complément obligatoire du grade de maréchal de camp, un général sans soldats n'étant pas d'une grande utilité. Justement il y en avait un dont le propriétaire souhaitait se démettre : Sparre-Infanterie, régiment étranger – germano-suédois ! – comme il en existait plusieurs en France. Celui-là avait combattu avec honneur à Malplaquet et à Denain. C'était une magnifique unité, seulement elle coûtait cher, et son prétendant dut retourner brièvement à Dresde afin de convaincre son père de lui donner un coup d'épaule. Mais, fidèle à son vieux principe d'économie dès qu'il s'agissait des autres, fût-ce de son fils préféré, Auguste II se fit tirer l'oreille jusqu'à ce que lui vienne l'idée de vendre la terre de Skoelden qui était de l'apanage de Maurice. On est royal ou on ne l'est pas !

Un peu déçu tout de même mais talonné par la hâte de prendre possession de son beau régiment, de se mettre au travail pour en faire l'unité d'élite... et aussi de revoir sa princesse, Maurice, après un bref arrêt chez sa mère, dévora la route et entra dans Paris le 27 novembre. Pour s'apercevoir que la moitié de la ville était autant dire vide, l'autre moitié s'entassant sur la place de Grève afin d'assister à l'exécution de Cartouche, le célèbre bandit. Une exécution qui allait se prolonger pendant presque toute la nuit : en arrivant sur l'échafaud, le condamné qui espérait être enlevé au bourreau par ceux de sa bande put constater avec fureur que personne ne levait le petit doigt pour lui éviter d'être rompu vif. Il s'était alors fait ramener à l'Hôtel de Ville pour dénoncer ses acolytes. Et ils étaient nombreux.

Trouvant sa maison vidée par ce spectacle de choix, Saxe décida de se rendre à l'hôtel de Conti voisin dans l'espoir que même si le vilain mari y était, il aurait, à défaut de souper, au moins la joie de baiser une jolie main. Mais il ne trouva qu'un portier mélancolique : il était autant dire seul au logis, tout le monde étant au lieu du supplice, y compris Mme la princesse entraînée par des amis...

Dépité, Maurice tourna le dos à cet homme qui attendait peut-être un commentaire et préféra rentrer chez lui où, en compensation, il aurait le plaisir de se défouler en rossant ses valets dès leur retour. Il ne comprenait pas quel plaisir une jeune femme belle et raffinée pouvait trouver à un spectacle aussi grossier. Lui-même n'était pas un tendre mais il n'était pas cruel, n'ayant jamais pu vraiment s'habituer aux horreurs de la guerre. Quant à Cartouche, il aurait plutôt eu tendance à le plaindre. Tant d'histoires couraient sur son compte qu'une espèce de légende s'était tissée autour de lui. C'était sans doute un bandit mais il était brave !

Comme il faisait froid, il enroula son ample manteau autour de lui, enfonça son tricorne sur sa tête, sortit de l'hôtel en courant, reçut un choc et se retrouva dans la boue tandis qu'éclataient le hennissement affolé d'un cheval, le juron d'un cocher et le cri d'une femme : il avait failli être écrasé par une voiture roulant le long du quai à vive allure...

Un peu étourdi, il cherchait à rassembler ses esprits quand il entendit :

– Mon Dieu, Monsieur, que d'excuses ! Etes-vous blessé ?... Allons, Martin, venez à son secours !

Il crut entendre chanter les anges tant cette voix, douce et chaude à la fois, avait d'exquises inflexions... Sans prêter attention au domestique – qui grognait en vouant à tous les diables les bourgeois qui ne savaient pas regarder où ils mettaient les pieds ! – il sourit au charmant visage qui venait de lui apparaître, encadré d'un large capuchon ourlé d'hermine. Il retint surtout des yeux magnifiques, pleins d'inquiétude, et une bouche ravissante :

– Je pourrais dire plus de peur que de mal, Madame, si j'ai eu la moindre crainte, fit-il en riant.

– Oh ! Vous êtes étranger ?

– Mon accent le révèle !... Mais par grâce veuillez vous écarter : je crains de vous couvrir de boue en me relevant. J'en ai jusqu'aux yeux. Allons, l'ami, un coup de main ! C'est diantrement glissant ici !

Le cocher était solide mais l'accidenté était lourd et l'homme eût peut-être lâché prise si l'inconnue n'avait apporté son aide.

– Dieu, que vous êtes grand ! apprécia-t-elle quand il fut debout. Prenez à présent la peine de monter dans ma voiture : je vais vous ramener chez vous !

– Je vous baise les mains, Madame, mais c'est

bien inutile ! J'habite à deux pas ! Comte Maurice de Saxe, pour vous servir !

– Ah, c'est vous ?

– Mon Dieu oui. Aurais-je le bonheur d'être connu de vous ?

– Comme de tout ce qui compte à Paris ! Surtout les entours de Monseigneur le Régent !

– Ah !... Ce qui veut dire que ma réputation n'est pas des meilleures ?

Elle se mit à rire cependant que ses yeux brillaient davantage encore :

– Ce n'est pas à moi d'en juger... Eh bien, je vous souhaite le bonsoir !

Elle remontait déjà dans sa voiture. Il voulut la retenir mais sans oser la toucher, à cause de ses vêtements maculés :

– Me direz-vous au moins à qui je dois...

– Un bain de boue et quelques contusions ?... Cela ne me paraît pas important !

La portière claqua, le cabriolet reprit son chemin et disparut au coin du Collège des Quatre Nations... Boueux, trempé mais rêveur, Maurice rentra chez lui où ses gens rentraient l'un après l'autre pour constater avec horreur que le maître était revenu pendant leur absence alors qu'on l'avait un peu oublié. Or, à leur vif étonnement, non seulement il ne les abreuva pas d'injures mais il calma son secrétaire :

– On verra demain ! Pour l'instant j'ai besoin d'un bain et d'un souper que nous partagerons...

La nuit durant il fut occupé de l'inconnue, de son visage si doux, de ses yeux pleins d'étoiles, de son charmant sourire et surtout de cette voix, à aucune autre comparable. En y pensant des frissons couraient le long de son dos mais, le lendemain, un court billet de Louise-Elisabeth l'appelait auprès d'elle. Conti était allé à son château de L'Isle-Adam d'où il ne rentrerait que dans deux jours : elle l'attendrait pour un souper en tête à tête. Repris par l'éblouissement de leur passion commune, il oublia l'inconnue...

D'autant plus vite que dès le lendemain, après avoir salué le Régent et Madame, il se hâtait de reprendre langue avec le comte de Sparre, toujours propriétaire du régiment convoité. Cette fois tout alla très vite et le nouveau maréchal de camp put aller à Fontainebleau prendre possession de huit compagnies composant ce qui s'appellerait dorénavant le Saxe-Infanterie. Presque pas de Français dedans : une majorité d'Allemands de toutes provenances mais aussi des Hongrois, des Bohémiens, des Hollandais, des Flamands, des Polonais et des Suisses. Une vraie Légion étrangère avant la lettre, composée pour la majeure partie de protestants, luthériens ou calvinistes, comme le général lui-même, mais la révocation de l'Edit de Nantes, si elle avait chassé de France une part importante de la population – et pas la moins intéressante –, avait exclu ceux qui servaient dans l'armée. A Saxe-Infanterie tout le monde parlait allemand et les commandements étaient donnés dans cette langue.

Heureux comme un gamin qui reçoit le cadeau de ses rêves, Maurice se jeta à corps perdu dans la réorganisation de son beau régiment et, par force, consacra moins de temps à ses amours...

Vinrent les fêtes de fin d'année.

Au soir de Noël, une violente dispute opposa Conti à son épouse. Dispute où il tint le rôle principal, Louise-Elisabeth opposant le plus souvent à ses fureurs un dédaigneux silence. Néanmoins il était maître chez lui et elle ne put que hausser les épaules quand il lui signifia l'interdiction de sortir même pour la messe de minuit.

– Quant au réveillon, ma chère, vous devrez le faire avec vos seules femmes. Aucun homme ne vous approchera !

Et il partit festoyer dans certaine maison du Marais dont il avait fait le centre de ses divertissements. Ce départ en fanfare n'avait arraché à la jeune femme qu'un sourire de dédain. Elle savait pouvoir compter sur ses serviteurs parce que plus généreuse et plus agréable à servir que ce vilain bonhomme atrabilaire et facilement cruel. N'importe comment, elle n'avait pas l'intention de sortir ce soir-là, sachant pertinemment que rien n'empêcherait Conti d'aller se vautrer dans la débauche, en évitant l'église où il ne mettait jamais les pieds sauf en cas de cérémonie officielle. Aussi attendait-elle son amant que Louison, sa femme de chambre préférée, était chargée d'attendre, à onze heures, à la petite porte des jardins donnant sur la rue Guénégaud[1] et de l'accompagner jusqu'à sa chambre où tout était disposé pour une nuit délicieuse...

Elle était largement entamée, cette nuit – il pou-

1. L'hôtel de Conti occupait l'emplacement approximatif de la Monnaie.

vait être deux heures du matin et le calme régnait dans l'hôtel plongé dans l'obscurité – quand le roulement d'un carrosse résonna sur les pavés de la cour et, presque aussitôt, Louison se précipita dans la chambre éclairée par une veilleuse, où, au milieu du lit dévasté, Louise-Elisabeth et Maurice se partageaient une coupe de champagne en y buvant alternativement entre deux baisers.

– Madame la princesse, vite ! C'est Monseigneur ! Et il n'est pas seul !

Louise-Elisabeth eut une exclamation de colère :

– Mon Dieu ! Il nous a tendu un piège ! Quelqu'un a dû nous trahir !

Mais déjà elle avait sauté du lit et se hâtait de couvrir sa nudité d'un ample déshabillé de soie blanche et de dentelles. Maurice aussi s'était levé et précipité sur ses vêtements répandus un peu partout sur le tapis :

– La peste soit de ce mari qui rentre sans avoir la galanterie de prévenir ! fit-il en riant. Nous allons devoir en découdre dans votre chambre, ma chère.

– Il ne vient pas pour se battre mais pour vous tuer puisqu'il amène du monde. Vous connaissez sa lâcheté !

Sans cesser de parler elle retapait le lit tandis que Louison faisait disparaître dans un coffre le couvert et le verre dont s'était servi Saxe.

– Comment faire sortir M. le comte, Madame ? chuchota la jeune fille terrifiée. Monseigneur a mis à coup sûr des gens dans la cour et du côté jardin ! Oh Miséricorde ! Il est déjà dans l'escalier...

– Il me reste le côté du quai, jeune fille ! Grâce

au Ciel il y a des fenêtres ! répliqua Maurice tranquillement.

– Vous n'y pensez pas ! protesta Louise-Elisabeth. Elles sont trop hautes et vous allez vous rompre le cou !

– Pour un de vos baisers je donnerais cent fois ma vie ! Il est seulement dommage que je n'en aie qu'une à vous offrir ! N'ayez crainte : il y a un dieu pour les amoureux... et je suis fou de vous !

A moitié vêtu seulement mais emportant le reste de ses habits et en gardant son épée nue à la main en cas de surprise, il suivit Louison qui, armée d'une chandelle, le guida jusqu'à la galerie du bord de l'eau. Là, elle ouvrit une fenêtre au-delà de laquelle on voyait briller les lumières du Pont Neuf où, en dépit du froid, se tenait une sorte de festivité nocturne. La hauteur qu'elle découvrit la fit frissonner :

– Il n'y a personne mais c'est terriblement haut ! Vous risquez de vous tuer, Monseigneur !

– Mais non ! Je suis comme les chats : j'y vois clair la nuit et je retombe toujours sur mes pattes. Jetez ce qui reste de mes habits après moi, éteignez la bougie et refermez la fenêtre ! Le temps presse !

En effet, l'hôtel s'emplissait de bruit. Maurice se signa, enjamba l'appui qu'il empoigna en se tournant le dos au fleuve. Louison le vit se suspendre puis se laisser tomber...

En dépit de sa peur, la jeune fille, entendant un gémissement, se pencha, vit une masse immobile et le crut mort. Elle avait soufflé la chandelle et son regard s'accoutumait à l'obscurité. Un instant, elle s'affola, ne sachant que faire pour porter secours, puis, soudain, quelque chose bougea. Elle vit le comte se redresser, endosser sa pelisse et enfin se remettre en marche en longeant la Seine... et en clopinant. Un peu rassurée, elle referma et rejoignit l'appartement de sa maîtresse.

Pendant ce temps Louise-Elisabeth avait repris son sang-froid et lorsque Conti, l'épée à la main, s'engouffra dans sa chambre, il la trouva assise à la table du souper et grignotant une pâtisserie, un verre de champagne dans l'autre main. Sans attendre elle le prit de haut :

– Voilà des façons de rustre, Monsieur ! Qu'est-ce qui vous prend d'entrer chez moi à pareille heure et armé de cet objet dont vous n'avez jamais su vous servir ?

La mine fermée, Conti se mit à fouiller partout, ouvrant les tiroirs, les armoires, regardant sous le lit qu'il défit complètement, alla inspecter le cabinet voisin où étaient les robes de la princesse.

– Puis-je savoir ce que vous cherchez ? demanda-t-elle, agacée. Auriez-vous perdu quelque chose ? Je ne vois vraiment pas ce que cela pourrait être... sinon peut-être votre tête ?

Le ton moqueur de la jeune femme arrêta le prince :

– Il y a un homme ici, Madame, et je le sais...

Elle ironisa :

– Allons donc ! Si vous aviez pensé qu'il y eût un homme, un vrai, chez moi, vous vous seriez bien gardé d'y paraître !

Les deux époux se mesurèrent du regard, elle dédaigneuse, lui bouillant de colère et contenant à grand-peine son envie de tuer. Mais elle était sa cousine germaine et s'il se laissait aller à des voies de fait toute la maison de Condé lui tomberait dessus. Sans compter le Régent qui le détestait. Lentement, il remit son épée au fourreau et prit une longue respiration afin de se calmer.

– Vous ne gagnerez pas toujours à ce jeu, Madame, un jour vous irez trop loin et j'aurai ma revanche.

Détournant gracieusement la tête, la princesse étouffa un bâillement :

– Voilà que vous parlez par énigmes maintenant ? Comment faites-vous pour être aussi intelligent à cette heure de la nuit ? De toute façon, si je voulais vous tromper j'aurais toujours le dessus parce que j'ai sept moyens de vous berner !

Et, posément, elle en énuméra six puis conclut :

– Quant au septième, je ne vous le dirai pas : c'est celui dont je me sers.

Cette ironie mordante était une imprudence mais Louise-Elisabeth avait tellement peur pour Maurice qu'elle eût dit n'importe quoi pour retenir l'attention de son mari. Celui-ci en avait déjà entendu d'autres mais cette fois la coupe déborda. Par chance il avait lâché son épée sinon il l'eût transpercée mais, saisissant le chandelier d'argent qui avait éclairé le souper, il l'en frappa en aveugle. Elle s'écroula tandis que l'une des bougies mettait le feu au tapis. Ce qui n'émut pas Conti. Se penchant sur sa femme inerte dont le front saignait, il cracha :

– Maudite garce ! Il y a longtemps que j'aurais dû faire ça !

Et il s'élança hors de la chambre en claquant la porte derrière lui. L'instant suivant, il dévalait l'escalier, renvoyait la troupe d'estafiers qui gardait les portes de l'hôtel puis remontant dans son carrosse et s'en retourna finir sa nuit au Marais. Mais, dès qu'il fut descendu, Louison, qui guettait cachée derrière un coffre de la galerie, se précipita chez sa maîtresse, jeta un pot d'eau sur le feu. Nourri de la laine du tapis il brûlait mal mais fumait beaucoup en répandant une odeur pénible. Puis, ayant entendu le roulement de la voiture, elle appela au secours. On allongea la princesse sur son lit. Sa blessure au front saignait et bleuissait mais elle n'était pas morte et même reprit assez vite connaissance...

Une heure plus tard, soutenue par Louison, elle quittait à son tour l'hôtel de Conti pour se réfugier chez sa grand-mère, la princesse de Condé.

Les bruits se répandaient vite à Paris, comme si les murs formaient une caisse de résonance. Dès le matin on colporta que le comte de Saxe s'était battu avec le prince de Conti et que celui-ci l'avait blessé. Chez le Régent qui recevait le jour de Noël, c'était, évidemment, le sujet des conversations encore que les avis fussent partagés, une bonne moitié de ceux qui étaient là refusant l'idée que Conti se fût battu lui-même.

– Il aura fait appel à des spadassins, auquel cas le pauvre Saxe doit être mourant à cette heure, émit la belle Mme de Parabère, actuelle maîtresse du prince, qui avait un faible pour le Saxon.

Mais avant qu'elle eût achevé sa phrase, on

annonçait le comte de Saxe et il se fit un silence tandis que s'ouvraient les rangs des courtisans. Il apparut, pâle mais souriant, vêtu de velours et de satin noirs qui faisaient ressortir la blancheur de ses manchettes et de sa cravate de dentelle sous laquelle se cachait une sorte de minerve qui lui maintenait le cou. Il étayait sur une canne une boiterie assez prononcée. Mais aucune trace de blessure.

Avec sa bonhomie habituelle, Philippe d'Orléans lui évita la moitié du chemin et vint le prendre par le bras :

– Hé bien, mon pauvre Saxe, que t'arrive-t-il ? Tu es blessé ?

– C'est beaucoup moins glorieux que cela, Monseigneur ! Simplement les marbres des Tuileries sont trop bien cirés : j'ai chu dans l'escalier en sortant de chez le roi. Résultat : je me suis tordu le cou et foulé la cheville. Votre Altesse voit que ce n'est pas bien méchant ! La seule chose que je ne puisse faire c'est danser... Et, comme je n'y ai jamais excellé, la perte ne sera pas grande !

Le Régent l'emmena saluer sa femme qui lui tendit une main languissante, puis sa mère qui l'accueillit d'un froncement de sourcils en lui désignant un siège auprès de son fauteuil :

– Asseyez-vous là et causons ! Vous pouvez nous laisser, mon fils ! Je vais lui expliquer comment il faut descendre les escaliers !

Et, sans autre transition que le maniement énergique de son éventail, elle émit en allemand :

– A présent, mon garçon, dites-moi tout !

Il considéra un instant avec amusement l'imposante princesse parée de fausses perles dont les moires épiscopales s'étalaient sur une vaste surface :

– Avec la permission de Madame : tout quoi ?

– Je veux la vérité. Cette histoire de duel ne tient pas : si cet imbécile savait se servir d'une épée cela se saurait. En revanche il est parfaitement capable de monter une embuscade à l'aide de malandrins grassement payés pour se débarrasser de vous !

– Cela aurait pu se passer ainsi mais je n'ai pas rencontré le prince depuis des semaines.

– Mais... vous avez vu sa femme ? Ne mentez pas !

– J'ai trop de respect et d'affection pour Votre Altesse Royale pour lui mentir. J'ai vu la princesse mais pas aussi longtemps que je l'aurais souhaité. Mais il n'y a eu ni duel... ni escalier ! Et, baissant la voix : j'ai sauté par une fenêtre sur le quai. C'était plus haut que je ne pensais...

– Il n'empêche que vous jouez avec le feu, cette folle et vous. Jusqu'ici vous avez eu une chance qui pourrait ne pas se renouveler. Conti est mauvais comme la gale. Votre belle amie l'a si bien compris qu'elle a quitté sa demeure pour se réfugier chez sa grand-mère. Et je vous conseille fortement de cesser de vous voir, sinon votre prochain rendez-vous pourrait être à la porte de l'Enfer !

– Oh ! fit Maurice, offusqué. Pourquoi pas le Paradis ?

– Parce qu'il me paraît la destination normale de ceux qui commettent l'adultère. « Tu ne convoiteras pas le bien d'autrui », a dit le Seigneur. Et...

– Je l'aime ! murmura Maurice, le regard planté dans celui de la Palatine.

– Alors aimez-la de loin si vous voulez vivre vieux tous les deux. Comme tous les braves il vous est impossible d'imaginer qu'un couard puisse être dangereux. Celui-là est d'autant plus rusé et mauvais qu'il est laid et que sa femme ne l'aimera jamais. Je ne sais même pas comment elle a pu lui donner un fils. Si vous vous obstinez, il faudra prendre garde à tout : les ruelles, les ombres, les plats trop épicés, le cheval qui devient fou, le médecin qui vous saigne, la balle venue de n'importe où...

– Autrement dit, il faut vivre cloîtré en ne voyant personne et en faisant goûter sa cuisine ? Quelle abomination !

– Alors, séparez-vous d'elle ! Renoncez en songeant qu'elle est encore plus exposée que vous et que le mépris n'a jamais constitué une cuirasse.

– Je ne pourrai jamais !

– Eh bien faites semblant ! Courtisez une autre femme ! Cela ne doit pas vous être difficile ? Elles sont une meute qui ne demande qu'à se déchaîner sur vous.

Et, comme il faisait la grimace, elle devina sa pensée.

– Dans cette affaire de cour cela vous ennuie parce que ce serait sous ses yeux ?

– J'avoue, oui !

– Alors essayez le théâtre, l'Opéra, la Comédie, que sais-je ? Vous n'aimez pas les danseuses ni les actrices ?

– Je vais souvent à l'Opéra car j'aime la

musique et la danse où je suis si maladroit... et aussi les danseurs. La Comédie m'ennuie avec ses envolées lyriques, ses tirades...

– Avez-vous déjà vu... et entendu la Lecouvreur ? Comédie, tragédie, tout lui est bon et tout en elle est parfait ! Je vous la recommande dans *Phèdre* où elle atteint au sublime. En outre elle est charmante, faite au tour, fort bien éduquée et reçue dans la meilleure société. Elle est l'ornement du salon de la marquise de Lambert.

– Dans le monde ? Une comédienne ?

– Eh oui ! Toutes les femmes nobles ne sont pas idiotes et Mme de Lambert qui est pourtant l'égérie de l'Académie la reçoit. Cela n'étonnerait personne que vous tombiez amoureux d'elle. Au moins en apparence. Elle a tellement de soupirants ! Vous ne serez qu'un de plus... D'ailleurs elle ne vous remarquera peut-être pas, conclut-elle en faisant signe à un valet porteur d'un plateau chargé de verres.

La finaude savait bien ce qu'elle faisait. Au cours de sa déjà longue existence elle avait trop étudié les hommes pour ne pas avoir percé à jour celui-là dès leur première rencontre. Sans être arrogant, il était plutôt content de lui et ses nombreuses conquêtes féminines ne le prédisposaient pas à la modestie. Fût-ce au moins à cause de sa taille, il ne concevait pas qu'on ne pût le distinguer au milieu d'un troupeau d'hommes.

– Votre Altesse Royale dit qu'elle s'appelle ?...

– Adrienne Lecouvreur. Tout Paris ne parle plus que d'elle et si vous n'avez jamais entendu son nom c'est que vous devenez sourd ! Dans ce cas il faut consulter !

En réalité, elle s'appelait Couvreur, née à Damery, près d'Epernay, d'un honnête chapelier et d'une blanchisseuse qui vinrent s'installer à Paris pour avoir une meilleure pratique et pour que leurs enfants eussent une meilleure chance dans la vie. La jeune Adrienne avait même été confiée aux Filles de l'Education chrétienne, rue du Gindre, où elle prit le goût de la littérature et surtout celui des grands textes de Racine, Corneille et autres, ce qui la fit rêver de théâtre. Le hasard voulut qu'en se rendant assez fréquemment chez l'épicier de la rue Férou elle y fit connaissance d'une troupe de jeunes comédiens amateurs auxquels le brave homme prêtait sa cave. Là, au milieu des sacs de haricots, de pois, de cassonade, de noix, des tonneaux de vinaigre et des odeurs de safran, de muscade, de poivre et de cannelle, on avait entrepris de mettre en répétition *Polyeucte* de M. Racine. C'était en 1705 et quand Adrienne les rejoignit, on obtint – ô merveille ! – de donner une représentation chez Mme la présidente du Gué dans un des salons de son bel hôtel de la rue Garancière[1]. Elle impressionna tellement ses compagnons qu'on lui confia le rôle de Pauline.

Il y avait évidemment plus de bonne volonté et de passion que de réel talent dans la petite troupe mais – fut-ce le timbre exceptionnel de sa voix ? – tous tombèrent d'accord sur le fait qu'Adrienne

1. Les Editions Plon y furent fondées en 1852.

avait du génie. D'ailleurs, la représentation fut un succès en dépit de la présence du doyen des Comédiens-Français, venu là en principe empêcher un spectacle dont l'exclusivité appartenait à sa troupe mais que l'ascendant de Mme du Gué et de certaines de ses relations avait réduit au rôle de spectateur – très attentif ! – et que la jeune Adrienne séduisit sans peine au point qu'il proposa aussitôt d'être son professeur. Un professeur singulièrement compétent bien que n'ayant jamais joué les premiers rôles et, trois ans plus tard, à dix-sept ans, la jeune fille, devenue Lecouvreur, partait pour Lille avec la troupe que venait de former Elisabeth Clavel, transfuge toute récente des Comédiens-Français mais toujours sous la houlette de Legrand. Les débuts eurent lieu au Grand Théâtre de Lille alors que la ville était assiégée par les impériaux, parmi lesquels se trouvait un jeune soldat nommé Maurice de Saxe et, au moment même où celui-ci découvrait l'amour avec la mignonne Rosette Dubosan, la comédienne en faisait autant avec le frère de sa directrice, Louis Clavel, un modeste auteur.

S'il fut l'initiateur, Clavel ne dura guère : il était de goûts modestes alors qu'Adrienne voulait tout ce que la fortune peut offrir à une jolie femme. Elle quitta Lille pour le théâtre de Lunéville où régnait le duc Charles de Lorraine, et où elle crut rencontrer le véritable amour avec Philippe Le Roy, un officier du prince... Mais cette aventure elle non plus ne dura guère : à peine le temps de mettre au monde une petite fille nommée Elisabeth. Adrienne s'était déjà éprise d'un autre admirateur, le baron de Danne. Plus que tout autre il lui plaisait, au point qu'elle songea à tout quitter pour le suivre là où il lui plairait de l'emmener. Sans doute le début d'un grand amour auquel le destin mit une fin tragique : Danne fut tué à la bataille Ramillies et Adrienne crut mourir de douleur. Elle partit pour Strasbourg où Legrand, qui veillait sur elle comme sur sa fille, l'avait fait engager sans tarder. A nouveau le succès, à nouveau une aventure à laquelle la jeune femme trouva la douceur d'une consolation : c'était le comte de Kingling dont elle eut une autre fille, Françoise. Il était fort épris mais la famille veillait au grain : on concocta un riche mariage et Kingling dut quitter sa maîtresse[1].

A nouveau au désespoir, Adrienne écrivit alors à son amie Elisabeth Clavel :

« Je sais par expérience qu'on ne meurt pas de chagrin. Il est des erreurs bien douces où je ne peux plus me livrer. De trop tristes expériences on éclairé ma raison : je suis excédée de l'amour et tentée de rompre avec lui pour toujours, car enfin je ne veux ni mourir ni devenir folle... »

L'irremplaçable Legrand lui avait fait comprendre que seul le théâtre – et aussi ses filles qu'elle confiait à leur grand-mère – était capable de remplir le cœur et la vie de l'immense actrice qu'elle était en train de devenir. On dit adieu à Strasbourg. Paris, où Legrand s'était occupé de la

1. Ayant épousé en 1735 un certain Louis Daudet, Françoise fut l'aïeule d'Alphonse Daudet.

faire engager chez les Comédiens-Français, l'attendait.

Le 27 mars 1717, elle occupait pour la première fois une scène qui allait retentir de ses succès, dans le rôle d'Angélique du *Georges Dandin* de Molière. Et en présence du Régent et du tsar Pierre de Russie ! On lui fit un triomphe. Chacun des spectateurs avait compris, en l'écoutant, qu'il se passait quelque chose d'important pour le théâtre : Adrienne Lecouvreur avait abandonné le ton emphatique alors en faveur et, jouant à merveille d'une voix exquise, apportait à ses rôles une simplicité et un naturel profondément émouvants.

Elle devint le point de mire de tous les auteurs à la mode. Parmi eux un certain François Arouet, fils de notaire, dont elle créa *L'Indiscret*, sa première comédie. Au cours de la première représentation, le jeune homme transporté par son jeu l'applaudit et l'acclama avec tant d'ardeur qu'il indisposa l'un des spectateurs, le chevalier de Rohan, qui, en le toisant, demanda bien haut qui était ce petit monsieur si bruyant.

– C'est, riposta le futur Voltaire, un homme qui ne traîne pas un grand nom mais qui sait honorer celui qu'il porte !

Et il tira son épée, mais un Rohan ne se battait pas avec ce qu'il considérait comme un croquant : il se contenta de lever sa canne et, deux jours plus tard, faisait bâtonner l'imprudent par ses laquais. Après quoi, François Arouet dut aller soigner ses contusions à la Bastille. Voltaire naîtra de cette injustice... et recevra d'Adrienne la plus douce des consolations. Liaison passagère où le cœur profond ne s'engage pas, ce cœur qu'elle ne voulait plus donner à qui que ce soit. Et pourtant...

En dépit de la crânerie affichée au soir de Noël chez le Régent, Maurice broyait du noir. D'abord il se sentait moulu et courbatu, ce qu'il avait en horreur, ensuite il détestait devoir se séparer de sa princesse, ce qui ne le mettait guère en forme pour faire des ronds de jambe devant une jolie comédienne, si célèbre fût-elle. Et il n'aimait pas davantage l'idée de feindre un attachement qu'il n'éprouvait pas. Ce serait indigne d'une jeune femme dont il n'ignorait pas l'estime que le monde lui portait et, se sentant peu doué pour la comédie, il se voyait mal dans ce rôle de faux amoureux. Même si la belle lui inspirait quelque désir, car il se connaissait assez pour n'avoir à craindre aucune défaillance, mais le cœur n'y serait pas... Le sien berçait sa mélancolie en contemplant une miniature représentant Elisabeth qu'il avait reçue de la plus romantique des façons. Un billet remis par Charolais l'avait prié de se trouver certain soir, entre onze heures et minuit, à une croix de chemins dans la forêt de Montmorency.

Un tout petit billet glissé à Charles par la caméristе de la princesse à son frère alors que, sur l'ordre de l'affreux Conti, elle devait quitter l'hôtel de Condé pour les terres de son mari et son château de L'Isle-Adam.

Charolais, qui haïssait son beau-frère, avait accompagné Maurice au rendez-vous afin de lui éviter toute mauvaise surprise. Là, ils avaient attendu un moment avant de voir passer une berline armoriée, entièrement fermée, d'où, au passage et en ralentissant à peine, une main avait jeté un paquet devant les jambes d'un des chevaux. Il contenait un médaillon d'or et de petites perles sertissant le ravissant visage de la princesse et une lettre :

« Je ne sais s'il me sera donné un jour de vous revoir mais je veux que vous sachiez que je vous aime plus que je n'ai jamais aimé... »

Il avait pleuré en recevant ces quelques mots et depuis la miniature ne quittait plus sa poitrine, pendue à son cou. Et pour tenter d'oublier il s'était mis au travail...

Depuis son retour en France, il étudiait avec passion le génie, l'art des fortifications porté si haut par M. de Vauban, les mathématiques surtout pour lesquelles il avait de grandes dispositions encore peu exploitées. Et, depuis qu'il possédait son régiment, il inventait pour lui des règlements plus humains qu'ailleurs et avait mis au point une technique de manœuvres qui avait attiré sur lui l'attention du chevalier de Folard, un maître en ce qui touchait le militaire. Une amitié solide s'était nouée entre lui et ce Provençal d'une cinquantaine d'années qui, enthousiasmé par les *Commentaires* de César, s'était engagé à dix-huit ans, avait servi sous le duc de Vendôme puis sous le duc d'Orléans, retour chez Vendôme, blessé assez sérieusement à Malplaquet pour craindre la retraite, ce qui lui avait permis de devenir ingénieur en fortifications. Il n'en avait pas moins combattu encore chez les chevaliers de Malte puis sous Charles XII de Suède qu'il avait quitté à sa mort pour revenir en France où il avait été nommé mestre de camps, ce qui constituait son bâton de maréchal ; mais les *Commentaires* qu'il écrivait à son tour lui avaient formé une réputation. C'est alors qu'il avait voulu rencontrer le comte de Saxe auquel le liait déjà une véritable amitié épistolaire. Au physique c'était un homme de taille moyenne, sec comme un sarment, avec un visage ouvert, facilement souriant, des yeux bruns et vifs, appuyant sur une canne à pommeau d'or une boiterie prononcée, souvenir de Malplaquet. Au cours de sa carrière il avait appris à aimer les beaux textes et adorait le théâtre. Ce fut lui qui emmena Maurice à la Comédie-Française.

– Ce soir, la Lecouvreur joue *Phèdre*. Elle y est sublime... et vous semblez avoir grand besoin de sublime.

– Je n'ai guère envie de sortir. Je boite encore, expliqua Maurice étourdiment mais réalisant aussitôt : Oh, je vous demande pardon !

– Pourquoi donc ? dit Folard en riant. Claudiquer est devenu chez moi une habitude. Il faut seulement y mettre la bonne humeur qui tient lieu de grâce. Et pour une fois nous serons deux ! Et comme vous ne pouvez manquer de faire sensation où que vous vous rendiez, je profiterai de votre gloire !

C'est ainsi que sur le coup de cinq heures et demie, les deux amis descendaient de voiture rue des Fossés-Saint-Germain[1] devant la belle façade construite à la fin du siècle précédent par Orbay

1. Aujourd'hui rue de l'Ancienne-Comédie.

avec son fronton triangulaire où s'alanguissait une Minerve au-dessus des armes de France et d'un cartouche portant en lettres dorées « Hôtel des Comédiens du Roy entretenus par Sa Majesté ». L'intérieur, gris, bleu et or était élégant et nouveau avec son amphithéâtre relevé entre le parterre et les premières loges[1], et ses grands lustres en forme de roue supportant une foule de chandelles.

En véritable amateur de théâtre, le chevalier de Folard n'appréciait pas la manie des spectateurs – surtout les jeunes ! – nobles, fortunés ou les deux d'arriver en retard, parfois après le premier acte, et de s'installer bruyamment à leurs places sans se soucier de déranger les comédiens ou même le public. Il tenait à être à l'heure et l'on frappait tout juste les trois coups lorsque les deux hommes pénétrèrent dans la salle, déjà bien remplie. Le chevalier sourit avec satisfaction :

– C'est toujours ainsi quand la grande Adrienne joue. On sait sa répulsion à être troublée. Il lui est même arrivé de sortir de scène.

– Une comédienne ? Elle a osé ?

– C'était pourtant en présence du Régent et il lui a donné raison. C'est que ce n'est pas une actrice comme les autres. Vous verrez !... Voulez-vous monter sur scène ?

Trois rangs de banquettes l'encadraient en effet ; y prenaient place uniquement des hommes appartenant à la jeunesse dorée[2] de la Cour et de la Ville.

1. Seul l'Opéra présente encore cette disposition.

2. Il fallut attendre jusqu'à 1757 pour que le célèbre Le Kain débarrasse la scène de ces encombrants parfois odieux.

Il me semble que je vous attends depuis toujours...

Maurice refusa. Sa haute taille attirait suffisamment les regards sans qu'il eût la moindre envie de se faire remarquer davantage. D'ailleurs on le reconnaissait et son ami Louis-Auguste de Dombes qui se trouvait là fit faire place aux arrivants, le tout sans bruit. Sur la scène Hippolyte venait de paraître en compagnie de Théramène, son gouverneur :

Le dessein est pris, je pars, cher Théramène
Et quitte le séjour de l'aimable Trézène
Dans le doute mortel où je suis agité
Je commence à rougir de mon oisiveté...

Maurice écouta poliment les raisons pour lesquelles ce beau jeune homme voulait abandonner sa terre natale et qu'il ne trouvait pas tellement valables mais les vers étaient magnifiques et fort bien dits. Par choix personnel il préférait la comédie aux spectaculaires douleurs qui avaient déchiré les gens d'un monde antique mais il était venu pour la Lecouvreur, il attendait la Lecouvreur. Et soudain, annoncée par sa confidente Œnone comme étant au bord du trépas, Phèdre apparut, somptueusement vêtue de pourpre sombre et d'or sous des bijoux magnifiques mais se soutenant à peine. La salle éclata en applaudissements qu'elle calma d'un geste de la main :

N'allons point plus avant. Demeurons, chère
[Œnone.
Je ne me soutiens plus, ma force m'abandonne...

Cette voix ! Cette voix inoubliable que Maurice désespérait d'entendre à nouveau et qui avait su l'émouvoir jusqu'au plus profond ! Et ces yeux d'un bleu violet pailleté d'or où les larmes allumaient des étincelles ! Ces gestes pleins de grâce en dépit de la souffrance exprimée ! C'était elle, la jeune dame à l'hermine dont la voiture lui avait fait prendre un bain de boue ! Dieu qu'elle était exquise et émouvante ! Fasciné, Maurice se leva pour mieux la voir... soulevant des protestations indignées. Alors il se rassit et resta suspendu aux lèvres fraîches, frappé d'éblouissement, bercé par la noble musique des alexandrins, vivant un moment d'émerveillement absolu.

A la fin du premier acte, il voulut s'élancer dans les coulisses mais le chevalier de Folard se suspendit aux basques de son habit pour l'obliger à rester tranquille :

– Pour féliciter les comédiens il faut attendre la fin de la pièce.

En effet, même les occupants des insupportables banquettes restaient à leur place. Le spectacle d'ailleurs reprit bientôt.

Les quatre premières scènes laissèrent Maurice indifférent : à la limite il n'essayait même pas de comprendre ce qui se passait : il attendait Phèdre. Mais enfin elle parut sous les voiles noirs du deuil d'un époux et l'enchantement reprit pour atteindre soudain un point extrême : la reine venait de s'avancer jusqu'au bord de la scène, tournant franchement le dos à Hippolyte à qui cependant elle révélait son amour sous l'apparence de ce qu'avait été celui porté au défunt Thésée. Son beau regard planté hardiment dans celui de Maurice, elle soupira sur le ton de la passion :

Il me semble que je vous attends depuis toujours...

Je l'aime. Non point tel que l'ont vu les Enfers,
Volage adorateur de mille objets divers
Qui va du dieu des morts déshonorer la couche
Mais fidèle, mais fier et même un peu farouche
Charmant, jeune, traînant tous les cœurs après [soi
Tel qu'on dépeint nos dieux... ou tel que je vous [vois...

Une rumeur de surprise voltigea sur la salle cependant que le prince de Dombes s'exclamait :

– Morbleu ! Si ce n'est pas une déclaration je veux bien être pendu ! Elle t'aime ?

Contenant avec peine son émotion, Maurice murmura, les yeux attachés sur la comédienne qui revenait à Hippolyte :

– Je n'aurais jamais osé l'espérer mais je crois que moi aussi je l'aime...

Plus discret, le chevalier de Folard ne fit aucune remarque. Avec sa finesse habituelle il devinait que quelque chose venait de se passer et que son jeune ami énonçait une vérité toute neuve qu'il ignorait encore en entrant à la Comédie...

Il ne put cependant retenir sa surprise quand, le spectacle achevé sous un tonnerre d'applaudissements, plusieurs rappels et un déluge de fleurs, le comte ne se joignit pas à la ruée des admirateurs partis à l'assaut des coulisses :

– Vous n'allez pas la féliciter ?

– Non. Elle ne m'attend pas d'ailleurs. Dites-moi seulement, mon cher ami, où elle habite...

– Rue des Marais-Saint-Germain, pas loin d'ici. Je vais vous conduire...

C'était une rue étroite, obscure en dépit de la lanterne placée à chaque extrémité[1]. Les voitures n'y pouvaient passer qu'une à la fois. Celle de Folard déposa Saxe vers le milieu, devant un profond porche formant une sorte de caverne encore plus obscure que les fenêtres de la rue où s'abritait une belle porte de chêne à ferrures de bronze.

– C'est un boyau, grogna Maurice.

– Mais combien séduisant ! Tenez, le grand Racine est mort là, juste en face, et l'hôtel de Mlle Lecouvreur est charmant ! Alors, je vous laisse ou bien vous avez peur dans le noir ? ironisa le chevalier. Je peux aussi vous ramener chez vous ? C'est à côté et...

– ... l'hôtel de Conti est à deux pas, je sais ! Vous me laissez ici, mon cher Folard ! Cette attente dans l'obscurité en prendra un air espagnol tout à fait romantique !

Et, avec un bonsoir rapide, Maurice sauta à bas du véhicule, s'enroula jusqu'aux yeux dans son ample cape noire et alla s'appuyer contre le chambranle du portail où il disparut, avalé par la nuit. Folard le salua d'un geste de la main puis ordonna au cocher de continuer. Le jeune homme resta seul, pensant qu'il devait avoir assez l'air d'un malandrin embusqué dans l'attente d'un mauvais coup et cela l'amusa. La victime qu'il guettait était de tout

1. Actuelle rue Visconti. L'hôtel d'Adrienne existe toujours mais ne se visite pas.

autre sorte, si douce et si fière à la fois ! Il n'avait même pas besoin de fermer les yeux pour la revoir telle qu'elle était tout à l'heure quand elle s'était avancée vers lui pour lui dire qu'elle l'aimait à la face du Tout-Paris. Demain on en ferait des gorges chaudes mais cela en valait la peine : il fallait que cette nuit elle soit à lui !

Comme il faisait de plus en plus froid, il se mit à marcher de long en large. Le temps s'éternisait et à mesure qu'il passait sa belle humeur s'effilochait. Il en vint à se traiter d'idiot ! Cette femme était célèbre, la reine de Paris en quelque sorte. Il avait vu une véritable meute se presser autour d'elle. Sans doute s'était-elle rendue à une fête dont seule l'aurore la chasserait et lui était là à se geler ! Si encore il était en bottes ! Mais l'élégance voulait que l'on se rendît au théâtre, ou n'importe où dans le monde, en bas de soie et souliers fins à talon rouge dans lesquels ses pieds se glaçaient lentement. La moutarde commença à lui monter au nez – un parfum dont ne s'accommodaient pas les rêves ! –, son piétinement s'accéléra et il allait enfin quitter son porche pour retourner chez lui quand une voiture, lanternes allumées, s'engagea dans la rue. Il la reconnut au premier coup d'œil.

Quand elle s'arrêta pour se faire ouvrir le portail, il laissa tomber le pan de son manteau remonté jusqu'aux yeux et vint à la portière à l'instant précis où la comédienne s'y penchait :

– Vous étiez là ? se désola-t-elle. Vous étiez là et je n'en savais rien !

– Auriez-vous quitté la fête plus vite si vous l'aviez su ?

– Quelle fête ? L'une de mes camarades s'est évanouie dans sa loge. Je l'ai ramenée chez elle pour lui donner quelques soins. Mais montez, la voiture a juste la place pour entrer dans la cour.

Elle lui tendit une main, chaude encore du manchon de zibeline d'où elle sortait, et il se retrouva assis à ses côtés sur les coussins de velours dans la tiède atmosphère de cet espace embaumé du parfum d'Adrienne. Dans l'ombre du véhicule, il vit scintiller les beaux yeux qui le fascinaient :

– Vous m'attendiez, vous ? murmura-t-elle en proie à une émotion qui la faisait trembler.

– Il me semble que je vous attends depuis toujours, souffla-t-il en la prenant dans ses bras.

Ce n'étaient pas propos de galant homme mais une évidence qui venait de se révéler à lui. Adrienne était celle qu'il avait cherchée à travers toutes les autres, la seule auprès de qui il retrouvait, intacte, la fraîcheur de son premier amour. Et ce fut en la serrant contre sa poitrine comme un trésor qu'il lui fit franchir le seuil du délicieux petit hôtel particulier qu'elle habitait et l'emporta jusqu'à la grande chambre où le feu flambait joyeusement dans la cheminée de marbre...

CHAPITRE VIII

ADRIENNE OU LA PASSION

En s'éveillant, le matin suivant, dans la chambre d'Adrienne, Maurice eut l'impression d'avoir changé de planète. D'abord ce n'était pas une chambre comme les autres. Toutes celles qu'il avait connues, hormis la sienne, n'étaient que des écrins à falbalas, des espaces soyeux et parfumés voués entièrement à la féminité. Celle-là c'était différent...

D'abord elle tenait presque tout le premier étage de l'hôtel – avec la petite pièce réservée au bain. Elle était vaste et claire avec ses hautes fenêtres donnant en partie sur une terrasse fleurie en été sous laquelle étaient les écuries, mais à l'exception du lit-tombeau habillé de soie blanche à bouquets cramoisis qui se fondait dans le décor, c'était un salon tendu de belles tapisseries ordonné autour d'un clavecin de bois précieux peint à la chinoise accompagné de deux canapés de damas vert et de petits fauteuils blancs et rouges. Près de la cheminée surmontée d'une glace trumeau dont le cartouche représentait des amours folâtrant, il y avait deux confortables bergères en soie dorée et argentée à galons verts ainsi qu'une chaise longue protégée par un paravent à dix feuilles à sujet chinois. Une pendule de parquet en marqueterie complétait l'ameublement avec, près d'une fenêtre, une table à écrire en marbre blanc et bois doré assortie à une console supportant deux vases de Chine et un grand chandelier d'argent. En fait, la femme raffinée qu'était Adrienne avait ressuscité à son usage ces « ruelles » du siècle précédent où l'on se rassemblait pour discuter les nouvelles du jour, faire de l'esprit et parler littérature. Introduite dans le monde et lettrée, la jeune femme aimait y recevoir ses nombreux amis : Voltaire, Fontenelle, Dumarsais, le marquis de Rochemore, le comte de Caylus, Charles d'Argental qu'elle aimait particulièrement et qui l'adorait et d'autres encore. Un univers ô combien différent pour un soldat habitué à la vie des camps, au faste des palais ou aux lieux de débauche distinguée ou non. Cela le séduisit plus qu'il ne l'eût imaginé. Peut-être parce que, ce fameux matin, il se découvrait passionnément amoureux d'une femme exquise qui se donnait à lui corps et âme.

Pendant des jours qu'ils ne comptèrent pas, ils vécurent cloîtrés, dans l'émerveillement absolu de se révéler l'un à l'autre.

– Il me semble que je viens seulement de rencontrer l'amour ! Avant vous je ne savais pas ce que c'était qu'aimer... et c'est merveilleux !

– Je l'ai découvert avant vous. Savez-vous que je vous aime depuis un an ?

– Un an ? Ce n'est pas possible !

– Oh si ! C'était avant que vous repartiez pour

Dresde. Vous êtes venu chez la marquise de Lambert et elle nous a présentés... mais vous ne m'avez même pas vue !

– Quoi ?... Vous devez confondre ! Comment aurais-je pu ne pas vous voir ?

– Simplement parce que votre esprit était ailleurs. Peut-être auprès de cette belle dame devant la porte de qui ma voiture vous a jeté dans la boue ?

– Cette boue qui m'a ouvert les yeux comme celle dont le Christ s'est servi pour guérir l'aveugle ! J'étais à la fois furieux, humilié et ébloui... comme je le suis toujours, ajouta-t-il en la reprenant dans ses bras. Oh mon cœur, qui suis-je pour qu'une étoile du ciel soit venue jusqu'à moi ?

Un silence peuplé de soupirs avait suivi et bien d'autres encore au long des nuits et des jours aux couleurs du printemps en train d'éclore et s'épanouir comme la fleur de leur amour. Les premiers moments de leur intimité furent tissés d'insouciance, de gaieté, de bonheur. Elle oubliait le théâtre, lui ses ambitions. Tous deux cultivaient le secret, les portes closes, la chaude complicité au coin du feu quand Adrienne ne jouait pas. Il avait bien fallu qu'elle reparût à la Comédie sous peine de voir les murs de sa maison battus par une émeute, mais son rôle achevé elle se hâtait de rentrer sans laisser quiconque franchir son seuil. Maurice, lui, lisait beaucoup dans la bibliothèque établie au second étage où l'on avait placé une table à écrire pour qu'il pût travailler et jeter les premières bases d'un ouvrage sur la stratégie apportant des idées nouvelles concernant le bon état des régiments. Le sien était cantonné à

Fontainebleau où il se rendait parfois pour de brèves visites. Souvent avec le chevalier de Folard, seul admis à travailler avec lui. L'Europe, pour une fois, était en paix et les généraux en vacances. Les deux amants consacrèrent à leur amour la quasi-totalité de cette année 1722.

Pourtant la vie changeait autour d'eux. En mars, Paris avait accueilli en grande pompe l'infante Maria Victoria, une enfant encore mais destinée à épouser plus tard le jeune Louis XV. On l'avait logée au Louvre où, le long de la Seine, on avait créé pour elle un jardin clos de murs comme il se devait[1]. Entre les Tuileries et le vieux palais, la distance était courte. Elle s'allongea singulièrement en juin quand le roi et la Cour regagnèrent Versailles... Le sacre approchait et il fallait que la royauté retrouve ses assises avant la passation de pouvoir qui aurait lieu au début de l'an prochain à la majorité de Louis XV. La capitale se retrouva orpheline, à l'écart des grandes affaires, ne gardant qu'un Régent à la veille de redevenir seulement le duc d'Orléans.

Ce qui ne le chagrinait guère. Le Premier ministre c'était à présent son vieil ami le cardinal Dubois, débauché mais fin politique, et lui-même se sentait las. Pour partir en beauté, il offrit à son jeune souverain, retour du sacre de Reims, une fête magnifique dans son château de Villers-Cotterêts. C'était le 3 novembre et, malheureuse-

1. C'est toujours le jardin de l'Infante mais les murs sont devenus des grilles.

ment, le temps était plus que frais. Madame Palatine, sa mère, y prit un froid fatal...

Le bruit courut bientôt qu'elle était mourante et peut-être les deux amants n'en eussent-ils pas eu connaissance tant ils étaient occupés d'eux-mêmes si la vieille princesse n'avait fait appeler le comte de Saxe.

Il courut au palais de Saint-Cloud, pensant la trouver au fond de son lit. Il n'en fut rien. Elle le reçut dans le cabinet où il avait coutume de la voir, assise dans un vaste fauteuil, et elle trouva un sourire quand il s'inclina sur sa main amaigrie :

– J'ai voulu vous dire adieu avant de partir, dit-elle d'une voix basse, un peu enrouée qui traduisait son épuisement. Vous allez pouvoir me regretter car j'ai toujours été de vos amies...

– Je l'ai ressenti profondément, Madame, et avec quelle gratitude !...

– On ne vous voit plus beaucoup ces temps-ci mais on vous dit heureux ?

– Infiniment, et je ne remercierai jamais assez Votre Altesse Royale du conseil qu'elle m'a donné certain soir.

– Plus de Conti ?

– Plus de Conti[1]. Le bonheur s'écrit Adrienne...

– Alors il faut le conserver. Lisez-vous la Bible ?... Non, je pense !

– Pas souvent, je l'avoue. Mais j'en possède une.

– Bien ! Lisez le troisième chapitre de l'Ecclésiaste. Il contient tout et c'est le dernier conseil

1. Le portrait reposait à présent dans le tiroir secret d'un petit cabinet de laque.

que je puisse vous laisser... Adieu, mon cher enfant... Adieu !

Sa voix faiblissait encore. Genou en terre, il baisa avec un tendre respect la main que l'on n'avait plus la force de soulever et quitta le palais.

Rentré chez lui, il chercha le Livre saint dont, comme tout Allemand, il conservait un exemplaire, le feuilleta jusqu'au passage indiqué et s'assit sur un coin de son bureau :

« Toutes choses ont leur temps et tout passe sous le ciel après le terme qui lui a été prescrit. Il y a temps de naître et temps de mourir, temps de planter et temps d'arracher ce qui a été planté. Il y a temps de tuer et temps de guérir, temps d'abattre et temps de bâtir. Il y a temps de pleurer et temps de rire, il y a temps pour l'amour et temps pour la haine... J'ai vu sous le soleil l'impiété dans le lieu du Jugement et l'iniquité dans le lieu de la justice et j'ai dit en mon cœur : Dieu jugera le juste et l'injuste et ce sera le temps de toutes choses... »

Il ne comprit pas le message en forme d'avertissement que la Palatine lui adressait par-delà la mort :

– Curieux ! pensa-t-il à voix haute. Ce sage d'Orient désabusé du monde y étale une singulière indifférence des œuvres humaines...

Et il retourna auprès d'Adrienne afin d'effacer dans les joies de l'amour la peine que lui causait la fin de sa vieille amie.

Cette félicité allait durer environ trois ans. Trois ans de vie délicieuse partagés entre le théâtre pour elle et les études qu'il entreprenait parallèlement, mais coupés d'obligatoires voyages en Saxe. Des amis venaient que Maurice appréciait : Voltaire et son esprit si vif que l'on avait parfois de la peine à le suivre, Fontenelle et un nombre restreint admis à partager un moment de leur intimité. En fait, les gens heureux n'ont pas d'histoire...

La grande histoire coulait près des deux amants sans qu'ils parussent s'en soucier. Pourtant leur monde, celui qu'ils connaissaient si bien, était en train de changer et ce furent les cloches sonnant pour la mort de Madame Palatine qui en donnèrent le signal. Deux mois après, le 16 février marquait la majorité royale donc la fin de la Régence et en même temps celle de son dernier Premier ministre, l'incroyable cardinal Dubois. Louis XV, alors, demanda à Philippe d'Orléans de le remplacer et celui-ci se remit aux affaires avec une sorte d'acharnement et reprit le gouvernail d'une main ferme. En une année, en effet, Dubois, qu'il avait laissé agir par faiblesse et désenchantement, avait mis une jolie pagaille. Hors frontières certes la France était grande, puissance garantie de toute aventure par sa double et paradoxale alliance avec l'Espagne et l'Angleterre, mais à l'intérieur on n'était pas loin du désastre : l'écroulement du système de Law, la peste, le brigandage et une certaine chute des valeurs morales laissaient quantités de ruines. Le prince s'attela à la tâche avec l'énergie que son âge autorisait – quarante-neuf ans ! – mais en reprenant le collier il recommença à chercher le délassement dans les fameux soupers « entre amis » qui en réalité l'épuisaient. Cependant, Chirac, son médecin, l'avait prévenu :

– Si vous ne changez d'habitudes, Monseigneur,

vous mourrez au moment où vous vous y attendrez le moins...

– Aucune importance : c'est ce que je désire.

Une belle réponse qui ne reflétait pas la vérité. Malheureusement le médecin allait avoir raison : au matin du 2 décembre, après être allé prendre son chocolat chez sa femme, Philippe d'Orléans s'écroula sans que Chirac pût le ranimer. A sept heures du soir c'était fini...

Bien peu le pleurèrent. Pourtant il avait sacrifié sa popularité et ses rancunes personnelles à l'union des Français, arrêté les persécutions envers les protestants, ouvert les bibliothèques, se faisant en même temps le protecteur des arts et des sciences, sans compter l'image du royaume qu'il laissait à l'étranger.

Maurice de Saxe regretta sincèrement l'ami qu'il avait été pour lui, ce fut la fin de cette période de tranquillité où l'amour tenait lieu de tout. Il se retrouvait maître d'un beau régiment sans doute, mais sans emploi. Ceux qui à Versailles entouraient le jeune roi n'étaient pas ses amis. Certains lui reprochaient même ses relations avec le Régent. Il lui fallait à nouveau se construire un avenir. Il alla à Dresde prendre l'avis de son père. Celui-ci lui proposa le mariage avec une princesse de Holstein-Sonderburg.

– Sire, avec tout le respect que je vous dois, je n'ai nulle envie de recommencer une expérience conjugale. La dernière m'a laissé un trop mauvais souvenir et je ne vois pas vraiment à quoi une autre pourrait me servir.

– A devenir prince... et fort riche !

– Le sang qui coule en moi est royal. Cela suffit à mon orgueil. Quant à la richesse, je saurai la conquérir seul !

Encore qu'après l'aventure Johanna-Victoria elle approuvât son fils, Aurore ne fut pas moins désolée de le voir repousser cette chance de revenir au pays, donc auprès d'elle. La mère se sentait vieillir et c'était si loin la France !

– Mais c'est tellement agréable d'y vivre ! Vous devriez y venir et vous comprendriez...

– Crois-tu ? Ne la trouves-tu si aimable qu'à cause de cette comédienne dont on te dit amoureux ?

– On a raison de le dire parce que c'est vrai ! Elle est exquise et auprès d'elle on se sent tout autre... Depuis qu'elle est entrée dans ma vie, elle a fait de moi un homme civilisé, ce que je n'étais guère. Grâce à elle j'aime maintenant le théâtre, la lecture, les arts, le contact des hommes d'esprit.

– Ouvre les yeux ! Ton père est en train de faire de Dresde une capitale des arts ! Et nous ne manquons ni d'acteurs de talent ni de gens spirituels.

– Vous ne comprenez pas, mère ! J'avoue que c'est difficile à expliquer. C'est quelque chose dans l'air que l'on respire...

– Pourtant ce mariage te permettrait...

– Par grâce n'insistez pas ! De toute façon si je n'avais pas dit non quelqu'un s'en serait chargé pour moi.

C'était fort judicieusement vu. Flemming, en effet, avait déjà fait entendre à son maître qu'un tel mariage pourrait placer le comte de Saxe à même hauteur que son demi-frère, l'héritier, ce qui risquait d'être dangereux... Pour consoler un jeune homme qui n'en avait pas autrement besoin, Auguste II le chargea de plusieurs missions dont une en Angleterre auprès du roi George Ier qui avait été l'exécrable époux de Sophie-Dorothée de Celle. Il y fut reçu au mieux par ce souverain qui détestait son royaume ainsi que tous ses sujets et passait son temps à regretter son cher Hanovre et à bâfrer en compagnie de ses deux maîtresses teutonnes, l'inusable Schulenburg devenue énorme et la Kilmannseg, son contraire absolu... Et si l'envoyé de Pologne fut convenablement accueilli, en dépit du fait qu'il était le neveu de Koenigsmark l'assassiné, c'était uniquement parce qu'il était allemand ! Quant à la mission dont on l'avait chargé, elle est demeurée secrète. Même pour Maurice puisqu'il s'agissait de remettre en mains propres une lettre et de répondre à quelques questions.

Peu séduit par les Anglais, le jeune comte la mena tambour battant et se hâta de rentrer à Dresde : l'air que l'on respirait à Londres lui était apparu malsain autour d'un roi vivant dans la terreur d'apprendre la mort de la captive d'Ahlden : jadis, une certaine Déborah, voyante française venue à Hanovre, lui avait prédit que si sa femme mourait il la rejoindrait au tombeau dans les douze mois à venir[1]...

1. La prédiction se réalisa. Le 13 novembre 1726, Sophie-Dorothée mourait d'une congestion cérébrale à Ahlden après trente-deux ans de captivité, et le 20 juin 1727 George Ier trépassait, frappé d'une attaque après avoir lu la dernière lettre de la prisonnière qui le maudissait et l'assignait au tribunal de Dieu.

Pendant ce temps que faisait Adrienne, privée de l'homme qu'elle adorait ? Elle lui écrivait presque chaque jour, assise à sa petite table de marbre blanc dans sa belle chambre chaleureuse qui lui semblait si vide...

« Si vous saviez quel plaisir me feraient vos lettres vous ne négligeriez pas tant de m'écrire... J'ai le cœur plein de cent choses que je n'aurai pas le loisir de vous exprimer... J'aurais encore à vous écrire d'ici à demain si je m'en croyais, et je vous dirais toute ma vie, si vous vouliez, que je vous aime de tout mon cœur... »

Son cher comte ne répond pas régulièrement et par de courts billets : s'il parle bien le français il l'écrit d'une façon abominable et il déteste l'idée qu'Adrienne pourrait rire de lui mais ce qu'il dit exprime une profonde tendresse. Car il l'aime toujours autant même si, pour les exigeants besoins de son corps vigoureux, il s'offre des « passades ». Elle lui manque même tellement qu'il se prépare à rentrer en France sans autre raison, quand, miracle, Auguste II le charge de le représenter au mariage de Louis XV et de Marie Leczinska. Le voilà ambassadeur !

Il est tellement heureux qu'il ne remarque même pas que c'est un cadeau empoisonné : la future reine de France est la fille de ce Stanislas Leczinski devenu roi de Pologne quand la Diète s'était débarrassée d'Auguste II mais que, plus tard, celui-ci avait eu le plaisir de mettre en fuite en récupérant son trône. Qu'importe ! Maurice compte sur son charme personnel et l'espoir que la princesse ne se montrera pas rancunière. Et puis, surtout, il va retrouver Adrienne !

A peine arrivé à Paris, il ne fait que toucher terre à son hôtel, y laisse ses gens, saute à cheval et, sans prendre le temps de se changer, se précipite rue des Marais-Saint-Germain, éperonné par la hâte de la tenir dans ses bras, toute tiède, toute douce, et d'emplir son cerveau de ce parfum de rose fraîche qui n'est qu'à elle.

Le temps de ces premiers jours de septembre ressemble à celui d'un novembre désastreux. Il pleut et, même si la distance est courte, elle suffit à la course du cheval pour tremper et botter de boue son cavalier... Arrivé dans la cour, il jette les rênes à un valet accouru, saute dans une flaque d'eau et se précipite dans l'escalier, attiré par la voix divine qui chante accompagnée au clavecin. Or, son entrée en trombe génère un silence soudain et toutes les têtes se tournent vers lui. Car il y a là une dizaine de personne réparties dans les fauteuils, écoutant la jeune femme qui, en effet, chante accompagnée par d'Argental... Et tout de suite, déçu, frustré, furieux, il tourne les talons pour s'enfuir mais le chant s'est arrêté net, immédiatement remplacé par un cri :

– Vous ! Enfin !...

Et elle s'élance vers lui pour se blottir dans ses bras sans plus se soucier de ses visiteurs, ni de mouiller le taffetas couleur de rose mourante de sa robe. Mais les visiteurs sont de vrais amis : tandis que s'étreignent les deux amants, ils s'esquivent l'un après l'autre sur la pointe des pieds. Le dernier à partir est Charles d'Argental. Il a refermé discrètement le clavecin puis, avec un soupir et les larmes aux yeux, il s'en va à son tour, emportant le frêle espoir que la longueur de l'absence – elle a duré près d'une année ! – lui ramènerait celle qu'il n'a jamais cessé d'adorer...

Dans la chambre fleurie où brûle le premier feu d'un automne précoce, Adrienne et Maurice retrouvent l'éblouissement des premiers jours.

Deux nuits et un jour, trente-six heures environ à se prouver leur passion mutuelle et Maurice repartait à francs étriers pour Fontainebleau où allait avoir lieu le mariage royal afin de prendre rang parmi les ambassadeurs. Sur ses lèvres, dans ses yeux et dans son cœur il emportait Adrienne, maudissant la « corvée » qui l'avait arraché à elle. Pourtant il ne put s'empêcher d'être fasciné par la splendeur du mariage royal et l'atmosphère de bonheur qui s'en dégageait. Peut-être parce que c'était une sorte de conte de fées renouvelé de Cendrillon...

L'infante que le jeune roi devait épouser avait été renvoyée à Madrid à la suite d'une maladie de son fiancé qui avait donné des craintes sur la durée de sa vie. Au duc de Bourbon – dit Monsieur le Duc – régentant alors les affaires, comme au cardinal de Fleury Premier ministre, il était apparu que, si Louis XV ne procréait pas avant de mourir, la couronne passerait au nouveau duc d'Orléans. Or, l'infante n'était même pas nubile. Donc il fallait la rendre à sa famille – pas trop contente évidemment ! – et conclure au plus vite une union avec une princesse capable d'avoir des enfants.

On en trouva quatre-vingt-deux. Après un second examen, il en resta cinq dont la fille du tsar Pierre le Grand, Elisabeth, mais elle était née d'un père ivrogne, à peu près barbare et passait pour déséquilibrée. C'est alors que le futur fiancé trancha la question : il voulait des portraits car, malgré ses quinze ans, il avait des goûts affirmés et ne voulait pas acheter chat en poche. Parmi eux, il y avait celui d'une jeune fille dont Louis s'empara sur l'heure pour le faire installer dans sa chambre : c'était celui de Marie Leczinska.

Le parti n'avait rien de brillant. Roi détrôné, Stanislas menait avec sa famille une vie plus que médiocre dans une modeste maison de Wissembourg. Ses biens avaient été confisqués, plus aucun secours n'arrivait de Varsovie et les diamants de sa femme, Catherine (Opalinska), étaient chez un usurier de Francfort.

La jeune fille n'était pas non plus d'une foudroyante beauté mais elle avait une jolie taille, des yeux expressifs, un sourire charmant et un teint éblouissant. Beaucoup de grâce aussi, réchauffée de l'intérieur par un cœur généreux, charitable, une grande bonté et une gaieté naturelle que n'avaient pas entamées les vicissitudes de l'existence. Comme à ces qualités elle ajoutait une allure vraiment royale et la pratique du chant, de la danse et du clavecin, on pouvait dire qu'elle avait tout ce qu'il fallait pour faire une bonne épouse et une excellente reine. Louis XV, lui, fut conquis dès qu'il eut vu le portrait et n'en démordit pas . ce serait elle ou aucune autre ! Le 4 septembre, vêtue d'une robe de velours violet bordée d'herminc semée de fleurs de lys d'or au devant couvert de diamants, Marie Leczinska devenait la reine d'un prince charmant habillé de drap d'or, un énorme diamant – qui était « le Régent » ! – relevant le bord de son chapeau à plumes blanches. Ce fut une journée de joie couronnée par une nuit dont le couple sortit rayonnant...

A contempler cet éclat, cette jeunesse, Maurice, qui avait eu la surprise de voir le lendemain Adrienne Lecouvreur et les Comédiens-Français venir jouer Molière devant les nouveaux mariés, pensait que c'était bien beau d'être roi. N'étant que bâtard il n'avait droit à aucun trône où que ce soit, pourtant il se sentait taillé pour ce rôle-là et capable de le jouer avec talent. Jusque-là il avait lutté afin de faire reconnaître sa valeur et se forger un destin digne de ses ancêtres, mener les hommes au combat en s'efforçant de les ménager au mieux, devenir un grand stratège. A présent, il lui semblait que le rideau de brume masquant l'avenir se faisait plus transparent pour laisser deviner les ors d'un chemin de lumière...

Il y rêvait le lendemain, tôt le matin, près de la pièce d'eau des carpes, quand Adrienne vint le rejoindre – les comédiens avaient été logés dans les communs du château. Pour ne pas troubler une rêverie qui apparemment ne le remplissait pas de joie, elle s'était approchée à pas de loup mais son parfum la dénonçait et, avant même qu'elle eût dit un mot, il avait passé un bras autour de sa taille, sans cesser de regarder l'eau. Puis soudain il lui fit face pour l'embrasser longuement ; ensuite elle s'écarta afin de scruter son visage :

– Vous souffrez... et je crois deviner de quoi.

Il s'efforça de sourire :

– Une simple migraine. Trop de libations hier au soir qui m'ont empêché de vous rejoindre...

– N'essayez pas de me donner le change ! Je vous connais trop et je vous aime trop ! L'éclat de ce beau mariage vous fait mesurer sans doute une oisiveté qui vous irrite mais c'est surtout votre sang royal qui vous fait mal. Vous êtes prince sans en avoir le titre, vous devriez être promis au trône...

– Comme tu me connais bien ! murmura-t-il les lèvres dans ses cheveux en la serrant plus fort contre lui. Malheureusement il n'y a pas de réponse aux questions que je me pose.

– Qui peut savoir s'il n'y en aura jamais ? Dieu m'est témoin que dans mon égoïsme je redoute l'aventure glorieuse qui vous emporterait loin de moi mais, si elle se présentait, je ne ferais rien pour vous en détourner. Au contraire je vous y aiderais de toutes mes forces car j'aimerais mieux me déchirer le cœur que vous voir malheureux !

– Tant que vous serez à moi, je ne le serai jamais ! Emmenez-moi avec vous à Dammartin[1] ! Allons nous aimer loin de cette Cour où je n'ai d'autre occupation que regarder, saluer, dire des fadaises et encore regarder !

– C'est impossible. Je repars pour Paris où demain je joue au théâtre...

1. Il avait acheté une petite maison à Dammartin-en-Goële afin d'y cacher leur amour mieux encore qu'à Paris.

– Alors j'y serai avec vous pour vous applaudir... et ensuite vous enlever !

Mais, le lendemain soir, il n'était pas au théâtre et, quand elle le retrouva chez elle où il était allé l'attendre, elle sut tout de suite qu'il s'était passé quelque chose. Plus aucune trace de mélancolie ! Maurice rayonnait positivement. Sans même lui laisser le temps de poser une question, il la couvrit de baisers, la déshabilla en un tournemain et lui fit l'amour avec une ardeur nouvelle, une sorte d'enthousiasme qui fit presque peur à la jeune femme. Et ce fut seulement quand il alla chercher le plateau du souper pour le poser entre eux sur le lit, qu'il annonça :

– On dirait que l'avenir n'a pas de secrets pour vous, ma douce, et que vos beaux yeux savent en percer le voile. L'aventure glorieuse que vous évoquiez hier, je crois bien qu'elle se présente : en rentrant chez moi j'ai trouvé une lettre du comte de Friesen, mon beau-frère.

Henri-Frédéric de Friesen, grand chambellan et grand fauconnier d'Auguste II, n'était pas un inconnu pour Maurice, loin de là, mais il n'avait lié amitié avec lui que durant le dernier séjour à Dresde. C'était ce même Friesen qui, fiancé à Johanna-Victoria, s'était vu enlever sa promise pour la marier illégalement au jeune Gersdorff, après quoi le mariage avait été cassé au bénéfice du comte de Saxe. Si l'évincé avait montré quelque humeur à l'époque, les aventures conjugales du couple l'avaient abondamment éclairé sur le sort auquel il avait échappé et leurs relations avaient pris un tour plus cordial. Et quand Frédéric-Henri avait épousé Augusta de Cosell, fille de la comtesse du même nom et d'Auguste II[1], les liens avaient pris un tour chaleureux. Les deux hommes s'estimaient et partageaient un égal amour de la vie et de la bonne humeur.

Et que disait la lettre de Frédéric-Henri ? Qu'une couronne de prince souverain se présentait à l'horizon et qu'il y avait là une chance à saisir : celle de la Courlande. Mais qu'est-ce que c'était que la Courlande ?

Au nord de l'Europe, sur la Baltique, étroitement enserré entre la Prusse, la Lituanie et la Livonie, c'était un petit pays plat, dont le point culminant ne dépassait pas deux cents mètres, peu fertile, très humide du fait de ses innombrables rivières et de ses trois cents lacs, enveloppé de brouillard les trois quarts de l'année et dont le demi-million d'habitants vivait d'élevage, d'un peu d'agriculture et de pêche. La capitale en était Mittau, une ville modeste fondée au XIIe siècle par les chevaliers Teutoniques. S'ajoutait au pays le duché de Semigalle encore plus obscur.

Quoi qu'il en soit, le dernier grand maître des chevaliers à la croix noire, Gothard de Ketteler, désireux de sauver le pays du chaos, s'était fait séculariser pour lui donner des héritiers...

Dans les débuts du XVIIIe siècle le tenant du titre,

1. Elle fait partie des sept bâtards reconnus, les cinq autres étant son frère cadet, le comte de Cosell, le chevalier de Saxe, la comtesse Rutowska, plus tard comtesse de Bellegarde, et enfin la comtesse Orselska, qui épousera le duc de Holstein-Beck.

Frédéric-Guillaume de Ketteler, un noble vieillard, avait épousé sur le tard la nièce du tsar Pierre le Grand : Anna Ivanovna, dont, bien sûr, il n'avait pas eu d'enfant. C'était pour l'heure présente une veuve encore jeune à laquelle il fallait un époux car, si elle n'avait pas le droit de régner seule – le titre ducal avait été donné provisoirement au frère du défunt, Ferdinand de Ketteler, valétudinaire et gâteux –, elle pouvait transmettre et le pouvoir et le titre. Pour terminer le tableau, ajoutons que l'Etat avait pour suzerain la Pologne, à laquelle la mort du duc donnait des idées d'annexion pure et simple. Or, la courageuse petite Courlande entendait défendre ses libertés : vassale peut-être – et encore ! – mais pas province !... En outre la veuve bien que née russe ne voulait à aucun prix du prétendant que Saint-Pétersbourg lui offrait. En l'occurrence le « prince » Mentchikov, ancien pâtissier et amant de sa tante, l'impératrice Catherine, elle-même ex-servante. Conclusion : comment convaincre Russes et Polonais de rester chez eux sans offenser personne ? Et la réponse était apparue, aveuglante : le comte de Saxe, guerrier exceptionnel, de sang princier et pourvu d'une réputation de séducteur telle qu'il pourrait être tout à fait normal que l'on s'éprît de lui. Dans ce but, la duchesse s'adressa en secret au ministre de Pologne à Saint-Pétersbourg, Lefort, afin qu'il fît en sorte de sonder l'intéressé. Ravi de la solution proposée, ledit Lefort s'aboucha aussitôt avec le comte de Friesen. Le résultat final en était la lettre qui venait d'arriver à Paris.

Elle transporta Maurice de joie. Une couronne !

Enfin une couronne s'offrait à lui ! Qu'importe qu'elle fût seulement ducale puisqu'elle était souveraine et ferait de lui le neveu de Pierre le Grand ! Il allait avoir un pays à lui, des terres, des sujets ! C'était tellement inespéré qu'il avait peine à y croire !

– Je pars ! clama-t-il de toute sa voix en enlevant de terre Adrienne pour la faire tournoyer. Dès demain il faut que je sois en route ! Oh mon cœur, vous êtes ma chance, ma bonne étoile ! Vous avez foi en mon destin plus que moi-même ! Je vous adore !

Il lui criait son amour, fou de joie comme un gamin qui reçoit un cadeau rêvé depuis longtemps, en dansant à travers la chambre alors que son cœur à elle se serrait à lui faire mal. Il était bien vrai qu'elle avait essayé de lui faire oublier, dans ses bras, sa naissance semi-royale. Mais vrai aussi qu'au fond elle redoutait ce qui arrivait. Il allait partir, une fois de plus, pour ne plus revenir. Ou si peu ! Cela faisait affreusement mal... pourtant elle l'aimait trop pour lui laisser voir à quel point elle souffrait. Elle fit appel à tout son talent de comédienne et, quand il la reposa à terre, elle souriait sans se rendre compte qu'elle avait les larmes aux yeux. Mais lui s'en aperçut :

– Vous pleurez quand je suis heureux !

– Sans doute. Mais vous ne savez pas que l'on peut pleurer de joie ! Vous allez régner, mon ami. Vous allez réaliser votre plus beau rêve ! Je vous aime assez pour partager ce grand bonheur !

Sérieux, tout à coup, il la prit aux épaules afin de scruter ce doux visage si sensible :

– Et moi je vous aime trop pour renoncer à vous ! Lorsque je serai duc de Courlande, vous viendrez me rejoindre. Vous serez la reine du théâtre que je construirai pour vous ! Vous aurez un palais, des chevaux...

– ... et vous une épouse ! Cela pourrait ne pas lui plaire ?

– Dans quel pays avez-vous vu un souverain se soucier de sa femme pour gouverner sa vie ? Croyez-moi, Adrienne ! Nous avons devant nous tant de beaux jours !... Et tant de nuits ! ajouta-t-il en enfouissant son visage dans le cou de la jeune femme. Je t'aime, tu sais...

Il lui en donna sur-le-champ une preuve supplémentaire et elle se laissa emporter par la vague de leur désir mutuel.

Quand il la quitta enfin, elle était presque heureuse. N'avait-il pas promis d'écrire, de tout lui raconter, et il s'entendait si bien à bâtir un avenir étincelant qu'elle rêvait déjà d'y participer. Ils allaient être séparés un peu de temps sans doute mais après... Ce diable d'homme avait le talent de vous cheviller au corps ses convictions...

Le lendemain, Monsieur l'ambassadeur de Saxe aux noces de Sa Majesté Très-Chrétienne prenait la route de Varsovie en compagnie de son secrétaire Saint-Laurent et de son valet Beauvais ; le premier enchanté devant les nouvelles perspectives ouvertes à son désir de faire fortune, le second beaucoup moins enchanté. Il fallait qu'il aime fort son maître pour le suivre dans cette entreprise qui allait fixer leur résidence au pays des neiges. C'était un homme qui craignait le froid et, en plus, l'hiver approchait...

A Varsovie, Frédéric-Henri de Friesen attendait Maurice avec impatience. Ses affaires étaient en bonne voie. La duchesse de Courlande avait envoyé une délégation composée de seigneurs locaux un peu rustres mais pleins de bonne volonté et contents à l'idée d'avoir un maître jeune, vigoureux, guerrier infatigable et célèbre. Ils avaient apporté une lettre d'Anna Ivanovna qui invitait le comte de Saxe à venir lui rendre visite à Mittau.

– Si tu lui plais, expliqua Friesen à son demi-frère, tu as la couronne. Certes, la Courlande possède une Diète chargée de l'élection mais, si la duchesse la met devant le fait accompli, elle ne pourra qu'entériner.

– Et... notre père ? Avant d'aller là-bas, j'aimerais avoir son sentiment ?

– Tu ne le verras pas à moins que tu ne l'attendes. Il est parti pour Dresde mais rentrera bientôt...

Maurice décida d'attendre. Il en profita pour lier connaissance avec le baron de Bracken, ambassadeur de Courlande à Varsovie, qui le remercia d'avoir accepté l'invitation à se rendre à Mittau et lui conseilla de ne pas trop faire traîner les choses.

– Elles peuvent changer en si peu de temps ! Songez à toutes les convoitises que suscite notre duché ! Je sais que de nombreux notables se dirigent vers la frontière pour vous accueillir et vous escorter commc il convient jusqu'à Mittau où la duchesse vous espère avec impatience...

– De toute façon, intervint Friesen, Sa Majesté ne peut qu'être d'accord...

La délégation courlandaise étant d'avis qu'au lieu d'attendre une confirmation il fallait au contraire se presser, Maurice décida son départ pour le lendemain. Or, au moment même où, en tenue de voyage, botté, le chapeau sur la tête et une cravache à la main, il s'apprêtait à quitter sa chambre, un personnage hors d'haleine s'y rua après avoir bousculé Beauvais.

– Ah, Monsieur le comte, vous êtes encore là ! Dieu soit loué, j'arrive à temps !

Sourcils déjà froncés, Maurice, qui n'augurait rien de bon de cette entrée fracassante, considéra avec méfiance le nouveau venu qui se trouvait être un notable peu coutumier de ce genre d'irruption : le comte de Manteuffel, ministre de son père.

– A temps pour quoi, Monsieur ?

– Pour vous retenir de commettre une grosse faute : Sa Majesté vous fait savoir... non, je dois m'exprimer selon ses propres termes : Sa Majesté vous interdit de prendre la route de Courlande. Vous n'avez plus rien à y faire.

– Est-ce un ordre ?

– Sans aucun doute dès l'instant où le roi interdit.

– Alors écoutez ceci : je n'aurais garde de désobéir au roi en toute autre chose mais si je ne pars pas maintenant tout est perdu pour moi. Laissez-moi passer !

– Vous ne pouvez le faire ! Songez qu'en refusant d'obtempérer vous devenez rebelle et, comme tel, passible...

– De quoi ? De prison ?

Puis, éclatant soudain de ce grand rire qu'il tenait d'Auguste :

– Ce sera un bon coureur celui qui me rattrapera !

Et, repoussant Manteuffel, il s'élança dans l'escalier, sauta à cheval et, rameutant les Courlandais déjà prêts à partir :

– En selle, Messieurs ! Une dame m'attend !

Une sorte de hurlement sauvage lui répondit et il partit au galop « avec sa bande de furieux »...

Il n'avait même pas pris le temps de demander à Manteuffel la raison du revirement paternel mais, au fond, il avait aussi bien fait parce qu'on ne la lui aurait pas donnée. Elle tenait en peu de mots : fermement décidée à mettre la main sur le double duché via son favori Mentchikoff, la tsarine venait de proposer au fils d'Auguste II la main de sa fille Elisabeth et, comme ledit Auguste devait plus ou moins à la Russie de Pierre le Grand d'avoir récupéré son trône polonais, il ne pouvait être question pour lui de causer une peine, même légère, à sa puissante voisine. D'où l'interdiction.

Mais de tout cela Maurice ne se soucie guère : l'accueil triomphal que lui a réservé le peuple de Courlande le ravit. Ce sont des gens solides, les hommes comme les femmes, grands buveurs de bière et durs à l'ouvrage dans un pays où la nature exige qu'on la prenne à bras-le-corps : en résumé, des sujets à sa taille. Ils le « portent » littéralement jusqu'à Mittau. C'est, presque au confluent de l'Aa et du fleuve Mutza qui vont se jeter dans le golfe de Riga, une ville quasi médiévale avec un château de briques rouges hérité des chevaliers Teutoniques. C'est là que réside le duc quasi fantôme mais la duchesse douairière n'y est pas. Elle habite non loin de là une demeure plus agréable nommée Annenhof, ce dont se réjouit son prétendant qui ne doute pas un instant de pouvoir la séduire. Les femmes l'ont trop gâté jusqu'à présent pour qu'il ne soit certain de réussir.

Quant à être lui-même séduit c'est une autre affaire et, quand il se trouve devant elle, il retient un hoquet de surprise. Bien qu'elle ne soit que la nièce de feu Pierre le Grand, elle en a les dimensions : d'une taille impressionnante, le ventre rebondi, la poitrine opulente, un visage soufflé, déjà bouffi par la graisse, surmonté d'une abondante chevelure brune. Quant à ses yeux, ils sont d'un bleu vif dont la hardiesse manque faire perdre contenance à son invité. Une fois expédiées les politesses de la porte, elle se met à l'examiner de la tête aux pieds comme s'il était un cheval. Tout juste si elle ne lui demande pas de faire un tour sur lui-même et de montrer ses dents.

« Seigneur ! pense Maurice légèrement refroidi, coucher avec cette femme ne sera pas une partie de plaisir ! »

Il faut bien qu'il s'y attende car, de toute évidence, l'examen est concluant – il plaît à la dame :

– Mon cher comte, émet-elle en allemand (elle parle à peine le français qui est cependant la langue non seulement diplomatique mais élégante de toute l'Europe), je crois que nous allons nous entendre à merveille ! J'aime qu'un homme ait l'air d'un homme. On voit tout de suite que vous en êtes un vrai. Passons à table !

Dans l'immédiat Maurice ne demandait pas mieux : les longues chevauchées lui donnaient toujours de l'appétit, mais il lui fallut admettre que son hôtesse lui en remontrait aussi sur ce plan-là. Elle aimait manger et mangeait en conséquence. Elle aimait boire et buvait en proportion. Elle aimait aussi rire et le repas où les poissons, le porc sous presque toutes ses formes, les volailles, les pâtisseries, les crèmes et les confitures abondaient fut émaillé de « bonnes plaisanteries » dont certaines n'eussent pas été déplacées dans un corps de garde.

A la fin, les yeux de Son Altesse papillonnaient. Elle rota bruyamment, bâilla et déclara en se levant de table, étayée par deux de ses plus solides suivantes :

– Il se fait tard, comte, et je me sens lasse. Pour ce soir, nous nous en tiendrons là ! A demain les choses sérieuses !...

En baisant sa main au moment de lui souhaiter une bonne nuit il crut déceler une bizarre odeur évoquant l'étable et ses narines palpitèrent. L'une des deux jeunes filles – ou jeunes femmes : on ne lui avait présenté personne – qui entouraient la duchesse pour la soutenir, retint une évidente envie de rire qui fit briller de bien jolis yeux noisette. Elle s'arrangea pour rester en arrière. Puis prenant un air doctoral chuchota :

– Son Altesse n'emploie que du beurre fondu sur sa peau trop délicate pour supporter le savon !

Maurice ne put retenir un éclat de rire qu'Anna Ivanovna, déjà éloignée, n'entendit pas. C'était un comble en vérité : non seulement il allait devoir épouser une femme taillée comme un lansquenet, donc à cent lieues de son idéal féminin, mais ses nuits seraient parfumées au beurre rance ? Habitué à la vie des camps et aux odeurs souvent déplaisantes voire affreuses des champs de bataille, il n'était pas un homme délicat mais, partisan convaincu du savon et de l'eau froide qui tonifie les muscles, il n'en appréciait que mieux certains parfums de femmes. Celui de rose et d'oranger qu'employait Adrienne était délicieux et le souvenir qu'il gardait de Louise-Elisabeth de Conti ramenait à son nez la senteur légèrement poivrée de l'œillet mélangé à l'iris et à une fragrance inconnue dont par-delà le temps et la distance il éprouvait encore les vertus aphrodisiaques. Qu'allait-il bien pouvoir faire d'une motte de beurre ? C'était peut-être cher payer une couronne ?

Cependant, la jeune fille s'attardait et suivait visiblement d'un air amusé le fil de ses pensées en maniant doucement un éventail d'ivoire. Décidément elle était charmante avec sa couronne de tresses rousses et son petit nez retroussé. Bien que vêtue modestement de velours brun, découvrant un sage décolleté encadré de dentelle blanche, elle trouvait le moyen d'être infiniment plus élégante que sa maîtresse dans ses falbalas rouges et jaunes démodés. Maurice pensa qu'elle pourrait être un agréable contrepoint à l'austère devoir conjugal :

– Comment vous appelle-t-on, belle enfant ?

– Dorothea, Monseigneur. Dorothea Belling. Mon frère a fait partie de l'escorte qui est allée quérir Votre Excellence à Varsovie mais nous ne sommes pas de ce pays.

– Non ? Duquel alors ?

– De Hollande. Venu chercher fortune ici notre père s'y est fixé. Nous serions tous les deux très heureux si vous deveniez l'époux de Son Altesse !

– Plus que moi peut-être mais... si nous étions amis, j'y trouverais sans doute plus de charme. Qu'en pensez-vous ?

Elle eut son joli rire clair puis, se haussant sur la pointe des pieds, elle posa sur la bouche de Maurice un baiser léger avant de s'enfuir dans un envol de jupons blancs. Celui-ci pensa qu'elle lui plaisait vraiment beaucoup...

Dans les jours qui suivirent, il découvrit que sa « fiancée » avait des goûts bizarres : il y avait des fusils chargés à presque toutes les fenêtres de ses appartements et, de temps en temps, Anna Ivanovna en ouvrait une, prenait l'arme et abattait un oiseau en vol ou quelque autre animal aventuré près du château. Il lui arrivait même d'obliger une de ses suivantes à en faire autant. Certaines s'exécutaient sans broncher mais d'autres, dont la petite Belling, faisaient tous leurs efforts pour y échapper. La duchesse adorait aussi les toupies hollandaises que l'on actionne à coups de fouet et s'y montrait experte, ce qui constituait un curieux exercice pour une femme. En dehors de ces activités elle passait des heures étalée sur son lit à grignoter des pâtisseries en écoutant conter les vieilles légendes du pays, ou encore à installer ses filles d'honneur à leur broderie dans la pièce attenante à sa chambre en leur ordonnant de chanter. Et malheur à celle qui ne s'exécutait pas : Son Altesse réveillait son enthousiasme avec un vigoureux soufflet qui lui laissait la joue rouge pour un moment.

Pourtant, au contraire de ce que redoutait son prétendant, elle ne l'avait pas encore invité à la rejoindre dans sa chambre. Ce qui était pour lui un soulagement, quoiqu'il se le reprochât . s'il voulait être duc de Courlande il faudrait en passer par là tôt ou tard. En attendant il se donnait du courage en badinant avec la jeune Dorothea qui se montrait chaque jour davantage sensible à ses attentions. La conclusion n'allait pas tarder.

D'autre part, le franc succès rencontré auprès des Courlandais par l'arrivée de Maurice se poursuivait aussi bien auprès du peuple que des seigneurs. Ceux-ci reconnaissaient en lui l'un des leurs, capable de leur tenir tête tant aux armes que dans les beuveries dont ils faisaient leur principale distraction avec la chasse. La duchesse de son côté se montrant de plus en plus aimable – elle avait même écrit à Saint-Pétersbourg pour faire part de sa décision d'épouser –, la Diète de Courlande élut solennellement Maurice de Saxe duc de Courlande et Semigalle. Les cloches du mariage allaient bientôt sonner. Anna Ivanovna s'en montra si contente et si « affectueuse » soudain que Maurice rassembla son courage : ce serait pour cette nuit !

Hé bien non ! L'alcôve ducale ne l'accueillit pas, au contraire de ce que les yeux mourants de la duchesse lui avaient laissé supposer durant le souper. Il s'en ouvrit à Dorothea qui partit d'un éclat de rire :

– Oh, vous ne l'aurez pas avant la nuit nuptiale ! Cela ne veut pas dire qu'elle n'en a pas envie. Vous lui plaisez tellement ! Mais il veille au grain.

– Il ? Qui ça, il ?

– Bühren, le chef de ses écuries, qui n'est jamais à plus de trois pas d'elle. Vous ne l'avez pas remarqué ?

– Une tête patibulaire sur un corps d'ours qui me regarde toujours d'un œil féroce ?

– C'est lui. J'ajoute qu'il est aussi son amant et qu'il la tient solidement en bride. Il ne la lâchera pas avant le mariage contre lequel, d'ailleurs, il travaille d'arrache-pied !

Maurice haussa des épaules désinvoltes :

– Il sera bien obligé de se rendre à l'inéluctable ! Ainsi Anna Ivanovna a un amant ?... A ce propos, quand serai-je le vôtre ? murmura-t-il en attirant la jeune fille à lui – elle lui plaisait de plus en plus.

– Oh ! Monseigneur !

Après un temps de silence que Maurice occupa en baisers variés, elle lui expliqua qu'elle était toute prête à lui céder mais que la difficulté résidait dans le moyen de se rejoindre. Elle habitait, à l'instar de ses compagnes, le rez-de-chaussée du palais d'où il était impossible de sortir la nuit, les portes étant gardées. Le futur duc logeait dans un pavillon situé au milieu du parc :

– Nous sommes deux votre chambre ?

– Nous sommes deux et bien que Sophia soit mon amie vous ne pouvez venir chez nous !

– Alors il faut que vous veniez chez moi. Ce soir soyez à votre fenêtre à onze heures, je viendrai vous chercher et je vous ramènerai avant le lever du jour. Ainsi personne ne saura rien, à l'exception de votre amie. Mais peut-on compter sur elle ?

– Entièrement !

La nuit suivante, on fit comme il était convenu et durant quelques heures Maurice découvrit que Dorothea était encore plus délicieuse qu'il ne l'imaginait. Non seulement elle se donna spontanément mais aussi elle avait de l'amour la même conception que lui : cela devait se faire joyeusement et, n'étant pas son initiateur, il prit un plaisir infini à une aventure qui lui semblait rafraîchissante. Quand il la ramena chez elle il se découvrit un peu amoureux d'elle...

L'euphorie de l'élection ne dura guère et en vérité Dorothea en offrant à Maurice le repos du guerrier lui fut plus secourable qu'il ne le pensait. Les difficultés, en effet, commencèrent quand il annonça son élection au roi son père avec d'ailleurs une certaine modestie : « La Courlande n'a penché en ma faveur que parce qu'elle a pensé qu'il n'y avait point de sujet qui pût être plus agréable au roi, ni causer moins d'ombrage à la Pologne et à ses voisins... » Il y joignait un plan de gouvernement, plutôt novateur pour l'époque, dans lequel il proposait entre autres de bâtir des écoles, de favoriser le commerce et l'industrie en faisant des économies sur le train de vie des souverains. « Je me propose avec cela de vivre fort simplement… Je ne donnerai jamais dans le faste ; j'ai toujours abhorré celui des petites cours car il me semble qu'il n'y a rien de plus ridicule que cette sotte grandeur qui attire la raillerie des petits et le mépris des grands… »

Auguste II ne répondit pas tout de suite. En revanche, la Russie, elle, se manifesta. Elle n'admettait pas qu'Anna Ivanovna épouse le comte de Saxe quand elle pouvait avoir un prince russe (fût-il ancien pâtissier). Néanmoins, afin de ne pas désobliger le roi de Pologne, on offrait à son fils bâtard la princesse Elisabeth. Anna Ivanovna répondit sèchement qu'elle était assez grande pour savoir ce qu'elle voulait et ce qu'elle voulait c'était le comte de Saxe. Là-dessus Catherine fit partir Mentchikoff avec une petite armée. En même temps Auguste II toujours cornaqué par l'affreux Flemming envoyait à Maurice une lettre très raide lui intimant l'ordre de laisser tomber la Courlande et de rentrer à la maison. Faute de quoi on le délogerait par les armes… Autrement dit c'était la guerre sur deux fronts. Trois même si l'on comptait les Courlandais eux-mêmes et leur moral fluctuant. Résultat, il fallait de l'argent et Maurice en manquait cruellement.

Il appela au secours sa mère, ses amis… Adrienne même. Et celle-là fut sublime. Tandis qu'Aurore raclait ses fonds de tiroir à Quedlinburg, la comédienne vendit tous ses bijoux et envoya quarante mille livres, c'est-à-dire une somme considérable.

Maurice lui écrivit aussitôt pour la remercier en lui promettant de tout lui restituer.

« Cela ne presse pas, répondit-elle. Songez d'abord à vous et à ceux qui vous aiment. Personne ne saurait le faire mieux que moi... »

Cela il le savait car elle lui écrivait régulièrement des lettres pleines de passion. Il lui répondait d'ailleurs sur le même ton car en dépit de son amourette avec Dorothea il n'avait pas cessé de l'aimer et toutes ces feuilles de papier échappées du cœur d'Adrienne représentaient pour lui le meilleur des viatiques, une véritable source de réconfort. Il en avait grand besoin.

Mentchikoff en effet arrivait à Mittau avec mille huit cents hommes d'armes, décidé à tout bousculer. Duc de Courlande, Maurice payant d'audace se rendit chez lui pour lui demander ce qu'il venait faire. L'ancien pâtissier voulut le prendre de haut :

– L'intention de Sa Majesté Impériale est que les Etats de ce pays se rassemblent afin de procéder à une nouvelle élection. Le choix de la Diète ne peut tomber que sur moi, prince Mentchikoff, et je suis venu à Mittau pour en finir avec cette affaire !

Froid comme la glace, un sourire insolent aux lèvres, Maurice répondit :

– Votre dessein me paraît impossible dans son exécution si vous ne respectez pas les voies de droit et, à ce propos, je vous signale que, la Diète m'ayant donné l'assurance formelle de me maintenir dans mes privilèges, elle ne peut, sans illégalité, procéder à un autre choix...

Là-dessus, Anna Ivanovna, secouant pour une fois sa paresse, fit savoir qu'elle ne voulait d'autre protection que celle du roi de Pologne et que, la Courlande ayant le droit d'élire son souverain, elle ne pouvait sans y renoncer se soumettre à un prince venu chez elle en armes. Conclusion : elle n'avait aucune envie de recevoir Mentchikoff et lui souhaitait bon retour.

Furieux, l'envoyé de la tsarine tourna les talons mais non sans avoir déclaré aux députés courlandais qu'il leur donnait dix jours pour changer d'avis et se prononcer en sa faveur. Puis il fit mine de s'éloigner mais en laissant derrière lui quelques-uns de ses hommes avec des ordres secrets... et par deux fois Saxe échappa de justesse à un attentat singulièrement dangereux. Le second surtout, où les Russes grimpés sur le toit de sa maison entreprirent d'y mettre le feu, lui eût été fatal s'il avait possédé moins de sang-froid. Son premier souci fut de protéger Dorothea qu'il confia à Beauvais pour qu'il la fît sortir, habillée en garçon. Lui-même rejoignit l'ennemi sur le toit déjà en flammes, et tua trois hommes avant de sauter de la partie encore intacte. La chance voulut qu'il tombe sur de la terre fraîchement retournée, ce qui adoucit sa chute et lui permit de prendre la fuite.

Pour le coup, la duchesse se fâcha, offrit à son « fiancé » – on se demande d'ailleurs pourquoi le mariage n'avait pas encore eu lieu ! – l'asile de son palais, emprisonna les incendiaires qui n'avaient pas réussi à s'esquiver assez vite et envoya à la tsarine une énergique protestation :

« Gardez votre Mentchikoff, ma cousine ! Je n'en veux à aucun prix. Quant au comte de Saxe, sachez que je donne ce jour les ordres pour que l'on active les préparatifs du mariage ! »

Pourquoi fallut-il alors qu'au lieu d'en finir avec Dorothea, Maurice continue à la voir et, cette fois, dans la demeure même de sa future épouse ? Une telle folie méritait du sort une sanction et vint le moment où la chance sur laquelle il ne cessait de s'appuyer l'abandonna.

Dans la nuit du 21 janvier 1727 la neige enveloppa le pays d'une épaisse couche de neige venue si subitement que les deux amants ne s'en aperçurent qu'au moment de ramener la jeune femme chez elle. Il était six heures du matin mais, le soleil se levant tard en hiver, l'obscurité est profonde. Tout était silence et tranquillité. On ne s'inquiéta donc pas mais, pour éviter à sa maîtresse de patauger et de rentrer trempée, Maurice la fit monter sur ses épaules :

– Comme cela vos jolis pieds ne seront pas mouillés et vous ne prendrez pas froid, fit-il en riant.

Et les voilà partis en direction de la fenêtre de Dorothea, plus amusés qu'inquiets de l'aventure. Soudain surgit du bois une vieille femme armée d'une lanterne qui, en apercevant vaguement une forme qui lui parut fantastique, se crut en présence d'un monstre et se mit à hurler tout en élevant son quinquet pour mieux y voir. Maurice voulut alors donner un coup de pied dedans mais, ce faisant, il perdit l'équilibre et s'affala avec Dorothea sur la vieille qui brailla de plus belle. Les sentinelles de garde aux portes de la résidence accoururent et tout fut découvert. Tandis que

Dorothea en larmes était portée chez elle, on reconduisit à son logis le comte de Saxe que tout Mittau connaissait. Avec les honneurs dus à son rang mais sans se soucier d'éviter le bruit. En un rien de temps l'affaire courut le palais et la ville. Maurice venait de gâcher sa chance d'épouser la duchesse et, par malheur, c'était la dernière...

Il ne s'en était pas rendu compte, mais seule la volonté farouche d'Anna Ivanovna le protégeait de ses ennemis. Averti, Auguste II pesa sur la Diète pour qu'elle annule l'élection de son fils, exigeant même qu'il restitue le document attestant son titre de duc de Courlande. Non seulement Mentchikoff reparut avec encore plus de troupes mais les Courlandais se détournèrent de Maurice, à de rares exceptions près. Après avoir subi les fureurs de sa « fiancée » il dut s'enfuir et ce fut tout juste si l'on ne mit pas sa tête à prix !

Pour échapper à la meute, il alla se retrancher avec ses fidèles dans l'île d'Ugmaïs au milieu d'une lagune de la Baltique. Quelque trois cents hommes l'accompagnaient et sa situation était critique. Pourtant il écrivit à sa chère Adrienne : « Me voici dans mon île comme Sancho Pança (il se confondait volontiers avec Don Quichotte dont la lecture faisait ses délices !). Dieu veuille que mon gouvernement dure plus longtemps que le sien !... Ce matin en faisant mes dispositions militaires j'ai jeté les yeux sur une petite île voisine et tout à fait charmante. Je pensai à vous et formai le projet d'une charmante habitation, me flattant qu'un jour vous pourriez l'habiter. Si je nc réussis pas, je vous reverrai plus tôt et en serai content. Les événements ne sont rien et vous vous êtes tout. »

Bientôt il est enfermé dans son île que Mentchikoff fait assiéger par dix mille hommes, sans compter les renforts qu'il attend... Ce qu'il ignore c'est que la tsarine Catherine vient de mourir et que, pour le moment, Mentchikoff est le seul maître de l'empire russe en attendant une succession encore incertaine. Et Maurice n'a que trois cents hommes avec lui. Il écrit alors à Adrienne : « Il n'est plus temps. Les Russes sont à portée du canon. Je suis sans armes et il faut bien quitter la partie. Demain, je ferai une bonne sortie et je percerai au travers s'ils se trouvent dans mon chemin. Je les éviterai pourtant si je le puis. Adieu ! Aimez-moi ! Si je péris vous perdrez quelqu'un qui vous a sincèrement aimée... »

Maurice est trop réaliste pour ne pas comprendre qu'il est perdu et, en dépit de ce qu'il a écrit, il voudrait préserver ceux qui lui ont fait confiance et acceptent de mourir pour lui, avec lui. Un instant il est tenté par une vision pleine de panache : charger à la tête de ses fidèles et se faire tuer le premier. La belle image ! La belle fin pour le roman de sa vie !...

Pourtant, à la sauvage violence des guerres, cette époque mêlait un sens de la courtoisie difficile à saisir de nos jours. Le général Lascy, qui commande les troupes russes, demande au « duc de Courlande » de lui accorder un moment d'entretien avant de lancer l'assaut. Là, il lui dit que s'il refuse de se rendre, lui seul, l'attaque aura lieu dès son retour sur la terre ferme.

– Je demande à réfléchir. Disons… une dizaine de jours !

– Impossible, Monseigneur ! Sachez que derrière nous il y a une armée polonaise envoyée par le roi votre père. Je ne peux vous accorder que quarante-huit heures.

– C'est déjà bien et je vous en remercie. Un mot encore : qu'adviendra-t-il de mes hommes ?

– Aucun mal. Ils ne seront pas traités en rebelles mais en prisonniers de guerre et il se peut que, dès la montée au trône du nouveau tsar, on les renvoie chez eux.

– Qui va régner sur la Russie ?

– Je l'ignore. Plusieurs candidats sont en ligne. Alors ? Que décidez-vous, Monseigneur ?

– J'accepte le délai que vous m'accordez !

Ce soir-là, il réunit ses officiers pour leur dire adieu puis s'enferma avec son valet Beauvais à qui il remit ce qu'il possédait alors de plus précieux après son épée : le décret de la Diète de Courlande qui faisait de lui un prince. Tant que le document n'était pas rendu, il ne pouvait être valablement rapporté :

– Si je suis pris, il sera détruit. Garde-le pour moi. On n'ira pas le chercher sur toi !

– Sauf votre respect, Monseigneur, j'aimerais mieux partir avec vous.

– Moi aussi, mais ce chiffon de papier courrait le même risque. Prends soin de toi ! Tu me rejoindras à Memel[1]. Bonne chance !

1 Alors en Prusse. Aujourd'hui Klaïpeda, port lituanien sur la Baltique.

Entièrement vêtu de noir pour se confondre avec la nuit, il alla chercher son cheval, le sella sans oublier les sacoches contenant les maigres biens qui lui restaient, y joignit l'épée qu'il se refusait à rendre et les bottes d'Adrienne puis, tenant son destrier en bride, il descendit sur une petite plage et entra dans l'eau sans faire le moindre bruit. Tantôt nageant, tantôt traversant à gué les endroits où la mer était basse, il vint aborder près de Windau, épuisé mais hors de danger...

Quelques jours plus tard, des courriers galopaient à travers l'Europe pour annoncer aux diverses chancelleries l'accession au trône de Pierre le Grand de la duchesse de Courlande Anna Ivanovna ! La nouvelle étourdit Maurice, mesurant un peu tard que pour une banale aventure amoureuse il avait gâché la chance inouïe qui aurait fait de lui non seulement le maître du double duché mais aussi le tsar de toutes les Russies...

Evidemment on ne peut pas tout prévoir !

CHAPITRE IX

LE TEMPS DES CHAGRINS

– Pourquoi m'a-t-il fait cela ? Pourquoi m'a-t-il non seulement abandonné mais condamné, attaqué ?

En dépit du tapis, le parquet criait sous les bottes de Maurice qui ne cessait d'aller et venir. Arrivé à Dresde depuis une heure avec le seul Beauvais récupéré à Memel, il était tombé comme la foudre sur la demeure de son ami Frédéric-Henri de Friesen à l'heure du petit déjeuner, y créant une vive émotion. Mais il en fallait davantage à la maîtresse de maison, Constance, pour lui faire perdre son calme. Fille d'Auguste II et de la comtesse de Cosell, la jeune femme avait trop l'habitude de ces hommes aux dimensions hors normes pour s'en trouver perturbée. Elle s'était contentée de réclamer aux cuisines un large supplément de chocolat et de ce qui allait avec puis, après avoir mené son fils, le petit Henri, embrasser un parrain qui ne sentait pas bon du tout, elle était sortie ordonner qu'on lui prépare une chambre... et un bain.

– On dirait que vous sortez de prison, mon cher

comte, lui avait-elle déclaré avec un sourire pour corriger cette évidence.

– Vous avez sûrement raison ! A cela près que je traîne derrière moi un fumet de hareng mélangé à la bouse de vaches ! Jamais nous n'avons voyagé dans de telles conditions, Beauvais et moi.

En effet, à Memel, les deux hommes s'étaient embarqués sur un bateau de pêche qui les avait conduits à Dantzig où ils avaient retrouvé à la fois la terre et des chevaux afin de fuir la Pologne où le comte de Saxe ne savait plus très bien quel était à présent son statut : fils du roi ou rebelle dont la tête était mise à prix ?

Maintenant, lavé, rasé, vêtu d'un habit qu'il avait réussi à sauver dans son portemanteau et de ses bottes impeccablement cirées, il s'était établi dans le cabinet de Frédéric et il essayait de savoir où il en était. Mais comme, depuis sa fuite d'Usmaïs, il laissait s'accumuler en lui une énorme charge de colère et de déception, il pouvait s'en libérer sans retenue en face de son beau-frère dont il connaissait la sagesse et la solidité.

Assis placidement derrière son bureau, Friesen, les mains croisées sur un ventre confortable, regardait et écoutait sans rien dire, attendant l'accalmie qui ne pouvait manquer de suivre. Quand Maurice eut fini de déverser sa bile et qu'ensuite il se contenta d'allumer sa grosse pipe de terre, il comprit que son tour était venu :

– Vous avez toujours fait mauvais ménage, la politique et toi. En outre, vous vous ressemblez trop, toi et le roi.

– Tu es en train de me dire que mon père n'y

connaît rien non plus ? répliqua Maurice en crachant un brin de tabac.

– Ce n'est pas ce plan-là que j'évoquais. En dehors de ses ambitions personnelles que je pense satisfaites il laisse faire Flemming et voilà tout. Cela lui laisse le temps d'être un protecteur des arts, un grand mécène ! Il est en train de faire de Dresde la perle de l'Europe centrale.

– Je l'imiterais volontiers si j'en avais les moyens mais me voilà gueux comme un rat...

– Sérions les questions, si tu veux bien ! Nous en étions à ton père. Tu sais parfaitement que s'il veut conserver sa couronne polonaise, il ne le peut qu'avec l'aide de la Russie. Dans ce coin du monde c'est elle qui tient les rênes... Et rappelle-toi qu'il t'avait défendu d'occuper la Courlande et que tu es passé outre...

– Tu n'étais pas contre à ce moment-là.

– Sans doute... mais pouvais-je imaginer que tu gâcherais toutes tes chances auprès d'Anna Ivanovna ? Cette femme était prête à t'épouser envers et contre Saint-Pétersbourg tout entier. Elle l'a fait savoir bien haut. Et toi qu'est-ce que tu fais ?...

Sans répondre Maurice alla vider sa pipe dans le cendrier du poêle de faïence qui occupait le coin de la pièce, chercha un cure-pipe et se mit à la nettoyer en mâchonnant quelques mots incompréhensibles. Friesen le laissa un instant à son manège puis reprit :

– C'est tout ce que tu trouves à répondre ?

– Tu as déjà vu la duchesse de Courlande ?

– Non. Pourquoi ?

– Tu me comprendrais mieux ! Un homme normalement constitué ne saurait s'accommoder d'une telle femme sans s'accorder un... rafraîchissement de temps à autre !

– Entre un... rafraîchissement et une liaison, il y a une marge. Tu aurais pu attendre d'être marié. Tu ne l'avais jamais... touchée ?

– Elle n'en a pas manifesté le désir. Il faut dire qu'elle a un amant ! Une sorte de palefrenier haut comme une maison et méchant comme la teigne. Ce que l'on peut comprendre : elle était veuve depuis seize ans !

Frédéric-Henri se mit à rire :

– Justement : elle pouvait souhaiter un peu de changement ! Et ne va pas me raconter que tu ne lui as pas plu ! Tu m'as écrit le contraire. Alors ? Réponds, sacrebleu ! Il faut t'arracher les paroles. Tu ne lui as pas fait le plus petit brin de cour ?

– Je me réservais pour la nuit de noces, grogna Maurice. Cela demandait une longue préparation psychologique : cette femme est grasse comme truie et se parfume au beurre rance.

– Une couronne n'a pas de prix ! A ce propos, tu pourras encore épouser la fille de Pierre le Grand. Elisabeth Petrovna est plutôt belle, à ce que l'on assure.

– On la dit aussi bizarre. Et, d'autre part, je ne vois pas quelle couronne elle m'apporterait. Elle n'est pas la première sur la liste de succession.

– Il n'empêche qu'elle s'intéresse à toi. Tu es même invité à te rendre auprès d'elle. Lefort sachant nos liens me l'a écrit.

– Vraiment ? Montre-moi sa lettre !

– Tu n'as plus confiance en moi ? sourit Friesen.

– Si, mais je veux savoir ce qu'il veut au juste. J'ai appris qu'il y a de nombreuses façons de lire une lettre. Surtout entre les lignes. Alors donne-moi le poulet. Justement parce que tu n'as pas envie que je le lise, je soupçonne quelque chose...

– C'est ridicule, Maurice ! Crois-moi ! Le style de Lefort ne donne pas dans la délicatesse, tu le sais. Il dit les choses...

– Probablement comme elles sont ! La lettre ou je sors d'ici et tu ne me revois plus !

– Après tout il n'arrive jamais que ce qui doit arriver ! soupira Friesen en ouvrant un tiroir pour en sortir la fameuse lettre.

Elle était assez brève. L'ambassadeur saxon y écrivait que « la princesse Elisabeth est résolue de ne s'engager avec aucun médiateur avant de voir celui qui doit la posséder. Elle veut voir la marchandise »...

Maurice éclata de rire et rendit la feuille de papier à son beau-frère :

– Ces Russes ne doutent de rien ! Remarque, ce pourrait être amusant de la dresser, celle-là, mais décidément non ! qu'on ne me parle plus de mariage ! Il y a en France une femme jeune, belle, généreuse et tendre qui m'attend et qui a vendu ses bijoux pour m'aider ! C'est elle que j'ai envie de revoir. Aucune autre et surtout pas cette pimbêche à moitié sauvage...

Il était profondément sincère. Depuis qu'il avait quitté son île du bout du monde et tandis qu'il peinait sur les mauvais chemins pour au moins revenir à la civilisation, c'était l'image d'Adrienne qui le soutenait. En fermant les yeux, il s'efforçait d'imaginer le retour dans l'atmosphère tiède, douillette et parfumée de la chambre ouverte sur les fleurs de la terrasse, le vaste lit aux draps fins où l'attendait une créature exquise entre toutes qui savait charmer à la fois ses sens et son cœur. Oh oui, la revoir et le plus tôt possible, afin de la consoler, de la rassurer, de lui dire encore et encore qu'il n'aimait qu'elle seule ! Ses lettres, protégées par une toile cirée, étaient le seul bien qu'il eût emporté en se jetant dans les eaux glaciales de la Baltique. Il n'avait même plus envie de rencontrer un père dont il doutait qu'il l'eût jamais aimé, qui ne voyait en lui qu'un pion, même pas une pièce maîtresse, sur l'échiquier d'une vie sans cesse bouleversée par le peu de cas que l'on faisait de lui et par la haine de Flemming.

Son parti était pris. Non seulement Adrienne, mais aussi son régiment qu'il eût fait venir s'il avait épousé Anna Ivanovna, souhaitaient son retour. Il servirait désormais le jeune roi de France et lui seul. Finalement celui-ci n'avait-il pas une épouse polonaise ? Et puis en passant il irait rendre visite à sa mère dont il n'avait pas de nouvelles.

Le temps était abominable avec ses tempêtes de neige, ses vents furieux et ses chemins verglacés ; Maurice s'attarda un moment à Dresde dans ce foyer fraternel où l'on ne souhaitait que le garder assez longtemps pour tenter un rapprochement avec Auguste II. Le roi était encore à Varsovie mais ne manquerait pas de revenir à Dresde à l'occasion du Carnaval, qui était sa fête préférée... Son humeur serait alors charmante et, comme il avait de l'affection pour Constance et aimait le climat familial qu'elle s'entendait si bien à créer, la réconciliation viendrait d'elle-même.

Cependant Maurice s'impatientait. Ce rude hiver était peu favorable au passage du courrier, pourtant l'absence de nouvelles venues de Quedlinburg commençait à l'inquiéter... Non sans raisons : quand le temps se radoucit et que l'épaisseur de la neige diminua, deux lettres d'Amélie de Loewenhaupt lui parvinrent simultanément : la première signalait qu'Aurore était malade ; la seconde la disait très mal et suppliait Maurice de se hâter s'il voulait la revoir vivante. Celle-là datait de quatre jours.

A l'angoisse qui lui serra le cœur, Maurice réalisa à quel point il aimait sa mère. S'y mêlait un sentiment d'incrédulité. Toujours belle en dépit de quelques mèches blanches qui lui allaient à ravir, toujours mince, élégante et pleine de vitalité, elle ne pouvait pas disparaître ainsi ? Si Amélie la disait très mal... elle n'était pas... ? Non, jamais le mot terrible ne pourrait s'accorder au nom d'Aurore de Koenigsmark !

Une heure après avoir reçu le désastreux billet, Maurice galopait vers Quedlinburg, Beauvais sur ses talons. Une voiture l'eût trop ralenti tandis qu'un cheval passait partout ! Mais, quand après deux jours et deux nuits d'un voyage harassant, coupé seulement par les arrêts aux relais pour changer de monture et avaler quelque chose, les deux hommes fourbus mirent pied à terre devant le portail de l'antique abbaye. Quand ils se furent fait connaître, ils virent accourir la comtesse

Amélie entièrement habillée de noir. Elle se jeta en pleurant dans les bras de son neveu qu'elle tint serré contre elle si étroitement qu'il put percevoir les battements de son cœur. Le sien se serra :

– J'arrive trop tard, n'est-ce pas ?

– Elle est au tombeau depuis deux jours. Mais viens d'abord te réchauffer et te réconforter ! Tu es trempé... et ton valet ne vaut guère mieux.

Un palefrenier vint prendre les chevaux et le léger bagage tandis que l'on se dirigeait vers la maison d'Aurore. Une servante emmena Beauvais à la cuisine et Amélie fit entrer Maurice dans l'agréable salon dont il connaissait chaque meuble, chaque objet... Le feu ronflait dans le poêle de faïence blanche : il y faisait bon et les jacinthes bleues s'épanouissaient dans des petites vasques de céramique, exhalant le doux parfum boisé qu'Aurore aimait tant. Tout d'ailleurs était semblable au souvenir que gardait Maurice de sa dernière visite et l'on aurait pu croire que la prieure des chanoinesses allait entrer d'un instant à l'autre, s'asseoir devant le métier à tapisser dont le siège gardait son empreinte, et les soies diversement colorées jetées sur le cadre semblaient attendre le choix de sa main. Il y avait même, au dos d'une bergère, la grande écharpe de laine blanche dont elle enveloppait ses épaules quand elle sentait un peu de frais.

Maurice s'en empara, y enfouit son visage et se laissa tomber dans le fauteuil abandonné pour pleurer cette mère qu'il avait adorée sans jamais le lui dire.

– Comment est-ce arrivé ? demanda-t-il. Le mal

dont elle souffrait n'était pas si grave ? Elle n'avait pas soixante ans !

– Elle était plus malade que nous ne le pensions. Mais elle avait trop d'orgueil pour le laisser voir. Même à moi ! Ulrica seule savait et ne m'a confié le secret qu'à son heure dernière. Sur la fin elle souffrait énormément en dépit des grains d'opium que l'apothicaire du couvent lui faisait absorber dans du lait. Et puis ces derniers temps elle s'est tellement tourmentée pour toi ! Cette aventure courlandaise était insensée...

– Ne me dites pas qu'elle n'a pas été fière quand j'ai été élu duc de Courlande ?

– Certes, elle le fut. Pourtant elle était inquiète, connaissant ton goût pour les jolies femmes... et sachant à quoi ressemblait Anna Ivanovna. Ces Russes sont impossibles, vraiment ! Veux-tu prendre du repos maintenant ou préfères-tu voir ta mère ?

– La voir ? Mais ne m'avez-vous pas dit qu'il était trop tard ?

– Pour l'embrasser, oui, mais, viens avec moi, tu comprendras...

Elle le conduisit à l'église, vide à cette heure où aucun office n'avait lieu, et le fit descendre dans la crypte où étaient les tombeaux des chanoinesses. Maurice s'immobilisa devant l'étonnant spectacle qui s'offrait à lui, éclairé par quelques cierges : sa mère était là, en effet, et très visible dans un cercueil vitré comme un carrosse. On l'avait revêtue d'une somptueuse robe de damas bleu garnie de volants au point d'Angleterre et de Malines. Les flammes tremblantes des longues bougies faisaient briller les bijoux qu'elle portait au cou, aux oreilles, sur la poitrine, aux poignets et aux doigts. La mort en passant sur elle avait effacé les traces de la souffrance, de la maladie et même de l'âge : les mèches blanches des cheveux étaient une parure de plus et Aurore, dans sa beauté retrouvée, semblait dormir comme la princesse du conte de Perrault[1].

– Aucun prince ne viendra la réveiller, murmura derrière Maurice la voix d'un homme dont il n'avait pas remarqué la présence parce qu'il était rentré dans l'ombre d'un pilier au bruit de ses pas, mais quand, au dernier jour, la trompette de l'Ange se fera entendre, elle se relèvera, belle parmi les plus belles, pour aller vers le trône de Dieu !...

Se retournant, le comte reconnut le baron d'Asfeld, cet homme hors du commun qui avait voué sa vie à Aurore, l'unique femme qu'il eût aimée. Il s'était fait son chevalier dans la grande tradition des pures amours des chansons de geste et ne l'avait plus quittée, se contentant de vivre dans une maison proche du couvent, l'escortant lorsqu'elle s'absentait, attaché au seul bonheur de la voir chaque jour.

– Nicolas ! reprocha doucement Amélie. Vous n'allez pas rester dans cette crypte jusqu'à la fin de votre existence ?

– Pourquoi non ? Mon bonheur est auprès d'elle et tant que mes yeux pourront la voir je ne sou-

1 Le duc de Castries dans l'ouvrage magistral consacré à Maurice de Saxe paru en 1962 affirme : « Cette dépouille, toujours visible... » J'avoue n'être pas allée à Quedlinburg.

haite rien d'autre que rester au poste que je me suis choisi il y a longtemps déjà ! Elle a été, elle reste ma lumière...

Tandis qu'il parlait des larmes lentes coulaient sur son visage balafré que creusait la douleur... Emu, Maurice le prit aux épaules pour l'embrasser :

– Vous la connaissiez mieux que moi et je ne vous dirai jamais assez de mercis. Mon égoïsme se satisfaisait de vous savoir à ses côtés et, grâce à vous, je n'ai jamais eu de soucis à son sujet. Entre tante Amélie et vous je la savais protégée...

– Elle le sera encore ! Je vais continuer ma veille tant qu'il me restera des forces et Dieu m'accordera peut-être la faveur de mourir à ses pieds.

Maurice s'agenouilla et se recueillit un long moment, le visage dans les mains, puis, s'arrachant à la contemplation de cette morte fabuleuse qui lui avait donné la vie, il salua Nicolas d'Asfeld et sans attendre Amélie remonta à la lumière du jour. Sa tante le rejoignit à mi-chemin de la maison et, glissant son bras sous le sien :

– Quel homme étonnant, n'est-ce pas ? Et combien attachant !... C'est lui qui a exigé qu'elle soit embaumée avec un soin particulier. Lui encore qui a voulu qu'on la pare de sa plus belle robe et de ces joyaux qu'elle aimait et qui lui rappelaient ces jours de splendeur où l'amour de ton père la faisait presque reine...

– Presque ! souligna Maurice, amer. C'est ce qui fait toute la différence. Des reines comme elle, la Saxe en a vu défiler une multitude... et ce n'cst pas fini ! Je suis déjà l'aîné d'une vaste famille de bâtards, garçons et filles.

– Mais il n'en a aimé aucune autant qu'Aurore ! affirma Amélie, les yeux soudain lourds de larmes.

Maurice se calma aussitôt, honteux d'ajouter ainsi à son chagrin. A quoi bon lui dire qu'à d'autres Auguste II avait donné des terres, des titres à qui en manquait, qu'il avait construit Pillnitz pour la Cosell alors qu'à sa mère on avait repris la belle demeure de Dresde et que, sans celle de Mme de Loewenhaupt, la comtesse de Koenigsmark, lorsqu'elle y venait, aurait dû se contenter d'une location ou d'une auberge ! Il avait donné des diamants, des perles, mais à laquelle de ses maîtresses n'en avait-il pas donné ? Et le plus beau de tous, le fabuleux diamant vert, avait brillé de tous ses feux dans la chevelure blonde de la comtesse Orselska, sa dernière maîtresse ! Du moins dans l'état actuel des choses ! Les amours d'Auguste II, souvent tapageuses, étaient, plus souvent encore, fugitives.

– A tout prendre, murmura-t-il poursuivant sa pensée à haute voix, l'homme que nous avons laissé en prières auprès d'elle lui a donné infiniment plus que mon père : lui il n'a rien reçu en échange...

– Une profonde tendresse ! répondit Amélie. Je me demande si elle n'en était pas venue à l'aimer vraiment ? Sur le plan spirituel bien sûr parce que de l'autre il n'a jamais été question !

– Comment pouvez-vous en être certaine ? Et pourquoi ? Une chanoinesse n'est pas une carmélite : elle ne fait pas vœu de chasteté !

– Ta mère, si ! Ou, plutôt, la nature en avait décidé pour elle.

– Comment cela ?

– Ta naissance l'avait blessée de façon irrémédiable. L'amour physique était pour elle une souffrance. Oh, elle était trop belle pour ne pas avoir de prétendants ! Elle éconduisit deux princes et un duc. Ton père les avait déjà refusés d'ailleurs, toujours poussé par Flemming...

– Celui-là ! J'aimerais savoir ce qu'il avait à lui reprocher.

– La pire des offenses pour un homme d'un tel orgueil : elle s'était refusée à lui avant que tu viennes au monde. Depuis sa haine vous a poursuivis, elle et toi. De toute façon, conclut Mme de Loewenhaupt, si elle avait dû « couronner la flamme » de quelqu'un, comme disent les beaux esprits, c'eût été celle de ce petit baron d'Asfeld.

Côte à côte, la main d'Amélie reposant sur le bras de son neveu, ils cheminèrent en silence. L'approche du printemps se faisait sentir. La neige n'apparaissait plus qu'en de rares taches, laissant place aux fines pousses vertes de l'herbe. L'air était plus doux... En abordant la maison Maurice demanda :

– Que va-t-il se passer à présent ? Allez-vous demeurer ici ?

– Je ne le pourrais qu'en devenant chanoinesse à mon tour. Ce qui ne me tente pas. J'ai le choix entre la Suède et notre vieille maison de Hambourg. Ce sera Hambourg : je l'ai toujours aimée et j'y suis chez moi. Et toi ?

– Je regagne la France où l'on m'attend ! Mon

père et moi n'avons plus rien à nous dire. Que voulez-vous que je fasse dans ces conditions ?

– C'est trop naturel ! approuva-t-elle en détournant les yeux pour lui cacher sa tristesse à l'idée que sans doute elle ne le reverrait plus, mais il avait déjà compris et posa sa main sur celle accrochée à son bras :

– La France n'est pas si loin pour les jambes rapides de mes chevaux. Je viendrai. Et puis... pourquoi ne feriez-vous pas le voyage au moins une fois ? J'ai une maison pour vous recevoir... et Versailles mérite que l'on se déplace pour l'admirer... Vous verriez le roi et notre jeune reine !

Ils en parlèrent longuement à la veillée. Maurice avait le verbe pittoresque, évocateur. Amélie se surprit à considérer avec plaisir un projet qui, finalement, n'était pas si fou ! Rien n'est meilleur pour combattre le chagrin que le dépaysement. D'autant qu'à plus de soixante-cinq ans Amélie continuait de jouir d'une belle santé et ignorait les rhumatismes...

En attendant, elle prit les mesures nécessaires pour faire transporter à Hambourg ceux des meubles et objets de sa sœur lui appartenant en propre et non au couvent. Maurice se rendit à l'invitation de l'abbesse pour en recevoir la succession en numéraire de sa mère, soit cinquante-deux écus ! Pas un thaler de plus. Dire que toute sa prime jeunesse avait été bercée par l'évocation – assez fumeuse évidemment – de l'énorme fortune des Koenigsmark ! Même le fameux rubis « Naxos » rejoignait les lointains flous de la légende ! Et, comme il ne reposait pas dans le cercueil de verre,

Maurice se disposait à en parler avec Amélie quand un court message de Friesen le précipita aux écuries en criant à Beauvais de faire leur bagage :

« Reviens ! Flemming est en train de mourir et le roi est rentré ! »

La nouvelle stupéfia Amélie plus encore que son neveu. Ainsi il s'en allait vers son Jugement, celui qui n'avait cessé de poursuivre Aurore et son fils d'une vindicte aussi patiente qu'acharnée, simplement parce que la jeune femme dans l'épanouissement de sa beauté avait refusé de partager avec lui les « faveurs » qu'elle accordait à son maître. Il n'avait jamais voulu comprendre qu'elle s'était donnée par amour et que dans cette passion il n'avait pas sa place.

– Il faut prier pour ses ennemis, soupira-t-elle, mais je ne me sens pas encline à m'y résoudre. Je craindrais trop que mes prières l'aident à éviter un Enfer largement mérité !

La dernière des Koenigsmark ne devait pas être la seule à penser de la sorte. L'accueil que Maurice reçut de Friesen fut carrément enthousiaste :

– La cause de tes malheurs vient enfin de disparaître : je suis persuadé qu'à présent le roi aura envers toi une attitude diamétralement opposée... Lui et toi allez vous revoir et surtout mettre un terme à la suite de malentendus que Flemming avait tissés pour vous séparer...

– Pas si vite ! Je n'ai nullement l'intention de me présenter au palais pour essuyer une fin de non-recevoir !

– Jamais de la vie ! triompha Frédéric-Henri en

tirant une lettre de sa poche. Dès que mon message eut pris la route de Quedlinburg, je suis allé voir le roi pour lui annoncer ton retour... et aussi la mort de la comtesse Aurore. Il m'a entretenu entre deux portes mais je l'ai vu pâlir quand j'ai prononcé le nom de ta mère. Certes il n'a fait aucun commentaire mais hier soir on m'a fait parvenir ce pli : « Dites au comte de Koenigsmark que je le recevrai le lendemain de son arrivée. Vous l'accompagnerez... »

Cette dernière phrase renforça la satisfaction d'être certain d'une audience mais Maurice l'aurait préférée seul à seul, même si l'amitié qui le liait à Friesen était sincère et la confiance absolue. Sa présence allait donner une tonalité officielle à un entretien que Maurice souhaitait sans témoin.

Frédéric-Henri était trop fin pour ne pas deviner la pensée de son beau-frère. Aussi ajouta-t-il sans avoir l'air d'y toucher :

– Je pense qu'en m'invitant avec toi, Sa Majesté a jugé opportun de placer entre vous un tiers bienveillant. Il te connaît et se connaît lui-même.

– Et alors ?

– Une phrase malheureuse est si vite arrivée quand deux soupes au lait se rencontrent ! soupira-t-il. En outre nous avons ici le roi de Prusse. Mieux vaut qu'avec un étranger dans nos murs les affaires de famille restent sereines...

– Sois tranquille, sourit Maurice, je saurai me conduire.

L'entrevue eut lieu dans le cabinet de travail du vieux palais où Aurore avait résisté si vaillamment aux premières entreprises amoureuses de celui qui était à l'époque l'Electeur Frédéric-Auguste de Saxe. Tiré à quatre épingles mais le cœur battant la chamade, Maurice s'inclina juste ce qu'il fallait devant son père. Debout près d'une fenêtre, les mains derrière le dos, celui-ci le regarda venir en mâchonnant une pâte de fruits. Il avait sa tête des mauvais jours, ce qui ne laissa pas d'inquiéter le « trait d'union ».

– Heureux de vous voir, Friesen ! Pensez-vous que nous ayons encore quelque chose à nous dire, ce personnage et moi ?

L'attaque désarçonna l'interpellé qui ne s'y attendait pas.

– Mais sire...

– Ne te fatigue pas ! coupa Maurice devenu pourpre. Sa Majesté t'a seulement invité à constater la rancune qu'elle me garde ! Je n'ai à attendre qu'une bordée d'injures inacceptable par un homme d'honneur et *a fortiori* quand elle s'adresse à un duc de Courlande doublé d'un officier général du Roi Très-Chrétien, Louis de France, quinzième du nom ! Et comme je n'ai nulle envie d'en entendre davantage...

Il rectifia la position, salua de la tête en cassant le cou et tourna les talons pour gagner la porte.

– Restez ! C'est un ordre ! En admettant que vous ayez encore droit à ce titre, le duc de Courlande est vassal du roi de Pologne ! Quant au maréchal de camp des armées françaises, il n'en est pas moins Saxon. Jusqu'à présent tout au moins !

– Ce qui nc saurait durer ! Je vais demander la nationalité française.

– Vous oubliez l'Edit de Nantes ! Il vous faudra abjurer votre religion !

– Qu'avez-vous fait d'autre pour obtenir la couronne de Pologne ?

– Vous auriez blessé cruellement votre mère !

Le plafond doré renvoya l'éclat de rire de Maurice :

– Venant de vous c'est impayable ! Vous qui n'avez jamais cessé de la blesser ? Sauf peut-être pendant une seule année...

Un rugissement lui répondit. Rendu furieux Auguste se rua vers son fils les mains en avant, prêt à l'étrangler. Le sang affluant à son visage lui donnait une curieuse teinte violacée. La main sur la garde de son épée, Maurice recula d'un pas, prêt à dégainer, mais avec un cri horrifié Frédéric de Friesen s'était porté entre eux, les bras écartés, pour les tenir à distance l'un et l'autre :

– Sire, par grâce !... Maurice, par pitié pour toi-même !

Il était plus fragile que ces deux hommes possédant une égale force herculéenne et risquait d'être écrasé au cours de l'affrontement. Le temps d'un éclair Maurice s'en rendit compte, recula vivement et s'écarta... laissant son père poursuivre son élan jusqu'à un fauteuil qui s'effondra sous son poids... Il eut aussi assez de sang-froid pour retenir un éclat de rire et se détourner tandis que Friesen aidait le roi à se relever. Mal lui en prit : celui-ci lui envoya une bourrade qui l'assit sur le tapis.

– Laissez-moi donc tranquille, Friesen ! Voilà

des années que je brûle d'envie d'administrer à ce galopin la raclée qu'il mérite !

– Vous pourriez tomber sur plus fort que vous, sire ! fit Maurice qui, son calme retrouvé, attendait la charge les mains derrière le dos...

– C'est ce que nous allons voir sur l'instant ! riposta Auguste en commençant à déboutonner son justaucorps.

– Vous n'allez pas vous battre ? gémit Friesen affolé. Le père contre le fils ?

– Pourquoi non ? riposta le dernier... Ce pourrait être amusant !

Mais ni l'un ni l'autre n'eurent le temps de se mettre en place. Un homme visiblement dans tous ses états venait de se précipiter dans le cabinet, écarlate d'avoir couru, la perruque de travers et presque en larmes :

– Sire, sire ! C'est épouvantable ! Jamais je n'ai vu chose pareille chez des gens civilisés... Cette horrible femme !

– Remettez-vous, Manteuffel ! fit Auguste en se rajustant. Et d'abord reprenez votre souffle !... Bien !... A présent dites un peu qui est cette horrible femme ?

– La... la comtesse de Flemming ! Je viens... de chez elle pour les dernières formalités et... oh, c'est abominable !

Au mépris de tout décorum le nouveau Premier ministre s'affala sur un siège en offrant les prémices d'un probable évanouissement.

– Manteuffel ! rugit le roi, vous n'allez pas vous pâmer comme une femmelette ?

Et il lui appliqua deux claques à tuer un ours

que l'autre encaissa d'ailleurs sans broncher car, sans atteindre la taille du monarque, c'était un homme solide. Il se contenta de rougir tel le homard plongé dans l'eau bouillante mais accepta avec reconnaissance le verre de schnaps que Maurice compatissant lui tendait. Les bras croisés sur la poitrine, Auguste II guettait le résultat du traitement :

– Alors ? reprit-il quand son ministre fut un peu remis. Si vous nous expliquiez ?... Restez assis !

Et Manteuffel raconta comment, venu assister à la mise en bière de son prédécesseur, il avait eu droit à une scène cauchemardesque : le cercueil destiné à contenir la dépouille de Flemming s'était révélé trop court.

– Je pensais que la comtesse allait ordonner que l'on en fît un autre. Au lieu de cela, elle a exigé que l'on rompe les jambes de son malheureux époux afin de pouvoir les replier ! Oh, sire, c'était abominable et j'aurai encore longtemps dans la tête ce bruit d'os brisés...

A la stupeur générale, Maurice s'esclaffa :

– Cette femme rend à son mari mort la justice que Sa Majesté aurait dû lui rendre de son vivant : elle l'a raccourci !

– Comte de Saxe ! gronda le roi, on ne doit jamais se venger sur la mémoire de son ennemi !

– Votre Majesté admet donc qu'il était mon ennemi ?

– Votre vie dissipée lui en donnait largement des raisons.

– Ma vie dissipée ? Cet homme me haïssait tandis que je n'étais qu'un marmot de quelques semaines. Quant à ma mère, il la détestait parce qu'elle n'avait pas voulu de lui. Et, comme il devait être un mari odieux, j'estime que sa femme a fort bien fait !

– Vraiment ? En ce cas vous me voyez ravi de vous savoir d'accord avec elle. L'idée m'est venue de vous la faire épouser !

– Quoi ? Me la faire épouser ? Une pareille mégère !

– Ne soyez pas stupide ! Vous seriez parfaitement de taille à la mater. En outre elle est jeune puisqu'elle a trente ans de moins que le défunt. Il l'avait épousée après avoir divorcé de la comtesse Sapieha et c'est une princesse Radziwill. Enfin elle est plutôt jolie et fort riche. Ce serait pour vous qui êtes toujours à court d'argent un excellent établissement : vous deviendriez plusieurs fois millionnaire !

– Jamais ! Johanna de Loeben était folle mais celle-là est dangereuse. Une union avec elle serait infamante !

Le poing du roi s'abattit sur son bureau :

– Ah, vous trouvez ? Je vous conseille cependant d'y réfléchir encore car vous lui plaisez ! A ce prix peut-être je vous rendrai ma bienveillance !

Cette fois, la colère qui sonnait dans la voix du roi de Pologne ne trouva pas d'écho chez son fils. Il comprit que quelque chose s'arrêtait net et que cet homme ne l'avait jamais aimé. Avait-il seulement aimé sa mère comme elle méritait de l'être : avec son cœur et non avec l'insatiable appétit sexuel qu'il lui avait d'ailleurs transmis jusqu'à un certain point ? Avait-il jamais éprouvé ce que lui-même avait ressenti pour Rosette Dubosan, pour Louise-Elisabeth de Conti et surtout pour Adrienne Lecouvreur ? Certainement pas !

La découverte était cruelle mais ce n'était à tout prendre qu'une déception de plus. En revanche l'image de la comédienne s'imposait à présent. Il savait par ses lettres qu'elle ne cessait de l'appeler. Elle avait foi en lui, en son étoile qu'une sorte de seconde vue lui annonçait brillante : « Revenez, revenez, mon cher comte, vers celle qui est toute à vous et aussi vers cette gloire qui vous attend en France... » Il était plus que temps de tourner le dos à sa terre natale pour aller vers un autre destin...

– Sire, dit-il en regardant Auguste au fond des yeux, je ne saurais acheter ce qui ne m'a jamais été accordé, surtout à ce prix. Avec la permission de Votre Majesté, je prends d'elle un congé définitif. Je souhaite au roi un règne long et glorieux mais ma gloire à moi, je vais la chercher ailleurs ! C'est en France qu'elle m'attend !

Dans un silence total, Maurice salua militairement son père, tourna les talons et sortit du cabinet sans qu'aucun des trois hommes soudain pétrifiés eût trouvé à redire.

Il avait déjà repris son cheval et s'éloignait au galop quand Frédéric de Friesen arriva dans la cour...

Un matin d'automne, Adrienne, assise en déshabillé du matin à son petit bureau, écrivait à son ami d'Argental :

« Une personne, attendue depuis très longtemps, arrive enfin ce soir en bonne santé selon les apparences. Un courrier vient de devancer parce que la berline est cassée à trente lieues d'ici. On a fait partir une chaise et on sera ici ce soir... »

Le bonheur irradiait la jeune femme, se communiquant à toute la maison livrée au grand ménage et aux préparatifs du retour. Elle-même se sentait une autre. Finis, ces jours d'inquiétude, ces nuits de solitude où, incapable de trouver le sommeil, elle épiait les rares bruits venus du dehors, espérant contre toute logique le grincement du portail, le roulement d'une voiture, le pas d'un cheval suivi, dans l'escalier de marbre, de celui, sonore, d'un homme pressé de la rejoindre ! S'il n'y avait eu la Comédie où elle ne cessait de triompher, elle se fût peut-être laissée périr d'angoisse, de douleur, de la crainte de ne le revoir jamais. Alors, elle enfilait un peignoir et se précipitait à sa table pour écrire, écrire et encore écrire des lettres débordantes de son amour :

« Je vous aime, je vous aime plus que jamais. J'aime vous aimer et je suis heureuse que cette tendresse soit pleine et entière comme en ce moment... »

Ce moment seulement ? Alors que, de ces trois années interminables, il n'y eût pas un battement de cœur qui ne soit dédié à l'amant ! Elle savait qu'il connaissait d'autres femmes. Pouvait-on demander à ce fauve une si longue abstinence ? D'ailleurs n'était-il pas parti pour se marier ? Elle avait éprouvé un soulagement quand il lui avait fait le portait d'Anna Ivanovna. Et même elle en avait ri. Et, quand il s'était agi d'Elisabeth de Russie que l'on disait complètement folle mais aussi jeune que belle, elle n'eut pas d'inquiétude : au fond, elle savait que Maurice l'aimait, elle, autant qu'il pouvait aimer. Il suffisait de relire ses lettres, moins nombreuses que les siennes – il s'en fallait ! –, où il laissait parler son cœur.

Quand elle sut qu'il allait enfin revenir, c'est son miroir qu'elle ne cessa d'interroger, craignant d'y voir, trop nettes, les marques d'une aussi longue absence. Son amie Aïssé, la belle Circassienne qui avait connu à quatre ans le marché aux esclaves des Turcs et qui poursuivait une nonchalante carrière théâtrale, la rassurait :

– Je ne vois à vos traits que plus d'expression. La passion peut magnifier un visage ou le détruire à jamais ! Vous avez atteint le premier stade, méfiez-vous du second !

– Je suis plus âgée que lui !

– Personne ne s'en douterait et lui doit toujours l'ignorer ! N'oubliez pas que le théâtre vous a faite reine, alors restez sur votre trône ! Consolez-le, aimez-le mais pas au point de devenir son esclave !

– Je l'aime tant !

– A merveille !... Mais qu'il n'en soit pas trop sûr !

Adrienne souriait, promettait et retournait à son miroir. Puis ce fut d'Argental qui vint comme d'habitude pour sa visite du matin. Pour lui le retour du guerrier était bien la pire nouvelle car au fil des jours, des mois et des années il avait fini par espérer qu'une couronne quelconque retiendrait Saxe dans les brumes du Nord et que lui pourrait continuer de jouer ce rôle du consolateur distillant un réconfort parfaitement hypocrite parce qu'il ne désespérait pas de trouver, un beau matin, la jeune femme en larmes. Il serait si doux de reprendre la place d'amant de cœur dont le barbare saxon l'avait chassé !

Ce jour-là, il la trouva rayonnante, fourrageant dans sa garde-robe pour choisir celle qui conviendrait le mieux pour renouer avec le bonheur. Elle prenait une robe des mains de Fanchon, sa femme de chambre, l'appliquait contre elle devant la glace puis la rejetait :

– Je n'ai plus rien à me mettre ! déclara-t-elle, dramatique à souhait. Il va me trouver affreuse !

– Comment une femme aussi fine que vous peut-elle émettre de telles sottises ! Qu'avez-vous à vous soucier de vos robes ? Mettez seulement une rose dans vos cheveux... et rien d'autre ! Il se prosternera devant votre beauté comme je le ferais moi-même si j'avais le bonheur inouï de vous reconquérir !

Attendrie, elle vint prendre son visage entre ses mains et posa sur sa bouche un baiser léger :

– Vous m'êtes plus cher que jamais, Charles ! Même quand nous étions amants, je ne vous aimais pas autant. Ne pouvez-vous vous en contenter ?

– Il le faudra bien car je mourrais si je ne devais plus vous voir ! Quant à cet heureux homme, recommandez-lui de se garder de vous faire pleurer comme vous le fîtes trop souvent ! Qu'au moins son retour vous donne le bonheur que vous méritez...

Lorsque la chaise de poste boueuse qui ramenait Maurice franchit le portail et pénétra dans la cour, non seulement la maison n'était pas illuminée comme le voyageur s'y attendait mais elle était presque obscure... Seul un chandelier posé sur la table du vestibule éclairait l'escalier, relayé par un autre à l'étage. Les volets de la chambre étaient clos mais la porte du perron grande ouverte. A l'exception du portier aucun serviteur n'était en vue.

– Mademoiselle est-elle absente ? demanda l'arrivant.

– Je ne crois pas, Monsieur le comte. Mademoiselle est là !

Mais déjà, lancé dans l'escalier, il en franchissait les degrés quatre à quatre, se ruait sur la porte de la chambre qu'il connaissait si bien... et se crut en Paradis !

Ce fut le parfum d'Adrienne qu'il découvrit en premier. Il emplissait l'air tiède. Puis les bouquets de longues bougies roses placés aux bons endroits afin de ménager des zones d'ombre dorée. L'un éclairait la table fleurie où attendait un souper froid. Deux autres caressaient le vaste lit de satin blanc où Adrienne appuyée sur un coude était à demi étendue. Ses beaux cheveux dénoués sur lesquels une rose était piquée formaient son seul vêtement et la lumière allumait tendrement des reflets sur son corps, plus ravissant encore que dans la mémoire de celui qui revenait. De sa main libre, elle offrait une flûte de cristal pleine de fines bulles...

D'abord pétrifié par un spectacle aussi troublant, Maurice, planté au milieu de la pièce, jeta son chapeau, son manteau et, le regard fixé sur la tentatrice, arracha son habit, son linge plus qu'il ne les quitta puis se précipita à genoux sur le lit, prit le verre qu'il vida d'un trait et se laissa tomber sur la jeune femme :

– Toi !... toi, enfin !

Ah qu'ils furent merveilleux les premiers moments de cet amour qui se retrouvait ! Entre deux baisers, entre deux étreintes, les amants se racontaient, par bribes coupées de rires et de voluptueux silences, leur longue séparation. On ne quittait le lit que pour se baigner dans la petite salle voisine, dévorer à belles dents le contenu des plateaux que montait Fanchon, ranimer le feu sur lequel Adrienne versait des gouttes de parfum. Le jeu se continuait alors sur le tapis dans la chaleur des flammes qui excitait leur désir commun. Parfois Maurice habillait sa maîtresse comme il eût fait d'une poupée, pour le plaisir de la dévêtir ensuite. Les portes de l'hôtel demeuraient fermées à toute vie extérieure et les clameurs des Comédiens-Français réclamant leur vedette restaient sans réponse. Agacée, Adrienne proposa de partir pour Dammartin mais Maurice poussa des cris de protestation. Dammartin en novembre avec son ciel bas, ses bois trempés d'eau, le froid et l'humidité obligatoires dans une maison longtemps fermée ; une sorte de purgatoire en échange du paradis chaleureux de la rue des Marais-Saint-Germain ? Il fallait être fous, en vérité !

Cette félicité dura huit jours et autant de nuits jusqu'à ce qu'un matin Beauvais, parti seul rouvrir le logis de son maître – et qui s'y ennuyait ferme ! –, accourut avec une lettre urgente du duc de Richelieu : le roi ayant appris le retour du comte de Saxe avait exprimé le souhait de le voir à Versailles. C'était sans appel et Maurice rentra chez lui en jurant de revenir le soir même. Mais par la faille ouverte à l'ordre royal s'engouffra le directeur de la Comédie qui vint se jeter aux pieds de sa principale interprète en la suppliant de revenir au théâtre qui sans elle, à l'entendre, menaçait ruine. Ce qui n'était absolument pas l'avis de certaines comédiennes espérant contre toute vraisemblance que la Lecouvreur se ferait dévorer par son Saxon et ne reviendrait jamais.

Chacun d'eux alla où le devoir l'appelait... et ce ne fut plus jamais pareil. Sans qu'il s'en rendît compte l'intermède courlandais avait changé Maurice de Saxe comme il avait aussi changé Adrienne à son insu. Lui était tombé de ses rêves de couronne souveraine et, dans cette France en paix autant que la Saxe, se cherchait un avenir. Quant à la comédienne, la longue conversation épistolaire entretenue entre eux pendant tout ce temps l'avait habituée à un rôle différent de celui de maîtresse. A force de veiller sur lui, de l'aider, de le conseiller même, elle s'était glissée peu à peu dans la peau d'une épouse. Sans bien sûr imaginer qu'elle pût l'être réellement un jour à venir. Une fois descendus de leurs nuages, leur comportement respectif s'en ressentit...

Désœuvré Maurice se tourna vers des recherches mécaniques style Léonard de Vinci : il s'agissait de construire une sorte de galère sans voiles ni rames dont la réalisation coûterait les yeux de la tête mais, comme il n'était pas homme à blanchir vingt-quatre heures sur vingt-quatre sur des plans, il retrouva ses amis de naguère et se laissa entraîner sans trop de résistance vers les plaisirs qu'offrait Paris : le jeu, les soupers fins, les femmes. Certes, il aimait toujours Adrienne – en fait il ne cessera jamais de l'aimer – mais la passion dévorante des premiers temps s'était usée imperceptiblement, même si leur revoir flamboyant n'en avait rien laissé deviner. Quant à Adrienne, si elle souffrit des « passades » qu'il s'offrait, elle ne le montra pas, ou si peu. En revanche elle redoubla de soins, veillant à sa santé, s'inquiétant à la moindre toux, lui recommandant de se couvrir chaudement quand il faisait froid, se transformant en infirmière pour la plus petite égratignure. En fait accumulant tout ce qu'il ne fallait pas faire avec un tel homme. Sa propre santé n'était d'ailleurs pas des meilleures mais elle s'efforçait de le cacher, sachant qu'une femme malade est plus insupportable encore qu'une femme qui pleure à un homme de sa trempe. Et elle avait tellement peur de le voir s'éloigner !

La première alerte vint d'une certaine Marie Carton, une fraîche ballerine de dix-huit ans qui dansait à l'Opéra où l'on vit beaucoup le comte Maurice qui, du coup, se montra moins assidu rue des Marais-Saint-Germain. Adrienne, évidemment, apprit vite son infortune. Elle en souffrit mais se tut : une Adrienne Lecouvreur ne se montre pas jalouse d'une Marie Carton. Elle eut raison car l'affaire ne dura pas et bientôt Maurice revint à sa charmante maîtresse. Les choses rentrèrent dans l'ordre et Adrienne se hâta d'oublier. Cependant un nouveau danger, autrement redoutable, se dessinait à l'horizon.

Louise-Françoise-Henriette d'Harcourt-Lorraine, duchesse de Bouillon, était à la fois une très haute dame et une fort jolie femme. Elancée, brune, l'œil noir et la bouche en fruit rouge, une « mouche » insolente au coin des lèvres, elle attirait les regards masculins – les autres aussi pour d'autres raisons ! – et, comme elle possédait en outre ce que l'on appelle un « tempérament », elle ornait la tête de son époux d'une forêt de cornes. Avec cela capricieuse, violente, emportée, jalouse jusqu'à la cruauté et d'un orgueil démesuré, telle était la femme que le Destin allait donner pour rivale à l'exquise Adrienne, et, de ce combat qui serait sans merci, l'incomparable comédienne allait mourir.

Pourtant, dans les débuts les choses se passèrent sans trop de fracas. Follement amoureuse du comte de Saxe, la duchesse pour mieux l'attirer chez elle commença par faire bon visage à l'actrice que tout Paris adorait. Elle invita même dans son particulier cette familière de la marquise de Lambert. Mais c'était pure cruauté : Maurice était son amant depuis peu et elle voulait l'amener à des comparaisons. Il n'y avait pas manqué et Adrienne, bientôt, ne douta plus de son malheur... Il s'éloignait d'elle et quand il leur arrivait de se rencontrer il se montrait à peine aimable. Elle s'en plaignit doucement :

– Au nom de Dieu ne poussez pas loin cette fantaisie ! Les autres peuvent me donner de l'humeur mais, cette fois, vous me réduisez au désespoir...

Quel homme aime les reproches ? Elle ne reçut pas de réponse. Maurice ne venait plus et dans le cœur de la jeune femme la colère remplaça peu à peu la douleur. Un soir, où elle joue *Phèdre*, elle le voit entrer au théâtre. En retard, bien sûr, et sans se soucier de déranger il bavarde tranquillement avec son ami Charolais. C'est le moment où Phèdre dit à Hippolyte :

« A défaut de ton bras, prête-moi ton épée ! »

Le jeune comédien qui joue le prince tend naturellement le glaive qu'on lui demande. Alors, déesse outragée jusque dans son temple, Adrienne s'en empare et de toute sa force le lance sur celui qui vient de l'offenser si gravement par son attitude. Puis elle sort de scène sans se soucier du tumulte que son geste vient de soulever.

Charles d'Argental, qui ne manque aucune de ses représentations, a compris qu'elle avait grand besoin d'une épaule pour pleurer et s'est lancé à sa suite. Il arrive juste à temps pour barrer le passage à Maurice qui vient exiger des explications.

– Vous ne savez que lui faire du mal ! Laissez-la en paix !

Le ton est rude. Le réflexe de Maurice est de porter la main à son épée :

– De quoi vous mêlez-vous ?

– De ce qui regarde un homme de cœur quand un rustre se croit autorisé à bafouer publiquement la plus adorable des femmes ! Allez retrouver votre duchesse ! C'est une garce et vous allez bien ensemble !

– Pour ces mots je vais vous tuer !

– Si vous voulez... mais demain matin ! Pour l'instant j'ai mieux à faire !

Et Charles claqua la porte de la loge de la comédienne au nez de Saxe.

Le duel pourtant n'aura pas lieu. Maurice a assez d'honnêteté pour ne pas admettre que Charles a raison. En outre, il a réalisé qu'il aimait encore trop Adrienne pour lui tuer son plus fidèle ami, car pour lui l'issue du combat ne faisait aucun doute. Alors il fait porter un mot à son adversaire : « Oublions cela ! C'est vous qui êtes dans le vrai ! »

Dès lors il ne songea plus qu'à reprendre la place qu'il croyait perdue dans le cœur de la jeune femme. Sans beaucoup de peine : elle ne demandait qu'à lui ouvrir les bras. De ce fait il délaissa Mme de Bouillon. Qui, bien entendu, le prit très mal. Or, chez elle, la jalousie pouvait atteindre des profondeurs insondables et provoquer d'étranges réactions...

Le dimanche 24 juillet 1729, Adrienne revenant de la messe à Saint-Sulpice – elle s'y rendait régulièrement bien qu'une comédienne n'eût pas droit aux sacrements ! – trouva chez elle un billet qu'un messager anonyme venait de déposer :

« Vous serez surprise qu'une personne que vous ne connaissez pas vous écrive pour vous prier de vous trouver, demain lundi à cinq heures et demie du soir, sur la grande terrasse du Luxembourg. Vous y trouverez une personne qui vous instruira plus amplement. Vous la reconnaîtrez à ce signe :

un abbé vous abordera en frappant trois coups sur son chapeau... »

Le lendemain, à l'heure dite, la comédienne est au rendez-vous, accompagnée d'une amie, Mlle de La Motte, et de sa femme de chambre. Elle voit alors venir à elle un petit prêtre bossu, jeune mais ne payant vraiment pas de mine, qui, après le signe de reconnaissance, lui déclare que « l'on veut lui jouer un tour qui ne lui sera pas avantageux ». Et, comme elle riposte qu'elle ne se connaît pas d'autre ennemi que la duchesse de Bouillon, l'abbé prend un air épouvanté et la prie de lui donner un autre rendez-vous dans un endroit moins fréquenté.

– En ce cas venez chez moi ! Vous ne trouverez pas d'endroit plus tranquille.

A sa surprise, car elle n'y croit guère, il accepte : il viendra le lendemain vers sept heures du soir...

A peine rentrée, Adrienne envoie au comte de Saxe un valet porteur d'une courte lettre mais celui-ci revient avec lui visiblement inquiet :

– Vous ne le recevrez pas seule. Je veux être là et le mieux serait que vous me cachiez de façon à ce que je puisse tout voir et tout entendre.

A l'heure convenue, l'abbé Mouret – c'est son nom – se présente comme étant aussi un miniaturiste de quelque talent :

– J'exécute actuellement le portrait de Mme la duchesse de Bouillon qui me connaît depuis longtemps. Or, à notre dernière séance de pose, elle m'a ordonné de m'introduire chez vous sur la recommandation d'une amie afin de reproduire aussi votre image. Elle a ajouté qu'il me serait facile alors de vous faire absorber un philtre dépourvu de goût mais destiné à détourner votre cœur et votre esprit de certaines amours qui blessent Madame la duchesse...

– Un philtre ? Moi ? Et vous avez accepté ? Vous, un prêtre ?

– Oh je n'ai que le petit collet ! Naturellement j'ai refusé. Alors Madame a fait appel à deux hommes pourvus de mines affreuses et destinés à m'effrayer en m'annonçant une mort horrible si je n'obéissais pas. Forcément j'ai accepté.. Je ne suis pas très courageux et surtout je n'ai pas la vocation du martyre. Je dois me rendre tout à l'heure sur la terrasse des Feuillants pour y recevoir d'eux certaines pilules dont on m'a juré qu'il ne s'agissait pas de poison...

– Cela me paraît compliqué. Pourquoi ne pas vous les avoir remises elle-même ?

– J'avoue ne pas avoir compris non plus mais pour le moment j'en suis là ! Et j'ai très peur !

– Ce qui se conçoit aisément. Le mieux, je pense, est que vous alliez au rendez-vous...

– Et rapportiez ça ici ! déclara Maurice en sortant de sa cachette. A sa vue, l'abbé Mouret poussa un cri de frayeur :

– Monsieur le comte de Saxe ! Oh mon Dieu je suis perdu !

– Vous le serez sans aucun doute si vous ne faites pas ce que l'on vous dit. De toute façon ces pilules sont bien destinées à Mlle Lecouvreur ?

– Oui... oui.

– Hé bien c'est à merveille. Vous ne m'aurez pas vu et voilà tout ! Mme de Bouillon a-t-elle prévu pour vous un... repli stratégique une fois que vous aurez « persuadé » Mlle Lecouvreur d'avaler vos pilules ?

– Oui... Une chaise de poste viendra me prendre aussitôt pour me conduire vers la frontière. Avec de l'argent naturellement !

– Alors ne changeons rien au programme ! Allez recevoir votre drogue, revenez ici demain dans la journée comme pour une séance de pose puis réclamez votre carrosse et filez ! Le reste me regarde !

– Vous, vous croyez ?

– Absolument. Et ne vous avisez pas de vous écarter d'une ligne du chemin que je vous ai tracé car c'est à moi que vous auriez affaire et, où que vous soyez, je vous retrouverais !

Le lendemain, l'abbé rapportait un petit flacon contenant une dizaine de pilules puis disparaissait sans esprit de retour. Aussitôt Maurice fit monter Adrienne en voiture et les fit conduire chez le lieutenant général de police qui était alors M. Hérault de Fontaine. Celui-ci reçut le couple avec beaucoup de courtoisie, prit le flacon et annonça qu'il allait le remettre à l'apothicaire Geoffroy qui avait l'habitude de travailler avec la police dans les affaires de poison.

L'homme de l'art rendit un verdict mi-chèvre mi-chou : certaines pilules semblaient douteuses mais, au fond, on ne pouvait rien affirmer. En fait, Hérault et son apothicaire n'avaient aucune envie de se créer une affaire avec la puissante famille de Bouillon. On n'en était plus au temps de M. de La Reynie, le lieutenant de police de Louis XIV qui frappait aussi haut qu'il le fallait. Il semblerait néanmoins... qu'un chien eût trépassé d'avoir avalé le prétendu philtre. Quoi qu'on puisse lui dire cependant le siège d'Adrienne est fait : la duchesse veut sa mort. Maurice en pense autant et de cet instant il rompt toute relation avec elle. Ce qui n'est pas fait pour apaiser la jalousie de Mme de Bouillon. Et moins encore l'incident qui, le 10 novembre, aura pour cadre la Comédie-Française.

Ce soir-là Mlle Lecouvreur, qui vient d'être un peu souffrante, reprend son rôle fétiche de Phèdre. La salle est comble. Dans un silence religieux on écoute les beaux vers de Racine. Jamais l'artiste n'a été aussi émouvante. Même Maurice de Saxe, qui connaît la pièce presque par cœur à présent, se retrouve sous le charme. C'est un moment de pure beauté...

Soudain, la duchesse de Bouillon, entourée d'amis, fait dans sa loge une entrée sans discrétion. Le moins qu'on puisse dire est qu'elle tombe mal, aussi bien pour le public que pour elle-même. C'est Racine qui va lui donner la leçon qu'elle mérite : Phèdre vient de s'avancer sur le devant de la scène et tend un bras en direction de son ennemie qu'elle désigne à tous :

« ... Je sais mes perfidies,
Œnone, et ne suis pas de ces femmes hardies
Qui goûtant dans le crime une tranquille paix
Ont su se faire un front qui ne rougit jamais ! »

Le scandale est énorme mais le public applaudit frénétiquement. La duchesse, elle, n'a pas bougé.

Elle évente seulement avec nervosité son visage devenu singulièrement pâle sous le rouge et une fois de plus la représentation s'achève en triomphe, mais quelques jours plus tard la duchesse envoie ses valets siffler et huer Adrienne dans *Andronic* tandis que son duc exige les excuses du doyen de la Comédie. Une guerre qu'Adrienne n'aura pas la force de soutenir. En effet, sa santé, chancelante depuis quelque temps, se dégrade de jour en jour... Elle souffre d'un mal contre lequel les médecins se déclarent impuissants, ce qui naturellement nourrit une sombre rumeur. A mots couverts on parle d'un lavement néfaste et aussi d'un bouquet de fleurs...

Plus qu'inquiet Maurice la quitte le moins possible et l'entoure de ce qu'il peut donner comme soins. Un autre est là aussi : le fidèle d'Argental qui ne sort guère de la maison et n'a pas hésité à jeter au visage de Maurice qu'il le tient pour responsable de l'état d'Adrienne. Seule la défense formelle de la jeune femme empêche le duel.

Le 15 mars 1730, en dépit de son épuisement, elle tient à jouer Jocaste dans l'*Œdipe* de Voltaire. Elle est si mal qu'il lui faut sortir de scène une vingtaine de fois pour s'isoler car elle perd du sang. Cependant, par un effort de volonté elle ira jusqu'au bout de ce rôle difficile qu'elle joue comme d'habitude à la perfection mais, après le spectacle, elle gagne son beau lit de damas fleuri... et ne s'en relèvera pas.

Quatre jours plus tard, alors qu'on la croyait un peu mieux, elle meurt dans les bras de Maurice. Il y a là le chirurgien Faget mais aussi Voltaire et d'Argental, tous deux bouleversés. Son amie Aïssé accourue à son chevet écrivit quelques jours plus tard à la marquise de Lambert :

« ... La pauvre créature mourut lorsqu'on la croyait tirée d'affaire. Elle eut des convulsions, chose qui n'arrive jamais dans les dysenteries. On lui a trouvé les entrailles gangrenées. On prétend qu'elle a été empoisonnée par un lavement... »

Voltaire, en effet, avait convaincu Faget de pratiquer une autopsie avec le résultat que l'on sait. Cela contre la volonté de Maurice qui ne pouvait supporter l'idée sacrilège qu'on allait taillader ce corps charmant auquel il devait tant de belles heures. Il s'enfuit afin au moins de ne pas être présent pendant cette horreur.

Une horreur qui allait bientôt se prolonger sous une autre forme. Bien qu'Adrienne eût été sa vie durant une fidèle chrétienne, le curé de Saint-Sulpice, Loguet de Cergy, déclara que sa dépouille n'entrerait pas dans son église parce que, avant de mourir, la comédienne n'avait pas renié un métier considéré comme infamant. Il fallait se résigner à un enterrement civil à moins que le gouvernement n'intervînt. Mais le chancelier Maurepas répondit qu'il s'en rapportait au curé de Saint-Sulpice.

Aussi lorsqu'au matin suivant les amis d'Adrienne se massèrent devant sa maison pour assister aux funérailles, ils apprirent avec une stupeur indignée que, dans la nuit, le cadavre, dont le cercueil n'avait pas encore été livré, avait été enveloppé d'un drap et emporté vers une destination inconnue, probablement dans quelque terrain vague, pour y être enfoui dans de la chaux vive. Une escouade du guet conduite par un certain Laubinière s'était chargée de la vilaine besogne...

Furieux, Voltaire écrivit alors à sa mémoire une ode, vite interdite mais cependant célèbre :

Sitôt qu'elle n'est plus elle est donc criminelle ?
Elle a charmé le monde et vous l'en punissez...

Il fut prié de faire moins de bruit. Le siècle des Lumières n'en était encore qu'aux bouts de chandelles ! Cependant l'abbé Mouret avait été repris et conduit à la Bastille. On le garda un an en prison. Encore ne le relâcha-t-on qu'après qu'on eut obtenu de lui qu'il avoue avoir inventé cette histoire de pilules afin de s'introduire auprès de la comédienne dont il était tombé amoureux. On croit rêver !

Objet de la vindicte publique, la duchesse de Bouillon se retira sur ses terres en compagnie de son vieil époux qui eut le bon goût de la laisser veuve peu après, mais de cette liberté elle ne profita guère : elle-même devait suivre Adrienne dans la tombe sept ans plus tard. Elle aurait à son heure confessé une collection de fautes mais nié avoir voulu empoisonner la grande artiste... Il se peut que la famille ait voulu en le proclamant détruire cette vilaine résurgence de l'affaire des Poisons et blanchir une mémoire douteuse...

Maurice de Saxe s'enferma chez lui avec une douleur d'autant plus cuisante qu'elle se teintait de remords. Celui qui fut le plus fidèle à la mémoire de la jeune femme, ce fut le comte d'Argental. Durant des années et des années, avec une obstination de limier, il chercha la sépulture de celle qu'il avait tant aimée. A force d'or, il finir par acquérir la certitude qu'Adrienne Lecouvreur était enfouie sous une demeure nouvellement construite : l'hôtel de Sommery, situé à l'angle de la rue de Bourgogne et de la rue de Grenelle. Il ne pouvait être question, évidemment, de faire démolir la maison mais il réussit à obtenir d'apposer sous le porche une plaque de marbre :

Ici l'on rend hommage à l'actrice admirable
Pur esprit par le cœur également aimable.
Un talent vrai, sublime en sa simplicité
L'appelait par nos vœux à l'immortalité
Mais le sensible effort d'une amitié sincère
Put à peine obtenir ce petit coin de terre
Et le juste tribut du plus pur sentiment
Honore enfin ce lieu méconnu si longtemps...

De ces recherches, Maurice ne sut rien. Aux prises avec une souffrance dont il était le premier surpris, il se jeta d'abord dans le travail et rédigea, après de longues méditations, un ouvrage extraordinaire intitulé *Mes Rêveries* où il rassemblait d'abord toutes ses connaissances d'homme de guerre avant d'y développer des principes quasi visionnaires qui devaient revêtir une importance considérable dans l'histoire de la stratégie et jetaient même les bases de ce que seraient les guerres modernes. Napoléon lui-même qui le lut avec attention devait s'en inspirer avant Austerlitz... Le chevalier de Folard, seul à partager la semi-réclusion de son jeune ami, ne cacha pas son admiration, touché surtout par le souci extrême que prenait Saxe de la vie quotidienne des soldats et d'une exigence à économiser leur sang. « Il vaut mieux différer de quelques jours une bataille plutôt que de perdre inutilement un grenadier qu'il faut vingt ans pour former... »

Quand, fatigué d'écrire, il rejetait sa plume, il ouvrait devant lui certain coffret de marqueterie dans lequel il conservait toutes les lettres qu'Adrienne lui avait envoyées en Courlande ou ailleurs, et en relisait quelques-unes. C'était toujours tard dans la nuit, quand tout dormait autour de lui et que rien ne viendrait troubler l'évocation du cher fantôme. Il ne tolérait pas l'idée que l'on pût le voir pleurer...

Le vide affectif laissé par cet amour le ramena par deux fois à Dresde. La première pour savoir quels espoirs lui étaient encore permis de récupérer la couronne de Courlande à présent qu'Anna Ivanovna était devenue tsarine. Il avait aimé ce peuple et pensait qu'il y retrouverait un peu de bonheur. Il fut déçu mais du moins eut la possibilité, avec l'aide de Friesen, de se réconcilier avec son père. La seconde, appelé justement par le père en question qui avait lu ses *Rêveries* et souhaitait lui confier la réorganisation de ses armées. Mais ils ne devaient jamais se revoir. Comme Maurice arrivait à Dresde, le roi venait de partir pour Varsovie afin d'assister à l'ouverture de la Diète polonaise et cela en dépit d'un état de santé précaire. Il eut un malaise au cours du voyage mais, au lieu de s'arrêter comme le demandait son médecin, il ordonna au contraire de presser l'allure. Malheureusement, quand on fut à Varsovie et qu'Auguste voulut descendre de voiture, il se prit les pieds dans son ample pelisse fourrée et tomba lourdement en s'ouvrant le pied droit sur l'une des marches de fer de la berline. La blessure était d'autant plus grave qu'elle lui fit perdre beaucoup de sang. La gangrène s'y installa et, en peu de jours, le roi fut à toute extrémité. Le 2 février 1733 à cinq heures du matin, il s'éteignait à l'âge de soixante-trois ans. Maurice put seulement assister aux funérailles...

Son demi-frère Frédéric-Auguste II devenait automatiquement Prince Electeur de Saxe mais, en ce qui concernait la Pologne, c'était une autre histoire, le souverain devant être élu par la Diète. Or la vacance de ce trône électif ouvrit une crise européenne qui ne se fût peut-être pas produite si Stanislas Leczinski, ex-élu au trône de Pologne, n'avait été le père de la reine de France. Ses ambitions se réveillèrent et il partit pour Cracovie déguisé en marchand. La Diète l'acclama et il fut proclamé roi tandis que la Russie, bien décidée à garder l'espèce de tutorat qu'elle exerçait sur Auguste II, prétendait continuer avec son fils. Alliée à l'Autriche elle envoya des troupes afin d'expédier une fois de plus le pauvre Stanislas dans ses foyers. La guerre de succession de Pologne allait commencer.

Pris entre deux feux - un demi-frère qu'il n'aimait guère et la France à laquelle il s'était attaché Maurice de Saxe opta, et cette fois de façon définitive, pour Versailles.

En y revenant pour y prendre ses ordres, il apprit une autre mort qui lui fut sensible. La charmante Aïssé, la belle Circassienne jadis enlevée au harem du sultan ottoman par le comte de Ferriol, que Paris avait applaudie, adulée, qui avait repoussé l'amour du Régent – sans qu'il lui en gardât rancune – par amour pour le chevalier d'Aydie, qui avait été l'amie d'Adrienne et auprès de qui enfin Maurice avait trouvé quelques doux instants de consolation, venait de mourir tournée vers Dieu. Ils avaient le même âge et Maurice l'aimait bien...

Au fond cette guerre tombait à point nommé pour lui remettre les idées en place. En appliquant à ses soldats les préceptes de ses *Rêveries*, en veillant à ce qu'ils vivent mieux et à ce qu'on lui en tue le moins possible, il oublierait peut-être qu'il avait pleuré d'amour...

TROISIÈME PARTIE

MARÉCHAL DE FRANCE !

1743

CHAPITRE X

UN ENNEMI...

– Vous êtes incroyable, mon ami, s'esclaffa le duc de Richelieu. Le roi vous fait l'honneur – rare, croyez-moi ! – de vous appeler auprès de lui. Mieux encore, se souvenant de notre vieille amitié, il m'envoie vous chercher. Et vous n'avez pas autrement l'air satisfait ?

– De vous voir, si ! Ainsi que de passer ce moment avec vous et je vous ai une reconnaissance infinie de vous être dérangé mais, à tout vous avouer, je me suis toujours senti un peu perdu à Versailles ! L'immensité du palais, l'étiquette, l'atmosphère un peu trop solennelle... tout cela me convient mal.

– Dites-vous que cela ne convient pas davantage à Sa Majesté ! Mais, rassurez-vous, il y a du changement...

Dans le carrosse de Richelieu, les deux hommes traversaient le bois de Boulogne en direction de la ville royale et Maurice avait été fort surpris quand vers midi il avait vu atterrir chez lui ce compagnon des folles nuits de la Régence. Leur amitié s'était nouée à ce moment-là. Peut-être parce qu'ils avaient le même âge, le même goût des femmes, des armes et de tous les plaisirs de la vie. La même propension à la rébellion et la même témérité aussi.

Il y avait longtemps qu'ils ne s'étaient vus : Richelieu était gouverneur du Languedoc et lui-même à présent lieutenant général[1] revenait de l'Est, ayant établi les quartiers d'hiver de ses troupes à Deckendorf.

Mais l'un, à travers ses différents postes, était demeuré un homme de cour au fait des secrets de couloir et capable de mener simultanément plusieurs intrigues, alors que l'autre, de bataille en bataille, était demeuré soldat avant tout, forgeant son image de stratège et de guerrier d'exception. La guerre de succession de Pologne, où à Philipsbourg il avait eu la gloire de mettre en échec son héros d'autrefois, l'avait comblé. En effet le prince Eugène, contraint de rendre les armes devant celui auquel il avait conseillé jadis de servir le pays dont il s'était lui-même détourné, lui avait dit, au lendemain de la bataille :

– Je ne croyais pas faire à la France un si beau cadeau !

Ensuite il y avait eu la guerre de succession d'Autriche où, en maintes occasions, Saxe avait donné la pleine mesure de ses talents. D'abord à l'armée du Rhin où, sous le maréchal de Berwick[2],

1. L'équivalent de général de corps d'armée.

2. James Fitz-James, duc de Berwick, fils naturel du duc d'York, futur roi Jacques II d'Angleterre, et d'Arabella Churchill. Né et élevé en France, il y fera toute sa très brillante carrière. Il fut tué à Philipsbourg.

il avait multiplié les actions brillantes, payant de sa personne et menant à bien des opérations ponctuelles qui lui avaient valu l'enthousiasme de ses soldats dont il savait se faire aimer tant par le soin qu'il prenait d'eux que par sa fougue à charger à leur tête, l'épée à la main, en hurlant comme un cosaque. Ensuite sous le maréchal de Belle-Isle il avait pris Prague, marchant ainsi sur les traces de son illustre ancêtre, le maréchal Jean-Christophe de Koenigsmark. A cette différence que celui-ci, un siècle plus tôt à peu de chose près, avait allègrement pillé la ville aux toits d'or et que Maurice, victoire acquise, interdit tout saccage, tout pillage et toutes voies de fait. Ce dont les habitants reconnaissants vinrent à son camp le remercier en lui offrant un magnifique diamant portant le nom de Prague... Ensuite lorsque les troupes françaises se retirèrent il assura une retraite impeccable, tirant parfois ses hommes de situations difficiles. Passé sous le commandement du maréchal de Broglie remplaçant Belle-Isle tombé malade, il assura le commandement entier de l'armée quand Broglie fut rappelé, disgracié et exilé, et la ramena en France. Il venait à présent prendre les ordres et attendre sa nouvelle mission. Dix ans ! Dix ans qu'il était ainsi sur la brèche, ne rentrant à Paris que pour de brefs séjours et, presque chaque année, faire une cure thermale à Balaruc, en Languedoc, afin d'y soigner les séquelles d'une vieille blessure reçue à Crachnitz qui l'obligeait parfois à user d'une canne. C'était d'ailleurs un plaisir pour lui que ce séjour dans le vieux pays protestant vidé jadis par la révocation de l'Edit de

Nantes mais où il retrouvait pourtant des amis grâce à la politique compréhensive du défunt Régent...

– Avez-vous une idée de ce que vous veut le roi ? demanda soudain Richelieu, chez qui les silences ne duraient jamais longtemps.

– Aucune ! Il y a des mois que je ne l'ai vu.

– Pourquoi pas le bâton de maréchal ? Vous le méritez amplement ! D'ailleurs nous le méritons amplement tous les deux, à la réflexion !

– Vous l'aurez certainement avant moi, mon cher ami, fit Saxe en riant. Si même je l'ai jamais. Vous êtes duc, de grande race puisque vous portez ce beau nom de Richelieu, bien en cour en dehors de vos exploits guerriers, et surtout vous êtes catholique, ce que je ne suis pas, Français, ce que je ne suis pas...

– Bah, tant que le cardinal de Fleury était aux affaires, cela pouvait poser problème mais, puisqu'il nous a quittés pour un monde réputé meilleur, que le roi ne veut plus de Premier ministre et entend gouverner à sa guise, cela pourrait s'arranger. Quant à la nationalité française, je vous rappelle que Berwick, dont nous avons salué l'un et l'autre la mort glorieuse à Philipsbourg, était Anglais et même fils naturel de Jacques II, comme vous êtes celui d'Auguste II. Les lettres de naturalité viendront toutes seules. Cela dit et puisque que vous avez évoqué le peu d'attraits que Versailles exerce sur vous, je vous promets une surprise...

– Bonne, j'espère ?

– Oh, excellente ! Vous redoutiez l'atmosphère

empesée ? Eh bien elle ne l'est plus : le roi est amoureux fou et de la personne la plus gaie, la plus spirituelle qui soit. Ambitieuse et intelligente de surcroît, elle lui a tenu longtemps la dragée haute mais enfin, à la Noël dernière, elle lui a permis de l'aimer !

– Permis ? Vous avez de ces mots !

– Ils ne sont que trop véridiques. Mme de La Tournelle n'aime pas le roi. Ce qu'elle aime c'est le pouvoir, c'est être la première, la mieux parée, la plus belle, avec le reste du monde à ses pieds !

– Vous allez me prendre pour un paysan – ce que je suis sans doute ! – mais... qui est Mme de La Tournelle ?

– Jamais entendu parler des sœurs de Nesle ?

– Au fin fond de l'Allemagne et de la Pologne les dames de la Cour n'occupent guère les bivouacs...

– Mais beaucoup Saint-Pétersbourg, où vous pouvez être certain que la tsarine Elisabeth les connaît toutes et cela pour une excellente raison : elle rêve d'épouser notre roi depuis toujours. Mais revenons aux sœurs de Nesle, Mmes de Mailly, de Flavacourt, de Vintimille, de Lauraguais et de La Tournelle. La première devint favorite officielle environ en l'an 1735 quand la reine, après avoir mis au monde dix enfants, fit entendre à son époux qu'elle souhaiterait dormir tranquille à l'avenir...

– Elle a refusé le roi ? Elle si timide, si douce !

– On peut la comprendre ! Quatre-vingt-dix mois – sept ans et demi ! – de grossesses quasi ininterrompues ! A peine relevée de ses couches, notre sire la rejoignait dans son lit et il faisait mouche à tout coup ! Cela n'empêche pas la reine d'adorer son époux et je pense qu'il fallait qu'elle soit à bout pour trouver le courage de se refuser. D'autant qu'elle a tout de même sept ans de plus que lui. Arriva alors la marquise de Mailly ! Pas régulièrement belle mais de la branche, de l'élégance, un corps agréable et, surtout, follement, éperdument amoureuse de Louis. Fort pieuse au demeurant, elle céda non sans larmes de repentir et actes de contrition. Comme elle pleurait beaucoup, le roi pleura aussi mais, tenant à honorer la majesté royale jusque dans l'acte de chair, Louise de Mailly, s'il lui fallait bien laisser tomber ses robes de cour avant l'amour, n'en conservait pas moins tous ses bijoux !

La voyant si bien établie, ses sœurs brûlèrent de la rejoindre dans ce pays-ci. Elle eut l'imprudence de faire venir sa cadette, Pauline, qui, elle, ne pleurait pas et ne vit aucun inconvénient à chasser sur les terres de son aînée. Elle eut le roi mais fut très vite enceinte et celui-ci se hâta de la marier au marquis de Vintimille du Luc avant de revenir à Louise de Mailly. Hélas il était évident qu'il se lassait et commençait à chercher autour de lui. Comme il est extrêmement séduisant il n'avait qu'à choisir mais souhaitait plutôt la nouveauté. C'est alors qu'arrivèrent les trois dernières sœurs de Nesle : Hortense de Flavacourt, Diane de Lauraguais et, surtout, Marie-Anne de La Tournelle.

– Ce qui fait cinq, il me semble. Les aurait-il eues toutes ? fit Maurice qui commençait à s'amuser.

– Non. Mme de Flavacourt lui échappa. C'est tout simple : elle aimait son mari, lequel était d'ailleurs fort jaloux... Mais Mme de Lauraguais n'y mit pas tant de façons : c'est une bonne fille, pas très belle mais faite à ravir et aussi gaie que la pauvre Mailly était triste. Elle fut pour le roi un délassement agréable et je crois qu'elle l'est toujours plus ou moins, bien qu'il soit tombé amoureux de Mme de La Tournelle. Et là se cassa les dents ! Ravissante, éblouissante, pleine d'esprit et d'ambition, elle sut se faire longuement désirer, affichant même ses amours avec le duc d'Agenois.

– Et alors ?

– Alors, j'entre en scène. Eh oui, mon cher, pour le plaisir de mon maître je me suis fait entremetteur et ce n'était pas facile. Il fallait entretenir la passion du roi, chapitrer la belle Marie-Anne et, en sortant de chez elle, donner quelques consolations à cette pauvre Mailly qui, elle, ne comprenait pas grand-chose et pleurait plus que jamais. En outre il convenait d'éloigner Agenois, l'amant en titre. Ce fut relativement aisé. Gouverneur du Languedoc, j'obtins facilement pour lui une charge qui le renverrait sur ses terres sans que cela ressemblât à un exil, après quoi j'entrepris Mme de La Tournelle qui me voyait d'un œil assez gracieux. Comme elle n'était pas éprise, elle entendait poser des conditions. D'abord elle voulait être « maîtresse déclarée » et que son royal amant tînt sa cour chez elle. En outre, et c'était ce qui était le plus triste, elle exigeait le départ de sa sœur Louise de Mailly. Elle eut tout cela et rendit enfin les armes. Ainsi que vous allez pouvoir vous en rendre compte, elle règne sur Versailles, détestée par la moitié de la Cour, crainte par l'autre et exécrée par la reine.

Mais le roi est fou d'elle. Il ne lui refuse rien... sauf pourtant une chose à laquelle la belle n'a aucun pouvoir : les petites visites qu'il ne peut s'empêcher de rendre à la bonne grosse Lauraguais, pour laquelle il doit éprouver une impression semblable à celle que l'on ressent en chaussant des pantoufles confortables après s'être fait tirer des bottes un peu étroites. Il y tient comme un chien à son os et la favorite l'a si bien compris qu'elle a choisi d'abandonner la question. En échange, elle veut être duchesse. Ce qui ne saurait tarder. On songe à lui donner Châteauroux... mais il en résulte que la Cour naguère mélancolique est devenue fort gaie pour plaire à Mme de La Tournelle qui adore le faste, les joyaux et les plaisirs.

– On s'y amuse ?

– Mon Dieu, oui ! Moins qu'à Paris peut-être mais on s'y amuse. D'ailleurs, en dehors des fêtes chrétiennes, des réceptions protocolaires, des visites de souverains, l'emploi du temps de la Cour est réglé : le lundi, il y a concert, le mardi Comédie-Française, le mercredi Comédie-Italienne, le jeudi tragédie – ce n'est pas follement drôle mais la reine adore ! –, le vendredi les jeux, le samedi re-concert et le dimanche jeux ! Deux fois la semaine il y a bal, chasse un jour sur deux environ quand ce n'est pas plus : à l'exemple de tous les Bourbons, le roi est un grand chasseur, un cavalier émérite. Mais... nous arrivons !

Le carrosse en effet venait de franchir les grilles où veillaient les Gardes-Françaises et se dirigeait vers la cour de Marbre et l'entrée principale. Comme chaque fois qu'il y venait, Maurice éprouva la magie de ce palais sans égal, de cette multiple splendeur si harmonieuse dans sa pureté de lignes et cela en dépit de son immensité. Versailles trouvait le moyen d'être à la fois grandiose et séduisant parce que marqué au coin du génie français et de la majesté de ses rois...

Quand les deux hommes descendirent de voiture, on leur apprit que le roi chassait mais qu'il y avait concert chez la reine. Peu soucieux d'aller s'ennuyer auprès de Sa Majesté, charmante au demeurant mais qui, étant fort pieuse, n'engendrait pas la gaieté – et qui de plus ne l'aimait pas ! –, Richelieu allait proposer à son compagnon une promenade dans le parc pour attendre le retour du roi, quand un garçon bleu[1] l'aborda et, avec un profond salut, lui remit un billet que le duc décacheta d'un doigt rapide après en avoir demandé la permission à son ami, après quoi son visage aigu s'éclaira :

– Ah, je préfère cela ! Le roi ne m'ayant pas prévenu qu'il chasserait aujourd'hui, j'ai craint un contretemps mais c'est encore mieux que je ne pensais : le roi, mon cher ami, nous convie à souper dans les Petits Appartement, ce qui prouve en quelle faveur il vous tient !

Et d'expliquer comment, parvenu à sa majorité et réintégré dans Versailles, Louis XV n'avait rien changé au cérémonial institué par son aïeul le Roi-Soleil mais en revanche avait décidé de soustraire une partie de son temps à un protocole sous lequel il respirait mal. Pour ce faire il s'était créé un uni-

1. Valet exclusif au service du roi.

vers plus proche de ses goûts. En l'occurrence un appartement intérieur en bordure de la cour de Marbre et de la Cour royale doublant les Grands Appartements de parade trop difficiles à chauffer et manquant totalement d'intimité. Il y avait là une chambre à coucher, une salle à manger, une salle de bains et un cabinet de travail. L'éducation qu'avait donnée au jeune souverain le duc de Villeroy en l'enfermant dans une cuirasse glacée, fort éloignée de sa nature, afin de lui faire continuer le rôle de quasi-idole de Louis XIV, n'avait fait que renforcer une timidité naturelle et une horreur du paraître et de cet apparat que prisait tant le grand roi.

Devenu le maître, le jeune homme accepta en apparence les lois de l'étiquette. Ainsi, chaque soir il subissait le rituel du coucher dans la fabuleuse chambre de pourpre et d'or de son arrière-grand-père mais, les portes fermées, gagnait son appartement privé où il dormait dans une couche moins solennelle jusqu'à l'heure matinale où, enfilant une robe de chambre, il regagnait l'immense lit magnifiquement inconfortable pour la minutieuse cérémonie du lever... De même chaque jour il s'obligeait à prendre un repas en public seul ou avec la reine. Le décor de cet appartement, appelé les Cabinets, privilégiait les couleurs douces, gris et vert, plutôt que le doré. En revanche quelques très belles toiles les décoraient : le *François Ier* du Titien, un Rubens et un Van Dyck dans la chambre et, dans le clair cabinet de travail en angle tendu de damas cramoisi où le roi avait son grand bureau, un Véronèse, deux Poussin, *La Sainte*

Famille de Raphaël et l'*Erasme* d'Holbein. Dans la salle à manger, le *Déjeuner d'huîtres* de Troy et le *Déjeuner de jambon* de Lancret étaient on ne peut mieux choisis.

– C'est donc là que nous allons souper ? émit Maurice.

– Non, ne vous inquiétez pas ! Nous aurons droit aux Petits Appartements réservés aux intimes. Ceux-là se trouvent au second étage et jusque sous les toits. Mais là pas de chambre à coucher. D'abord une bibliothèque et une salle pour les cartes puis une salle à manger, une antichambre, un cabinet pour le café, un atelier...

– Pour quoi faire, mon Dieu ?

– Des tas de choses : le roi est très habile de ses mains. Il y a aussi une distillerie et le petit bureau du chef cuisinier Lazur dont les offices et fourneaux se trouvent à l'étage supérieur avec un garde-manger et un lavoir pour la vaisselle. Tout en haut enfin, sur le toit et invisible du dehors, se trouve un jardin, avec une volière et un poulailler pour compléter l'ensemble ! Voilà ! Cela fait partie des secrets du palais et bien peu nombreux sont ceux que notre sire y invite à souper.

Ce mot de souper réveilla les souvenirs de Maurice de Saxe dont l'air effaré amusa le duc :

– Gageons que vous songez aux « petits soupers » du défunt Régent ?

– Comment l'éviter s'il y a des femmes...

– Il y a toujours une ou deux dames. Pas de femmes ! précisa le duc... et je crois vous avoir dit qu'il n'y avait pas de chambre à coucher. On pourrait y convier une couventine tant le bon ton y est de mise. Ce sont de simples réunions d'amis où l'on parle de tout et de rien, où l'on plaisante dans un cadre charmant – les boiseries sont peintes en vernis Martin – et où le roi n'est plus qu'un gentilhomme au milieu d'autres. A cette différence que la familiarité y serait mal vue. Cela dit, que faisons-nous en l'attendant ? Voulez-vous aller saluer la reine ?

– Je m'en voudrais de gâter son plaisir. Vous savez bien qu'elle ne m'aime guère. La fille de Stanislas Leczinski ne me pardonne pas d'être le fils de mon père.

Richelieu partit d'un grand éclat de rire :

– Et moi elle ne m'aime pas du tout ! Elle voit en moi un suppôt de Satan attaché à la damnation de son époux... Allons plutôt attendre le retour des chasseurs en faisant quelques pas dans les jardins... Ils ne devraient pas tarder : on soupe à six heures !

Peu avant l'heure dite, le duc de Richelieu et Maurice de Saxe, légèrement ému tout de même de se trouver précipité de but en blanc dans l'intimité royale, pénétraient dans le petit salon où quatre hommes attendaient. Il y avait là Louis de Noailles, duc d'Ayen, fils du maréchal de Noailles et aide de camp du roi, le duc de La Vallière, capitaine des chasses, le comte de Coigny, gouverneur de Choisy, et son beau-frère le comte de Croissy, descendant de Colbert, lieutenant général. Tous hommes de guerre comme les deux autres mais on eut à peine le temps d'échanger politesses et compliments : le roi entrait, menant deux dames par la main, juste au moment de passer à table et tous s'inclinèrent :

– Heureux de vous voir, messieurs, dit Louis XV de sa voix basse et enrouée qui n'était pas sans charme. Vous en particulier, comte de Saxe, qui me servez si bien et que je vois si rarement.

– Sire... souffla l'intéressé en se cassant en deux, trop ému soudain pour trouver quelque chose d'intelligent à dire.

Alors qu'en public le roi cachait sa timidité sous une façade courtoise mais plutôt distante, il dégageait lorsqu'il était en son particulier un attrait extraordinaire. Dû d'abord à sa beauté. A trente-trois ans, Louis XV passait pour le plus bel homme de son royaume et cela n'avait rien d'impossible : le front haut, l'arête aiguë du nez avaient de la majesté cependant que le reste du visage, les pommettes saillantes, les joues fermes, le menton légèrement proéminent et la mâchoire solide, les lèvres pleines et sensuelles signaient une virilité qui n'était plus à démontrer mais, surtout, il y avait le regard, les yeux de velours sombre dont les coins se bridaient en remontant vers les tempes. Des yeux à longs cils d'une douceur infinie... quand Louis le voulait bien. Et que son sourire avait donc de charme !

Il n'en fallait pas moins pour que Maurice ne prêtât pas une attention immédiate aux deux dames qu'il amenait. Elles en valaient pourtant la peine. La première était bien sûr la favorite, cette Mme de La Tournelle dont l'éclatante splendeur tenait le roi si évidemment captif, mais ce fut l'autre qui accéléra le rythme du cœur de Maurice :

– Madame la princesse de Conti ! murmura-t-il en portant une jolie main à ses lèvres qui tremblèrent.

– C'est princesse douairière qu'il faut dire, mon cher comte ! fit-elle avec un rire léger. Je suis une vieille dame à présent !

Elle n'en pensait pas un mot et elle avait raison. Les années en passant sur elle n'avaient fait qu'adoucir ce qu'en la prime jeunesse sa beauté avait d'arrogance et Maurice, repris par le sortilège d'autrefois, se prit à penser que son corps resté mince et pulpeux, si l'on en jugeait à la luminosité de la peau, la rondeur des épaules et la gorge à demi dévoilée par le décolleté hardi de la robe en velours prune portée sur une jupe et un devant de corsage en satin blanc constellés de petits diamants, conservait sa séduction. D'autre pierres brillaient à ses poignets, à ses doigts et dans la chevelure chatoyante et à peine touchée de blanc qu'elle tenait de sa grand-mère Montespan.

– A qui le ferez-vous croire, princesse ? murmura Maurice, sincère. Pas à moi en tout cas...

Il peinait à se remettre d'une émotion revenue de très loin – plus de vingt ans ! – et dont il s'étonnait de la retrouver aussi précise que durant cette nuit d'été où, dans l'eau fraîche de la Seine, ils s'étaient aimés pour la première fois. C'était primitif, revigorant – en admettant qu'il eût besoin d'adjuvant pour désirer une femme ! – et parfaitement incongru lors d'un souper royal qui, en effet, n'avait rien à voir avec ceux du défunt Régent, si ce n'était l'atmosphère détendue, aimable et débarrassée de toute la lourdeur du protocole. Dans les

Petits Appartements, chacun se plaçait où il le voulait autour du roi encadré des deux seules femmes. On riait, on plaisantait et les mauvaises langues comme Richelieu s'en donnaient à cœur joie. Maurice, lui, restait silencieux, touchait à peine aux plats à la fois simples et raffinés qu'on lui servait, buvait peu – toutes choses contraires à son habitude –, se contentant de regarder Louise-Elisabeth en savourant la joie de ce revoir inattendu et d'autant plus délicieux qu'elle semblait le partager. Lorsque leurs regards se rencontraient, elle lui offrait un léger sourire tandis que ses paupières se refermaient à demi... Oh, être seul avec elle ne fût-ce qu'un instant !...

Le vigoureux coup de pied que Richelieu lui allongea sous la table le ramena à la réalité. Il retomba sur terre juste à temps pour s'apercevoir que le roi lui parlait :

– Vous me semblez bien rêveur, mon cher comte ? reprochait Louis XV avec douceur. Votre verve ne s'exerce-t-elle que dans le fracas des batailles ?...

– Non, sire... du moins dans mes habitudes mais si ce soir je me tais c'est parce que je ressens profondément la faveur particulière dont le roi m'honore. Lorsque les élus entrent en Paradis ils doivent éprouver un sentiment semblable.

– Alors faisons en sorte de vous ramener à votre glorieux quotidien ! Il m'a été rapporté que, durant la dernière campagne, vous est venue l'idée de créer un régiment absolument hors du commun ?

– En effet, sire. Il s'agit de réunir un millier de volontaires choisis parmi ceux qui me sont apparus comme comptant parmi les meilleurs cavaliers d'Europe et les plus durs à la tâche, ceux que je connais le mieux.

– Des étrangers ou des Français ?

– Des étrangers pouvant aller jusqu'à l'insolite : des Courlandais d'abord, des Allemands, des Polonais et aussi des uhlans tartares qui se disent nobles et montent de petits chevaux rapides. L'empereur en emploie depuis assez longtemps déjà et ils sont les meilleurs éclaireurs, sans compter qu'ils savent mener une charge à un train d'enfer. Si le roi y consent, je forgerai avec eux l'une de ses plus redoutables armes de guerre...

– Voilà un sujet bien sévère pour un moment de plaisir pur ? émit Mme de La Tournelle qui n'aimait pas se laisser exclure de la conversation.

– Je vous en demande excuses, Madame, mais le service du roi, le succès de ses armes me tiennent si fort à cœur que je pourrais ne parler que de cela...

– Sans compter que le spectacle d'une belle troupe parfaitement entraînée ne peut être qu'un plaisir pour un roi, reprit Louis XV. Mais dites-moi, comte, vos Tartares, polonais ou pas, ne me paraissent guère catholiques ?

– C'est qu'ils ne le sont pas. Ils adorent Mahomet mais sont régis par un code de l'honneur inflexible. L'empereur, lui, s'en arrange. Pourquoi pas le roi de France ? Sous le prince Eugène ils ont combattu les Turcs sans le moindre état d'âme !

Il y eut un silence tandis que le roi réfléchissait :

– Ce ne serait pas la première fois, dit-il enfin, que les fils de l'Islam combattraient sous nos drapeaux. Jadis, les Chevaliers du Temple enrôlaient ceux que l'on appelait les Turcopoles... Décidément votre idée me plaît, comte de Saxe, et j'indiquerai à M. d'Argenson, votre ministre, que vous avez toute mon approbation... A présent, Mesdames, passons au café !

Au milieu d'un brouhaha où chacun des invités donnait son avis sur le nouveau régiment, le roi mena les dames dans le petit salon voisin qui était la pièce du café. Les trois valets de service avaient disposé là les tasses et le nécessaire. On s'installa selon sa convenance. Nouvelle surprise pour Maurice. Le roi fit chauffer lui-même son café sur l'un des réchauds, le versa dans une tasse et convia ses hôtes à en faire autant. Seul Maurice, non accoutumé à ce genre d'exercice, se brûla. Ce qui fit rire tout le monde. On bavarda encore un moment de choses et d'autres puis Louis XV salua la compagnie et redescendit chez lui pour la corvée du coucher. Ce qui ne voulait pas dire qu'il allait regagner son lit. Il lui arrivait même de changer de vêtements puis, masqué, de prendre une voiture pour aller danser à Paris au bal de l'Opéra. Ce soir-là Mme de La Tournelle le suivit et chacun se disposa à rentrer chez soi.

– Accepterez-vous l'hospitalité de ma petite maison versaillaise, proposa Richelieu à son ami, ou préférez-vous que l'on vous ramène à Paris ?

– Merci de votre offre mais je préfère rentrer. On m'attend...

Mme de Conti, qui s'entretenait à ce moment avec le duc d'Ayen, se tourna vers eux :

– Je rentre moi-même, proposa-t-elle en agitant

doucement son éventail. Confiez-moi notre ami. Il y a une telle éternité que je ne l'ai vu et nous avons beaucoup à nous dire !

– J'aimerais tant vous en dire encore plus, princesse, gémit le duc faussement larmoyant.

– Ne pleurez pas ! Ce sera pour une autre fois...

Tant que l'on n'eut pas franchi les faubourgs de Versailles, le silence régna dans le carrosse dont les mantelets avaient été rabattus. Une veilleuse y entretenait une pénombre bleue à cause de l'intérieur azuré. Le parfum poivré de la princesse emplissait l'air ambiant. Les paniers de sa robe, réduisant l'espace, obligeaient l'invité à rester sagement dans son coin... Les coussins de velours étaient si moelleux et il se sentait si confortable, qu'il était sur le point de s'endormir quand il entendit :

– Est-il indiscret de vous demander qui vous attend ?

Maurice sourit à l'ombre scintillante assise auprès de lui :

– Peut-être...

– C'est une femme, alors ?

– En admettant, cela aurait-il quelque importance à vos yeux, princesse ?

– Plus maintenant. Aucun homme n'est autant encombré de femmes que vous. Au temps de la pauvre Lecouvreur, je ne dis pas. Celle-là vous l'avez aimée, n'est-ce pas ?

– Davantage que je ne m'en croyais capable, murmura-t-il en tournant la tête vers la portière afin de cacher son émotion à des yeux qu'il devinait aux aguets.

Il y eut un silence, puis :

– Avez-vous toujours mon portrait ?

– Naturellement !

– Je ne vois là rien de naturel puisque vous ne m'aimez plus. Rendez-le-moi !

– Non. Quoi que vous en pensiez il m'est infiniment précieux et m'a suivi dans toutes mes campagnes enfermé dans une cassette (il n'ajouta pas « avec les lettres d'Adrienne ») dont je porte la clef à une chaîne autour de mon cou.

– Un trophée comme ces drapeaux vaincus que l'on accroche aux voûtes de Notre-Dame ?

Louise-Elisabeth émit un petit rire, ne faisant qu'accentuer la fêlure de sa voix. Il en fut touché et, en se penchant, chercha la main de la princesse dans le manchon de zibeline assorti à la grande pelisse qui l'enveloppait. Elle ne résista qu'un instant et, après avoir porté cette main à ses lèvres, il la garda dans les siennes :

– N'essayez pas de vous tromper vous-même ! Je n'ai jamais été un orateur, vous le savez, et je sais mal exprimer ce que j'éprouve. Comment vous dire ce que vous avez été et demeurez pour moi ? Un rêve, je crois, dont je ne me suis jamais réveillé.

– Peut-on rêver d'une femme dans les bras d'une autre ?

– C'est une question à laquelle vous devriez pouvoir répondre. Depuis la mort de votre époux – trois ans après notre séparation ? – on a associé votre nom à plusieurs autres, tous illustres...

– Ridicule ! Vous étiez au bout du monde. Comment pourriez-vous être au fait des potins de cour ?

Elle voulut retirer sa main mais il la tenait bien :

– Vous n'imaginez pas à quelle vitesse ils se propagent dans les armées les plus éloignées. C'est une sorte de miracle mais c'est aussi un fait. Dois-je citer des noms ?

– Ne soyez pas insolent. Je les connais mieux que vous. Et serez-vous satisfait si j'avoue... qu'il m'est arrivé d'évoquer ce que nous avons été l'un pour l'autre. Certaines nuits...

Sans la moindre douceur il l'attira contre lui et de sa main libre dégagea son visage du cocon de fourrure :

– Elles peuvent renaître ! Je l'ai senti tout à l'heure quand je vous ai vue paraître en compagnie du roi, aussi belle que dans mon souvenir, aussi...

Il n'acheva pas. Elle venait de s'amollir soudain dans ses bras et leurs lèvres se joignirent avec un naturel étrange. C'était comme s'ils continuaient leur dernier baiser là où ils l'avaient laissé jadis.

Quand il cessa, elle se blottit contre lui, la tête sur son épaule :

– Comment est-ce possible... après tant d'années ? soupira-t-elle.

– Je ne sais pas mais c'est merveilleux ! D'autant que nous sommes plus proches à présent. Vous êtes veuve et je suis célibataire. Vous êtes princesse et je suis de sang royal. J'ai même failli, par deux fois, être tsar de toutes les Russies, ajouta-il en riant avant de conclure : marions-nous !

Il eut à peine prononcé les mots fatidiques qu'il en fut le premier surpris. Et pourtant leur évidence lui parut aveuglante. N'avaient-ils pas, de tout temps, été faits l'un pour l'autre ? Et ce serait à ses pieds qu'il déposerait les lauriers de la gloire qu'il sentait approcher ! Avec elle, les nuits seraient aussi belles que les jours !

Cependant, elle s'écartait, reprenait sa place dans l'autre coin de la voiture :

– C'est impossible ! murmura-t-elle tristement.

– Pourquoi ? Je suis digne de vous et le deviendrai plus encore !

– Je n'en doute pas mais mon fils vous tuerait !

Le nouveau silence qui s'installa était d'une qualité bien différente de celui qui avait précédé. Les quatre mots que Louise-Elisabeth venait de prononcer pesaient comme une pierre tombale. Puis Maurice prononça d'une voix lente :

– Pour vouloir la mort de quelqu'un il faut le haïr et pour le haïr il faut le connaître. Ce qui n'est pas le cas. Tout ce que j'en sais est qu'il a combattu en Bavière sous le maréchal de Belle-Isle lorsque j'y étais moi-même, mais rien de plus !

– Il en sait, lui, sur vous plus que vous ne l'imaginez. D'abord vous êtes fils de l'Electeur de Saxe qui, selon lui, a supplanté son grand-père par la force alors qu'élu roi par la Diète de Pologne il était encore en mer pour venir prendre possession de son trône. Non, ne m'interrogez pas ! prévint-elle en posant vivement sa main sur celle de son compagnon. Nous allons nous perdre dans les méandres de la politique et je n'ai ni le goût ni l'envie de refaire l'Histoire. Les choses sont ainsi, voilà tout ! En outre Louis-François sait qu'il fut un temps où l'on parlait de vous et de moi. Qui l'a renseigné, je l'ignore, mais l'étonnant eût été qu'il n'en entendît pas parler. Seulement il n'est pas sûr que nous avons été amants parce qu'il n'en a jamais eu la preuve. C'est pourquoi je préférerais que vous me rendiez le portrait. S'il le savait en votre possession...

– Eh bien, que ferait-il ? Me provoquer en duel ? A ce jeu-là je suis plus fort que lui.

– Qu'en savez-vous ? Il est très adroit... et plus jeune, donc plus vif !

Le coup porta :

– Me prendriez-vous pour un vieillard ? grogna Maurice, vexé. Je n'ai jamais cessé de faire des armes et...

– J'en suis persuadée. J'essaie seulement de vous faire comprendre les raisons – mauvaises j'en conviens s'il n'y en avait une troisième – dont mon fils nourrit sa rancœur...

– Et quelle est cette troisième ?

– Il croit que vous êtes pour quelque chose dans la mort de son père.

– Moi ? s'écria le comte stupéfait. Mais d'où sort-il cela ? Et d'abord quand exactement votre époux a-t-il rejoint ses ancêtres ?

– Il y a... seize ans. C'était en 1727...

Cette fois Maurice éclata de rire :

– A cette époque, ma chère, je me battais au fin fond de l'Europe pour le duché de Courlande que l'on m'avait donné et que l'on me reprenait bien que j'eusse été élu à l'unanimité ! Tenez... l'idée m'en vient tout juste : comme mon père avait soufflé la Pologne sous le nez du défunt prince de Conti, votre beau-père ! Cela devrait me valoir l'indulgence de votre fils, en plus du fait que j'étais au diable et y avais d'autres chats à fouetter que vous débarrasser d'un époux odieux !...

– Ne riez pas ! Louis-François est loin d'être stupide... et il prétend que vous seriez venu passer quelques jours à Paris ce printemps-là.

– Grotesque ! Que serais-je venu faire, mon Dieu ! J'avais assez à me dépêtrer du marais politique où je m'étais englué... Au fait, de quoi est mort son père ?

– Je n'en sais trop rien. Il était à son château de l'Isle-Adam où comme d'habitude il terrorisait les servantes quand on m'est venu apprendre son décès... La veille il avait beaucoup mangé, beaucoup bu aussi. Son valet l'a trouvé au matin, dans son lit souillé, sans vie ! On a parlé de poison. Grâce au Ciel j'étais loin moi aussi, sinon j'eusse sans doute été accusée.

– Quand un homme crève de mangeaille je ne vois pas pourquoi il faudrait en rendre responsable un autre que lui-même.

– Certes. Cependant restez sur vos gardes !

Ayant dit, elle s'enveloppa plus étroitement dans ses fourrures et, appuyant sa tête au velours de la tenture, ferma les yeux comme cédant à une soudaine envie de dormir. Maurice ne s'en aperçut pas tout de suite, occupé qu'il était à évoquer la figure du jeune Conti qu'il lui avait été donné d'apercevoir lorsque le conseil de guerre réunissait les plus hauts gradés de l'armée sous la tente du maréchal de Belle-Isle. Il se souvenait de sa surprise quand le marquis de Bligny lui avait désigné pour la première fois un grand garçon de vingt-cinq ans avec un beau visage arrogant, un ton facilement insolent même avec ses supérieurs et, surtout, droit comme un I. Ce qui avait de quoi surprendre quand on avait connu son père, son grand-père et son grand-oncle, affligés tous trois d'une bosse devenue proverbiale, d'un corps plus ou moins tordu et d'une évidente laideur :

– C'est le produit d'un miracle ! Il est vrai que la princesse sa mère possède assez de beauté pour vaincre les pires malédictions !

– Pas de miracle là-dedans, chuchota Bligny, un œil sur le jeune homme. Vous connaissez le marquis de La Fare ?

– Déjà entendu ce nom mais quant à m'en souvenir !

– Dommage, vous comprendriez ! C'est l'un des plus beaux hommes de la Cour et, joint au sang de la légendaire Montespan...

– Ce serait son père ?

– On pourrait presque le jurer et je ne suis pas certain que le garçon n'ait pas été plus ou moins éclairé sur le sujet. Il met à défendre la mémoire de son géniteur officiel une sorte d'acharnement. Ce qui peut se comprendre : Conti était assez monstrueux mais prince du sang ! Cela compte quand on a son caractère... De ce côté-là il fait de son mieux pour l'imiter. Sa pauvre épouse en a su quelque chose !

– Il est marié ?

– Il est même veuf ! Il avait épousé la fille du Régent, l'adorable Louise-Diane d'Orléans, qui n'avait pas quinze ans. Elle est morte cinq ans après en donnant le jour à un enfant mort-né, épuisée par une série de fausses couches... et peut-être aussi de mauvais traitements.

En regardant Louise-Elisabeth qui avait fini par s'endormir réellement, Saxe éprouva un sentiment de pitié pour cette femme toujours superbe qui avait réussi à sortir sans traces visibles d'un enfer conjugal et dont peut-être le parcours maternel n'était pas exempt d'ornières avec ce beau jeune homme aux yeux froids qui tenait tellement à imiter l'abominable gnome !

Lorsque l'on eut franchi la barrière de Paris, la voiture s'arrêta et le valet de pied assis auprès du cocher vint s'enquérir des ordres. Réveillée en sursaut, la princesse, après un coup d'œil à son compagnon, répondit que l'on touche à l'hôtel de Conti et l'attelage repartit.

– Ne me déposerez-vous pas chez moi ? demanda Maurice.

– Etes-vous si pressé de rentrer ? Nous pourrions souper comme autrefois... et sans plus de crainte d'être interrompus.

Son sourire, l'éclat volé de son regard étaient autant d'invites et Maurice n'y résista pas : il l'attira dans ses bras pour reprendre leur tendre marivaudage là où ils l'avaient laissé. Contre ses lèvres elle murmura soudain :

– Mais... n'étiez-vous pas attendu ?

– Non, mentit-il. En fait c'est moi qui attendais... qui espérais cet instant et ceux qui vont suivre...

Malheureusement rien ne suivit. Quand on fut

en vue de l'hôtel de Conti, le cocher stoppa ses chevaux et vint à son tour à la portière. C'était un ancien et fidèle serviteur qui avait suivi Louise-Elisabeth depuis sa prime jeunesse à Chantilly.

– Eh bien, Poitevin, qu'y a-t-il ?

– La voiture de Monseigneur le prince ! répondit-il en désignant de son fouet une berline aux lanternes allumées devant laquelle venait de s'ouvrir le portail.

Au regard un peu angoissé de Louise-Elisabeth, Maurice comprit que le voyage au pays des souvenirs était terminé.

– Je suis à deux pas de chez moi, dit-il en baisant la main qu'il n'avait pas lâchée et en recoiffant son tricorne. Dites-moi seulement quand je vous reverrai.

– Pas de sitôt je le crains. La Tournelle va recevoir un prochain jour le titre de duchesse de Châteauroux et je ne veux pas en être. Elle me déteste et je le lui rends au centuple. Dès le printemps je serai sur mes terres de Veretz en pays de Loire...

– C'est une invitation ?

– C'est une... promesse de bien vous accueillir si vous venez jusque-là. Je n'ai jamais réussi à vous oublier, mon ami...

Maurice sauta à terre et, tandis que le carrosse repartait vers l'entrée éclairée de l'hôtel de Conti, il rebroussa chemin le long du quai pour regagner l'hôtel de Châteauneuf qui était toujours sa résidence...

Rentré chez lui, il hésita sur ce qu'il allait faire. Lorsqu'il avait dit qu'il était attendu ce n'était qu'à moitié vrai. Avant l'arrivée de Richelieu il était convenu avec sa nouvelle maîtresse, Marie-Anne Dangeville, de la Comédie-Française, d'aller l'applaudir dans *Mérope,* la dernière pièce de Voltaire – avec lequel il était resté lié après la mort d'Adrienne –, et l'on devait souper puis, bien entendu, finir la nuit ensemble. Obligé de suivre le duc, il avait fait porter un billet à la jeune femme lui disant qu'il serait peut-être retardé et qu'au pire des cas il la rejoindrait chez elle après le spectacle... Mais, outre qu'il était encore plus tard que prévu, il découvrait qu'il n'avait plus envie, pour ce soir tout au moins, de rejoindre Marie-Anne. Pas avec aux lèvres le parfum de Louise-Elisabeth, d'autant plus doux qu'il lui avait restitué tout le charme d'antan. Sans l'arrivée imprévue du fils, il aurait achevé la nuit dans ses bras.

Un instant il se demanda ce qui se serait passé s'ils étaient revenus de Versailles deux heures plus tôt. A entendre sa mère, le jeune Conti le haïssait encore plus que son détestable père mais lui, elle l'aimait, ce qui était parfaitement naturel. Alors de deux choses l'une : ou bien on aurait tiré l'épée et il se voyait mal plantant deux pouces de fer dans la poitrine de ce garçon, ou bien il renouvelait son exploit de la nuit de Noël mais avec vingt ans de plus, ce qui faisait une sacrée différence !

Après avoir attendu le jour en mettant ordre à ses affaires et en écrivant quelques lettres, il décida de repartir aux armées et, tandis que ses gens s'activaient, se rendit chez son joaillier près du Palais-Royal, y choisit un bracelet de saphirs et diamants qu'il fit porter ensuite, avec un billet d'adieu, chez Mlle Dangeville, rue Richelieu. Puis revint quai des Théatins où Beauvais avait fait merveille. Ses équipages étaient prêts. Il n'eut plus qu'à monter en voiture au moment où l'horloge des Quatre Nations sonnait onze heures. Traversant d'ouest en est la plus grande partie de la ville, Maurice sortit par la porte Saint-Antoine pour prendre la route qui le mènerait en Alsace avec au cœur une excitation joyeuse : il allait faire ce qu'il aimait le mieux au monde à l'exception de la victoire et de l'amour : créer ce beau régiment de cavalerie dont il rêvait depuis tant d'années et qu'il mènerait au feu dès la prochaine campagne.

Au contact de ses soldats – il avait déjà quelques-uns de ces Tartares dont il avait vanté la rapidité – il retrouva son enthousiasme et son activité. Sachant où recruter, il eut tôt fait de réunir le millier d'hommes dont il entendait faire les meilleurs soldats du monde puis les cantonna à Haguenau et à Mirecourt...

Il s'aperçut vite qu'il avait bien fait de quitter Paris plus tôt que prévu.

En ce début d'année 1743, la situation internationale s'était considérablement modifiée. L'Angleterre, sous le prétexte de protéger son Hanovre ancestral, débarquait des troupes considérables sous le commandement du duc de Cumberland[1]. En même temps George II nouait des alliances avec l'Autriche, la Hollande, la Saxe et la Sardaigne. En France le maréchal de Noailles avait été nommé généralissime, ce qui lui donnait le pas sur les

1. Troisième fils de George II.

autres chefs. Il se porta au devant de Cumberland dans l'espoir de remporter le succès qui devait dissoudre d'elle-même cette coalition. Malheureusement, le 27 juin, il se faisait battre à Dettingen entre Aschaffenbourg et Francfort et dut retraiter précipitamment, laissant planer une menace sur la frontière française.

Auparavant, Maurice de Saxe, qui commandait en second sous le maréchal de Broglie, avait, le 5 avril, rejoint l'armée du Rhin à Bamberg où, n'ayant rien à faire mais pleinement conscient de la lourde menace que représentait Cumberland, il rongeait son frein : on l'avait commis au commandement des réserves mais il n'avait pas encore vécu le pire : ce poste qu'il jugeait indigne de sa valeur lui fut enlevé brusquement. Le commandement passait... au prince de Conti.

Pour la première fois le fils et l'amant de Louise-Elisabeth se trouvèrent face à face, le second contraint de remettre les réserves à ce garçon arrogant qui n'articula pas trois paroles mais dont le regard triomphant et le sourire plein de dédain en disaient plus qu'un long discours. Il fallut que Saxe fasse appel à tout son empire sur lui-même pour ne pas lui envoyer son poing dans la figure. Rendant mépris pour mépris, il se contenta de hausser les épaules, fit volter son cheval et s'en alla rejoindre ses hommes, ce régiment de Saxe-Volontaires qui n'avait pas encore fait parler de lui.

La revanche allait être rapide : au premier engagement Conti se faisait battre à plate couture par les Autrichiens.

Une aussi complète raclée aurait dû valoir une destitution à l'impudent personnage mais il avait l'oreille du ministre de la Guerre, le comte d'Argenson, et on le confirma dans son commandement... tandis que l'on rappelait son chef, le maréchal de Broglie. Ainsi en allait-il dans ce que l'on appellerait un jour la « guerre en dentelles ». Saxe était déjà loin : le maréchal de Noailles, généralissime, connaissant sa valeur, l'avait rappelé pour lui confier la défense de la frontière mise en péril par la défaite de Dettingen.

Ce nouveau commandement allait en faire rien de moins que le sauveur de la France. En trois mois, avec les « épluchures » de Noailles, il verrouille la frontière en échelonnant depuis Landau jusqu'à Brisach cinquante-huit bataillons parmi lesquels les patrouilles de Saxe-Volontaires feront merveille. En outre, les îles du Rhin sont occupées. Tout cela a fait réfléchir le roi Frédéric II de Prusse – « Frédéric le Grand » – qui connaît bien Saxe et l'apprécie. Des ouvertures discrètes menées en direction de Versailles aboutissent... à l'envoi encore plus discret de Voltaire à Potsdam sous le prétexte officiel d'échapper aux persécutions de l'Eglise, ce qui aboutira au traité de Francfort. Mais Maurice de Saxe, qui a décidément la bougeotte, n'est déjà plus en Allemagne. On lui avait confié la mission de tenter l'impossible : renverser la dynastie de Hanovre et ramener au trône le jeune Charles-Edouard Stuart – Bonnie Prince Charlie –, le plus romantique des prétendants !

C'est une idée assez folle. Réitérer l'exploit de

Guillaume le Conquérant n'a rien d'évident mais la nouvelle duchesse de Châteauroux, désormais toute-puissante, y tient : elle aime beaucoup le prétendant ! Maurice aussi qui le rencontre à Dunkerque où Charles-Edouard lui tombe pratiquement dans les bras en pleurant de bonheur. C'est un charmant prince et Saxe voudrait lui faire plaisir – d'autant qu'étriller un Hanovre est toujours une idée séduisante pour qui garde dans ses veines le sang des Koenigsmark ! –, mais cette fois c'est la Nature qui s'en mêle. Certes, il y a à Dunkerque une flotte de solides navires chargés de bons soldats, mais impossible de sortir du port ! A peine les bateaux atteignent-ils la haute mer qu'une furieuse tempête se déchaîne, en disperse quelques-uns, en démolit d'autres... Retour au port ! Une nouvelle tentative – Maurice est monté à bord du vaisseau amiral – n'a pas plus de succès.

– Décidément, grogne-t-il, les vents ne sont pas jacobites !

On décida d'attendre que le temps se calme et, pour ce faire, on s'efforça de réparer les navires endommagés et de soigner ceux qui avaient eu à pâtir des chocs contre les rochers de la côte... Cependant à Versailles les vents tournaient plus vite que ceux de la mer et un courrier du ministre d'Argenson rappela le comte de Saxe à Paris. Les configurations astrales n'étant pas non plus favorables, on abandonna le projet... momentanément tout au moins puisque la guerre officielle était déclarée entre la France et l'Angleterre. Leurs rois respectifs s'étaient adressé des lettres bourrées de revendications, on allait donc en découdre. Mais une belle surprise attendait Maurice à Versailles : le lundi de Pâques 6 avril 1744 il était nommé maréchal de France.

Ce fut presque un scandale : on avait osé donner le bâton aux fleurs de lys à un huguenot ? Impensable ! Inadmissible ! Mais Maurice n'était pas fait d'un autre bois que son géniteur. Celui-ci s'était converti au catholicisme pour coiffer la couronne de Pologne, Maurice déclara qu'il était tout disposé à « se faire instruire ». Ce qui ne calma pas la cabale montée par le prince de Conti, outré de voir son ennemi au faîte des honneurs et autorisé, comme lui-même, à s'entendre appeler « mon cousin » par le roi... Il fallut un ordre formel du souverain pour que Conti n'oblige pas Maurice à régler sur le pré leur différend :

– Que cela vous plaise ou non... mon cousin, il en sera selon notre volonté.

– Sire, songez-y ! Le bâton fleurdelisé à ce parpaillot, ce reître, ce bâtard, ce...

– Un mot de plus, prince de Conti, et c'est la Bastille ! Quiconque offense le maréchal de Saxe offense le roi !

– Sire ! Cet homme a déshonoré ma mère, pris sa part de la mort de mon père et...

– Vous avez des preuves ?

– N...on. Non !

– En ce cas, ayez-en et peut-être alors vous écouterons-nous. En attendant oubliez même l'idée d'un duel ! C'est un ordre !

Comprenant qu'il était battu, Conti se retira... pour porter sa plainte à la duchesse de Châteauroux. La favorite n'aimait pas Saxe. En revanche elle appréciait son ennemi. Elle promit son aide mais cette fois n'obtint rien. Certes, elle était chère à Louis XV mais, comme tous les timides, il compensait par une obstination tenace sur certains points. Maurice de Saxe était de ces points-là parce que Louis n'ignorait pas qu'une partie de l'Europe le lui enviait. La nomination fut maintenue et l'on se contenta de la déclaration de bon vouloir de l'intéressé sans pousser jusqu'à l'abjuration. Bien plus, le roi accueillit alors dans ses armées un autre étranger déjà fameux que lui recommandait le nouveau maréchal dont il était l'ami : Ulric-Frédéric-Valdemar comte de Lowendal, dont le parcours offrait bien des analogies avec celui de Saxe. Né Danois, il avait comme lui porté le harnachement et le fusil à treize ans, s'était engagé au service de la Saxe, puis de la Russie d'Anna Ivanovna pour laquelle il avait chassé les Tartares d'Ukraine... A peu près du même âge, les deux hommes sont complémentaires, s'entendent à merveille et il y a du grain à moudre !

A la fin du mois d'avril, Maurice est à Valenciennes avec l'armée de la Moselle qu'il commande directement, l'autre manœuvrant sous Noailles avec, d'ailleurs, une parfaite entente entre les deux chefs... Saxe et ses cavaliers pratiquent une guerre d'usure et de harcèlement plus efficace que celle, trop statique, de siège. Le 7 mai, il prend Menin puis, sous les yeux du roi qui l'a rejoint, Courtrai, Ypres et Furnes. Une mauvaise nouvelle tombe à ce moment : Charles de Lorraine a franchi le Rhin et pris Lauterbourg. Alors, laissant le maréchal garder les Flandres à lui tout seul, le roi et Noailles galopent au secours de l'Alsace. Le 4 août, Louis XV est à Metz... et c'est la catastrophe !

Dans la nuit du 7 au 8 août, il tombe si gravement malade que comme une traînée de poudre la nouvelle court à travers la France, générant la consternation et la douleur. De toutes parts les églises, où commencent les prières de quarante heures, regorgent de fidèles. On implore le Ciel d'épargner ce jeune roi que l'on adore au point qu'on le surnomme le Bien-Aimé. Lui pendant ce temps se bat contre la mort. Mme de Châteauroux et sa sœur Lauraguais ne le quittent pas et pourtant elles vont devoir s'éloigner : le roi doit être « administré », et avant tout renoncer à ses péchés. L'évêque de Soissons et le duc de La Rochefoucauld s'emparent de sa chambre que gardaient trop bien les deux sœurs. Elles doivent quitter Metz sous les huées du peuple tandis que, faisant le chemin inverse, la reine, acclamée tout au long de la route, accourt de toute la vitesse de ses chevaux. Mais ce n'est pas encore assez pour l'évêque et son associé : il faut que le mourant fasse une confession publique, une espèce d'amende honorable rédigée dans les termes les plus avilissants. A l'exception du bas peuple, la Ville et la Cour vont l'entendre. Et aussi le Dauphin qui arrive. Les dévots réduits depuis longtemps à la seule cour de Marie Leczinska prennent leur revanche et la veulent éclatante. Ce qu'elle sera... et que Louis XV, revenu à la conscience, ne leur pardonnera jamais !

Car il guérit soudain. Contre toute attente, il ressuscite littéralement et la joie du peuple déferle comme une grande marée. On chante, on danse dans les rues tandis que les *Te Deum* éclatent dans les églises. On ne remerciera jamais assez le Seigneur... Le roi, lui, s'en va passer quelques jours chez son beau-père, Stanislas Leczinski, au château de Lunéville, puis à Strasbourg d'où il rejoindra le maréchal de Noailles qui assiège Fribourg. Louis XV lui-même emportera la place sous une pluie battante avec le soutien de Lowendal qui sera blessé durant le dernier assaut. Mais quand, deux mois plus tard, il regagne Versailles en triomphateur au début de la mauvaise saison qui arrête les combats, il va régler ses comptes : La Rochefoucauld et le duc de Châtillon qui s'était « donné des airs de maire du palais » durant la maladie sont exilés sur leurs terres, l'évêque de Soissons consigné dans son évêché avec interdiction d'en sortir. Plus jamais le soleil de Versailles ne brillera pour ces trois-là. Et, bien entendu, la duchesse de Châteauroux et Mme de Lauraguais sont rappelées.

Pas pour longtemps. Début décembre, dans son hôtel de la rue du Bac à Paris, Mme de Châteauroux tombe malade et meurt en si peu de temps que le bruit du poison se propage. Le chagrin du roi est extrême. D'abord réfugié dans son château de La Muette il ne rentre à Versailles que pour s'enfermer au Grand Trianon... Bientôt cependant une très jolie femme va paraître dans sa vie avec la volonté affirmée de se faire aimer du roi. Elle est toute jeune, élégante, ravissante, pleine d'esprit et de charme. Elle s'appelle Mme Le Normand d'Etioles, belle-fille d'un fermier général, Le Normand de Tournehem, dont on chuchote qu'il pourrait être son vrai père, et ce n'est qu'une bourgeoise, pourtant Versailles abasourdi découvrira en elle un astre singulièrement brillant...

Que devenait pendant ce temps-là le maréchal de Saxe ?

Chargé de garder la Flandre avec un effectif de quarante mille soldats il tenait en échec, depuis Courtrai, un adversaire de beaucoup supérieur en nombre. Ne se livrant guère qu'à de rares escarmouches, il en profitait pour instruire ses régiments au maniement de nouvelles armes : fusil à baguette de fer, cartouches à balle, canon suédois pouvant tirer jusqu'à dix coups en un temps record, qui allaient lui permettre d'affiner les plans de stratégie déjà développés dans ses *Rêveries*. Des principes qui prouveront leur efficacité dans la campagne de l'année suivante avant de devenir règles de bataille dans l'armée française durant les guerres de la Révolution et de l'Empire. Il s'attarda même une partie de l'hiver pour une raison où la guerre n'avait pas grand-chose à voir. Une opération aux environs de Courtrai lui permit de pousser une avance à Lille... et de se retrouver au rendez-vous des souvenirs !...

Le maréchal de France céda soudain la place à un petit lieutenant de quinze ans à qui Schulembourg enseignait la guerre et qu'il tentait de convertir aux bienfaits de la vertu. Un gamin monté en graine subjugué par la grâce d'une petite dentellière de douze ans. Tout lui revenait. En revoyant la grande salle du château il évoqua sans peine le banquet du prince Eugène, la gaieté de la fête qu'avait couronnée l'apparition de jeunes filles portant des corbeilles de dentelles. Il revoyait Rosette si ravissante avec ses yeux clairs, son teint de fleur et son sourire ! Une bouffée de nostalgie lui remonta du cœur avec le désir fou de la revoir ou du moins de savoir ce qu'il était advenu d'elle. A l'époque il n'avait aucun moyen de faire des recherches mais à présent il disposait d'un véritable service de renseignements. Il le lança sur les faibles traces qu'il avait pu relever, offrant même une récompense à qui la retrouverait. Mais c'était une vieille histoire et, si remarquable que fût l'habileté de ses limiers, ils en vinrent à la même conclusion : il semblait que ni Rosette ni sa petite Julie ne fussent sorties vivantes du couvent où le père Dubosan les avait enfermées. Hélas, on ne put lui dire où se trouvait leur tombe. Et, cette nuit-là, le maréchal de Saxe pleura comme avait pleuré le gamin d'autrefois lorsqu'on lui avait appris qu'il devait renoncer.

Malgré tout il se rendit au couvent en question et demanda à parler à l'abbesse, mais elle ne le reçut même pas entre deux portes. Outre qu'il était l'ennemi, sa réputation de coureur de jupons l'avait précédé. On l'éconduisit sans plus de façons. En quittant le couvent, il se sentit tout à coup si las qu'il ne prit pas garde à la violente rafale de pluie venue soudain s'abattre sur la ville. Tandis que d'un pas pesant il allait rejoindre sa voiture, il ne vit pas une jeune femme qui, la tête enveloppée d'un châle, courait à perdre haleine à travers les flaques d'eau pour échapper à l'averse. Elle le heurta de plein fouet, manquant le faire tomber, mais il pesait trop lourd pour être si facilement déraciné. Ce fut elle qui perdit l'équilibre et instinctivement se raccrocha à lui :

– Oh, pardon ! s'excusa-t-elle. Je ne vous avais pas vu, Monsieur !

– Vous devriez porter des bésicles, jeune dame, car je suis haut et lourd et n'ai rien d'un pur esprit...

Avec un sourire contrit elle voulut poursuivre son chemin mais il la retint :

– Vous allez loin ?

– Assez, oui... et j'ai été surprise par la pluie...

– En ce cas, permettez-moi de vous accompagner. Ma voiture est là et sans doute la pluie vous empêche-t-elle aussi de la remarquer ?

– Non... et j'accepte avec plaisir ! Je suis trempée...

Il l'aida à monter puis s'installa près d'elle et se découvrit pour la saluer, heureux de cet aimable intermède surgi au milieu de sa peine. Elle était toute jeune, charmante... et même elle ressemblait un peu à Rosette ! Quand elle lui eut appris qu'elle était dentellière, il ne douta plus qu'elle ne fût envoyée par le Ciel pour adoucir le chagrin revenu de si loin ! Pour elle il déploya l'arsenal de sa séduction et quand il le voulait il savait être irrésistible. Aussi ne résista-t-elle pas longtemps. Elle s'appelait Mathilde et, pour elle, Maurice prolongea son séjour en Flandre...

CHAPITRE XI

LE GÉNIE DE LA VICTOIRE

– Ne croyez-vous, mon cher ami, que vous devriez vous ménager ?

Venu de sa chère Avignon afin d'assister aux fêtes du mariage du Dauphin avec l'infante Maria-Raffaela, le chevalier de Folard observait avec une pointe d'inquiétude la démarche de son ami Saxe avec lequel il faisait une promenade dans le parc de château du Piple, à Boissy-Saint-Léger, que le maréchal venait d'acheter... Le pas avait sans aucun doute pris de la lourdeur bien que Saxe s'efforçât de manier avec désinvolture sa canne à pommeau d'or. Il ne répondit d'ailleurs pas tout de suite et Folard, avec un rien de sévérité, reprit :

– Quel âge avez-vous ?

– Quarante-neuf ans ! grogna le maréchal. Et ne commencez pas à jouer les mentors sous le prétexte qu'à... soixante-quinze ans...

– Soixante-seize !

– De mieux en mieux ! Qu'à soixante-seize ans donc vous voltigez comme un danseur de ballet ! Vous savez bien que ma vieille blessure de Crachnitz me taquine toujours sinon je n'irais pas me morfondre tous les étés prendre les bains de Balaruc au fin fond de la France ! Que j'éprouve... parfois un peu de peine à marcher est tout à fait naturel et, dans mon cas, les jambes sont moins importantes que le cheval !

– Je vous trouve tout de même le souffle un peu court ! poursuivit l'autre, impitoyable.

– Et que préconisez-vous, docteur Folard ? Que j'aille faire des galipettes au cimetière Saint-Médard sur la tombe de ce malheureux diacre Pâris, comme vous le fîtes jadis ?

– Vous pourriez faire plus mal ! Quant à moi, j'en ai ressenti un grand bien. Cela dit, revenons à notre propos initial : je sais que vous travaillez trop... et l'on vous prête beaucoup trop de maîtresses !

Maurice éclata de rire, sa mauvaise humeur envolée :

– On ne prête qu'aux riches, mon cher. C'est vrai que j'aime les femmes ! Mieux, j'en ai besoin comme d'une drogue et cela tient de famille ! N'oubliez pas que je suis fils d'un homme qui eut, dit-on, trois cent soixante-cinq bâtards, donc au moins autant de maîtresses !

– Sans doute, mais le roi Auguste n'était pas toujours sur la brèche comme vous-même. Vous n'êtes rentré des Flandres que fin novembre, nous voici en mars et je gage que...

– Que je vais repartir ? Bien sûr et dans peu de jours.

– Alors à quoi bon ceci ? fit le chevalier en enveloppant d'un geste large le parc aux cent hectares et le joli château, neuf car il n'y avait guère plus de vingt ans que le fermier général Cantorbe l'avait bâti avant d'être obligé de le céder précipitamment à un autre propriétaire[1].

– Justement parce que j'ai senti la nécessité de respirer hors de Paris et surtout d'y être tranquille...

– Tranquille ? Pas de châtelaines épisodiques alors ?

– Pas encore ! Je viens d'acheter le Piple, j'y fais des travaux, j'y prends mes aises... et je le présente à mes amis. Voltaire est venu hier et, tenez, lui aussi s'inquiète de ma santé.

– Il est plus sage que je ne pensais... mais il continue à vous présenter des comédiennes...

– Je n'ai pas besoin de lui pour cela ! La Comédie, l'Opéra sont pour moi autant de corbeilles de fleurs où je n'ai qu'à cueillir...

– Qui est la sultane du moment ?

– Allons, Folard ! Ne m'obligez pas à être indiscret !

C'était montrer bien de la vertu sur un sujet qui relevait du secret de Polichinelle. Les aventures du maréchal de Saxe défrayaient la chronique amoureuse de Paris. Après Mlle Dangeville prise au marquis de Mirabeau et qu'il lui avait rendue, il y avait en ce moment la charmante Mlle Navarre, de la Comédie-Française, et en même temps « une petite Gélin qui me joue de mauvais tours. J'ai été tenté deux ou trois fois de la noyer ! ». Ce qui ne

1. Dans la suite des temps le Piple est passé aux Boulay de la Meurthe. Il est actuellement la propriété du baron Hottinguer.

l'empêchait pas de fréquenter le « salon » légèrement faisandé de Mme de La Popelinière, fille du comédien Dancourt et épouse séparée d'un fermier général grâce à une liaison avec le duc de Richelieu. Maurice de Saxe était un pilier de ce salon qui n'avait pas grand-chose à voir avec ceux de Mme Du Deffand ou de la marquise d'Epinay. En outre, lorsque revenait la saison de la guerre, il emmenait à sa suite trois ou quatre courtisanes pour son service quotidien... Sans oublier les beautés locales ! Il en venait à un point où il ne pouvait se passer de femmes, au pluriel, la diversité augmentant son appétit... Honnête avec lui-même, il convenait en son for intérieur que de tels excès pouvaient avoir des conséquences fâcheuses sur un homme plus de première jeunesse et dont le métier était déjà éreintant... Mais il refusait de s'y arrêter.

Folard reparti, Maurice alla se coucher, épuisé par l'effort qu'il venait de produire durant la visite de son ami pour être « à la hauteur ». Il se sentait même si mal qu'il appela Senac, le médecin attaché à sa personne par ordre du roi et qu'il s'efforçait de consulter le moins possible parce que, en dehors des saignées, des pilules et autres clystères, il n'appréciait pas ses prescriptions.

Celui-ci diagnostiqua une crise d'hydropisie déterminée par un accident vénérien générateur de vives douleurs. Il s'essaya à la sévérité, ce qui n'était pas facile avec ce diable d'homme :

– Si vous voulez vivre longtemps, Monsieur le maréchal, il va falloir être prudent.

– Qu'appelez-vous être prudent ?

– Rester couché d'abord... et tout seul !

– Rester couché ? s'écria le malade, ignorant superbement l'autre moitié de la recommandation. Mais je dois rejoindre mon commandement en Flandre la semaine prochaine !

– Eh bien faites-vous porter en litière !

– Un soldat en litière ? vous vous moquez de moi, Senac ?

– Quand on est malade on est malade ! Le cardinal de Richelieu n'y regardait pas de si près et il a donné ses lettres de noblesse à la litière !

– C'était un homme d'Eglise ! Moi, je suis un homme de guerre !

– Il faut savoir si l'homme de guerre veut vivre !

– Il ne s'agit pas de vivre mais de partir ! brama Maurice. Faites quelque chose ! Soulagez-moi, que diable !

– C'est ce que je vais faire. Vous avez le bas-ventre rempli d'eau. Je vais donc ponctionner... mais ensuite : repos ! ajouta-t-il avec un regard éloquent vers le plafond au-dessus duquel on entendait claquer des talons de mules et parfois des bribes de chanson.

Le malade eut un petit rire enroué :

– D'accord pour ce soir, en tout cas, je souffre trop !

– Allons ! C'est toujours autant de gagné !

La semaine suivante, comme prévu, on partit pour la Flandre où l'armée attendait son commandant en chef. Soucieux de conserver le mieux qui se faisait sentir, Maurice avait fini par admettre le point de vue de son médecin et fit le chemin en litière, le pas accordé des chevaux étant moins douloureux que les cahots des roues de carrosse. Et dans cet équipage il gagna Maubeuge où il s'installa dans une maison confortable... que Senac fit garder militairement. Le médecin n'ignorait pas que dans un autre logis trois ou quatre jolies filles attendaient le bon plaisir du maréchal...

Non sans raison : le 18 mars une nouvelle crise se produisit, violente au point que l'on craignit un instant de perdre l'illustre malade. Senac ponctionna, donna des calmants et la douleur reflua, laissant place à la stratégie... De la chambre, les ordres fusèrent : l'armée, de soixante mille hommes, fut répartie de Maubeuge à Warneton. La gauche fut ramenée vers Lille et Orchies cependant que le centre et la droite descendaient l'Escaut sur les deux rives. Dans la nuit du 30 avril au 1er mai Tournai fut assiégé une fois de plus. Le dispositif est à peine en place que les espions annoncent que le duc de Cumberland, avec soixante mille hommes – Anglais et Hollandais –, lui aussi concentre ses troupes à Soignies, coupant ainsi aux Français la route de Valenciennes et de Condé.

Le maréchal a compris le danger. Laissant vingt mille hommes sous Tournai il dirige les quarante mille restants vers Leuze où, le 8 juin, le roi et le Dauphin viennent le rejoindre. La bataille est imminente. Elle portera le nom de Fontenoy, le village sur lequel s'appuient les Français disposés en équerre.

« Trois redoutes élevées en avant du front croisent leurs feux avec ceux du village. Le maréchal a fait creuser, en avant de Fontenoy, un vaste fossé pour en défendre l'abord. De loin, cette chausse-trappe est invisible. De grands arbres barrent les chemins. Le clocher du village devenu donjon domine la plaine… Les troupes sont disposées le long du petit bras de l'équerre : d'abord les Gardes-Françaises et Suisses puis deux lignes de cavalerie. Au-delà, prolongeant en profondeur cette triple ligne, se tiennent quelques solides régiments d'infanterie puis les escadrons de la Maison du Roi, les Gardes du Corps, les gendarmes, les grenadiers, les mousquetaires, enfin les cuirassiers et les carabiniers… »

A cheval auprès de Louis XV, le comte de Lowendal ne cache pas son admiration :

– Sire, voilà une belle journée pour le roi ! Ces gens-là ne sauraient échapper au maréchal ! s'écrie-t-il en désignant les Anglais que l'on peut apercevoir.

Cependant il y a là quelqu'un d'autre et ce quelqu'un éclate de rire : Saxe, qui a sillonné le futur champ de bataille, vient saluer le roi. La douleur étant revenue dans la nuit, il a pris place dans une légère voiture d'osier attelée en poste à quatre chevaux :

– C'est beau, la foi ! ricane le prince de Conti. Votre Majesté pense-t-elle réellement que ce débris soit capable de gagner quoi que ce soit… sinon la frontière au triple galop ?

Autour de lui ses amis font écho… Le roi a froncé le sourcil. Suivi du Dauphin, il vient ranger son cheval devant l'équipage :

Monsieur le maréchal, dit-il froidement, en

vous donnant le commandement de mon armée j'ai entendu que tout le monde vous obéît. Je serai le premier à donner l'exemple !

Et, tirant son épée, il se range près de la voiture.

– Sire, grand merci ! murmure le malade qui a blêmi sous l'insulte mais dont les yeux se mouillent.

Pour ce geste, pour cette confiance il se jure alors de vaincre ou de mourir.

– Faites tirer vos gens, Monsieur !

Droit comme une lame d'épée devant le front bleu et blanc des Gardes-Françaises, le comte d'Anterroche ôte lentement son tricorne empanaché, salue lord Hay qui lui fait face devant les lignes anglaises :

– Nous ne tirons jamais les premiers ! Tirez, Messieurs les Anglais.

La phrase est splendide mais, du haut du mamelon d'où il surveille l'engagement de la bataille, Maurice jure dans un allemand furieux ! Cet imbécile vient de faire abattre la première ligne des Gardes-Françaises. Mais ensuite il n'a plus de temps pour ses états d'âme. Le combat se déchaîne avec une violence inouïe. La belle parole a ouvert dans le dispositif français une brèche par laquelle se ruent les Anglais... En peu de temps le danger est extrême. Alors le maréchal se dresse dans sa voiture et hurle :

– Mon cheval !

L'appel masque un cri de souffrance mais il poursuit, se hisse aidé d'un écuyer sur le puissant animal puis réclame une balle de plomb qu'il met dans sa bouche et mâche pour mieux saliver et aussi éviter que la douleur ne lui fasse mordre sa langue, tire son épée et fonce, menant la charge furieuse du Saxe-Volontaires et des cavaliers de réserve.

Six heures, six heures de combat acharné. Son adversaire, le duc de Cumberland, troisième fils du roi d'Angleterre, porte en lui en bon Hanovre toute la brutalité du sang allemand et un mépris viscéral pour la vie des hommes[1].

Les Anglais sont entrés plus tôt que prévu dans la faille ouverte devant eux. Les canons du maréchal suivis de sa charge forcenée en viennent enfin à bout et c'est dans les rangs ennemis qu'à son tour se perce une énorme trouée. C'est une magnifique victoire et rentré sous sa tente, épuisé, Maurice déclare à ses officiers qui l'entourent :

– Messieurs, vous me voyez dans un état d'anéantissement que je ne puis vous exprimer mais je suis si content de la journée d'aujourd'hui que j'en espère la santé !

Et le plus fort c'est qu'il a raison : trois jours plus tard il marchera sans aide et sans canne. Le roi venu l'embrasser après une bataille où il a payé de sa personne lui en fera compliment :

– Monsieur le maréchal vous gagnez à cette guerre plus que nous tous : vous étiez enflé de tous vos membres et vous paraissez à présent de la meilleure santé.

1. L'année suivante, il sera la terreur de l'Ecosse après avoir battu le prétendant, Charles-Edouard Stuart, à Culloden. Il mourra à Windsor détesté même des Anglais.

– En effet, renchérit Noailles qui l'accompagne, Monsieur le maréchal de Saxe est le premier homme que la gloire ait désenflé !...

Au soir de la bataille, cependant, le roi mènera son fils sur le champ qui, sous la nuit tombante, se fait plus tragique encore. Désignant les cadavres répandus, il dira :

– Voyez, mon fils, tout le sang que coûte un triomphe. Le sang de nos ennemis est toujours le sang des hommes : la vraie gloire est de l'épargner.

La nouvelle de la victoire se répand comme une traînée de poudre. Voltaire qui vient de l'apprendre par une lettre du duc d'Argenson exulte :

« Il y a trois cents ans que les rois de France n'ont rien fait de si glorieux. Je suis fou de joie. Bonsoir Monseigneur ! »

Et sans désemparer il écrit un « Poème à Fontenoy » qu'il dédie à son ami Maurice de Saxe. De son côté, son autre ami Frédéric II de Prusse lui écrira :

« Jamais bataille n'a fait plus d'honneur à un général que celle où le général était à la mort quand il la livra... »

Toute la France chante et danse de joie. Un *Te Deum* est clamé à Notre-Dame tandis que, rentré à Versailles, Louis XV couvre son héros de récompenses. Saxe a désormais le droit d'entrer au Louvre en carrosse, le droit de s'asseoir sur un tabouret devant Leurs Majestés et les Enfants de France, privilèges accordés également à la dame son épouse s'il vient à se remarier et qui passeront le cas échéant à l'aîné de ses enfants et descendants mâles nés en légitime mariage. On lui accorde une pension de quarante mille livres à laquelle viennent s'ajouter les vingt mille livres du gouvernement d'Alsace laissé vacant par la mort du maréchal de Broglie. Enfin le château de Chambord, la merveilleuse résidence construite par François Ier en Val-de-Loire, lui est donné avec toutes ses dépendances.

Cependant la victoire de Fontenoy ne termine pas la guerre. Le maréchal de Saxe s'est fixé un programme qu'il entend mener à bien... Dix jours après Fontenoy, Tournai tombe tandis que le roi, du haut du mont de la Trinité, surveille les opérations. Ensuite c'est Gand que Lowendal va enlever à l'escalade comme jadis son ami Maurice de Saxe fit de Prague. Le maréchal va y établir son quartier général mais on ne s'arrête pas là. Ninone et Alost tombent à leur tour. Puis c'est Bruges, la merveille qui se rend sans combat, Oudenaarde que prend Lowendal. A Dendermonde, c'est le duc d'Harcourt qui triomphe. Quinze jours plus tard, Ostende se rend à Lowendal qui, encore quinze jours après, entre dans Nieuport. Trois mois de succès ininterrompus qui rejettent l'Angleterre hors de ce qui n'est pas encore la Belgique.

Le 1er septembre, laissant le maréchal poursuivre la conquête depuis Gand, Louis XV a repris le chemin de Paris où l'attendait une formidable explosion de joie et de Versailles où l'attendait une autre forme de joie : les bras si doux de Mme d'Etioles dont, dans l'euphorie de Fontenoy, il avait fait une marquise de Pompadour, terre limousine en déshérence qu'il avait fait acheter pour elle parce qu'il trouvait le nom joli. Il y avait dessus un château où d'ailleurs la belle ne mit jamais les pieds. Du même coup le Châtelet de Paris prononça la séparation d'avec son mari...

L'énorme mare à grenouilles qu'était alors la Cour apprit toutes ces « bonnes nouvelles » en même temps et on commença d'aiguiser ses griffes. Les peintres et les tapissiers du palais s'activant à rénover l'ancien appartement de feue la duchesse de Châteauroux, il ne faisait de doute pour personne que la nouvelle « marquise » serait prochainement « présentée » au roi, à la reine, au Dauphin et à ses sœurs, ce qui l'implanterait définitivement à Versailles. La grande question tenait en trois mots : qui la présenterait ?

Il fallait, en effet, une marraine – deux en réalité mais seule comptait réellement la première ! – très noble, très titrée pour détenir le privilège de présentation. Une duchesse ou une princesse par exemple, mais parmi les grandes dames toutes se récusaient. Présenter une bourgeoise, fille d'une femme à la réputation douteuse, et même si elle était bien élevée, pleine de grâces et de talents, introduite dans les plus fameux salons parisiens, élégante, artiste car elle chantait à ravir, c'était tout simplement impensable ! Et, dans les coteries de la reine, du Dauphin, des princesses, l'espoir revenait : s'il n'y avait personne que la pauvre Mme d'Estrades, qui était la cousine de celle que l'on appelait « la caillette », la présentation n'aurait pas lieu et le roi n'y pourrait rien. Voilà tout !

La date prévue était le 14 septembre. Le 10 le mystère restait entier. Ce matin-là, alors qu'à la suite du roi et de la reine on sortait de la chapelle et que les conversations reprenaient leur train, un petit groupe, autour de Louis-François de Conti et de sa mère, semblait plus animé encore que les autres. Quelqu'un venait de lancer l'idée de faire des paris sur l'événement. L'abbé d'Aydie lança à la cantonade :

– Il faudrait savoir d'abord qui est la p... susceptible d'être la marraine d'une telle femme ?

La princesse, alors, éclata de rire et, frappant du bout de son éventail le nez du personnage :

– Ne cherchez pas l'abbé, ce sera moi !

– Vous, Madame ?

– Seriez-vous sourd ? J'ai dit que ce serait moi !

Soudain blanc de colère son fils lui avait saisi le bras et serrait si fort qu'elle en eut les larmes aux yeux :

– Vous plaisantez, j'espère ? siffla-t-il entre ses dents. Autrement il faudrait que vous fussiez devenue folle !

– Ni folle ni attardée ! Simplement le roi m'honore d'une amitié à laquelle je tiens et je ne vois pas pourquoi je lui aurais refusé une satisfaction qui ne fait de mal à personne... et lâchez-moi, vous me faites mal !

– A personne sauf à moi ! Vous déshonorez le nom de mon père !

– Il n'avait pas besoin de vous pour cela ! Lâchez-moi, vous dis-je.

Un rugissement lui répondit cependant que la prise se desserrait. Sorti de nulle part, le maréchal de Saxe, formidable de colère, venait d'enserrer le poignet de Conti entre ses doigts de fer et menaçait de le briser. Il fut obéi aussitôt et la princesse que la douleur avait courbée se redressa et voulut s'interposer entre les deux hommes car, libéré aussi, Conti levait déjà la main pour gifler l'importun mais ce fut le roi, alerté par le vacarme, qui se dressa devant lui :

– Hé bien, mon cousin ? Que de bruit ! On dirait que vous perdez la mesure et nous allons en parler vous et moi... Oh, Monsieur le maréchal de Saxe ! Je ne vous savais pas de retour.

– Je ne fais que toucher terre à Versailles et je repars, sire ! fit Maurice avec un grand sourire. Je tenais à porter moi-même à Votre Majesté le présent de la ville de Gand où j'ai établi mon quartier général...

Et il s'écarta pour laisser voir deux soldats portant entre eux un énorme panier dans lequel, enveloppée de serviettes blanches, reposait une magnifique pièce de viande saluée par des éclats de rire :

– Qu'est-ce ? demanda le roi surpris.

– Une longe de veau ! C'est la spécialité de Gand envoyée par ses échevins et je peux assurer Votre Majesté qu'elle n'en aura jamais mangé de pareille.

L'incident se terminait donc au milieu de la gaieté générale. Louis ordonna que le veau fût porté aux cuisines, prit son maréchal par le bras pour qu'il lui rende compte de la situation actuelle des armées puis, s'adressant à Conti :

– Suivez-nous, mon cousin ! J'aurai à vous parler quand j'en aurai fini avec le comte de Saxe.

Une heure plus tard, celui-ci repartait pour Gand et son adversaire pour l'armée du Rhin dont il recevait le commandement. En contrepartie le roi avait exigé du jeune homme la promesse formelle de ne chercher querelle au comte de Saxe sous aucun prétexte :

– La France a trop besoin de lui !

– Il a déshonoré ma mère, tué mon père !

– Vous n'en avez pas la moindre preuve. Alors veillez à vous tenir tranquille ! Pas de duel ! Jamais !...

Conti dut s'incliner.

Quatre jours plus tard, à six heures du soir, les portes du Cabinet du Roi s'ouvraient devant Jeanne Poisson, marquise de Pompadour, en grand habit de cour à longue traîne menée par Mme la princesse douairière de Conti et la comtesse d'Estrades. Au seuil, la jeune femme, dont le cœur battait à tout rompre dans la crainte de la plus minime maladresse, exécuta une première révérence ; avança de quelques pas pour en faire une deuxième et finalement vint exécuter la troisième aux pieds mêmes du souverain qui l'en releva avec des mots de bienvenue auxquels la « nouvelle » répondit très bas et en rougissant. Ensuite il lui fallut partir à reculons avec les mêmes révérences et sans se prendre les pieds dans sa traîne à laquelle veillait Mme de Lachau-Montauban. Après cela, elle refit chez la reine la même manœuvre à cette différence près qu'arrivée devant Marie Leczinska, elle ôta un gant pour porter à ses lèvres le bas de la robe royale après avoir assuré la reine de son profond respect et de son désir de lui plaire. Elle reçut en échange une phrase sans intérêt et partit comme elle était venue en direction de l'appartement du Dauphin où elle ne reçut d'autre accueil qu'un dédain glacial, mais l'épreuve n'était pas terminée. Il fallait recommencer chez la Dauphine, une Espagnole pratiquement statufiée de mépris, et enfin chez les filles du roi, Mesdames Henriette et Adélaïde, qui n'eurent même pas l'air de s'apercevoir de sa présence. Le tout, évidemment, sous les centaines de regards qui l'épièrent tout au long de ce calvaire d'un nouveau genre dont elle se tira avec les honneurs. Le plus sourcilleux des maîtres de cérémonies n'aurait pu relever la moindre faute. Pas un instant la nouvelle marquise ne perdit si peu que ce soit de sa grâce, de son élégance ni d'une aisance mondaine recueillie dans les nombreux salons parisiens qu'elle avait fréquentés, affûtée par l'abbé de Bernis, son conseiller et ami...

Mais de ce jour Versailles vit se lever un nouvel astre qui durant quinze années ne cessa de briller d'un vif éclat.

Rentré à Gand, Maurice de Saxe entreprit d'y passer agréablement l'hiver et surtout de donner, aux espions ennemis, l'impression durable qu'il songeait seulement à ses plaisirs. Ainsi, se passionnant pour les combats de coqs, il fit venir des champions d'Angleterre. Et surtout il eut son théâtre qui le suivait partout. Etait-ce en mémoire d'Adrienne Lecouvreur ? il lui arrivait parfois, dans le silence de sa chambre, de relire ses lettres. Toujours est-il que, depuis une année environ, il avait réuni une troupe confiée à un directeur et destinée à la distraction de l'armée, de ses officiers et de lui-même. Ce « Théâtre aux armées » lui fournissait aussi un appétissant contingent de jolies femmes, chanteuses, danseuses ou comédiennes, avec lesquelles il jouait au sultan avec délectation. Mais, grand seigneur jusqu'au bout des ongles, il ne voyait aucun inconvénient à laisser sa troupe aller distraire l'ennemi durant les trêves hivernales. Somme toute on se faisait la guerre entre gens de bonne compagnie !

Bien qu'il ne fût pas encore las de Marie-Anne Navarre, le bouillant maréchal avait alors pour favorite Mlle Beauménard, qui de l'Opéra était passée à la Comédie-Française, mais, peu satisfait de sa troupe actuelle, il avait décidé d'y insuffler un sang nouveau et dans ce but, à la fin de cette année 1745, il envoya son secrétaire des commandements, M. de Bercaville, en mission à Paris, chez un certain Charles Favart alors directeur de l'Opéra-Comique et de la Foire Saint-Germain dont les tréteaux étaient très courus. Moyennant une somme alléchante, Favart était prié de rejoindre le maréchal en Flandre avec sa troupe dès que l'hiver céderait suffisamment pour rendre le voyage praticable. Il était aussi spécifié que la présence de Mlle Chantilly était particulièrement souhaitée, le maréchal ayant eu le plaisir de l'entendre à l'Opéra et en ayant été charmé.

Les finances de Favart n'étaient pas au mieux à l'époque, la proposition du grand soldat lui fit l'effet de la manne céleste tombant dans le désert. Il accepta d'autant plus volontiers d'emmener Mlle Chantilly pour l'excellente raison qu'étant tombé amoureux d'elle il l'avait épousée peu avant Noël, le 12 décembre 1745.

– Enfin, dit-il à sa femme en lui montrant la lettre remise par Bercaville et les écus qui l'accompagnaient. Enfin nous allons avoir la possibilité de conquérir à la fois le succès et la fortune ! Le maréchal de Saxe est l'homme le plus généreux de la terre !

– L'important c'est que nous soyons ensemble, répondit la jeune femme... Si tu n'étais pas là je ne crois pas que j'aurais accepté : le maréchal a si mauvaise réputation !

– Auprès des femmes vertueuses seulement, mon cœur. Les autres l'adorent tout au contraire ! En outre nous nous aimons. Il n'y a donc rien à craindre ! conclut-il en l'embrassant.

Tous deux formaient, en effet, un vrai couple d'amoureux en dépit d'une différence d'âge de dix-sept ans. Fils de pâtissier, pâtissier lui-même, Charles Favart s'était découvert un double talent de poète et de musicien en même temps qu'il prenait feu pour le théâtre de la Foire Saint-Germain et de la Foire Saint-Laurent. Très vite il y connut le succès grâce à ses œuvres aussi gaies que charmantes[1]. Et il avait trouvé l'interprète idéale dans la jeune Justine Duronceray.

Née en Avignon d'un père musicien et d'une mère engagée dans une troupe de comédiens ambulants, la jeune fille habitée par la passion du théâtre s'était retrouvée à dix-sept ans à la Foire

1. Il est en quelque sorte l'inventeur de la comédie musicale.

Saint-Laurent où Charles Favart eut tôt fait de la découvrir et de l'enlever. Comme il était aussi un homme plein de charme et aussi délicieux que ses œuvres, Justine qui se produisait alors sous le nom de Mlle Chantilly en tomba amoureuse sans la moindre peine. En fait on ne sait lequel des deux succomba le premier et sans doute s'agit-il d'un double coup de foudre. Petite, les cheveux bruns, le nez légèrement retroussé, les yeux noirs vifs et rieurs, Justine possédait la beauté du diable et rachetait quelques défauts par une incroyable vitalité, un esprit et une grâce extrêmes. On aurait pu dire d'elle qu'elle était une jolie laide, et ce sont peut-être les femmes les plus dangereuses...

L'heureux couple attendit avec impatience le moment de rejoindre celui dans lequel il voyait une aimable corne d'abondance.

Si Maurice ne les avait pas fait venir aussitôt c'est parce que sous l'apparence détendue et même un peu folle de sa vie quotidienne il cachait un projet conçu dès après la dernière victoire : celui d'une expédition surprise vers Bruxelles, la capitale, cette perle conservée trop longtemps à son goût par la couronne autrichienne posée sur la tête de l'impératrice Marie-Thérèse. Ce qu'il guettait c'était un moment favorable et ce moment lui semblait venu grâce au jeune Charles-Edouard Stuart, le prétendant que les tempêtes de la Manche l'avaient empêché naguère de faire passer en Ecosse et qui, quelques mois plus tôt, réussissait à y entrer et à fédérer les chefs de clans, ce qui n'était pas une mince affaire. A l'issue du grand bal qu'il avait donné au château de Holyrood il avait entamé tout simplement la conquête de l'Angleterre. Avant la fin de l'année il prenait Manchester puis Derby. Aussi, jugeant la situation sérieuse sinon dramatique, le roi George II se résolut-il à rappeler son général le plus efficace : son fils, le duc de Cumberland, dont l'armée dut évacuer la Flandre... C'était l'occasion qu'attendait le maréchal de Saxe pour porter un coup décisif à la coalition austro-anglaise. Il avait dressé ses plans dans le plus grand secret même envers son état-major, sachant qu'il disposait de peu de temps, que le jeune Stuart ne pèserait pas lourd en face de Cumberland et que tôt ou tard celui-ci reviendrait. Il fallait donc se hâter mais des pluies abondantes ayant rendu impraticable la région marécageuse entre Gand et Bruxelles, on dut encore attendre la première gelée.

Elle se produisit le 15 janvier 1746 et, ce jour-là, après avoir envoyé un courrier à Versailles pour annoncer son intention d'attaquer Bruxelles, le maréchal donna l'ordre de marche à la stupeur générale. Personne n'était au courant, pas même Lowendal, l'ami et la meilleure arme, parti à Versailles recevoir le cordon bleu que lui décernait le roi...

Le départ de l'armée fut vite su par les Autrichiens dont le commandement était passé du prince Charles au comte de Kaunitz, Premier ministre qui, s'il promettait de devenir un diplomate d'envergure, ne possédait aucune des qualités nécessaires pour devenir un chef militaire. Naturellement il fit mettre la ville en défense et se proposa d'incendier les faubourgs pour rendre cette défense plus efficace. A sa surprise et avant même qu'il eût donné des ordres, il recevait du maréchal de Saxe l'épître suivante :

« J'ai cru que Votre Excellence ne désapprouverait pas la liberté que je prends de lui en écrire pour l'engager à conserver un si bel ornement à la ville de Bruxelles. La destruction des faubourgs d'Ypres, de Tournai et d'Ath n'en ont pas rendu la prise plus difficile et c'est une erreur de croire que les bâtiments au-delà du glacis puissent être de quelque avantage aux assiégeants ; ils ne peuvent nuire à une place que dans le cas de surprise contre laquelle il y a d'autres moyens de se garantir.

« Votre Excellence ne doit pas soupçonner cette lettre d'artifice si elle veut se souvenir de ce que j'ai fait pratiquer moi-même à Lille lors de la dernière campagne ; l'armée combinée était campée dans la plaine de Cysoing ; mon premier soin fut de défendre à l'officier général qui commandait à Lille d'en brûler les faubourgs et assurément je n'aurais pas pris sur moi une démarche si contraire à l'usage si je n'avais cru pouvoir en prouver. »

Kaunitz allait mettre un moment à se remettre d'une aussi incroyable épître mais il était trop intelligent pour ne pas accepter avec élégance la leçon de stratégie de son ennemi : les faubourgs ne furent pas brûlés... d'autant que Saxe avait profité de l'effet de surprise créé par sa prose pour envahir tranquillement lesdits faubourgs.

La lettre était du 28 janvier. Ses réflexions achevées, Kaunitz propose le 11 février de rendre la place avec les honneurs de la guerre et la liberté de la garnison. Maurice répond qu'il n'est pas certain de pouvoir empêcher le pillage par ses soldats, ces « fourmis désobéissantes », s'il lui faut prendre la ville d'assaut. Et là-dessus Kaunitz lui envoie des parlementaires pleins de morgue :

– Ne croyez pas que tout soit perdu pour nous, disent les Autrichiens. Nous attendons des renforts !

– Voilà qui est bien et je vous approuve : des gens de cœur qui attendent du secours ne doivent pas se rendre. Retournez donc derrière vos remparts et défendez-vous ! leur déclare-t-il avec un sourire épanoui.

Kaunitz alors accepte de capituler et que la garnison soit prisonnière mais il demande quatre jours pour faire évacuer la ville. Cependant il triche, pensant que son adversaire ignore la présence à Anvers d'un corps d'armée commandé par le prince de Waldeck. Ce qui n'est pas le cas : il y a beau temps que le maréchal a fait garder la route d'Anvers. Kaunitz battu à plates coutures n'insiste pas. Le 20 février, après quelques coups de canon et une perte minime en hommes, Maurice de Saxe entrait dans Bruxelles intacte après avoir traversé des faubourgs en bon état. La garnison fut emprisonnée mais pas maltraitée. Et le vainqueur d'écrire aussitôt à son roi pour lui faire hommage de la ville. Mais il ne s'en tint pas là et c'est en personne qu'il partit pour Versailles afin de porter lui-même au roi, outre les cinquante-deux drapeaux pris à l'ennemi, un souvenir exceptionnel, trouvé dans la salle d'armes du palais du gouverneur : l'oriflamme de François Ier prise à Pavie par Charles Quint.

Cette fois le triomphe est encore plus grand. Tout au long du chemin qui le ramène vers Paris, le maréchal est acclamé aussi bien par les paysans que par les citadins. Le roi l'embrasse sur les deux joues, le présente à la marquise de Pompadour qui le reçoit avec beaucoup de grâce et décide qu'ils seront amis, lui accorde les Grandes Entrées qui sont la plus haute distinction de la Cour puisque cela permet de rejoindre le roi partout où il se trouve. Enfin – et c'est le symbole qui rattache définitivement à la France ce Saxon couvert de gloire –, il lui donne les lettres de naturalité. Maurice de Saxe est désormais Français !

Paris ne sera pas en reste avec le Palais. Après l'avoir acclamé abondamment, c'est l'Opéra qui consacre son triomphe et cela en présence de Louis XV et de la Cour. Le 18 mars, on joue *Armide*. Au prologue paraît Mlle Metz qui incarne la gloire et qui chante :

Tout doit céder dans l'univers
A l'auguste héros que j'aime...

Tout en chantant elle s'approche de la loge d'avant-scène où ledit héros assiste à la représentation avec quelques amis et lui tend une couronne de laurier. Qu'il refuse d'ailleurs en riant mais aussi en rougissant. Et la salle entière de clamer :

– Prenez-la, prenez-la !

Tout le monde est debout. Saxe réitère son

refus, alors le duc de Villeroy prend la couronne des mains de la chanteuse et l'en coiffe aux applaudissements enthousiastes du public[1].

L'engouement tournait presque à la folie. L'Académie française lui offrit même un siège dans son auguste enceinte. N'avait-il pas écrit *Mes rêveries* ? Cette fois Maurice accueillit la proposition par un éclat de rire :

« Cela m'irait comme une bague à un chat, écrivit-il au maréchal de Noailles. Je ne sais même pas l'orthographe. »

Le texte autographe étant : « Je repondu que sela m'alet comme une bage à un cha... » On veut bien le croire !

Il est certain que cette débauche de faveur ne remportait pas l'unanimité. Il y avait les envieux, les jaloux, les aigris qui ne supportaient pas le triomphe de celui en qui ils s'obstinaient à voir un reître mal dégrossi. En tête de tous, le prince de Conti, dont la haine latente occultait souvent les très réelles qualités de chef de guerre. Il exécrait d'autant plus Saxe qu'il était tenu par le serment que le roi avait exigé de lui mais se vengeait d'une manière assez basse. Ainsi, ayant entendu Mme de Pompadour chanter les louanges du héros qu'elle n'appelait plus que « Mon Maréchal », s'en prit-il à elle. Un matin où, dans son appartement de Versailles, la marquise était encore couchée, Conti entra chez elle sans plus de façons et sans saluer prit place au pied du lit de la favorite :

1. Le lendemain, le maréchal enverra à Mlle Metz de magnifiques pendants d'oreilles en diamant.

– Voilà un bien beau lit ! apprécia-t-il. Trop beau pour une femme telle que vous !

Après quoi, se relevant, il examina ce qu'il y avait dans la chambre comme quelqu'un qui visiterait un musée, regarda la jeune femme que la stupeur avait pétrifiée, ajouta :

– Le reste aussi d'ailleurs !

Et sortit comme il était venu...

Le mécontentement du roi vaudra à l'impudent personnage une verte mercuriale et un exil de quelques mois d'été dans son château de l'Isle-Adam mais ne l'apaisera pas pour autant. Il continuera par écrit à remonter contre son ennemi le ministre de la Guerre, d'Argenson, qui, détestant déjà le maréchal, n'avait guère besoin d'être excité. Des propos perfides cherchèrent à entamer l'auréole du vainqueur : on le disait pourri par la débauche, enflé par le succès au point de perdre toute mesure, ne songeant au combat qu'à se préserver en faisant tuer ses soldats, atteint d'une maladie honteuse et même de gâtisme !...

Indifférent à tous ces bruits malsains qu'il prisait à leur juste valeur, le maréchal s'en alla visiter son beau château de Chambord qu'il ne connaissait pas.

Il s'y rendit le 1er avril accompagné de son ami Lowendal, de son aide de camp le marquis de Valfons et du directeur général des Bâtiments du Roi, Le Normand de Tournehem, qui se trouvait être le père nourricier et peut-être bien le père réel de la marquise de Pompadour. Le voyage était agréable, le temps frais mais ensoleillé donnait toute sa grâce à cette terre de Touraine dont on lui avait dit qu'elle était « le jardin de la France » et qui pour le moment croulait sous les arbres fruitiers en fleurs. On lui avait dit aussi que Chambord était, après Versailles, le plus beau des châteaux et il avait souri, pensant que l'on cherchait à valoriser le cadeau royal, mais en découvrant ce madrépore immense, cette merveille de blancheur lumineuse et d'ardoises bleues au bout d'une large avenue tranchée à travers une forêt dense, toute bruissante de chants d'oiseau, il fut ébloui, fit arrêter la voiture et descendit jusqu'à la tête des chevaux pour mieux contempler. Jamais il n'avait rien imaginé de pareil ! Jamais il n'avait rêvé décor plus grandiose pour sa gloire...

Le Normand de Tournehem qui l'avait suivi toussota pour attirer son attention :

– Je me dois de vous avertir, Monsieur le maréchal, que Chambord est vide. Le roi Stanislas Leczinski, à qui sa Majesté l'avait prêté, y campait plutôt qu'il ne l'habitait et...

– Que me chantez-vous là ? Il est vide ? Tant mieux ! N'y entrera que ce que j'aurai choisi !

– Quatre cents salles et chambres, songez-y.

– Tiens ? J'aurais cru davantage. Mais on s'en suffira...

– D'ici on ne se rend pas vraiment compte mais il y a des travaux à faire tant au château que dans les six pavillons qui sont sur le domaine !

– On fera ce qu'il faut ! N'êtes-vous pas là, Monsieur de Tournehem, afin d'établir avec moi la liste de ce qu'il faut pour que l'habitation soit en harmonie avec l'extérieur ? En vérité je ne remercierai jamais assez le roi de ce présent inouï ! Le roi de Pologne mon frère ne possède rien de comparable ! A présent, allons voir de plus près mon beau château !

Pendant les six jours que le maréchal passa à Chambord, Tournehem trotta derrière lui, un carnet et un crayon à la main, notant inlassablement mais de plus en plus inquiet. Le rêve de pierre de François Ier avait toujours coûté cher à la Couronne – quand elle consentait à s'en occuper ! – mais ce diable d'homme était bien capable de la ruiner. Outre l'intérieur où quelques réparations étaient nécessaires et qu'il fallait remeubler, le nouveau seigneur indiquait les premiers « travaux d'urgence » pour l'extérieur : curer les douves, modifier les canaux qui les nourrissaient afin d'éviter les inondations d'hiver, plus vingt routes à créer dans ce qui était sans doute le plus vaste domaine de chasse en Europe, sans oublier d'entretenir celles déjà tracées, plus la remise en état des pavillons de la forêt mais surtout aménager les communs et les écuries et même agrandir celles-ci, le maréchal songeant à demander au roi la permission de cantonner Saxe-Volontaires sur le nouveau domaine. Il y avait aussi le village attenant que le dernier hiver avait malmené, etc.

Au bout des six jours Tournehem avait rempli son carnet, en avait entamé un autre et s'interrogeait sur le saint qu'il convenait d'invoquer pour lui permettre de sortir non seulement vivant mais sans y laisser la raison d'une aventure qu'il n'avait jamais imaginée aussi dispendieuse.

Avant de quitter le château, Maurice s'était attardé devant la vitre sur laquelle le roi François Ier avait gravé à l'aide d'une bague en diamant : « Souvent femme varie, bien fol qui s'y fie... » Il voyait là un bon augure pour ses relations futures avec l'actuelle dame de ses pensées, la délicieuse Chantilly qui, sous prétexte qu'elle avait épousé Favart, son directeur, prétendait lui rester fidèle et l'accueillait, lui, en riant quand il s'avisait de lui tourner un compliment !...

Aussi fut-il assez satisfait, de retour à Paris, d'apprendre qu'il n'aurait guère le temps de s'y attarder. L'hivernage prenait fin pour les armées stationnées en Flandre et sur le Rhin, et si l'on avait pu espérer un moment qu'après la chute de Bruxelles l'Autriche se tiendrait tranquille, un événement fortuit venait de lui rendre espoir : Charles-Edouard Stuart, dont les succès écossais avaient rendu nécessaire le retrait de Cumberland, avait fait une irréparable sottise : au lieu de conforter ses assises et de s'établir solidement dans les Highlands, il était descendu de ses montagnes pour affronter le « duc rouge » en rase campagne. A Culloden, celui-ci l'écrasait dans le sang, mettant fin à tous ses espoirs de reconquérir le trône. Seul – ou à peu près – il réussit à fuir la boucherie avec une poignée de compagnons et à passer en Bretagne. C'était le 16 avril et Cumberland, après avoir signé le martyre de l'Ecosse, était libre de revenir épauler les Autrichiens de Marie-Thérèse...

Le maréchal de Saxe, bientôt suivi par le roi, reprit le chemin de Bruxelles. Il se trouvait alors à la tête de cent quatre-vingt mille hommes avec lesquels il pouvait espérer venir à bout de n'importe quelle formation ennemie et conquérir définitivement les Pays-Bas autrichiens.

Tout eût été pour le mieux si la cabale qui avait couvé tout l'hiver à Versailles n'eût montré son visage à nu, quand reprirent les opérations, par le truchement de ses chefs : le comte de Clermont et, surtout, le prince de Conti. Deux princes du sang donc cousins qui, de plus, avaient l'appui d'Argenson, le ministre.

Le premier, Louis de Bourbon-Condé, comte de Clermont et frère de Charolais, n'aimait pas Maurice de Saxe auquel il reprochait de l'avoir évincé du cœur et du lit de sa cousine, Louise-Elisabeth. Il ne cessait de se répandre en propos pour le moins discourtois sur ses aventures galantes à Bruxelles. Tant et si bien que le bruit en revint aux oreilles de l'intéressé qui, sans autre forme de procès, lui enleva la plus grande partie de son commandement, le réduisant à l'état de chef de brigade. Une humiliation qui ne passa pas. Clermont voulut démissionner en criant bien haut qu'il était trop humiliant pour un prince du sang d'obéir à un bâtard étranger. C'était le duel à coup sûr mais quelqu'un sauva la situation. Le marquis de Valfons, le nouvel aide de camp du maréchal, avait servi sous Clermont et entretenait avec lui des relations d'amitié : il sut convaincre celui-ci de la sottise qu'il avait commise et lui proposa d'écrire un mot à Saxe en vue d'un entretien privé, porta lui-même la lettre et mit en scène un arrangement diplomatique : Saxe, en passant une inspection de l'armée, s'arrêterait chez Clermont comme chez les autres à une heure où, comme par hasard, le comte serait prêt à se mettre à table. Et tout se déroula comme l'avait prévu Valfons. Le maréchal feignit d'être contrit d'arriver à un si mauvais instant, l'attribuant au fait qu'il ne pensait pas qu'il était si tard.

– Assez, répondit l'autre, pour que vous ne puissiez aller dîner chez vous. Faites-moi donc l'honneur de prendre place !...

Et tout se passa pour le mieux, chacun des convives se gardant d'évoquer les choses qui fâchent. Ce fut même très gai et Clermont reçut dès le lendemain les effectifs qui lui rendaient l'intégralité de son commandement, avec même en prime vingt pièces de canon ! Affaire terminée.

Ce ne fut pas le cas avec Conti, bien au contraire !

Pour une fois d'accord avec le ministre, le maréchal en exposant les plans de sa campagne d'été à Bruxelles avait proposé d'alléger le contingent de l'armée du Rhin que commandait le prince, trop conséquent dans l'état actuel de la campagne, mais d'ajouter à ce qu'il en restait les troupes disposées à l'est des Flandres augmentant ainsi son commandement. Buté, Conti se déclara offensé et, bien que Saxe l'eût, non sans élégance, laissé prendre Mons et Charleroi, il se déroba lorsque son chef lançait le premier assaut contre Namur, le laissant face à l'ennemi dans une situation délicate. L'excuse : il devait rentrer d'urgence à Versailles parce qu'il voulait reprendre les droits de son père à la couronne de Pologne que les ennuis de santé du roi Auguste III, demi-frère de Saxe, pouvait rendre vacante. Le prétexte était mauvais et l'abandon de poste flagrant : Conti méritait le Conseil de guerre. Le maréchal n'en fit rien :

– Je suis trop bon serviteur du roi pour rendre au prince de Conti ce qu'il vient de faire !

C'était en juillet. Rentré à Versailles en juin pour voir mourir sa belle-fille, l'infante Maria-Raffaela, Louis XV sanctionna cependant en retirant la totalité de son commandement à Conti pour le joindre à l'armée de Saxe... Ce qui ne fit qu'ajouter à sa haine. Furieux, le prince ne rêva plus que de se procurer les preuves des relations adultères de sa mère avec le « bâtard » et, ce qui serait mieux encore, celles de sa participation à la mort de son père...

Tandis que se poursuivait le siège de Namur, le maréchal avait établi son quartier général à Tongres, accompagné, bien entendu, de son théâtre aux armées, sa meilleure distraction et, comme d'habitude, une agréable réserve de jolies filles parmi lesquelles il n'avait qu'à choisir. Il y en avait toujours une en fonction auprès de lui, pourtant cet été-là son regard se braquait sur la Chantilly – Justine Favart ! – qui, après avoir accepté d'emblée puis s'être ravisée, venait de se résoudre à quitter l'Opéra pour rejoindre la troupe de son époux. Ce qui n'avait pas été sans longues hésitations.

Tant qu'avait duré la dernière campagne, Charles Favart s'était vu l'objet de toutes les attentions de son mécène. Il n'y avait rien que celui-ci ne fût prêt à offrir à son directeur pour le confort de sa vie quotidienne et il se montrait particulièrement généreux :

« Si chaque mois de l'année me produit autant que le dernier et le commencement de celui-ci, écrit-il à sa femme, je retournerai à Paris avec cinquante mille francs de bénéfice. Et j'ai encore pour ressource la bourse de M. le maréchal, lequel m'a engagé à y puiser toutes les fois que mes besoins me le commandent. »

Cependant plein d'esprit et avisé, Favart se croit en Paradis et n'imagine pas un instant que toutes ces générosités n'ont pour but qu'appâter Justine. Sa troupe qui suit l'armée de camp en camp remporte de vifs succès et il compose des chansons que les mousquetaires rouges chantent en montant à l'assaut.

Lorsque enfin la Chantilly le rejoint, en juillet, la vie devient encore plus belle... Le maréchal envoie un lit de camp couvert de satin rayé pour rappeler la chambre que les époux occupent à Paris. Il envoie aussi des chevaux pour leur voiture personnelle, des bouteilles de bons vins et encore une foule d'autres choses. Tout cela ne manque pas de toucher la jeune femme, envers laquelle Maurice évite de jouer les hussards ! Il la traite avec tout le respect possible et s'il lui fait la cour c'est avec une discrétion plus qu'inhabituelle chez lui. Peut-être parce que depuis longtemps il se retrouve amoureux comme autrefois, à cette différence près qu'il est conscient que ses vingt ans sont loin, même si le caractère primesautier de Justine, ses reparties, ses rires aussi lui donnent parfois l'impression de les retrouver. Elle fait couler un sang plus vif dans ses veines. Autrefois il l'eût prise d'assaut sans tenir compte de ses protestations – en admettant qu'elle en eût émises ! Cette fois il pratique la guerre de siège et, la sachant encore amoureuse de son époux, il préfère patienter. Le tigre rentre ses griffes et fait pattes de velours.

Il est vrai que Mme Favart n'est pas seule à occuper ses pensées. De toutes parts on ne parle que du remariage du Dauphin puisque, morte en couches, l'infante n'a pas laissé d'enfant. Une idée alors est venue au maréchal : faire de sa nièce Marie-Josèphe de Saxe une future reine de France. Elle n'a que quinze ans et toutes les qualités morales qui conviennent. En plus elle est charmante : blonde avec de jolis yeux bleus. Enfin, elle est d'une douceur et d'une patience infinies, vertus souhaitables pour épouser un prince que l'on dit inconsolable... Et puis – et c'est ce que le maréchal souligne à l'intention du comte de Loos, ministre de Pologne et de Saxe à Paris – une telle alliance détacherait de ce fait la Saxe de l'étouffante tutelle autrichienne. Cela mérite d'y réfléchir !

Quand l'idée de Maurice devient bruit et que ce bruit voltige sous les sublimes plafonds de Versailles, tout de suite les ennemis du maréchal prennent feu et en première ligne, comme de juste, Louis-François de Conti... Celui-ci, que son inactivité enrage, ronge son frein. On dit la marquise de Pompadour favorable au mariage. Conti alors assiège sa mère. La Pompadour lui doit sa présentation à la Cour. Il serait temps qu'elle s'en souvienne, avant que Versailles ne soit entièrement repeint aux couleurs de la Saxe.

– Je ne supporterai pas de voir ce bâtard qui

m'a chassé de l'armée se pavaner et faire la loi sous le prétexte qu'il sera l'oncle de la future reine !

– Ce n'est pas la favorite qui prend les décisions en ce qui touche une affaire de famille aussi importante, répondit la princesse. D'ailleurs la reine pourrait ne pas apprécier de voir la petite-fille d'Auguste II trôner en ce pays...

– Le roi n'écoute plus guère son épouse mais il fait grand cas de sa greluche ! Celle-là a une dette envers vous et moi j'entends au moins que l'on me rende un commandement qui me donne le pas sur ce maréchal de carton !

Louise-Elisabeth pensa qu'elle n'avait encore jamais vu un carton de cette trempe mais se retint de l'exprimer. Elle connaissait trop le caractère emporté de son fils, sa violence capable de se retourner contre elle-même. Trop semblable à celle de son défunt père. Elle demanda ses chevaux et se rendit chez la marquise. Trois jours plus tard, Louis-François de Conti était nommé généralissime des Armées du Roi, un grade qui lui conférait l'autorité absolue sur les troupes... et sur les maréchaux eux-mêmes.

La nouvelle fit un bruit assourdissant à la Cour mais ce ne fut qu'une simple risée à côté de la tempête qu'elle déchaîna au camp de Tongres. Fou de rage, le maréchal piqua la plus belle colère de sa vie, tonnant des imprécations à faire trembler les murailles de la ville :

– Jamais je n'accepterai de me soumettre à ce blanc-bec prétentieux qui se croit du talent parce qu'il est prince du sang ! Jamais !... Et, pour commencer, je vais envoyer ma démission au roi ! S'il ne sait pas faire la différence entre un soldat expérimenté et un apprenti, la suite de la guerre la lui enseignera ! Moi, je vais voir où en sont mes travaux de Chambord !

Quand, après avoir bien donné de la voix, il s'assit à sa table de travail, balayant les cartes étalées dessus pour mettre sa menace à exécution, Valfons, seul témoin de l'ouragan, toussota et émit :

– Si j'étais vous, Monsieur le maréchal, je ne me presserais pas d'écrire cette lettre !

– Et pourquoi, s'il vous plaît ? Lorsque je prends une décision je n'ai pas l'habitude de la remettre au lendemain !

– Sans doute... mais je crains fort que vous n'y soyez obligé !... A moins que vous ne soyez tenté d'imiter le prince de Conti : par une désertion devant l'ennemi...

– Moi ? Déserter ? brama le maréchal. Ou bien vous devenez fou, Valfons, ou bien vous m'insultez et en ce cas...

– Ni l'un ni l'autre. Je vous apportais seulement un avis : le prince Charles de Lorraine vient de franchir la Meuse à la tête de cinquante mille Autrichiens et il va camper entre nous et la ville de Liège et...

– Vous ne pouviez pas commencer par ça au lieu de me rebattre les oreilles des ingratitudes de Versailles ? Mes cartes ! Je vais leur montrer, moi, ce que je sais faire !

Puis, après avoir consulté les relevés de la région, il déclara :

– Nous allons nous porter à leur rencontre et

nous les attaquerons... ici, à Rancoux ! ajouta-t-il en pointant l'index sur un point. Veillez à ce que l'on soit prêts à se mette en marche mais ne dites rien !

Au soir du 10 octobre il fit appeler Charles Favart :

– Demain je vais livrer une grande bataille, lui dit-il, mais personne ne s'en doute et je vous sais gré de garder le secret jusqu'à ce soir. Quand le spectacle sera terminé vous annoncerez : « Demain relâche à cause de la victoire ! » Mettez ce que je viens de vous dire en vers que votre femme chantera sur un air militaire...

Un peu abasourdi tout de même, le directeur ne tenta pas la moindre réflexion, rentra chez lui, se mit au travail et, le soir venu, après la représentation, Justine, jolie à croquer dans une robe bleu de France, vint devant le rideau et se mit à chanter :

Nous avons rempli notre tâche
Demain nous donnerons relâche
Sans que notre public s'en fâche
Demain jour de la victoire !
Que dans les fastes de l'Histoire
Triomphe encore le nom français
Dignes d'éternelle mémoire
Revenez après ce succès
Jouir des fruits de notre victoire !

Elle fut acclamée, on la porta en triomphe. On but à la victoire annoncée avec tant de crânerie. Puis on se prépara pour cette bataille que tous attendaient depuis longtemps. Enfin en rase campagne on allait affronter l'ennemi !

Le lendemain on s'ébranla à la pointe du jour. A la nuit tombante l'ennemi était en fuite et l'armée acclamait le maréchal de Saxe en lui présentant les drapeaux, les canons et les prisonniers.

– Vivent le roi et le maréchal de Saxe !

Ce soir-là, le théâtre Favart joua *Cythère assiégée* avec le succès que l'on devine...

Le marquis de Valfons reçut la mission d'aller porter au roi les onze étendards saisis à Raucoux avec la nouvelle de la victoire. Lui aussi fit un succès et la plus enthousiaste fut Mme de Pompadour.

– Le maréchal doit être très content, dit-elle à Valfons quand il eut achevé le récit de la victoire. Qu'il doit être beau à la tête d'une armée sur un champ de bataille !

– Oui, Madame. Il y fait l'impossible pour se rendre encore plus digne de votre amitié.

– Vous pouvez lui écrire que je l'aime bien...

Le 14 novembre, le roi recevait le héros à Fontainebleau et lui faisait don de six canons pris à l'ennemi pour les mettre à Chambord. Un rare privilège qui n'avait été accordé jusque-là qu'à Vauban après Philipsbourg et au maréchal de Villars après Denain.

Un peu repentante de ce qu'elle avait dû faire pour contenter la princesse de Conti, la marquise de Pompadour mit tous ses soins au service du mariage de la nièce du grand homme...

CHAPITRE XII

UN ROI EN SON ROYAUME

Le début de l'année 1747 fut un véritable rêve pour Maurice de Saxe : le 11 janvier Louis XV le faisait maréchal général, un titre prestigieux – l'équivalent de connétable de France – que seul Turenne avait porté avant lui. Ce qui effaçait la brûlure d'orgueil causée par le généralissimat de son ennemi Conti. Et puis il y avait le mariage de sa nièce avec le Dauphin Louis qui devait avoir lieu le 9 février.

En attendant tout Versailles était en ébullition et Maurice au premier rang. Il se mêlait de tout, même de ce qui ne le regardait pas. C'est ainsi qu'il écrivit à la mère de la fiancée, Marie-Josèphe de Habsbourg, sa belle-sœur, une lettre qui, venant d'un tel foudre de guerre, fait sourire :

« ... Je suis informé du trousseau... En général tout ce qui est garde-robe appartient à la dame d'atour qui est Mme la duchesse de Lauraguais ; elle fournit toutes les parures, linge, dentelles et reprend ce qui ne sert plus. C'est le plus grand bénéfice de sa charge. Quant aux bijoux, diamants et pierreries, il y en a une quantité considérable pour le service de Madame la Dauphine mais dont elle ne peut disposer et qui sont pierreries de la Couronne. Quant à celles qu'on lui apporte ou qu'elle acquiert, elle peut en disposer comme bon lui semble et cet article ne va pas à la dame d'atour.

« Votre Majesté ferait bien de donner à la princesse quelques pièces d'étoffe de Hollande, s'il y en a de belles, fond de satin et or, dans le goût des étoffes des Indes ou de Perse parce que ici il n'y en a pas. S'il s'en trouvait de belles chez les Arméniens à Varsovie, il serait bon d'en faire acheter.

« Comme on ne trouve pas de belles fourrures ici, il serait bon de donner à la princesse une belle palatine doublée de martre zibeline comme on les porte en Russie, qui sont longues et chaudes et font un bel ornement avec le manchon assortissant. L'on ne fait nulle part les tours des robes et des corsets aussi bien qu'à Dresde. Il faudra donc en donner quelques-uns qui pourront servir de modèles par la suite.

« Il faut seulement observer une chose qui est que le tailleur ne fasse pas la taille trop longue. C'est un défaut dans lequel nos tailleurs tombent souvent, ce qui donne un air gêné et rend les jupes trop courtes, ce qui n'est pas dans le goût du maître de ce pays-ci. Je ne sais si je me fais entendre en parlant ajustements et ma façon de m'exprimer paraîtra peut-être ridicule à Votre Majesté mais je la supplie de m'excuser de ma bonne volonté... »

Cette lettre pour le moins surprenante n'étonna

guère la reine de Pologne. Comme toute l'Europe elle n'ignorait rien des retentissantes aventures galantes de son beau-frère. Il connaissait trop bien les femmes pour ne pas savoir les habiller aussi bien qu'il les déshabillait. Et, surtout, il tenait à ce que, en face de la Cour la plus brillante d'Europe, la famille de Saxe ne fît pas figure de provinciale. Autant valait le faire savoir.

Quoi qu'il en soit, le 6 février suivant, le roi et sa cour attendent, sur la route de Nangis, la princesse étrangère qui va devenir Dauphine.

Le roi, la Cour – une partie tout au moins – mais pas le futur époux ! Louis est bien parti avec tout le monde mais il traîne derrière et on ne le retrouvera que le lendemain à Brie-Comte-Robert. Le maréchal, tout joyeux et même un peu ému, est au premier rang après Louis XV. Ni l'un ni l'autre d'ailleurs ne sont inquiets au sujet du physique de la jeune fille : ses portraits sont charmants et l'on sait quelle éducation soignée elle a reçue chez les Dames du Saint-Sacrement à Varsovie. Tous deux se tourmenteraient plutôt sur la façon dont va se comporter le Dauphin en face de sa nouvelle épouse alors qu'il n'a pas encore fini de pleurer son infante. Il n'a même pas voulu venir jusqu'à Nangis, alléguant qu'il verrait sa fiancée bien assez tôt. Pas très encourageant !

De son côté, dans la berline qui l'amène, la petite Marie-Josèphe de quinze ans est morte de peur. Elle n'ignore pas qu'elle va s'unir à un veuf qui se veut inconsolable. Quel accueil va-t-il lui réserver ? De temps en temps elle contemple la miniature le représentant que sa dame d'honneur, la duchesse de Brancas, lui a offerte à la frontière et qu'elle porte à son poignet droit. Il est charmant, ce jeune prince, et le duc de Richelieu, qui a épousé par procuration, assure que le portrait est fidèle !

Mais voici que sa voiture s'arrête. Là-bas une foule scintillante barre la route avec des carrosses dorés, des chevaux empanachés. Mme de Brancas fait alors descendre Marie-Josèphe en lui désignant le roi devant qui elle doit s'agenouiller. La jeune fille a si peur d'apercevoir le modèle de la miniature avec une mine sinistre qu'elle se précipite avec toute l'ardeur de sa jeunesse, s'affale aux pieds de Louis XV et supplie :

– Sire !... Je vous demande votre amitié !

Celui-ci sourit comme il sait le faire quand il veut, relève cette jolie blondinette qu'il trouve délicieuse, l'embrasse et l'assure que, cette amitié, elle vient de l'acquérir et pour toujours. Il est très heureux de la voir arriver à si bon port et elle peut être certaine de trouver en lui un véritable père. Quant au Dauphin... eh bien on le rencontrera demain ! Il était souffrant la veille mais il a écrit une lettre que l'on donne à la princesse.

Or, elle n'était pas pour elle, cette maudite lettre, mais pour Mme de Brancas et on s'en aperçoit trop tard quand Marie-Josèphe éclate en sanglots : Louis y confie à la dame d'honneur que personne au monde ne réussira à lui faire oublier sa première femme...

C'est la catastrophe ! Le roi est fort mécontent. On s'indigne et plus fort que tous l'oncle Maurice qui, après s'être incliné devant celle qui est déjà la Dauphine, l'a embrassée et réembrassée avec enthousiasme et qui s'efforce de la consoler. Il tordrait volontiers le cou à ce galopin stupide qui ne pèserait pas lourd dans des mains capables de faire un tire-bouchon avec un clou !

Mais enfin on ne peut rester indéfiniment sur cette route glaciale. On repart. Cette fois la princesse est au côté du roi... Le lendemain à Brie, le premier contact avec le futur époux n'a rien pour arranger les choses. Il a les yeux rouges et se montre tout juste poli. Tout le temps que dure le voyage jusqu'à Versailles, c'est Louis XV qui essaie d'arranger la situation. Lui, il est gai, enjoué. Chemin faisant, il montre à l'adolescente tout ce qui peut l'intéresser. Celle-ci lui en est reconnaissante car sa gentillesse rend un peu moins pénible le silence obstiné de Louis qui regarde par la portière et s'occupe beaucoup plus des foules assemblées sur la route que de sa fiancée. Le peuple, lui, est enthousiaste et acclame sa nouvelle princesse.

Deux jours plus tard, le 9, c'est la cérémonie du mariage.

Les dames de la Dauphine l'ont revêtue d'une robe tissée d'or et rebrodée d'or qui pèse soixante livres. Le maréchal qui l'a soupesée a hoché la tête en contemplant la silhouette gracile de sa nièce :

– Elle pèse plus lourd qu'une cuirasse ! ronchonne-t-il.

Et c'est en fait ce qu'elle est pour la fiancée du désespéré : une cuirasse qui la tient bien droite en gardant haut sa tête couronnée de diamants durant l'interminable cérémonie, le festin et le bal qui suivent.

Versailles ce soir brille de tous ses feux comme un palais de rêve.

Le Dauphin a consenti à ouvrir le bal avec sa femme puis il a disparu... Cependant, il s'agit d'un bal masqué voulu par le roi pour amuser sa belle-fille. Des dominos de toutes les couleurs s'y croisent mais bientôt l'on remarque certain domino jaune qui n'arrête pas de visiter les buffets dressés dans les premiers salons des Grands Appartements. Il s'empiffre, repart, revient, recommence à manger et à boire comme s'il était encore à jeun, repart encore, revient de nouveau... Son manège intrigue le roi qui le fait surveiller. Qui peut bien être ce goinfre ?... Quand on découvre le pot aux roses c'est un éclat de rire général : le domino jaune sert d'abri aux Gardes-Suisses de la Maison du Roi qui viennent à tour de rôle manger et boire à la santé des mariés.

Seul le Dauphin n'a pas ri. L'heure tragique est venue pour lui. Il est temps d'aller au lit où vont l'accompagner la famille royale, la marquise de Pompadour et, bien entendu, le maréchal qui se contient à grand-peine et qui, dès le lendemain, rendra compte à son frère Auguste III :

« A quinze ans il n'y a plus d'enfants dans ce monde-ci et, en vérité, elle m'étonne. Votre Majesté ne saurait croire avec quelle présence d'esprit Madame la Dauphine s'est conduite. Monsieur le Dauphin paraissait un écolier auprès d'elle. Une fermeté noble et tranquille accompagnait toutes ses actions et, certes, il y a des moments où il faut toute l'assurance d'une personne formée pour soutenir ce rôle avec dignité. Il y en a un, entre autres, qui est celui du lit où l'on ouvre les rideaux lorsque l'époux et l'épouse ont été mis au lit nuptial, ce qui est terrible car toute la Cour est dans la chambre. Et le roi me dit, pour rassurer la Dauphine, de me tenir auprès d'elle.

« Elle soutint tout cela avec une tranquillité qui m'étonna. Monsieur le Dauphin se mit la couverture sur le visage mais la princesse ne cessa de parler avec une liberté d'esprit charmante, ne faisant pas plus attention à ce peuple de Cour que s'il n'y avait eu personne dans la chambre. Je ne l'ai quittée et ne lui ai souhaité la bonne nuit que lorsque les femmes eurent refermé les rideaux. Tout le monde sortit avec une espèce de douleur car cela avait l'air d'un sacrifice et elle a trouvé le moyen d'intéresser tout le monde pour elle...

« Votre Majesté rira peut-être de ce que je lui dis là mais la bénédiction du lit, les prêtres, les bougies, cette troupe brillante, la beauté, la jeunesse de cette princesse, enfin le désir que l'on a qu'elle soit heureuse, toutes ces choses ensemble inspirent plus de pensées que de rires. Il y avait dans la chambre tous les princes et toutes les princesses qui composent cette Cour, le roi, la reine, plus de cent femmes couvertes de pierreries et d'habits brillants. C'est un coup d'œil unique et, je le répète, rien n'a plus l'air d'un sacrifice... »

Dans ces derniers mots tient toute la tendresse que le rude soldat voue d'instinct à cette petite princesse qui commence si mal sa vie conjugale et, tandis qu'il regagne son logis, il donnerait cher pour savoir ce qui se passe derrière les rideaux qui viennent de se refermer.

Ce qui s'y passe, il vaut mieux que le bouillant maréchal ne le voie pas, du moins au début. A peine la chambre s'est-elle vidée que le Dauphin a éclaté en sanglots comme un enfant perdu dans le noir. D'abord interdite par ce bruyant chagrin, Marie-Josèphe se laisse gagner peu à peu par l'ambiance. Bientôt les larmes lui viennent à elle aussi, se met à pleurer puis sanglote à l'unisson. Et voilà les deux jeunes époux, chacun le nez dans son oreiller, qui pleurent à qui mieux mieux...

La Dauphine pleurait-elle à contrepoint de son époux ou bien le prince prit-il conscience des légères secousses imprimées au lit par leur double chagrin, toujours est-il qu'entre deux reniflements il parvient à articuler :

– Par... Pardonnez-moi... Madame... de vous do... donner une telle image !

Seigneur ! Il a parlé ! Du coup les larmes de la jeune fille se tarissent comme par enchantement. Elle essuie ce qu'il en reste à l'aide d'un mouchoir puis, avec beaucoup de gentillesse, se tourne vers son larmoyant conjoint :

– Laissez couler vos larmes, Monsieur, et ne croyez pas que j'en sois offensée. Elles me prouvent au contraire ce qu'il m'est permis d'espérer si je sais, un jour, mériter votre estime. C'est le propre d'un noble cœur que la fidélité au souvenir et je sais trop ce qu'il a dû vous en coûter d'accepter ce mariage...

Cette voix douce, compatissante, agit comme un baume. A son tour Louis se calme. Pour la première fois il regarde vraiment sa jeune femme. Elle est bien mignonne avec ses beaux cheveux blonds, ses jolis yeux bleus pleins de compassion et son petit nez rougi par les pleurs. Alors il tente un sourire, le réussit presque et murmure :

– Merci, mon petit cœur...

Bientôt Marie-Josèphe sera le « petit cœur » de toute la famille royale conquise par sa bonté, sa patience et sa gentillesse. Pour l'heure présente, les époux finissent par s'endormir chacun dans son coin. Ils sont exténués car la journée a été rude. Et quand, au matin, les dames de la Dauphine viendront examiner les draps, elles n'y trouveront pas ce qu'elles sont venues chercher mais s'interrogeront sur l'étrange fait que les deux oreillers sont humides.

Le roi, lui, fronça le sourcil tandis que le maréchal jurait entre ses dents mais d'un accord tacite ils jugèrent préférable de ne faire aucun commentaire et de s'en remettre à la nature en constatant que non seulement les jeunes gens ne se tournaient plus le dos mais se souriaient de temps en temps. C'était la sagesse : cette nuit si abondamment trempée marqua le début d'une affection que nous dirons fraternelle mais qui, peu à peu, se fit plus tendre. Le Dauphin découvrit rapidement une vraie communauté dans leurs goûts. Tous deux aimaient la lecture, l'étude, la piété, la musique, les fleurs et une vie quotidienne tournée vers la simplicité. Leurs appartements devinrent une sorte d'îlot paisible au milieu d'une Cour frivole et brillante.

On ne sait trop à quel moment le Dauphin Louis cessa de considérer son épouse comme une jeune sœur. Cela prit un certain temps puisque c'est seulement au début de l'année 1750 que la Dauphine se déclara enceinte[1], à la joie générale et à celle du maréchal en particulier, car jusqu'à la fin de ses jours il ne cessera de témoigner le plus tendre intérêt à celle qu'il appelait sa « petite Dauphine » ou sa « divine princesse ». Une affection qu'elle lui rendait largement.

Cependant, la fin de l'hiver ramenait le temps des combats et le maréchal à Bruxelles afin d'y parachever son ouvrage. Il avait conquis sur les impériaux le territoire de l'actuelle Belgique, ou peu s'en fallait, mais pour obtenir une paix durable il fallait soumettre la Hollande en s'emparant de Maastricht, ce qui renverrait définitivement chez eux les Anglais de Cumberland.

Au mois de mars Maurice était donc de retour dans l'atmosphère qu'il aimait. A Bruxelles, en effet, l'on menait joyeuse vie et le théâtre aux armées fonctionnait à plein rendement cependant que les aventures galantes s'y multipliaient. Celles que l'on pourrait appeler les maîtresses habituelles du maréchal, Mlles Beauménard et Navarre, y faisaient florès mais celle qui remportait tous les suffrages était toujours la Chantilly qui, d'ailleurs, ne s'appelait plus vraiment ainsi. En retrouvant en Maurice son platonique mais tenace amoureux, Justine tenta d'officialiser son mariage : elle était Mme Favart, un point c'est tout. Mais elle avait trop d'esprit et d'espièglerie pour ne pas goûter la

1. Elle sera la mère de Louis XVI, Louis XVIII, Charles X, de la reine Clothilde de Piémont-Sardaigne et de Madame Elisabeth, morte sur l'échafaud.

guerre à fleurets mouchetés qu'ils se livraient sans se rendre compte qu'elle attisait le désir d'un homme à qui personne n'a jamais dit non. Ce n'étaient que feintes et échappatoires d'une jolie abeille dorée qui prenait plaisir à s'approcher d'un flambeau allumé parce que sa lumière la faisait étinceler, sans imaginer qu'elle risquait de s'y brûler les ailes.

Maurice lui est vraiment épris... Il a retrouvé intacts les sentiments que lui inspiraient celle qu'il appelle sa « sorcière » mais plus le temps passe et plus sa patience s'use. Il sait – et cela l'enrage – qu'il a en face de lui une femme honnête qui aime son mari, à qui l'on ne prête aucune aventure et c'est ce qui le retient au bord d'une attaque brutale. Il voudrait tant qu'elle vienne d'elle-même ou, tout au moins, qu'elle se laisse amener doucement dans ses bras. Il ne supporte pas l'idée qu'elle puisse lui rire au nez quand il lui avouera qu'il ne cherche pas une aventure de plus mais une passion partagée.

Pourtant il n'a guère le loisir de s'appesantir sur cet amour. La coalition d'ennemis que Versailles lui tient en réserve est plus active que jamais depuis le mariage de sa nièce. On l'accuse de perdre du temps, de se complaire dans une inaction qui lui permet de jouer au potentat et même de s'emplir les poches. Tant et si bien que le roi, qui cependant lui garde son estime, se décide à en juger par lui-même en dépit des larmes de Mme de Pompadour qui n'aime pas le voir s'éloigner d'elle...

La présence de Louis XV, qui souhaite une grande et prompte victoire pour faire taire les cabales, oblige le maréchal à mettre en veilleuse sa petite guerre en falbalas. C'est alors que lui vient l'idée de se déclarer nettement tout en annonçant qu'il abandonne le terrain. Il pense que Justine prend trop de plaisir à leurs passes d'armes pour ne pas chercher à les retrouver. Et il écrit :

« Mademoiselle de Chantilly, je prends congé de vous ; vous êtes une enchanteresse plus dangereuse que feue Mme Armide. Tantôt en Pierrot, tantôt travestie en Amour et puis en simple bergère, vous faites si bien que vous nous enchantez tous. Je me suis vu au moment de succomber moi aussi dont l'art funeste effraie l'univers. Quel triomphe pour vous si vous aviez pu me soumettre à vos lois ! Je vous rends grâces de n'avoir pas usé de tous vos avantages ; vous ne l'entendez pas mal pour une jeune sorcière avec votre houlette qui n'est autre que la baguette dont fut frappé ce pauvre prince des Français que l'on nommait Renaud, je pense. Déjà je me suis vu entouré de fleurs et de fleurettes, équipage funeste pour tous les favoris de Mars. J'en frémis. Et qu'aurait dit le roi de France et de Navarre si, au lieu du flambeau de la vengeance, il m'avait trouvé une guirlande à la main ? Malgré le danger où vous m'avez exposé je ne puis vous savoir mauvais gré de votre erreur, elle est charmante ! Mais ce n'est qu'en fuyant que l'on peut éviter un péril si grand.

Adieu divinité du parterre adorée
Faites le bien d'un seul et les désirs de tout
Et puissent vos amours égaler la durée
De la tendre amitié que mon cœur a pour vous.

« Pardonnez, Mademoiselle, à un reste d'ivresse cette prose riméatique que vos talents m'inspirent ; la liqueur dont je suis abreuvé dure souvent, dit-on, plus longtemps qu'on ne pense... »

Quand Germain, le secrétaire qui écrivait sous sa dictée lorsqu'il voulait éviter ses énormes fautes d'orthographe, eut achevé, Maurice relut cette lettre en espérant que Justine saurait entendre la voix de l'amour sincère sous le ton plaisant des propos. Puis il la signa et la fit porter à destination. Il avait attendu pour l'écrire que la bataille souhaitée par le roi afin d'ouvrir la route de Maastricht fut proche. Il n'aurait donc la réponse qu'au retour... S'il revenait. Et s'il ne revenait pas tout serait dit ! Il emporterait avec lui le rire léger de la jeune femme, le parfum de rose et d'iris dont elle usait et cette façon qu'elle avait de pencher la tête en arrière mais un peu de côté quand elle le regardait en souriant et en jouant de l'éventail. A ces moments-là il croyait bien lire dans les jolis yeux rieurs quelque chose qui ressemblait à de la tendresse...

Le lendemain, 2 juillet, près du village de Lawfeld où était retranché Cumberland, le maréchal de Saxe livrait en présence du roi la bataille qu'on lui demandait sous un temps abominable. On avait beau être en été, le ciel déversait des trombes d'eau qui transformaient chaque chemin en bourbier et chaque champ en éponge. Et, du coup, on n'avançait guère.

– Que penses-tu de ceci ? demanda le maréchal à Valfons. Nous débutons mal ; les ennemis tiennent bon !

– Souvenez-vous, Monsieur le maréchal, répondit celui-ci avec bonne humeur. Vous étiez mourant à Fontenoy et vous les avez battus. Vous étiez convalescent à Raucoux et vous les avez vaincus. Vous vous portez trop bien aujourd'hui pour ne pas les écraser !

– J'accepte l'augure !

Après quatre charges on emporta Lawfeld mais Cumberland revint à l'attaque avec une fureur dévastatrice. Oubliant alors ce qu'il était, Saxe se retrouva le jeune Maurice d'autrefois et, tirant son épée, emmena lui-même à la charge sa cavalerie en hurlant :

– Comme au fourrage, mes enfants !

Son dispositif enfoncé, le duc de Cumberland ordonna une retraite qui ressemblait à un sauve-qui-peut. La bataille était gagnée et Maurice passant au galop sur le front rassemblé des troupes vint l'offrir à Louis XV.

Le soir même, celui-ci écrivait au Dauphin :

« Mon fils, je viens de gagner une grande victoire et jamais notre grand maréchal n'a été plus grand qu'aujourd'hui. Ne lui en faites pas compliment mais dites à la Dauphine de le gronder pour s'être trop exposé... »

Cependant, tandis que les Anglais se faisaient tailler en pièces, les Autrichiens, eux, refluaient sur Maastricht devant laquelle il n'y avait plus d'autre solution que mettre le siège. Un siège qui allait durer.

Pendant ce temps, à l'autre bout du pays et quelques jours après Lawfeld, le maréchal de Lowendal investissait la place forte de Berg-op-

Zoom, la clef de la Hollande vers la mer... et s'en emparait. Malheureusement, au lieu d'imiter la retenue de son ami Saxe, il laissa ses soldats mettre à sac la riche cité. Ce qui, non sans raison, souleva l'indignation. A Versailles en tout premier lieu où Conti et ses amis accolèrent joyeusement le nom du pillard à celui de Saxe dont on le savait proche. Cela ne troubla pas le maréchal que, d'ailleurs, le roi allait nommer gouverneur général des Pays-Bas à la fin de la campagne.

En revanche, ce qui l'avait troublé et même secrètement peiné, ce fut, en regagnant le camp de Tongres après Lawfeld, de ne trouver aucune réponse à sa lettre d'amour. Rien ! Pas un mot ! En outre, il s'aperçut vite que Justine n'était plus à l'affiche du théâtre. Ce dont il demanda des explications à Charles Favart.

– Où est passée la Chantilly ?

Se fondant sur les excellentes relations entretenues jusque-là avec son mécène, l'époux de Justine prit un air désolé. Mais exempt de toute inquiétude :

– Elle est partie, Monsieur le maréchal, et quand vous m'avez fait appeler je me disposais à venir vous en parler...

– Partie ? Mais pour où et pourquoi ?

– Permettez que je réponde d'abord à la seconde question ! Parce qu'elle s'est soudain sentie souffrante. Un coup de froid sans doute...

– En plein été ?

– Un été qui ne se ressemble guère, avec toute cette pluie ! Justine a la gorge fragile. Elle a commencé par se sentir lasse, puis elle s'est mise à tousser, enfin la fièvre est venue et, un moment, nous avons même craint que ce ne soit grave. Or ici nous ne disposons que de médecins militaires. Les soins d'un homme de l'art étant nécessaires, je l'ai mise en voiture avec sa camériste... afin qu'elle puisse bénéficier de ceux d'un célèbre praticien de Bruxelles. Celui qui soigne Mme la duchesse de Chevreuse. Cette grande dame aime beaucoup mon épouse et je suis sûr qu'elle sera bien soignée...

– Ainsi elle est à Bruxelles ?

– Mais... je le pense. Pourquoi serait-elle ailleurs ?

– Avec les femmes on ne sait jamais ! Eh bien nous allons prendre des nouvelles en espérant qu'elles seront bonnes et que notre étoile nous reviendra promptement. Nous avons une belle victoire à fêter et mes soldats seront très heureux qu'elle chante pour eux. Veillez à me tenir au courant !

Il n'y avait rien à ajouter et Favart sortit sans retenir un soupir de soulagement, persuadé qu'il était d'avoir adroitement mené sa barque. Si le maréchal envoyait un messager Justine l'écouterait et jugerait ensuite à quelle conduite elle devrait se ranger. Or, il fut le premier surpris d'apprendre par le maréchal que sa Justine n'avait fait que passer à Bruxelles où elle n'était restée que deux jours avant de repartir. Sans dire où elle allait ! Autrement dit : elle avait disparu.

La nouvelle blessa Maurice. La lettre dans laquelle il avait mis tant d'espoirs retombait comme un pétard mouillé. Non seulement elle ne lui ramenait pas Justine mais elle l'avait fait fuir. L'amour que l'on éprouvait pour elle ne trouvait aucun écho dans son cœur. Elle le dédaignait tout simplement et cela c'était nouveau pour un homme autour de qui les femmes se pressaient et qui n'avait qu'à tendre la main pour en attirer une. Jamais il n'avait essuyé de refus. A plus forte raison, jamais on ne l'avait fui comme la Chantilly venait de le faire ! Se joignait à cette déception une sorte d'amertume née de l'impression que l'on se moquait de lui.

Favart, en effet, ne semblait pas particulièrement inquiet de la disparition de sa femme. Il continuait de diriger son théâtre comme si tout allait pour le mieux dans le meilleur des mondes. Et quand le maréchal lui demanda de nouveau s'il avait des nouvelles – pensant que Justine était retournée à Paris, il l'avait envoyé chercher dans leur appartement de la rue de Richelieu mais sans plus de succès –, il s'entendit répondre que Mme Favart était sujette à des escapades, à des besoins de campagne pour s'y reposer de l'extrême fatigue nerveuse de la scène surtout lorsque celle-ci se trouvait aux abords de la guerre.

– Mais enfin vous ne savez rien d'elle et vous restez ici tranquille à vous occuper de vos travaux ?

– Monsieur le maréchal, répliqua Favart avec autant de respect qu'il en disposait, j'ai la plus grande confiance en Justine parce qu'elle ne m'a jamais trompé. Pour être franc, je dirai qu'elle m'a fait tenir un billet me disant que même Paris augmentait sa lassitude et qu'elle allait se reposer chez une amie en province...

– Quelle amie ? Quelle province ?

– Elle ne me l'a pas dit et c'est sans importance puisque c'est pour son bien. Elle donnera des nouvelles plus tard et, quand elle se sentira mieux, elle me rejoindra. Cela semble peut-être difficile pour un prince tel que vous, Monseigneur, mais nous sommes de petites gens auprès de vous qui êtes notre bienfaiteur...

– Vous êtes en train de me le faire regretter ! Assez de palinodies : elle est vraiment malade ou bien je lui fais horreur au point qu'elle ne veuille plus me voir ?

– Comment pouvez-vous penser cela ? Elle a beaucoup d'amitié pour vous et, pensant – peut-être est-ce bien téméraire ? – que vous en avez aussi, elle pense que vous comprendrez le besoin qu'elle éprouve de... de prendre des vacances ?

L'œil sombre du maréchal n'était guère annonciateur d'une quelconque tendance à la compréhension :

– Des vacances, hein ? Est-ce que j'en prends, moi ? Arrangez-vous comme vous le voudrez mais faites en sorte qu'elle revienne ! Le Théâtre aux armées est sinistre sans elle !

– Oh ! Monsieur le maréchal est injuste ! Nous avons une troupe de valeur, des comédiennes charmantes... jusqu'à présent appréciées de tous... et même de vous ?

– Parlons-en ! La Beauménard est rentrée à Paris, la Navarre s'est reprise d'amour pour son cher Mirabeau et l'a suivi, pensant se faire épouser, l'idiote ! De toute façon, je retourne à Bruxelles et le théâtre aussi ! Débrouillez-vous pour que nous ayons des gens présentables ! Et surtout la Chantilly !

Rentré sous sa tente meublée dans le style militaire mais avec presque autant d'élégance que son hôtel de Paris ou son château du Piple, Maurice y trouva son neveu qui arpentait les tapis en l'attendant. Le fils de ses amis Frédéric-Henri et Constance de Friesen était arrivé à Paris dans les bagages de la Dauphine. C'était à présent un beau jeune homme ne rêvant que plaies et bosses, sympathique et enchanté de pouvoir servir un oncle aussi prestigieux. Admis parmi ses aides de camp, il entretenait autour de son maréchal une atmosphère de bonne humeur quasi permanente et savait le distraire quand ses idées noires le prenaient. Ne fût-ce qu'en lui parlant de Dresde, de ses parents et de leurs nombreux amis communs.

– Pourquoi tant d'agitation ? bougonna l'oncle. Il t'est arrivé quelque chose ?

– A moi non, mais à vous oui. J'ai chez moi deux femmes qui attendent que je les introduise auprès de vous.

– Deux femmes ? Quelle sorte de femmes ? Pas des dames tout de même ?

– J'aurais dû dire une femme – très quelconque ! – et une jeune fille... la plus jolie que j'aie jamais vue. La femme prétend que vous la connaissez... et que son époux a un poste dans les fournitures des armées. Enfin, elle parle aussi de sa fille aînée, une certaine Geneviève...

Maurice éclata de rire, ce qui dans l'état où il était lui fit tous les biens du monde.

– La mère Rinteau !... Mais pourquoi toutes ces périphrases ? Elle n'avait qu'à dire son nom.

– C'est que... elle n'osait croire que vous vous en souviendriez.

– Elle est inoubliable ! Va la chercher !

Un moment plus tard, Friesen ramenait les visiteuses. La première armait d'un sourire épanoui un visage déjà en voie de perdition dont un épais maquillage s'efforçait de colmater les brèches. En contraste complet avec une vêture que n'eût pas désavouée une duègne espagnole, la seconde, toute jeune, était tout simplement exquise...

– Madame Rinteau ! émit Maurice avec la courtoisie dont il ne se départait jamais quelle que soit son interlocutrice. Qu'est-ce qui me vaut l'honneur de votre visite ?

Elle feignit la confusion et minauda :

– L'honneur ? Oh, Monseigneur est trop bon et...

– Je ne suis pas évêque, ni prince du sang ! Appelez-moi Monsieur le maréchal ! Vous ne venez pas, je l'espère, me parler de votre époux ? Des bruits sont venus jusqu'à moi touchant certain marché qui..

– Oh non, Monsieur le maréchal ! Pas du tout. Je laisse à M. Rinteau le soin de ses affaires. Moi je ne m'intéresse qu'à ma famille. Vous avez peut-être gardé dans votre mémoire le souvenir de ma fille Geneviève ?

– Naturellement. Elle est trop charmante pour qu'on l'oublie ! Elle va bien ?

– Très bien. Aussi n'est-ce pas d'elle que je viens vous entretenir. Le bruit court que Mlle Chantilly a quitté le théâtre pour se soigner et il semblerait qu'il s'agisse d'un mal opiniâtre... De tout cela il découle que ses rôles sont vacants, aussi avons-nous pensé, M. Rinteau et moi, que notre autre fille Marie, que voici, pourrait la remplacer, elle n'a que dix-sept ans mais elle a déjà fait, au printemps dernier, ses débuts à l'Opéra...

– Comme chanteuse ou comme danseuse ? demanda Maurice, les yeux sur la jeune fille devenue écarlate sous son regard appréciateur.

– Elle chante à ravir...

– En ce cas pourquoi ne reste-t-elle pas à l'Opéra ? Le Théâtre aux armées n'est guère fait pour des débutantes...

Mme Rinteau fit toute une affaire de chercher son mouchoir dans sa manche, se moucha d'un air embarrassé et réussit même à rougir sous son plâtre :

– Sans doute, sans doute, mais... oh, c'est difficile à dire !... Le public de l'Opéra n'est pas celui que souhaite Marie. Elle est encore un peu timide comme vous pouvez le voir et, en outre, sa sœur lui a tellement parlé de vous ! En conséquence c'est vous seul qu'elle voudrait charmer.

Maurice se tourna vers la jeune fille :

– Est-ce vrai ? Vous voulez chanter pour moi ?

– Oh oui !...

Cette fois elle avait retrouvé la couleur habituelle d'un teint délicat et elle regardait Maurice bien en face avec dans ses yeux d'aigue-marine une expression qui lui fit passer un frisson le long du dos. Sans détourner les yeux, il dit :

– Voulez-vous nous laisser seuls un instant, Madame Rinteau ? Je voudrais qu'elle réponde à quelques questions hors de votre présence...

– Oh, mais c'est tout naturel !

Dès qu'elle se fut éclipsée, Maurice s'approcha de Marie :

– Jusqu'à quel point souhaites-tu me plaire ?

– Jusqu'où il vous plaira de me conduire. Je vous aime !

– Quelle folie ! Je ne suis plus jeune ; je ne supporte pas que l'on me trompe ; et je suis parfois brutal !

Ce fut elle qui fit le dernier pas pour venir contre lui :

– Si vous saviez combien j'ai envié Geneviève au temps de vos amours ! Au point de la détester ! Si vous voulez de moi je serai toute à vous...

En refermant ses bras sur Marie, Maurice eut l'impression d'enlacer un bouquet de fleurs et sentit une griserie légère monter en lui. C'était délicieux ! Un bain de fraîcheur s'offrit à lui aussi simplement qu'Eve s'était approchée d'Adam au milieu du jardin d'Eden. Il allait pouvoir y laver son cœur des égratignures laissées par Justine.

Quand Mme Rinteau quitta le camp, elle faisait tous ses efforts pour masquer sa satisfaction. Marie allait réussir ce que Geneviève n'avait pas su faire : s'attacher par les liens de la passion l'homme le plus célèbre de France après le roi... Le soir même, en effet, elle devenait la maîtresse du maréchal.

L'arrivée dans son théâtre à demi sinistré de Marie Rinteau, rebaptisée Mlle de Verrières, enchanta Favart. La petite chantait gentiment – sans plus ! –, n'était pas très bonne comédienne mais elle était tellement jolie à regarder que l'on pouvait passer sur bien des choses ! Mais s'il pensait qu'elle allait faire oublier Justine à son mécène, il se trompait. Régulièrement on lui demandait de ses nouvelles et surtout d'un ton toujours plus menaçant...

La Chantilly revenait-elle oui ou non ? Etait-elle à l'agonie, pour ne pas donner la moindre nouvelle ? Des questions auxquelles le malheureux s'évertuait à répondre de son mieux. Avec un homme aussi obstiné, la plus brillante imagination rendait les armes. Il finit par avouer, en rougissant jusqu'aux oreilles d'un si gros mensonge, que... eh bien que les choses n'allaient pas fort entre sa femme et lui. Qu'il y avait un peu de brouille. Ce à quoi le maréchal répondit qu'il se chargeait d'arranger cela : il suffisait de donner l'adresse de la fugitive !

On s'était réinstallés à Bruxelles dans le palais d'où les princes espagnols puis les Autrichiens avaient gouverné les Pays-Bas pendant si longtemps. Marie de Verrières l'illuminait de sa grâce et de sa gaieté. Elle était heureuse et cela se voyait... Aussi, nombreux étaient ceux qui enviaient à Maurice cette si jeune et si jolie femme. On admettait que la cinquantaine lui seyait. Sa prestance, son charme demeuraient et aussi son appétit de vivre mais on se plaisait à rappeler les maux dont il avait souffert et qui ne pouvaient que laisser des traces… Il était d'un âge où les traces des excès en tout se supportaient de plus en plus mal… etc.

Tout cela Maurice le savait et il n'était pas assez fat pour ne pas remarquer, lorsqu'il lui arrivait de rencontrer un miroir, qu'il commençait à épaissir, qu'il était moins souple qu'autrefois, que sauter à cheval en voltige était un exercice périmé et que ses traits s'accusaient dans son masque bronzé, mais l'amour juvénile que lui donnait Marie le rassurait sans pour autant effacer la brûlure infligée par le dédain de Justine Favart. Il ne parvenait pas à s'en déprendre et croyait voir partout son visage espiègle, ses yeux rieurs. Si encore le fracas des batailles lui avait permis de s'y plonger au risque d'y laisser la vie, c'eût été plus facile, mais on en était aux pourparlers de paix. Lui-même avait rencontré Cumberland afin de délimiter la position des troupes. Le comte de Puyseux et lord Sandwich s'étaient vus à Aix-la-Chapelle pour poser les bases d'une entente qui butait sur un seul point : Maastricht.

« La paix, a dit le maréchal, passe par Maastricht. » Et, durant cet hiver où il séjourne au siège de son gouvernement, il jette les grandes lignes du dispositif qui lui livrera la clef des Flandres…

La campagne reprend en mars et le siège est mis en avril devant la ville qui sera emportée le 7 mai suivant. Mais, dès avant la reprise des hostilités, Maurice avait accompagné Marie à son château du Piple pour une bonne raison : elle attendait un enfant de lui. Ce qui le rendait incroyablement joyeux :

– Voilà que je repeuple le royaume ! déclara-t-il à Valfons.

Naturellement la jeune femme n'avait effectué au théâtre Favart qu'un court passage : la maîtresse du gouverneur devait être auprès de lui et l'afficher était un vrai plaisir car elle-même en éprouvait beaucoup de fierté. La nouvelle de sa grossesse enchanta Favart qui se crut enfin délivré. Il l'écrivit à sa femme car, bien entendu, il avait toujours su où elle s'était retirée : tout simplement à Paris puisque l'on n'est jamais mieux caché que dans la plus grande ville ! L'avenir allait lui démontrer qu'il se trompait une fois de plus...

Le 18 octobre la paix, après toutes ces années de guerre, était signée à Aix-la-Chapelle... au moment même où Marie donnait le jour à une jolie petite fille baptisée à l'église Saint-Gervais-Saint-Protais sous le nom d'Aurore, fille de Marie Rinteau et d'un bourgeois de Paris nommé Jean-Baptiste de La Rivière. Le parrain étant le marquis de Sourdis, ami du maréchal, et la marraine Geneviève Rinteau, ceux-ci, avec la protection de la Dauphine, purent obtenir sans peine, six ans plus tard, la rectification d'état civil et l'enfant devint Marie-Aurore de Saxe[1].

Cette paix d'Aix-la-Chapelle est un désastre en dépit du fait que la France soit dans une situation optimale pour dicter ses conditions mais le comte de Saint-Séverin qui la représente a les mains liées par la volonté du roi : Louis XV veut traiter en roi, non en marchand. Il a ordonné de satisfaire en

1. ... qui sera la grand-mère de George Sand.

tout ses alliés d'Espagne et d'en finir vite ! Le résultat est effarant : la France restitue toutes ses conquêtes : Savoie, Comté de Nice et Pays-Bas. Il n'y aura pas de port de guerre à Dunkerque et tout sera rétabli comme avant les hostilités... On croit rêver ! Le maréchal, lui, cauchemarde !

Le déclin de la popularité de Louis XV commence avec ce traité. Tant de gloires acquises, tant de sang versé, et tout cela pour rien d'autre que les drapeaux pendus aux voûtes de Notre-Dame ! Le peuple, d'abord soulagé de voir finir la guerre, ne s'y trompe pas et fabrique le « Conte des Quatre Chats » : le roi a vu en rêve quatre chats se battre : un maigre, un gras, un troisième borgne et le quatrième aveugle. Quand le roi en demande l'explication, on lui explique : « Le chat maigre est votre peuple, le gras le corps des financiers, le borgne votre Conseil et l'aveugle Votre Majesté ! »

Maurice de Saxe en pense à peu près autant :

« La France en rendant ses conquêtes s'est fait la guerre à elle-même... » Puis il ajoute, amer : « Allons ! Il faut nous résigner à l'oubli ! Nous ressemblons aux vieux manteaux, nous autres : on ne songe à nous que les jours de pluie... »

Pourtant le roi l'a récompensé une fois encore : il a désormais rang de prince souverain avec l'autorisation d'avoir sur ses terres son propre régiment ! Le Saxe-Volontaires, cantonné à Saint-Denis, va prendre le chemin de Chambord où d'ailleurs on prépare pour lui des casernes modèles. Mais, avant de l'emmener, le maréchal entend le présenter au roi au cours d'une grande revue dans la plaine des Sablons.

Le 29 novembre 1748, devant le roi, la reine, Mme de Pompadour, la Cour et une énorme foule de ces Parisiens dont il est le héros préféré, il monte à cheval en uniforme de colonel des uhlans et prend la tête du défilé. Le temps un peu gris, un peu brumeux, va créer à ces soldats exceptionnels une espèce d'auréole de légende car ils ont l'air de sortir d'un léger nuage. Et ils sont impressionnants.

D'abord la brigade colonelle que commande Babasch, un géant turc. Elle est composée uniquement de Noirs montés sur des chevaux blancs. Tous ont le casque doré à crinière blanche, la veste festonnée de rouge à manches ouvertes à la saignée. La culotte tartare d'un vert sombre fait ressortir les autres couleurs. Vêtues de la même façon, d'autres brigades composées de Tartares, de Valaques, de Polonais et d'Allemands. Viennent ensuite les dragons, en rouge, le casque à l'antique ceinturé d'un turban en peau de panthère. Tous brandissent de longues lances ornées d'un fanion blanc. Ils sont étranges, surprenants, magnifiques, et la foule qui les regarde passer suivis du tonnerre de leur artillerie les acclame follement... mais ne les reverra plus. Cependant ils resteront dans les mémoires, image fugitive mais fulgurante de peuples inconnus, de terres lointaines balayées par le vent des steppes ou celui des savanes... Et ils sont invaincus !

Quelques jours plus tard, c'était au tour des paysans et des forestiers de Chambord de les découvrir avec un rien de stupeur émerveillée. Le fabuleux château recevait un maître à sa mesure car si le bon Stanislas, père de la reine, y avait vécu petitement, ce n'était certes pas le cas de ce soldat hors normes, déjà légendaire, qui allait renouveler les fastes du bâtisseur et éblouir tout le pays. Et contribua à son repeuplement, les filles de Chambord n'étant pas indifférentes au charme de certains de ses hommes...

D'énormes travaux avaient été entrepris pour rendre habitable ce décor de pierre pour féerie. Les appartements étaient aménagés avec faste et aussi les casernes où logèrent les escadrons que chaque matin le maréchal faisait manœuvrer sur l'immense esplanade... Un nombreux personnel assurait le service d'environ cent cinquante personnes, invités de passage ou amis venus séjourner, à qui l'on offrait la cuisine sublime du chef Rôtisset, auteur de la célèbre recette de la « carpe à la Chambord », mais le plus impressionnant était peut-être les écuries renfermant vingt-quatre étalons, cent quatre-vingt-douze poulinières, cent dix-huit poulains, sans compter les quatre cents chevaux d'attelage. Rythmée par les trompes de chasse, les sonneries militaires et les violons des bals, la vie de Maurice de Saxe à Chambord allait être plus royale que seigneuriale.

De partout on viendrait jouir, un moment, quelques heures ou quelques jours, d'une fastueuse hospitalité, bien dans la note du défunt Auguste II. Des femmes, bien entendu – et beaucoup ! Parfois venues de loin comme la comtesse Orzelska, une ravissante nièce – mais aussi des hommes de qualité tels Lowendal établi non loin de Chambord, au château de La Ferté Saint-Aubin, le maréchal-duc de Richelieu, ou plus récents mais fidèlement attachés à l'exemple du baron de Grimm, un lettré allemand ouvert aux idées nouvelles arrivé avec Henri de Friesen dont il était le mentor et fort introduit depuis dans les salons. Tout ce monde faisait de la demeure du maréchal un centre attractif pour la région sans doute mais aussi pour la Ville, la Cour et même un peu de l'Europe. Enfin des comédiens, des actrices, des musiciens, des chanteurs, des danseuses... Le maréchal n'avait-il pas fait construire dans l'une des énormes tours un théâtre pour un millier de spectateurs ?

Un théâtre ! En souvenir de la sublime Adrienne jamais oubliée ou dans l'espoir d'y attirer un jour une « jeune sorcière » dont l'image hantait les nuits du maître ?

Le règne de Marie Rinteau était déjà fini. Pendant un rapide voyage que le maréchal avait fait en Saxe et à Berlin où Frédéric le Grand l'avait reçu pour lui exprimer son admiration, la jeune femme, pour faire meilleure figure au théâtre, avait souhaité prendre des leçons de chant. Maurice lui avait amené le jeune et aimable Marmontel. Lui et Marie s'étant avisés d'un moyen plus agréable de charmer les longueurs de l'absence, l'amant en titre avait à son retour piqué une furieuse colère et rayé de sa vie la mère, l'enfant et surtout l'imprudent Marmontel qui, entre parenthèses, s'était déjà chargé, naguère, de consoler Mlle Navarre !

Au fond Marie n'avait été qu'un joli intermède, un écran de fumée parfumée qui avait rendu moins cuisant l'affront infligé par la fuite de Mme Favart... En réalité Justine ne lui était jamais sortie de l'esprit. En outre, il ne pouvait supporter une défaite. Aussi, l'esprit libre à présent, se jura-t-il de l'amener à composition et, dans ce but, bâtit un raisonnement simple sinon noble : puisqu'elle aimait tant son Favart, c'était à lui qu'il fallait s'en prendre pour la faire sortir du trou où elle se cachait depuis plus d'un an.

Le mari, lui, était resté à Bruxelles où, à défaut des armées reparties, il s'était refait un public des plus satisfaisants. Il y avait loué une salle, propriété de deux demoiselles, et bien entendu en avait payé le prix grâce aux libéralités du maréchal. Puis ne s'était plus préoccupé de la question financière. Son bail était dépassé qu'il continuait à jouer. On lui en réclama le prix. Il en paya une partie mais s'entendit bientôt réclamer la totalité sans tenir compte de la somme déjà versée. Il cria au voleur... et se retrouva devant un tribunal qui le condamna à verser tout dans un délai plutôt court.

Toujours naïf et ignorant d'où venait le coup, il appela Maurice de Saxe à son secours. En réponse, celui-ci lui adressa une bien étrange lettre dans laquelle il lui proposait un emploi en Pologne tout en l'assurant que son épouse ne manquerait de rien, dès que l'on saurait où elle était, et qu'une confortable pension lui serait versée. Cette fois, Favart comprit. Et surtout que s'il voulait échapper à la prison il ne lui restait qu'une solution : la fuite. Et il s'éclipsa ainsi jusqu'à Strasbourg où il se mit à peindre des éventails pour gagner sa vie... Là au moins il était hors d'atteinte.

A Paris – dont elle n'avait jamais bougé – Justine, persuadée par l'affaire Rinteau d'être enfin tranquille, venait de signer avec les Italiens[1] où elle rencontrait un vif succès, et s'aperçut avec fureur qu'on ne l'avait pas oubliée. Si tout Paris se presse pour l'applaudir, elle découvre vite, au premier rang, le maréchal de Saxe pour les chevaux duquel quarante lieues ne sont pas un handicap... Malheureusement il ne se contente pas d'applaudir. Il hante la loge de la chanteuse.

Maniant à nouveau les fleurets mouchetés de naguère, Justine lui tient tête : elle affronte le fauve en s'efforçant de cacher l'inquiétude qui la gagne, sachant que s'avouer terrifiée, c'est s'avouer vaincue. Et elle écrit à Charles :

« On me menace de me faire beaucoup de mal mais je m'en moque. J'irai de grand cœur demander l'aumône avec toi. Je suis pour toujours ta femme et ton amie... »

Néanmoins sa peur s'accentue quand, dans les premiers jours d'octobre, la Comédie-Italienne reçoit une invitation à se produire devant le roi et la Cour au château de Fontainebleau. A Paris où elle ne vit pas isolée et où un enlèvement ferait trop de bruit, elle sait n'avoir rien à craindre, mais là-bas où les comédiens font plus ou moins du campement, où la forêt est omniprésente, elle redoute qu'il se passe quelque chose, sans d'ailleurs pouvoir préciser ce que c'est.

Une fois sur place et alors que les répétitions vont leur train, elle apprend l'arrivée du maréchal avec une escorte de uhlans noirs qui impressionne les gens du coin. Et cette fois Justine va céder à la

1. Ils sont devenus la salle Favart et notre Opéra-Comique.

panique. Persuadée que sa vertu ne sortira pas intacte de l'aventure, elle reprend le scénario de Tongres, se déclare malade mais se garde bien de rester au lit. Emballée dans une infinité de coiffes et de couvertures, elle prend une voiture de louage et rentre à Paris sans perdre une seconde.

Mais elle ne s'en tient pas là. La distance n'est pas suffisante pour le centaure affamé qu'elle sent sur ses talons. Sans prendre le temps de se reposer, elle griffonne fiévreusement quelques lignes à l'intention de Charles en le suppliant d'abandonner ses éventails et de venir la rejoindre à Lunéville, auberge du Château, où elle a l'intention d'arriver sous peu. Cela fait elle envoie sa femme de chambre à la Poste aux lettres, rue du Coq-Héron, puis se consacre à ses bagages. Et le lendemain qui est par chance un jeudi, jour de départ de la diligence pour l'Est, elle prend place à midi dans le lourd véhicule, suffisamment voilée pour n'être pas reconnue.

Le voyage long et fatigant se passe sans encombres et à l'arrivée Justine a enfin le bonheur de tomber dans les bras d'un époux qu'elle n'a pas vu depuis des mois... L'auberge du Château va abriter le couple le plus heureux de la terre :

– Le maréchal sera bien malin s'il parvient à nous retrouver ici, exulte Justine. Nous ne sommes plus en France mais en Lorraine !

C'est compter sans les talents de chasseur du maître de Chambord et cette seconde lune de miel que les époux entament ne durera que... vingt-quatre heures au bout desquelles le poing solide d'une paire de policiers vient sonner le glas de leurs espérances sur la porte de leur chambre. Les intrus portent un ordre royal et sont chargés de ramener Mme Favart à Fontainebleau pour tenir son rôle au milieu de ses camarades. On ne fausse pas compagnie au roi de cette façon et Justine a beau rappeler qu'elle est partie pour cause de maladie, on lui fait remarquer que pour une malade elle a fait bien du chemin et que, si elle n'obtempère pas, on est autorisé à employer la force. Il faut donc se séparer.

Pour ranimer le courage de sa femme, Charles émet l'opinion que le roi n'est certainement pour rien dans leur malheur et qu'au fond la solution serait peut-être, dès l'arrivée à Fontainebleau, d'en appeler à lui en expliquant toute l'histoire.

L'idée n'est pas mauvaise. Louis XV – et Mme de Pompadour ! – aime les artistes et leur montre beaucoup d'indulgence. Partagée entre la crainte et l'espoir, Justine suit ses gardiens en préparant dans sa tête la défense qu'elle va prononcer devant le souverain.

Malheureusement elle est le jouet d'une vilaine manœuvre et s'en aperçoit quand, au lieu de la conduire à Fontainebleau, son escorte l'emmène à l'ouest de Paris, au Grand-Andely, et la dépose au couvent des Ursulines. Elle y apprend qu'elle a été arrêtée sur lettre de cachet obtenue... par son père ! Le noble M. Cabaret, dit Duronceray, arguant que le mariage avec Favart n'a pas reçu son autorisation et qu'il doit être annulé.

Justine ne s'y trompe guère : le bonhomme s'est laissé acheter par le maréchal. Assez cher sans doute quand on le connaît !

Outrée mais décidée à se conduire en Romaine de la grande époque, elle trouve le moyen de faire parvenir à son mari un court billet qui s'achève par : « Les plus grands supplices ne me feront jamais manquer à ma vertu ! » C'est bel élan du cœur mais c'est compter sans le vieux proverbe : « Il ne faut jamais dire fontaine je ne boirai pas de ton eau ! » S'il est toujours acharné à poursuivre sa sorcière, Saxe n'a aucune intention de la livrer à des sévices quelconques. Ainsi qu'il le lui écrit. Justine pense alors l'attendrir en lui envoyant une lettre le suppliant de prendre en pitié un époux bien innocent dans les méandres de cet étrange débat. En retour elle reçoit l'épître suivante :

« Je n'ai point entendu parler de Favart. Il doit être bien flatté de voir que vous lui sacrifiez fortune, agrément, gloire, enfin tout ce qui eût fait le bonheur de votre existence, pour le suivre dans le genre de vie que la seule nécessité fait embrasser. Je souhaite qu'il vous en dédommage et que vous ne sentiez jamais le sacrifice que vous lui faites. Vous n'avez point voulu faire mon bonheur, peut-être ferez-vous votre malheur et celui de Favart. Je ne le souhaite pas mais je le crains. »

Exaspérée, Justine répond que rien ne la fera changer d'avis et que son tourmenteur perd son temps. Ce qui est à la fois héroïque et maladroit. Non seulement celui-ci n'aime pas qu'on lui résiste mais il a horreur qu'on lui fasse sentir qu'il a tort. Du coup, la rebelle se voit transférer du Grand-Andely à Angers dans un couvent dont la règle est plus sévère que celle du précédent. Quant à Favart, poursuivi par la police, il a trouvé refuge dans la cave d'un curé de campagne d'où – ô merveille car on se demande comment il a fait – il réussit à écrire à sa femme :

« La plupart de mes amis m'ont abandonné. Il n'y a que l'infamie qui puisse me tirer du précipice où je gis mais j'y resterai. Nos malheurs me sont chers ! » Encore plus romain que Justine !

Celle-ci est trop fine cependant pour ne pas deviner ce qu'il y a entre les lignes. Charles aime-t-il autant son précipice qu'il veut bien l'écrire et n'en viendrait-il pas à souhaiter tout doucement une capitulation qui mettrait fin à leurs tribulations, lui permettant de revenir à son métier de directeur de théâtre et à la lumière du jour ? Si brave que soit le bon curé, sa cave ne doit pas être très confortable... Et puis, en vérité, Justine elle-même commence à être fatiguée de la vie insensée qu'elle mène sans en tirer d'ailleurs le moindre profit moral, la vie des comédiennes étant réputée sujette à caution... Cela fait trop longtemps que cela dure !

Une dernière fois, elle écrit à son bourreau une lettre sans doute bien lasse et bien découragée car il lui répond :

« Vous me dites que vous souffrez et je le crois. Vous dites que j'ai des griffes et qu'il n'est pas facile de s'en tirer, je le crois encore, mais je ne vous ai jamais fait que patte de velours et ces griffes ne vous feront jamais de mal si vous ne vous en faites pas vous-même... »

Y eut-il une suite à cette correspondance ? C'est possible et même probable. Toujours est-il qu'en février 1750, après trois ans de valeureux combats,

Justine se rendit à l'ennemi et fit son entrée à Chambord. Avec les honneurs de la guerre !

Non seulement Maurice ne la jeta pas dans son lit mais il la reçut en reine, lui fit donner un bel appartement proche du théâtre sur lequel elle devait régner. Surtout il la laissa libre de rester ou de partir et c'est volontairement que Justine resta, surprise de découvrir que le fauve dont elle avait si peur n'était au fond qu'un homme cherchant désespérément, après tant d'années, à retrouver le bel amour d'Adrienne Lecouvreur, celui peut-être aussi de la princesse de Conti dont le portrait avait disparu quand il s'était installé à Chambord. Un homme couvert de gloire mais secrètement blessé. Et ce fut d'elle-même qu'un soir sa sorcière vint le rejoindre...

CHAPITRE XIII

À L'AUBE D'UN JOUR D'AUTOMNE...

Comme s'il ne parvenait pas à y croire, le roi lut le message pour la troisième fois, puis le laissa retomber sur son bureau tandis qu'il relevait les yeux sur son ministre, le comte d'Argenson :

– Qu'est-ce là ? On me dit que le maréchal de Saxe est mort hier à Chambord. Quoi ? Comme cela ? Tout de go ?

– Sire, il était fort malade depuis quelques jours. Une fluxion de poitrine. Le 26 novembre il s'est mis au lit et ne s'en est pas relevé. Voilà tout !

Sous sa manchette de dentelle, le poing royal s'abattit sur le cuir du meuble :

– Voilà tout ? En vérité, Monsieur, c'est d'une étrange inconscience. Le plus grand soldat de mon royaume, celui qui nous a gagné tant de batailles, le sauveur de la France et l'oncle de Madame la Dauphine tombe malade et meurt sans que l'on juge bon de nous en avertir ? En vérité c'est à n'y pas croire ! Si vous saviez la maladie du maréchal, votre devoir était de le dire ! J'eusse envoyé vers lui, ajouta Louis oubliant dans son émotion le pluriel de majesté, mais je ne l'eusse pas laissé quitter ce monde sans l'assurer une dernière fois de mon amitié ! Grâce à vous j'ai commis une faute que je ne vous pardonne pas !

Tout en parlant, il se levait pour arpenter, les mains derrière le dos, le tapis de son cabinet de travail à Fontainebleau, une pièce magnifique où de hautes glaces se renvoyaient l'élégante silhouette du roi dont les yeux sombres s'étaient chargés de nuages. Il se mettait rarement en colère mais cette fois il y était vraiment et le ministre fit le gros dos sous l'orage :

– Sire, murmura-t-il, je ne pensais pas qu'un rhume du maréchal valût la peine d'être rapporté au roi...

– Un rhume qui tue en quatre jours ? Vous vous moquez ! Le comte de Saxe était bâti pour vivre cent ans. Il me dépassait d'une bonne demi-tête et je l'ai vu tordre un clou pour en faire un tire-bouchon !

– Mais sa santé laissait à désirer depuis des années ! Votre Majesté sait bien qu'il était hydropique et...

– ... et que vous le détestiez ! Ce n'est un secret pour personne, d'où cette grande réserve. Mais retenez ceci : le maréchal m'était cher et je l'admirais. Aussi j'entends n'ignorer aucun détail d'une mort si soudaine, je dirais même si étrange, touchant un homme comme lui. En septembre dernier il était à Versailles et tout à fait égal à lui-même. Qui se trouvait à Chambord au moment de ce malheur ?

– Peu de monde, je crois, mais à coup sûr son

neveu, le comte de Friesen, et le baron de Grimm… Et peut-être…

– Grimm ? Faites-le chercher !

Inquiet, le ministre tenta de protester :

– Sire ! le baron est ouvert aux idées les plus avancées. Il fréquente Voltaire, Diderot, et Mme d'Epinay l'a pris pour amant…

– Cela suffit ! Je veux le voir. Ne m'obligez pas à me répéter ! Mais je ne vous empêche pas d'entourer cette visite de toute la discrétion qui vous semblera convenable !

Maté, le ministre salua et sortit à reculons.

Resté seul, Louis XV revint s'asseoir à sa table de travail, s'y accouda en prenant sa tête dans ses mains. La mort de cet homme bizarre et démesuré, de ce serviteur irremplaçable qui, né étranger, était devenu plus français que tant d'autres, lui causait une peine plus profonde qu'il ne l'eût supposé. Saxe était le génie des batailles. La logique, la gloire aussi eussent voulu qu'il mourût au milieu de leur tumulte à l'un des moments où il s'exposait en personne à la mort avec une si folle témérité ! Pourtant il s'en allait bêtement, obscurément, victime d'une stupide maladie de vieillard à cinquante-quatre ans ! Une larme glissa soudain sur la joue de Louis…

La nuit tombait déjà éteignant le jour gris qui enveloppait le palais et la forêt de brume et de froidure. On était le 1er décembre 1750…

Trois jours plus tard, à la même heure et au même endroit, un homme d'une trentaine d'années, de taille légèrement au-dessus de la moyenne, assez replet, dont le visage frappait par la hauteur de son front et les dimensions de son nez, s'inclinait devant le roi. Debout près d'une fenêtre, silencieux et le front sévère, celui-ci le regardait :

– J'ai voulu vous voir, baron de Grimm, pour que vous me donniez des nouvelles de la mort malheureuse de mon cousin de Saxe. Vous étiez auprès de lui, m'a-t-on dit ?

– J'y étais, sire.

L'attitude du baron allemand était à la fois pleine de respect et de retenue. Il attendait simplement ce qui allait suivre. Et qui vint.

– Si je vous ai fait venir, c'est que dans cette affaire de maladie quelque chose m'intrigue. Est-il vrai, tout d'abord, que le maréchal fut souffrant depuis quatre jours ?

– Il avait pris froid, sire, et a dû se mettre au lit.

– Mais pas au point d'en mourir, tout de même ? Je n'ai pas ajouté foi à cette histoire de fluxion de poitrine. Lui qui a combattu en Bohême, en Flandre, en Pologne et Dieu sait où sous la neige, la glace et les bourrasques, on veut me faire accroire qu'un clément hiver de Touraine a réussi un tel exploit ? Non ! Il y a autre chose. Je sens autre chose... et c'est cela que je veux savoir !

– Sire, je ne puis dire que ce que Votre Majesté sait déjà : le 30 novembre le maréchal a cessé de vivre... Le site de Chambord est très humide, les étangs voisins...

– Ne jouez pas au plus fin avec moi, baron ! Oseriez-vous me donner votre parole que cette mort a été entièrement naturelle ?

Pris de court, Grimm baissa la tête et le roi put voir ses mains se serrer l'une contre l'autre.

– Sire, murmura-t-il enfin après un silence plus éloquent qu'il ne le croyait, si secret il y a, je supplie le roi de considérer que ce secret n'est pas le mien. Le maréchal lui-même a ordonné qu'il fût gardé.

– Ainsi donc j'avais raison...

Louis XV fit le tour de son bureau, vint vers son visiteur et lui désigna un tabouret :

– Asseyez-vous !

– Mais, sire, le respect...

– Il n'est pas en cause et nous avons à parler, et c'est pourquoi j'ai voulu vous recevoir seul. Prenez place sans barguigner !

Attirant à son tour un fauteuil, Louis XV considéra un moment son visiteur, visiblement mal à l'aise.

– Monsieur de Grimm, dit-il enfin, je suis ce roi que Saxe avait choisi de servir. Je l'admirais et d'une certaine manière je l'aimais. Je pense avoir le droit d'exiger la vérité et vous ne devez la refuser ni au monarque, ni à l'ami. Roi par la grâce de Dieu, j'ai le pouvoir de vous délier d'un serment, même fait à un mort. Bien que vous ne soyez pas de mes sujets...

– Je le suis de cœur, sire !

– Alors, parlez avec la certitude que ce que vous direz ne sortira pas de cette pièce où nous sommes seuls ! A un autre, je dirais que je l'exige. A vous, je dirai seulement que je vous en prie.

Grimm baissa la tête comme pour se recueillir puis, la relevant :

– Que le roi m'interroge ! Je répondrai.

– Bien. Alors dites-moi de quoi est mort le maréchal de Saxe ?

– D'un coup d'épée, sire !

– Un meurtre ou un duel ?

– Un duel.

– Contre qui ?

– Sire, pria le baron, j'implore Votre Majesté de se souvenir que le maréchal ne voulait pas qu'on le sût. Que nous avons juré...

– Je m'en souviendrai et il n'y aura pas de représailles mais je veux savoir qui l'a tué.

– Le prince de Conti.

– Ah ! J'aurais dû m'en douter ! Ainsi il a fini par manquer à sa parole...

Grimm leva sur le souverain un regard qui interrogeait sans oser toutefois s'exprimer. Louis XV sourit et son visiteur ressentit une nouvelle fois le charme de ce sourire. Puis il soupira :

– J'avais exigé de mon cousin Conti la promesse formelle de ne jamais s'en prendre au maréchal. Sauf peut-être s'il obtenait des preuves accréditant ses griefs. Il était persuadé que sa mère avait été la maîtresse de Saxe, qu'elle l'était peut-être encore et, en outre, qu'il avait trempé dans la mort suspecte de son père... Il croyait au poison !

Grimm réagit aussitôt :

– Ça non !... C'est impossible ! Jamais Maurice de Saxe n'aurait employé un moyen aussi vil ! S'il avait tué l'époux de la princesse, il l'eût fait l'épée à la main et en plein jour. Au besoin en plein Versailles et sous les yeux de toute la Cour !

– Calmez-vous ! Je sais tout cela, il ne peut

donc être question d'une quelconque preuve de crime. Au surplus le prince Louis-Armand s'était attiré trop de haine, à commencer par celle de sa femme. En revanche, que celle-ci ait eu jadis avec le comte de Saxe une liaison comme le bruit en a couru...

– Et malheureusement le prince, cette fois, a trouvé ce qu'il cherchait. Pendant que sa mère assistait aux funérailles de la princesse de La Roche-sur-Yon, sa grand-tante, une servante congédiée lui aurait livré des lettres, anciennes mais explicites. En outre il aurait réussi à se procurer un petit portrait que conservait le maréchal.

– Je sais qu'il est habile et ne manque pas d'idées... Cela dit, baron, racontez-moi ce que vous savez sur cette triste affaire. Mais d'abord cette maladie si funeste ? Un rideau de fumée ou...

– Non, sire, une réalité.

Depuis deux jours, le maréchal, qui avait pris froid au cours d'une promenade, se sentait fatigué. Il se plaignait de maux de tête et d'une certaine difficulté à respirer. La fièvre s'y était jointe, Senac, son médecin, le saigna et l'obligea à rester au lit. Ce qui le mit en colère : il détestait « paresser » dans ses draps. En outre, il aimait particulièrement cette saison d'automne où le parc et la forêt se paraient d'une telle magnificence. Délaissant ses fastes habituels il se plaisait à de paisibles soirées en la seule compagnie d'amis chers comme le maréchal de Lowendal, et son neveu Henri de Friesen, ainsi que Grimm lui-même dont il appréciait l'esprit et la culture. L'immense château paraissait alors s'assoupir dans un silence troublé seulement à heures fixes par la relève de la garde et les commandements militaires.

Ce 26 novembre, tôt le matin, une chaise de poste précédée d'un courrier sans marques distinctives pénétra dans le parc par la porte des Muides et s'arrêta au bout du parterre. Deux personnes en descendirent et s'enfoncèrent sous les arbres tandis que le courrier se rendait au château porteur d'une lettre urgente pour le maréchal de Saxe. On lui répondit qu'il était couché mais il insista pour que le message lui soit remis sur-le-champ. Ce dont se chargea Mouret, le valet de chambre qui, depuis quelque temps déjà, assistait Beauvais.

Le malade venait de se réveiller tout juste :

– Qui a porté cette lettre ? demanda-t-il.

– Un courrier, Monsieur le maréchal, mais il n'a pas dit qui l'envoyait...

Maurice de Saxe regarda le vieux serviteur puis la lettre qu'il tenait à la main. Finalement il haussa les épaules :

– Donne.

Le pli ouvert il le lut, le relut et, soudain, rejeta ses couvertures et se leva :

– Habille-moi, ensuite tu iras prévenir mon aide de camp !

Mouret ouvrit de grands yeux et voulut protester :

– Vous êtes malade, Monsieur le maréchal ! Le docteur Senac vous a interdit de vous lever. Vous avez encore toussé une bonne partie de la nuit et si...

– Je te coupe les oreilles si tu le préviens ! Allons, fais vite ! Le temps presse !

En maugréant, le vieil homme aida son maître à passer ses vêtements et alla chercher l'aide de camp. Quand celui-ci entra, le malade était en train d'accrocher son épée à son baudrier mais on ne lui laissa pas le temps de s'étonner :

– J'ai besoin de vous, mon garçon ! Affaire d'honneur !

Que répondre à cela. Louis de Taffat s'inclina. Suivis de Mouret plus qu'inquiet, tous deux quittèrent la chambre et descendirent par un escalier dérobé qui menait hors du château dans les douves. Le jour se levait avec difficulté. Un jour bas et gris de novembre, plein de brumes et de nuages sombres.

– C'est de la folie ! protesta Mouret, incapable de se taire en constatant que son maître frissonnait. Vous allez reprendre un coup de froid.

– Tais-toi ! Tu es un âne !

Sous les arbres, à quelque distance, deux hommes enveloppés de manteaux noirs attendaient en faisant les cent pas. Le maréchal et Taffat les rejoignirent tandis que, resté en arrière, Mouret observait la scène. Il vit l'un des hommes jeter à terre son chapeau, enlever son manteau. Les épées furent tirées et l'on croisa le fer. Dans le jour à peine levé les armes luisaient d'un éclat terne et sinistre. La différence d'âge et de forme se fit sentir et la rencontre fut brève. Après quelques passes, le maréchal, dont la fièvre gênait le souffle et qui ne se battait que mollement alors que son adversaire se lançait dans le combat avec furie, chancelait et tombait, atteint à la poitrine. Mouret accourut et avec lui le père Desfri, l'un des fermiers de Chambord. Ils purent entendre le blessé ordonner d'une voix faiblissante :

– Vous voilà satisfait ? Partez... mais partez vite ! Le secret vous sera gardé... Avant, rendez-moi ces lettres !

Ce qui fut fait. Après quoi, sans plus insister, les inconnus s'enveloppèrent dans leurs manteaux, remontèrent dans leur voiture qui s'éloigna au grand trot. Le blessé les suivit des yeux. Quand ils eurent disparu sous les arbres mouillés, il ordonna :

– Ramenez-moi ! Je ne me sens pas bien...

Soutenu d'un côté par Mouret et de l'autre par Taffat, on revint vers le château. La blessure ne saignait presque pas. En chemin, on rencontra Henri de Friesen qui arrivait affolé :

– Mon oncle !... Qu'est-ce que cela veut dire ?

– Chut ! Absolument rien !... De toute façon tu n'as rien vu...

Quelques minutes plus tard il était recouché. Senac, appelé en hâte, put constater que la blessure n'était pas grave, la lame ayant glissé sur une côte, mais que le refroidissement, lui, l'était devenu singulièrement.

– Quelle folie !... Sortir par ce temps ! Et pour aller vous battre comme un gamin !

La main du maréchal se leva et se posa sur le bras du médecin :

– Non, Senac ! J'avais trop chaud et j'ai seulement voulu respirer un peu d'air frais. Il n'y a pas eu de duel et je ne suis pas blessé ! Personne ici n'a rien vu, rien entendu ! J'exige, vous entendez...

J'exige votre parole à tous que le secret soit gardé ! Il n'appartient qu'à moi !

Tous jurèrent...

– La suite, le roi la connaît, reprit Grimm avec une profonde tristesse. Le 30 novembre au matin, le maréchal de Saxe s'est éteint sans souffrance apparente et même avec une certaine sérénité. Avant de mourir il a dit : « La vie n'est qu'un rêve. Le mien a été beau mais il est court... »

La voix du baron se tut, laissant place à un silence. Louis XV songeait, le menton dans la main. Avec stupeur Grimm crut voir une larme chassée d'un geste rapide et détourna les yeux, s'attendant à un commentaire. Il entendit :

– Dites-moi encore, baron ! Comment était Chambord de son vivant ?

– Magnifique, sire ! Aussi beau je pense qu'au temps du roi François Ier. Les pièces sont meublées et décorées avec un luxe extrême... Aux murs des tapisseries des Gobelins ou des Flandres, des tableaux, beaucoup de glaces de Venise et des tentures de velours ou de brocart sur les boiseries blanc et or. Des plafonds pendent des lustres à cristaux ou en cuivre et il y a des candélabres partout. Il adorait la lumière. Cependant, lorsque l'on arrivait on avait l'impression d'aborder une place forte. Au faîte de la lanterne centrale flottait le fanion du maréchal et sur la terrasse qui borde la rivière s'alignaient les six canons que Votre Majesté lui avait offerts après Raucoux. A la porte Royale, cinquante uhlans armés de piques montaient la garde de jour comme de nuit. Il l'avait d'ailleurs exigé. Beaucoup de fusils et de baïonnettes dans ses salles d'armes et pas de chambellans dans ses antichambres. Lorsqu'il paraissait les tambours battaient aux champs...

– Comme pour un souverain ! Je sais que son rêve était de devenir roi quelque part dans le monde. Peut-être parce qu'il ne parvenait pas à oublier la Courlande, il avait pensé un moment se faire un trône à Madagascar puis dans l'île de Tobago ! Au bout de la terre ! Loin derrière l'horizon... Un rêve d'enfant ?

– Sans aucun doute ! Dans le charmant théâtre que lui avait aménagé Servandoni, sa place est marquée par un haut fauteuil sous un dais en drap d'or...

– Je vois ! Et... à propos de théâtre, qu'en est-il de Mme Favart ? Y est-elle restée ?

– Non, sire ! Le maréchal l'a rendue à son public, à Paris, à son époux enfin qui a pu sortir de la cave de son curé. Ensemble ils connaissent un succès toujours grandissant... mais l'aimable Justine est, à plusieurs reprises, revenue à Chambord sans qu'on l'y demande...

– Aurait-elle fini par l'aimer ?

– En vérité, j'en ai l'impression ! Il possédait ce rien indéfinissable, plus puissant que tout que l'on nomme le charme. Cela ressemble, je pense, à une mystérieuse lumière intérieure capable de vaincre les plus denses obscurités. Il devait le tenir de sa mère...

– Un fils de l'Aurore ! J'aime cette idée, baron. La trace qu'il laissera dans l'Histoire sera éclatante. J'y veillerai !

– Le roi m'autorise-t-il à demander ce qu'il va faire ?

Louis XV se leva et vint près de son visiteur qu'il regarda au fond des yeux :

– A Fontenoy, baron de Grimm, je lui ai obéi... Aujourd'hui je vais lui obéir encore. On ne saura rien de ce qui s'est passé dans le parc de Chambord. On ne saura même pas que je me suis entretenu avec vous, ce qui vous évitera l'assaut des curieux. Pour tous, le maréchal de Saxe est mort d'une fluxion de poitrine. Ne fût-ce que pour la princesse de Conti. Elle est, j'en suis persuadé, de celles qui vont pleurer. Je n'ajouterai pas à ce chagrin la certitude que leur amour a fini par le tuer sous l'épée de son fils. Quant à celui-ci, je ne lui ferai pas sentir ma colère. Quelque envie que j'en aie. D'abord parce que je viens de vous le promettre, ensuite parce qu'il brigue le trône de Pologne. Donc je ne peux et ne dois rien faire... Mais... je vous remercie, baron de Grimm ! conclut le roi en tendant une main sur laquelle Grimm s'inclina.

Le lendemain, Louis XV écrivait à Auguste III :

« La perte que je viens de faire du maréchal de Saxe me pénètre de la plus vive douleur. Son attachement pour ma personne me la fait sentir encore plus vivement. Ses qualités supérieures le rendaient bien digne du sang dont il sortait. Je partage bien sincèrement avec Votre Majesté les regrets qu'un si triste événement à tous égards lui causera en l'assurant de toute l'amitié avec laquelle je suis, Monsieur mon frère, de Votre Majesté le bon frère... »

La tristesse visible du roi, la peine de la

Dauphine imposèrent à la Cour un deuil d'une semaine. La reine, qui avait fini par s'attacher à cet homme étonnant, s'écria :

– Quel chagrin de ne pouvoir dire un *De Profundis* pour un homme qui nous a fait chanter tant de *Te Deum* !

Seule Mme de Pompadour, qui se disait pourtant son amie, eut ce mot peu élégant :

– Ce pauvre Saxe est mort dans son lit comme une vieille femme. Ne croyant rien, n'espérant rien...

Le roi qui avait entendu riposta sèchement :

– Le destin n'accorde pas toujours à un héros la mort qu'il mérite, Madame. Mais le maréchal de Saxe était assez grand pour ennoblir n'importe quelle mort !

Cependant se posait le problème des obsèques voulues grandioses par Louis XV. En effet, même s'il avait accepté de « se faire instruire », Maurice de Saxe n'avait jamais abdiqué publiquement la religion réformée. En ce cas, où enterrer, en France et en terre chrétienne, ce mort hors du commun ? On s'arrêta finalement à l'Alsace qui bénéficiait d'un statut particulier puisque, en raison de sa proximité avec l'Allemagne, le culte protestant y était toléré.

Pendant ce temps, à Chambord, les soldats montaient une garde d'honneur dans les appartements comme si le maréchal vivait encore. Les officiers avaient pris le deuil et, de demi-heure en demi-heure, un canon tirait une salve. Cela allait durer cinq semaines. Au château comme sur tout le domaine et même alentour la peine était unanime...

Dans ses dernières volontés, Maurice avait exprimé le désir que son corps soit enterré dans la chaux vive « afin qu'il n'en reste nulle trace sur la terre ». Poignante pensée destinée à le rapprocher de son plus grand amour, Adrienne Lecouvreur, ensevelie ainsi comme une pestiférée. Et comme l'avait été, cinquante-six ans plus tôt, son oncle, le comte Philippe de Koenigsmark...

Néanmoins il ne fut pas obéi. Louis XV ne l'entendait pas ainsi. Le corps embaumé sur une table à gibier[1] fut placé dans un triple cercueil – de bois, de plomb et de cuivre –, exposé sur un catafalque placé dans la salle d'honneur et gardé militairement. On avait prélevé le cœur, déposé dans une urne en vermeil. Ensuite on l'exposa à la vue de tous ceux qui, en dépit d'un froid glacial, cheminaient vers le château en files interminables, endeuillées, désireuses d'offrir un ultime hommage, un dernier salut...

Au matin du 8 janvier le maréchal quittait son château de Chambord sur la lanterne duquel son fanion était en berne. A travers la France enneigée, cent dragons de Saxe-Volontaires aux ordres du comte de Chollet, un crêpe à leurs casques et les armes retournées, vont l'escorter, et tel est son renom que, cette fois, c'est toute la France de l'Est qui va s'agenouiller devant lui au long des chemins.

Un mois. Le voyage va durer un mois. Le 7 février la flèche de la cathédrale de Strasbourg est

1. Toujours visible au château.

en vue et c'est tambours battant, cloches carillonnant – celles des églises luthériennes –, canons tonnant que le héros fit son entrée dans la grande cité du Rhin en présence d'une foule immense qui défila devant le catafalque érigé devant l'hôtel du gouverneur. Après quoi on le porta dans une chapelle d'un temple neuf entièrement tendue de velours noir.

Pour un homme qui n'avait souhaité qu'un peu de chaux vive et la sympathie de quelques-uns, c'était raté. Maurice de Saxe, tout au long de sa vie, avait rêvé d'être roi sans y parvenir jamais. Louis XV lui en offrait les funérailles. Et, qui plus est, celles d'un souverain adoré de ses sujets. Les funérailles que lui-même n'aurait jamais.

Pourtant ce n'était pas encore assez...

Au sculpteur Pigalle, il commanda le plus beau tombeau de marbre qui se pût concevoir.

Mais l'histoire ne finit pas là...

Vingt-sept ans plus tard, le sculpteur vient d'achever son œuvre.

On est en août 1777. Louis XV est mort, le Dauphin est mort de la variole et aussi la douce Marie-Josèphe de Saxe, laissant cinq enfants. Depuis trois ans, le roi c'est Louis XVI. Il n'a pas connu ce grand-oncle devenu légendaire, disparu quatre ans avant sa naissance mais qu'aimait tant sa mère. Et c'est lui qui va parachever l'hommage rendu par son grand-père.

Le 17 le baron de Tricornot, lieutenant-colonel du régiment de Schomberg-Dragons cantonné à Sarrebourg et issu des dragons de Saxe-Volontaires, reçoit un ordre royal. Le choix de cet officier n'est pas indifférent : il est le neveu de ce Chollet qui commandait l'escorte de cent dragons partis de Chambord un matin d'hiver et c'est lui qui raconte :

« Le roi ayant ordonné que le corps du maréchal de Saxe soit transféré du temple neuf à celui de Saint-Thomas pour être déposé dans le superbe monument que Louis XV lui a fait construire, le régiment fut choisi comme ses enfants pour lui rendre ce dernier devoir, ayant été créé par lui... En conséquence, on forma un détachement des cent plus beaux hommes et des cent plus beaux chevaux tous habillés et équipés de neuf ; je pris le commandement de ce détachement et nous partîmes de Sarrebourg.

« Le 20, jour fixé pour la cérémonie, je demandai que le corps du maréchal enfermé dans trois cercueils fût pesé et le poids se trouva être de dix-sept cents livres. En conséquence je choisis les vingt-quatre dragons les plus robustes pour le porter, les douze premiers devant être relevés par les douze autres alternativement.

« A huit heures du matin, on sortit le corps du temple neuf et on l'exposa sous un portique construit à cet effet à une des portes et disposé en chambre ardente tendue de noir, décorée d'ornements funèbres, dans laquelle brûlaient une multitude de cierges. Une garde de douze dragons du détachement vint disposer le guidon aux pieds du corps ; quatre dragons y restèrent en sentinelle et deux vedettes[1] furent posées en avant, le fusil haut placé sur la cuisse et la baïonnette au canon. A midi le corps des officiers se rendit à la parade.

« Un peu avant quatre heures la marche du convoi s'ouvrit par le régiment du Colonel-général-Cavalerie, celui de Jarnac-Dragons suivait à pied ; ensuite les régiments de Salis-Grisons, Royal-Suède, Beauce, le régiment d'artillerie de Grenoble, enfin ceux d'Alsace et Lyonnais. Toutes ces troupes

1 Soldats postés en sentinelles.

défilèrent devant le corps par pelotons, le fusil sous le bras gauche. Les officiers supérieurs et les drapeaux saluèrent.

« Après la garnison marchait l'université luthérienne et son clergé chantant des cantiques accompagnés d'une musique lugubre et nombreuse ; ensuite venait le deuil en grands manteaux, les cheveux épars conduits par les deux MM. de Loewenhaupt, petits-neveux du maréchal ; M. le comte de Goré, gentilhomme de la princesse Christine de Saxe, portait son cœur ; puis les hérauts d'armes en grand deuil portaient la couronne ducale, le bâton de maréchal de France et l'épée. Suivait le corps porté sur un brancard par douze dragons ; ils étaient ainsi que les officiers du détachement en gants blancs avec des crêpes au bras gauche. Nos casques étaient enveloppés de grands crêpes flottant jusque sur nos épaules. Les quatre coins du poêle étaient portés par le prince Xavier de Saxe, neveu du maréchal, et par les comtes de Vaux, de Waldner et le baron de Wurmser, lieutenants-généraux. Autour du corps marchaient les officiers du régiment ; le détachement sur deux files, le fusil sous le bras gauche, formait escorte.

« M. le maréchal de Contades, commandant de la province, marchait immédiatement après et était suivi de plusieurs officiers généraux et d'une foule d'officiers tant des garnisons voisines que d'anciens qui avaient servi sous le maréchal, parmi lesquels je remarquai le vieux baron Le Fort qui avait été lieutenant-colonel du régiment et qui pleurait comme un enfant à l'enterrement de son père. On y voyait aussi beaucoup d'officiers étrangers, Anglais et Allemands, ayant tous un crêpe au bras.

« Dès la pointe du jour on avait tiré un coup de canon de demi-heure en demi-heure ; pendant la cérémonie on tira trois volées de douze pièces et la garnison fit trois décharges. L'affluence des étrangers et des spectateurs était si grande que le convoi avait peine à passer quoique les troupes formassent la haie. On fait monter le nombre des premiers à près de quinze mille et il eût été bien plus considérable si on n'avait pas fermé les portes de la ville à deux heures après midi.

« Vers les cinq heures, le convoi arrive au temple de Saint-Thomas à la porte duquel étaient placées deux vedettes du détachement. Tout ce temple était tendu de noir, illuminé, orné, en dehors d'un portique et en dedans de décorations funèbres et des armes du maréchal. Le corps ayant été placé sur une estrade devant le mausolée je mis douze dragons tout autour et je déposai le guidon aux pieds ; il faisait une si grande chaleur que cinq dragons se trouvèrent mal ; on les porta dans une sacristie voisine et on les rétablit promptement avec quelques verres de vin.

« Toute la musique réunie de Strasbourg exécuta divers morceaux à une ou plusieurs voix qui furent terminés par un chœur ; ensuite M. Blessig, jeune lévite luthérien, prononça en français l'oraison funèbre dans laquelle il n'oublia pas de faire l'éloge du régiment ; il fut applaudi par un battement de mains général et très long, plus convenable sur un théâtre que dans une église même luthérienne. On descendit ensuite le corps du maréchal dans le caveau qui est sous le mausolée ; il était pour lors sept heures du soir...

« A neuf heures, je me rendis à l'hôtel du prince Max de Deux-Ponts, colonel du régiment d'Alsace, qui m'avait invité et je n'ai jamais vu une orgie (de champagne) pareille ! »

Cette fois tout était dit. Rien ne manquait plus, même le champagne dont Maurice avait été si friand...

Derrière les portes closes du temple Saint-Thomas rendu au silence, à l'obscurité, il paraît cependant vivre encore, sa haute statue de marbre blanc couronnée de lauriers, cuirassée – incroyablement ressemblante ! –, descendant les marches d'une pyramide. Magnifique et altier, le maréchal semble attendre que revienne sur lui le soleil annoncé par la plus belle aurore...

Saint-Mandé, le 14 février 2007

REMERCIEMENTS

Je tiens à dire un grand merci à mon éditeur, Xavier de BARTILLAT, et à son assistante, Judith BECQUERIAUX, qui se sont efforcés de boucher les trous infligés à ma documentation par l'incendie de ma bibliothèque.

A mon ami Vincent MEYLAN qui constitue à lui tout seul une véritable mine de renseignements sur les familles royales présentes ou passées ainsi que sur les joyaux de toutes les couronnes.

Merci, aussi, aux historiens dont les ouvrages m'ont servi de base.

Le duc de CASTRIES pour *Maurice de Saxe*
Jean-Pierre BOIS pour *Maurice de Saxe*
Jacques CASTELNAU pour *Le Maréchal de Saxe*
Charles-Armand KLEIN pour *Chambord, écrin des folies du maréchal de Saxe*
André CASTELOT pour *Les Grandes Heures des châteaux et cités de la Loire*
Paul MORAND pour *Ci-gît Sophie-Dorothée de Celle*
Evelyne LEVER pour *Madame de Pompadour*
Jean-Christian PETITFILS pour *Le Régent*
Philippe ERLANGER pour *Le Régent*
Henri TROYAT pour *Terribles tsarines*

Remerciements

Pierre GAXOTTE pour *Le Siècle de Louis XV*

Alfred FIERRO et Jean-Yves SARRAZIN pour *Le Paris des Lumières d'après le plan de Turgot*.

La ville de Quedlinburg qui a bien voulu envoyer des photographies.

Enfin, un étonnant écrivain :

Le baron Adrien de TRICORNOT, lieutenant-colonel de Schomberg-Dragons, dont les *Mémoires* à peu près inconnus, parce que tirés à quelques rares exemplaires pour la famille, m'ont permis d'offrir à mes lecteurs un pittoresque « reportage » sur le transfert des cendres du maréchal de Saxe, et font de leur auteur l'incontestable ancêtre des guides touristiques. Il pousse même le souci jusqu'à indiquer les distances entre ses différents points de passage tout au long de ses *Mémoires*.

TABLE

Cet ouvrage a été imprimé par la
SOCIÉTÉ NOUVELLE FIRMIN-DIDOT
Mesnil-sur-l'Estrée
pour le compte des Éditions Perrin
11, rue de Grenelle
Paris 7ᵉ
en avril 2007

N° d'édition : 2264 – N° d'impression : 85013
Dépôt légal : avril 2007
Imprimé en France